W0415058

Es gibt in Cleveland wirklich einen Monroe-Street-Friedhof, der sich aber Dank der hervorragenden Arbeit einer Gruppe Ehrenamtlicher längst nicht in so einem desolaten Zustand befindet, wie von mir beschrieben. Ich widme dieses Buch den Mitgliedern der Monroe Street Cemetary Foundation, der Woodland Cemetary Foundation, der Ohio Cemetary Alliance und all den anderen hart arbeitenden Menschen im ganzen Land (und auf der ganzen Welt), die helfen, unsere Vergangenheit und die Erinnerung an die Menschen, die vor uns gelebt haben, zu erhalten, indem sie unsere Friedhöfe restaurieren und pflegen. Friedhöfe sind Museen ohne Wände. Besuchen Sie einen in Ihrer Nähe und bieten Sie Ihre Mitarbeit an. Die kommenden Generationen werden sich an Ihre Arbeit erinnern und sie wertschätzen.

Casey Daniels

TV TOT

Pepper
Martins
fünfter
Fall

Autorin: Casey Daniels
Deutsch von: Dorothee Danzmann
Lektorat: Judith Hobmaier
Korrektorat: Thomas Russow
Art Director: Oliver Graute
Umschlagillustration: Oliver Graute

© Connie Laux 2009
© der deutschen Übersetzung Feder&Schwert 2011
1. Auflage 2011
ISBN 978-3-86762-101-4
Originaltitel: Dead Man Talking
Gedruckt in Deutschland, C. H. Beck, Nördlingen

TV tot ist ein Produkt von Feder&Schwert unter Lizenz von Connie Laux 2009. Alle Copyrights mit Ausnahme dessen an der deutschen Übersetzung liegen bei Connie Laux. Dieses Werk wurde vermittelt durch die Literarische Agentur Thomas Schlück GmbH, 30827 Garbsen.
Alle Rechte vorbehalten. Nachdruck außer zu Rezensionszwecken nur mit schriftlicher Genehmigung des Verlags.
Die in diesem Buch beschriebenen Charaktere und Ereignisse sind frei erfunden. Jede Ähnlichkeit zwischen den Charakteren und lebenden oder toten Personen ist rein zufällig.
Die Erwähnung von oder Bezugnahme auf Firmen oder Produkte auf den folgenden Seiten stellt keine Verletzung des Copyrights dar.

Feder&Schwert im Internet:
www.feder-und-schwert.com

Über die Autorin

Vor einigen Jahren bewarb sich Casey Daniels auf einem historischen Friedhof in der Nähe ihres Wohnortes als Fremdenführerin. Den Job bekam sie zwar nicht, dafür aber die Idee zu ihrer Pepper-Martin-Reihe. Dank ihres Vaters, eines Clevelander Polizisten, der Sherlock-Holmes-Geschichten mochte und seine freien Tage – oftmals in Begleitung Caseys – damit verbrachte, nach gestohlenen Autos zu suchen, lernte sie Krimis schon früh lieben.

Später las sie nahezu alle Kriminalromane derer sie habhaft werden konnte, und nach wie vor gehören Agatha Christie und Arthur Conan Doyle zu ihren Lieblingsautoren. Casey Daniels studierte Englisch und arbeitete früher als Journalistin und Lehrerin. Die Zeit, in der sie nicht schreibt, verbringt sie mit ihrer Familie. Sie strickt gerne, liebt Gartenarbeit und – natürlich – Spaziergänge über Friedhöfe, um Inspiration und Ideen für neue Geschichten zu finden. Casey Daniels lebt im Nordosten Ohios.

KAPITEL 1

DIE GEISTER ERWARTETEN mich schon, als ich an diesem Morgen auf dem Friedhof in der Monroe Street eintraf.

Ich hatte mit ihnen gerechnet. Schließlich trieben sie sich bei meinem Büro auf dem Garden-View-Friedhof herum, seit meine Chefin Ella Silverman mir vor ein paar Wochen mitgeteilt hatte, dass ich in diesem Sommer keine Touristen über unseren Friedhof führen, sondern stattdessen auf dem Monroe-Street-Friedhof ein Restaurationsprojekt betreuen würde.

Auf dem Garden-View-Friedhof hatte ich die Bande nerviger Spukgestalten ziemlich gut ignorieren können. Ich wusste auch weswegen: Ihre Gräber lagen nicht bei uns, sondern auf dem Friedhof in der Monroe Street. So weit von dem Ort entfernt, an dem sie ruhen sollten (was sie allerdings beileibe nicht friedlich taten), fehlte ihnen einfach der nötige Geister-Elan. Hier zu Hause dagegen benahmen sie sich so munter und lebendig, wie sich Tote überhaupt nur aufführen können und um einiges aufdringlicher, als Geister eigentlich sein sollten.

Woraus ich ihnen allerdings keinen Vorwurf machen konnte. Sie hatten sich bei ihren täglichen Besuchen in meinem Büro auf dem Garden-View-Friedhof umsehen können und waren inzwischen unter Garantie mächtig sauer. Zwischen dem Garden-View-Friedhof und dem an der Monroe Street bestand nämlich ein himmelweiter Unterschied.

Damit Sie mich jetzt nicht falsch verstehen: Ich bin bestimmt kein großer Fan von Friedhöfen. Ganz anders als meine Chefin Ella. Aber selbst ich wusste, dass der Garden-View-Friedhof in der Hierarchie der Begräbnisstätten des Landes ganz weit oben stand. Das gesamte 1,21 Quadratkilometer große Gelände war viel besser erhalten und gepflegt, wie in der Monroe Street ... na ja, ich will hier nicht urteilen, aber es fällt schwer, den Tatsachen nicht ins Auge zu sehen. Das 52.000 m² große, in städtischem Besitz befindliche, 175 Jahre alte Areal, das sich gleich westlich an die Innenstadt Clevelands anschloss, war seit Jahren vernachlässigt worden, was man ihm auch ansah. Um mich herum an diesem Morgen nichts als überwucherte Pfade, verwilderte Rasenflächen und ein paar hundert umgestürzte und mutwillig zerstörte Grabsteine gleich noch dazu.

Aber wäre Monroe Street perfekt gewesen, hätte man den Friedhof auch nicht restaurieren müssen, oder? Ich hätte nicht hier gestanden und die Bande irritierender Gespenster hätte sich nicht auf mich stürzen können, wie ...

Wie die Geister dieser Welt sich nun einmal auf die einzige Privatdetektivin stürzen, die den Toten zur Verfügung steht.

„Mein Hut ist weg!" Ein großer, dünner Mann, der lebend wahrscheinlich auch nicht besser ausgesehen hatte als jetzt nach seinem Ableben, fuhr sich verzweifelt über den kahlen Schädel. „Es heißt, Sie würden Geheimnisse aufklären. Es heißt, Sie könnten ihn finden!"

„Als würde sie ihre Zeit ausgerechnet mit dir verschwenden!" Eine Frau in kanariengelbem Gewand und mit einem von diesen riesigen Florentinerhüten auf dem Kopf drängte den Hageren resolut beiseite, um sich direkt vor mir aufzubauen. „Ich habe nichts mehr von meinem Liebsten gehört! Es muss ihm etwas Schreckliches zugestoßen sein, sonst hätte er mich nie verlassen! Sie müssen ihn finden! Es heißt, Sie hätten die Gabe und ..."

„Alle mal herhören!" Ich hob die Stimme, damit nicht nur der hutlose Herr und die Dame, die lieber erst in den Spiegel hätte sehen sollen, ehe sie ihren teigigen Teint ausgerechnet mit der Farbe Gelb kombinierte, mich hörten, sondern auch all die anderen Geister, die sich um mich drängten. Es waren ein paar Dutzend und ich versuchte, jedem einzelnen in die Augen zu sehen, als ich einen Blick in die Runde warf. „Verlorene Hüte? Verschollene Liebhaber? Kommt schon Leute, ihr wisst doch, dass das nicht mein Ding ist. Wenn jemand etwas wirklich Wichtiges hat ..."

„Tante Lulus Kette ist fort! Niemand hat sie finden können, als Tante Lulu von uns gegangen war", jammerte eine Frau.

„Mein Bruder hat Mom erzählt, ich hätte das letzte Stück Kirschkuchen gegessen!", stöhnte ein junger Mann.

„Im Klingelbeutel fehlt Geld!" Das kam von einem älteren Herrn im klerikalen Kragen.

„Das ist doch lächerlich!" Ein Mädel im Charlestonkleidchen der zwanziger Jahre zwängte sich durch die Menge bis ganz nach vorn. „In der Flüsterkneipe fehlt Schnaps und wenn der Boss das spitz kriegt, ist der Teufel los!"

Miss Gelb geriet leicht ins Schwanken – offenbar war sie solche Worte nicht gewohnt.

Der Priester schnalzte missbilligend mit der Zunge.

Ich wusste genau, dass diese aufdringlichen Geister mich den ganzen Sommer lang plagen würden, wenn ich nicht sofort das Ruder fest in die Hand bekam und in meinem Sinne herumriss. Sie würden mich nicht aus den Klauen lassen und mich mit ihren Forderungen in den Wahnsinn treiben. Ich hatte bereits das Restaurationsprojekt an den Hacken, eine solche Geistermenge konnte ich unmöglich gleichzeitig auch noch bewältigen.

„Leute, ihr hört mir nicht zu! Keiner von euch hat mir zugehört!" Meine Füße steckten in flachen Juicy-Couture-Ballerinas und ich stampfte mit einem von ihnen auf, um meinen Worten Nachdruck zu verleihen. „Auf irgendwelchen Schwachsinn verschwende ich meine Gabe auf gar keinen Fall!", verkündete ich, obwohl das ja eigentlich selbstverständlich hätte sein müssen. „Also bilden wir jetzt zwei Gruppen. Wer nach verlorenen Ketten, verschollenen Liebhabern oder Geld sucht, hier rüber." Ich deutete nach rechts. „Wenn jemand hier ist, der ermordet wurde und mich und meine Gabe braucht, damit der Mörder gefunden wird und er oder sie ins Licht gehen kann, der geht hier rüber." Ich zeigte nach links.

Recht war es ihnen nicht: sie rutschten unruhig hin und her, sie traten von einem Fuß auf den anderen, sie hatten Einwände, sie hatten Bedenken. Aber schließlich bildeten sie doch treu und brav zwei Gruppen. Besser gesagt: eine. Zu meiner Rechten.

„Dann wäre das ja schon mal klar!" Ich deutete mit großer Geste auf den freien Platz zu meiner Linken. „Niemand hier hat ein wichtiges Anliegen, dem ich nachgehen müsste. Jedenfalls liegt nichts vor, das euch daran hindert, auf die andere Seite zu wechseln. Wie wäre es dann damit, einfach wieder zu verschwinden? Los, weg mit euch! Ich hab auch schon so genug Probleme, ich brauche keine Horde lästiger Spukgestalten, die mich nervt."

Wer hätte das gedacht: Taten die doch wirklich, was ich ihnen befahl! Einer nach dem anderen verschwand zwischen den umgestürzten Grabsteinen, und bald waren sie alle fort.

Bis auf den einen Typen, der sich die ganze Zeit am hinteren Rand der Gruppe herumgedrückt hatte. Er war mir aufgefallen. Nicht, weil er noch drängender und fordernder gewesen war, als die anderen, sondern im Gegenteil: weil er sich so zurückgehalten hatte. Während sich alle anderen um mich drängten und um meine Aufmerksamkeit buhlten, hatte er Distanz gewahrt, und wo die anderen aufgeregt und lautstark auf mich eingeredet hatten, hatte er geschwiegen. Während nun alle anderen sich langsam aber sicher verabschiedeten, um dorthin zu verschwinden, wo Geister sind, wenn sie nicht gerade auf mir rumhocken und mir auf den Wecker fallen, blieb er. Aber er sah mich nicht ein einziges Mal an.

Kerzengerade, Brust heraus, Kinn hochgereckt wie ein Soldat auf Parade, stolzierte er auf dem einzigen sauberen kleinen Flecken zwischen der Auffahrt zum Friedhof und dem üppig wuchernden Unkraut, das die einst so makellose Anlage in Besitz genommen hatte, auf und ab.

Irgendwie interessierte mich diese Erscheinung, also sah ich sie mir genauer an, obwohl mir mein gesunder Menschenverstand dringend davon abriet.

Ich hatte es hier mit dem Geist eines Mannes mittleren Alters in rauchschwarzem Nadelstreifenanzug zu tun. Schmale Streifen, schmales Revers, schmale Krawatte – das einzig breite an dem Mann war das schwarze Plastikgestell seiner Brille. Das und die Schultern – der Geist war nicht groß, aber breitschultrig und untersetzt, eher wettergegerbt als gut aussehend. Außerdem wirkte er ein wenig verloren, aber das bildete ich mir vielleicht auch nur ein.

Weiß Pepper Martin, wann es angebracht ist, den Mund zu halten? Jawohl, das weiß sie, darauf können Sie Gift nehmen. Was nicht erklärt, warum ich auf den Mann zutrat. „Wenn Sie nicht ermordet wurden, interessiere ich mich nicht für Ihren Fall. Haben Sie das irgendwie nicht richtig verstanden?“, fragte ich. „Wenn Sie also nicht ermordet worden sind ...“

Woraufhin er hinter einen hohen, immer noch aufrecht stehenden Grabstein ging und verschwand. Einfach so.

„Gut, das mit den Geistern hätten wir dann also.“ Ich rieb mir die Hände, womit ich mich gleichzeitig sämtlicher Gedanken an und Verantwortung für so viele ektoplasmische Plagegeister entledigte. Das war auch gut so, denn kaum war das letzte Gespenst verschwunden, als auch schon der Minivan meiner Chefin Ella angefahren kam und hinter meinem Mustang hielt.

„Hallöchen!“ Ella rollte ihr Fenster runter und winkte mir munter zu – als hätte ich die einzige lebende Person weit und breit übersehen können.

Ich winkte zurück. „Was machst du denn hier?“ Als ich sah, dass sie sich beim Aussteigen nicht nur mit einer, sondern gleich zwei großen Tragetaschen abmühte, eilte ich hinüber, um ihr zu helfen. Ich nahm ihr eine der Taschen aus der Hand, um sie zu dem Hauszelt zu tragen, das als Arbeitszentrale hergerichtet worden war, da der Friedhof an der Monroe Street nicht über ein Verwaltungsgebäude verfügte. „Ich dachte, du wärst heute Morgen auf einer Mitarbeiterbesprechung.“

„Ach Pepper, ist das nicht wieder einmal typisch? Da hast du so viel zu tun und denkst trotzdem noch an den Garden-View-Friedhof." Ella hievte ihre Tasche auf den wackligen Tapeziertisch im Zelt, wo sie sie mit einem deutlichen Knall abstellte. „Pass auf, das Zeug ist schwer!", warnte sie mich, als ich Anstalten machte, die zweite Tasche hochzustemmen. „Wir wollen doch nicht, dass deine Narbe aufgeht."

Ich zog die linke Schulter hoch, wobei ich prompt einen leichten Schmerz in der Seite verspürte. „Alles bestens!", versicherte ich, denn als alleinerziehende Mutter dreier Töchter im Teenageralter sorgte sich Ella sowieso ständig, warum es also noch schlimmer machen. Sich Sorgen zu machen war ihr quasi zur zweiten Natur geworden, da brauchte ich nicht auch noch mitzumischen.

Zudem konnte ich Ellas Sorgen im Grunde gut nachvollziehen. Sie war es einfach nicht gewohnt, eine Mitarbeiterin – mich – auf eine Konferenz über Friedhöfe zu schicken, und dann erfahren zu müssen, dass jene Mitarbeiterin in der Stadt, in der besagte Konferenz stattfand, mit einer Schussverletzung im Krankenhaus lag. Wenn sie wüsste, was da zwischendurch noch alles losgewesen war – nicht auszudenken, was das mit ihr anstellen würde!

Ich hätte im Zusammenhang mit besagter Konferenz um ein Haar meinen Körper an einen Geist verloren, der ihn zu gern für sich selbst behalten hätte. Noch jetzt, zwei Monate später, wurde mir beim bloßen Gedanken daran speiübel. Meine Lösung für dieses Problem war so einfach wie wirksam: Ich dachte an etwas anderes.

Kennen Sie das Sprichwort, demzufolge man mit dem, was man sich wünschte, vorsichtig sein soll? Kaum hatte ich die Erinnerung an die Ereignisse in Chicago in die hinterste Ecke meines Gehirns verbannt und mir andere Gedanken herbeigewünscht, als Ella in eine ihrer Tragetaschen langte und einen der kleinen rosa Zettel hervorholte, auf denen im Garden-View-Friedhof telefonische Nachrichten notiert werden.

„Hier ist eine Nachricht für dich, die darf ich auf keinen Fall vergessen", sagte sie, als sei so eine Telefonnachricht die normalste

Sache der Welt – was sie ja, ehrlich gesagt, auch ist. Oder vielmehr sein sollte. Nur war diese Nachricht für mich alles andere als normal, was mir schnell klar wurde, als ich einen Blick darauf warf.

Jenine hatte die Nachricht entgegengenommen und in der ihr eigenen, sorgfältigen Art aufgeschrieben. Jenine arbeitete im Garden-View vorn am Empfangstresen und nahm unsere Telefonate entgegen, wenn wir nicht da waren, um es persönlich zu tun. „Er bittet um einen Anruf", stand auf dem Zettel. „Er möchte gern, dass du ihn besuchen kommst." Jenines lockere, schwungvolle Handschrift stand in krassem Gegensatz zu der eisernen Faust, die sich um mein Herz legte, als ich auf die Spalte sah, die für den Namen des Anrufers vorgesehen war: „Dein Vater."

Ella hatte über meine Schulter hinweg mitgelesen, wobei sie sich alle Mühe gab, ganz locker zu wirken. Nur ist Ella einen guten Kopf kleiner als ich, weshalb sie sich auf die Zehenspitzen stellen musste, um den rosa Zettel im Blick zu haben. So wollte es mit der Lockerheit nicht so recht etwas werden. „Wichtig?", erkundigte sie sich bemüht beiläufig.

Hastig stopfte ich den Zettel in die hintere Hosentasche meiner Cargohose aus schwarzem Baumwollsatin. „Eigentlich nicht. Ich kümmere mich später darum." Ob Ella wohl ahnte, dass ich sie anlog, und nicht nur sie: Auch mir selbst versuchte ich etwas vorzumachen.

„Also ..." Ich warf einen Blick auf die beiden vollgestopften Tragetaschen, denn alles war besser, als über meinen Vater nachzudenken und über das letzte Gespräch, das wir miteinander geführt hatten. Diesmal würde ich nicht wieder so viel Zeit verstreichen lassen, ehe ich ihn anrief, nahm ich mir erneut vor. Ein Vorhaben, das ich allerdings nie in die Tat umsetzte. Was eigentlich kein Wunder war. Denn wenn ich Vater anrief, würde er mich – wieder einmal – bitten, mir einen Flug herauszusuchen, um ihn in Colorado zu besuchen. Ich würde mir – wieder einmal – eine Ausrede einfallen lassen müssen, warum das im Moment nicht möglich war.

Ich zu Besuch in einem Gefängnis?

Lieber würde ich mir meine nächste Wintergarderobe beim Discounter zusammenstellen!

Ich sollte mir meinen Vater, Gil Martin, den einst so bekannten Schönheitschirurgen, in der Khakiuniform der Insassen eines Bundesgefängnisses ansehen? Das ging auf keinen Fall. Mir diesen Anblick zu Gemüte zu führen, würde alles viel zu real werden lassen, oder nicht? Mich mit meinem Vater zu konfrontieren bedeutete automatisch, mich mit allen möglichen unangenehmen Tatsachen zu konfrontieren. Denn egal wie oft ich versuchte, mir einzureden, es sei alles nicht wahr, es könnte doch gar nicht wahr sein, sprachen die Tatsachen eine andere, traurigere Sprache: Mein Vater hatte wirklich all die Dinge getan, die die Bundesanwälte ihm im Prozess zur Last gelegt hatten. Er hatte die Krankenkassen betrogen und gleichzeitig Verrat an seinem Berufsstand und an seiner Familie begangen. Meine Mutter hatte dieses Verhalten so sehr verletzt, dass sie sich mittlerweile in Florida versteckte. Mir hatte mein Vater das Herz gebrochen.

Hinten in meinem Hals hatte sich ein Knoten gebildet. Ich musste mich räuspern, um ihn wieder loszuwerden. Nein, es war besser, sich auf Ellas Taschen zu konzentrieren. „Was hast du vor?“, fragte ich. „Willst du hier deine Zelte aufschlagen?“

Ich konnte die Ratschläge förmlich schon hören, die Ella zu gern von den Lippen geflossen wären. Aber sie hielt sich tapfer zurück, was ihr allerdings nur gelang, indem sie ein paar heftige Grimassen schnitt. Gehorsam lenkte sie ihren Blick dorthin, wo auch meiner weilte – auf die Taschen. Ella trug an diesem Morgen einen schwingenden, orangeroten Rock und ein orangefarbenes Top mit dreiviertellangen Ärmeln. Ein Trio aus schimmernden orangefarbenen Armbändern zierte ihr linkes Handgelenk, leicht und sommerlich, und farblich wunderbar auf die großen Glasperlen in den Farbtönen Melone, Pfirsich und Limone abgestimmt, die sie in einer Kette um den Hals trug und die in der frühen Morgensonne munter glitzerten.

„Ich musste doch noch unbedingt diese Sachen vorbeibringen“, sagte sie. „Berichtsbücher, Digitalkameras, Tagebücher, Zeichenschienen und Geodreiecke. Ich habe auch Skizzenblocks und Pauspapier mitgebracht. Alles jeweils zweifach."

Wie hatte ich die Geister eingeteilt – eine Gruppe zu meiner Rechten, eine zu meiner Linken? „Weil ich zwei Hände habe?", erkundigte ich mich scherzhaft.

Ella lachte, wie sie immer lacht, wenn sie ein bisschen nervös oder unsicher ist und ich hätte mir wohl nichts weiter dabei gedacht, würde sie genau so nicht auch lachen, wenn sie ein klein wenig die Gewissensbisse plagen.

Mit nervös und unsicher konnte ich umgehen. Ich hatte noch nie einen Friedhof restauriert – wahrscheinlich wäre ich selbst nervös und unsicher gewesen, würden mir Friedhöfe ernsthaft am Herzen liegen.

Aber Gewissensbisse? Gewissensbisse waren etwas komplett anderes.

Während ich mich fragte, warum Ella mir gegenüber Gewissensbisse haben sollte, wurde ich prompt doch noch ein wenig nervös und unsicher.

„Du verschweigst mir was!" Ich warf meiner Chefin einen scharfen Blick zu, dem sie gekonnt auswich. Nun stand es fest: irgendetwas stimmte hier nicht.

„Es war Jims Idee", sagte sie.

Jim leitete die Verwaltung des Garden-View-Friedhofs und war Ellas Chef. Was ihn zu meinem Chefchef machte.

Das hörte sich nicht gut an. Auch dass Ella nervös von einem Earth-Schuh auf den anderen trat, konnte nichts Gutes heißen. „Jim meint, du findest die Idee bestimmt auch gut", stotterte Ella. „Wenn du erst einmal verstanden hast, was uns das an Publicity bringt."

Schweigend verschränkte ich die Arme vor der Brust und wartete auf mehr.

Das kam dann auch: als Sturzbach. So gab Ella normalerweise Informationen weiter, von denen sie befürchten musste, dass sie mich sauer machten.

„Weißt du, das Ganze hat sich erst letzten Freitag konkret herauskristallisiert und deswegen konnte ich dir bisher auch noch nichts davon sagen, weil sich natürlich Jim um die Einzelheiten kümmert, aber eigentlich stand bis heute Morgen auch noch nichts richtig fest und ich wollte dir auf keinen Fall zu früh etwas sagen, damit du dir nicht das ganze Wochenende über den Kopf zerbrichst, wo du dich doch ausruhen sollst. Ich hoffe nur, du hast dich auch wirklich ausgeruht. Mit so einer Schusswunde ist schließlich nicht zu spaßen. Ich will auf keinen Fall, dass dir noch einmal etwas zustößt, und deswegen fand ich es besser, einfach bis heute Morgen zu warten und dir jetzt erst Bescheid zu sagen."

Sie holte tief Luft. Ich nutzte die Gelegenheit, einen Schritt näher an sie heranzutreten. „Also?", fragte ich.

Ella schluckte vernehmlich. „Es ist wirklich eine glänzende Idee: Ich meine, es ist einfach erstklassige Publicity und Publicity können wir weiß Gott gebrauchen, je mehr, desto besser, und wenn ich wir sage, dann meine ich damit beide Friedhöfe: Garden View und Monroe Street. Die meisten Leute gruselt es doch, wenn sie etwas von Friedhöfen hören. Sie verstehen einfach nicht, dass Friedhöfe eigentlich so etwas wie Museen ohne Wände sind. Jeder Friedhof birgt unendlich viel Geschichte, interessante Kunst, Architektur und ..."

„Also habt ihr beschlossen, Jim und du ..."

„Na, ja: ich nicht. Ich habe nichts beschlossen, will ich damit sagen. Obwohl ich dieselbe Entscheidung getroffen hätte wie Jim, wenn ich dafür zuständig gewesen wäre! Die Idee ist nämlich wirklich gut. Ich weiß, du siehst das auch so, wenn du erst einmal alle Einzelheiten kennst. Nein, Jim hat die Entscheidung zusammen mit dem Vorstand und mit der historischen Gesellschaft getroffen. Die mussten natürlich einbezogen werden, weil sie einen so wichtigen Teil des ganzen Puzzles bilden. Deswegen hat es auch das ganze Wochenende gedauert, bis die Entscheidung fiel, weil die von der historischen Gesellschaft für ihren Part eine Menge Arbeit zu erledigen hatten und ..."

In diesem Moment bog eine große, schwarze Limousine in die Einfahrt zum Friedhof. Wir drehten uns beide um, um ihr beim Näherkommen zuzusehen. Ich war neugierig, hatte es doch in der Monroe Street seit wer weiß wie langer Zeit keine Beerdigung mehr gegeben.

Ella schien weniger neugierig, was mir sofort auffiel. Aber sie konnte es sich ja auch leisten, gelassen zu bleiben, immerhin wusste sie ja offenbar, was hier vor sich ging. Ich dagegen nicht, auch wenn ich das deutliche Gefühl hatte, ich würde es bald herausfinden.

„Sie sind da!" Die Limousine hatte gehalten und Ella packte mich bei der Hand, um mich zu ihr hinüberzuziehen. „Du wirst begeistert sein!", versicherte sie mir im Bühnenflüsterton, als sich die Türen des großen Wagens öffneten.

Als erster stieg unser Chef Jim aus und begrüßte uns mit einem fröhlichen: „Guten Morgen!" Jim ist eigentlich ein ganz netter Typ, der mich allerdings, da bin ich sicher, nicht wiedererkennen würde, selbst wenn er mir direkt vor der Tür zu meinem Büro über die Füße liefe. Da ich inzwischen mehr Zeit mit den Ermittlungen für meine toten Klienten als mit meiner eigentlichen Arbeit für den Friedhof verbrachte, war das wahrscheinlich auch nur gut so. „Hat Ella Ihnen inzwischen gesagt, was wir vorhaben?"

Ehe ich Zeit hatte, zu lügen oder Ella den Hyänen zum Fraß vorzuwerfen, ging auf der anderen Seite der Limousine eine Tür auf und eine Frau in Rosa hüpfte heraus. Sie war alt und dünn, eine von diesen sanften, leicht zerzausten Typen, die in dem Country Club herumhingen, in dem meine Familie früher auch zu verkehren pflegte. Bis mein Vater dann tat, was er nun einmal getan hat, und wir unsere Mitgliedschaft in jenem illustren Club los waren. Die Mitgliedschaft, unsere Freunde, und alles, was die Familie Martin einmal als Vermögen ihr Eigen genannt hatte ...

Der kleinen rosa Dame folgte eine größere zweite, mit breiter Brust und ungehaltener Miene. Als nächstes kam noch eine Dame und dann ...

„Mrs. Lamb!" Ich kannte die vierte Dame, die aus dem Wagen stieg. Sie wohnte nur ein paar Häuser von dem Haus entfernt, in dem wir früher ...

Egal: Mrs. Lamb war die Mutter meiner besten Freundin aus Kindertagen. Dominique, ihre Tochter, und ich waren während unserer gesamten Zeit auf der Highschool unzertrennlich gewesen. Erst auf dem College hatten sich unsere Wege getrennt, aber wir waren immer in Kontakt geblieben, bis ... sinnlos, das alles noch einmal durchzugehen! Ich ertappte mich dabei, dass ich die Hand in die Hosentasche steckte und an dem Zettel mit der Nachricht meines Vaters herumspielte, was ich mir sofort streng untersagte. Das war auch gut so, denn sobald Mrs. Lamb mich erkannt hatte (es ist nicht einfach, eine ein Meter achtzig große Rothaarige zu vergessen!), kam sie um die Limousine herum auf mich zu.

„Pepper!" Sie strahlte mich freundlich an, wobei sie mich gleichzeitig rasch einmal von oben bis unten musterte: mein Haar, meine Kleidung, mein Make-up. Ihr Lächeln verblasste ein wenig, als sie fortfuhr: „Also stimmen die Gerüchte? Du arbeitest wirklich auf einem Friedhof?"

„Nicht auf diesem hier!" Es schien mir angemessen, das gleich klarzustellen, immerhin hatte Garden View eine Menge mehr Stil als Monroe Street. „Ich bin sozusagen nur ausgeliehen."

„Natürlich." Mrs. Lamb berührte einen ihrer Diamantohrringe. „Wie geht es Barb?"

Das hätte sie leicht selbst herausfinden können, indem sie zum Telefon griff und meine Mom anrief, und ich war schwer geneigt, ihr das auch zu sagen. Aber der Morgen war gerade erst angebrochen. Vor Mittag bin ich eigentlich nie so ganz auf der Höhe, was Schlagfertigkeit betrifft, und außerdem war meine Hand schon wieder zum rosa Nachrichtenzettel in meiner Hosentasche gewandert. Natürlich hatte Mrs. Lamb meine Mutter nie in Florida angerufen und würde es auch nie tun. Genau wie all die anderen alten Freundinnen meiner Mutter war Mrs. Lamb entsetzt, schockiert und angewidert ob des Mangels an gesundem Menschenverstand, den mein Dad bewiesen hatte, indem er seine Taten nicht nur beging, sondern sich auch noch dabei erwischen ließ.

Als ich ihr nicht sofort antwortete, betrachtete die Mutter meiner alten Freundin das Thema gnädigerweise als abgeschlossen. „Von Dominique hast du natürlich gehört!“, fuhr sie fort.

Das war keine Frage, aber ich beantwortete sie trotzdem. „Ich hörte, dass sie ihren Abschluss in Wellesley gemacht hat, aber das ist jetzt schon ein paar Jahre her und ...“

„Wellesley – ach, ja. Sie hat einen Arzt geheiratet! Sie wohnen in Manhattan, Upper West Side, ganz in der Nähe des Parks. Wie geht es deinen anderen Freundinnen? Tiffany und Madison und Sydney? Was treiben die denn so? Mein Gott, ihr Mädels wart einfach unzertrennlich.“

Waren wir. Bis man meinen Vater als Verbrecher entlarvte und die Mädchen, die meine Trauzeuginnen und lebenslange Busenfreundinnen hätten sein sollen, mich im Stich ließen, genau so, wie mein Verlobter es getan hatte. Ich zuckte die Achseln und suchte weiterhin krampfhaft nach irgendeiner Antwort, die sich so anhören würde, als mache mir das alles gar nichts aus, als Jim vortrat.

„Sie werden in den nächsten beiden Monaten noch viel Gelegenheit haben, sich gut kennenzulernen“, sagte er, wobei sein Blick zwischen mir und der kleinen Gruppe gut gekleideter Damen hin und her ging. „Aber jetzt würde ich gern erst einmal alle vorstellen. Katherine Lamb scheinen Sie ja schon zu kennen, Pepper. Dies hier ...“ Er wandte sich an die kleine weiche Dame in Rosa, „... ist Mae Tannager.“ Er deutete auf eine der Damen nach der anderen. „Lucinda Wright, Gretchen Hamlin, und ...“

„Bianca?“ Meine Unterhaltung mit Mrs. Lamb hatte mich so mitgenommen, dass ich gar nicht bemerkt hatte, wer als Letztes aus der Limousine geklettert war. Nun konnte ich nur noch voller Ehrfurcht starren: Diese perfekten, hohen Wangenknochen, die aufgeworfenen Lippen, die unglaublich dunklen Augen hätte ich überall erkannt. Bianca war noch größer als ich, dünn wie ein Bleistift und trug eine elegante, kamelhaarfarbene Hose zu einem

Jackett in changierenden Farbschattierungen, die von gebranntem Orange über Taupe bis zu Aquamarinblau reichten und wunderbar zu ihrem asymmetrischen T-Shirt aus reiner Seide passten.

Bianca brauchte keinen Nachnamen. Wer auch nur je eine Ausgabe von Vogue, Elle oder Cosmo durchgeblättert hatte, wusste sofort, wer sie war. Als erstes afroamerikanisches Supermodel hatte Bianca genau das Leben geführt, von dem die meisten von uns nur träumen. Ich jedenfalls. Sie besaß Häuser in Paris, London und Monaco und war mit einem Filmstar verheiratet gewesen. Die Romanze hatte sich nicht als dauerhaft erwiesen, und als sie nach Tahiti gejettet war, jede Menge Sensationsjournalisten im Schlepptau, um ihren Kummer zu vergessen, hatte sie dort einen Typen aus Cleveland kennengelernt, der rein zufällig mehr Geld sein Eigen nannte als Gottvater persönlich. Er war zwanzig Jahre älter als sie, aber sie war bis über beide Ohren verliebt und wurde von der ansonsten so verschlossenen Gesellschaft der oberen Zehntausend der North Coast mit offenen Armen willkommen geheißen.

Dieser Tage widmete sich Bianca verschiedenen Wohltätigkeitsorganisationen und – was ich wesentlich wichtiger fand – ihrer Boutique, La Mode. La Mode lag drüben in Larchmere, einer dieser angesagt-heruntergekommenen Wohngegenden, die gerade voll im Trend lagen, und die Sachen dort waren so teuer, dass ich es nicht wagen konnte, dort einzukaufen. Unwillkürlich musste ich an meinen letzten Spaziergang in Larchmere denken, der mich an den Schaufenstern von La Mode vorbeigeführt hatte. Ob sie wohl je meinen Nasenabdruck von einem der Fenster abbekommen hatten und den Speichel, der mir aus dem Mund geronnen war?

Wie aufgezogen, ohne recht mitzubekommen, was ich da tat, hatte ich mich meinem Idol mit ausgestreckter Hand genähert. „Es ist mir eine große Ehre, Sie kennenzulernen!", stotterte ich begeistert, nur, um mir gleich darauf wie der letzte Idiot vorzukommen. „Sie wissen schon, was ich meine!", fügte ich hastig hinzu.

Sie lachte. Ihre Zähne waren perfekt, gerade und blendend weiß, sie selbst großmütig und warmherzig, genau, wie ich es mir gedacht hatte. „Ich freue mich auch, Sie kennenzulernen. Sie müssen Pepper sein."

Sie kannte meinen Namen! Völlig überwältigt bekam ich den Mund nicht mehr zu, was mir wirklich nicht steht. So war es nur gut, dass Jim sich wieder einmal einmischte. Auch er war völlig entzückt, wovon die rosa angelaufenen Wangen beredtes Zeugnis ablegten. „Bianca hat sich bereit erklärt, Teil des Teams zu sein, wofür wir ihr alle sehr dankbar sind", erklärte er.

„Team?" Ich sah von Ella zu Jim. „Wir sind ein Team?"

Ella strahlte. „Es hat so lange gedauert, alle Puzzleteile zusammenzubekommen. Wir haben so hart daran gearbeitet und es wird einfach wunderbar! Unglaubliche Publicity und ..."

„Team!" Mit einem strengen Blick versuchte ich, Ella auf das eigentliche Thema festzunageln. „Was für ein Team? Was sollen wir machen?"

Ellas Lächeln war gut einen Kilometer breit. „Den Friedhof restaurieren natürlich! Es ist eine erstklassige PR-Aktion, Pepper. Du arbeitest nicht mit irgendwelchen Ehrenamtlichen ..." Sie warf einen stolzen Blick in die Runde und ihre Augen funkelten. „All diese wunderbaren Damen sind Mitglieder der historischen Gesellschaft und sie wissen, welch wichtige Rolle der Erhalt unserer Friedhöfe für unsere Regionalgeschichte spielt. Sie haben sich bereit erklärt, diesen Sommer über als Teil eines Teams eine Abteilung des Monroe-Street-Friedhofs zu restaurieren. Sie werden beschließen, welche Maßnahmen in Bezug auf die Landschaftspflege notwendig sind, wie sich die zerstörten Grabsteine wieder herrichten lassen, und wie wir alle zusammenarbeiten können, um den Friedhof ins Augenmerk der Öffentlichkeit zu rücken, damit die Menschen verstehen, dass unsere Arbeit hier ihre Unterstützung wert ist und das Geld für die restlichen Restaurierungsarbeiten spenden."

Ein Blick auf die neuen Freiwilligen, und ich verstand Ella. Wenn jemand helfen konnte, dann diese Damen. Klar, keine von ihnen war besonders jung und sie sahen alle so aus, als hätten sie, außer bei Beerdigungen, noch nie einen Fuß auf einen Friedhof gesetzt und hätten absolut keine Ahnung davon, wie man Grabsteine aufrichtet. Aber das galt für mich gleichermaßen, und bei den Damen spielte es nicht die geringste Rolle.

Frauen wie diese hier hatte ich mein Leben lang gekannt. Sie waren diejenigen, die in der Stadt etwas bewegten. Sie mochten Hausfrauen sein, sie mochten sanftmütig wirken und perfekte Manieren an den Tag legen, aber jede einzelne von ihnen konnte Berge versetzen. Kraft ihrer Persönlichkeit, ihres Familiennamens und der dicken Brieftaschen, zu denen sie Zugang hatten – und mit diesen Frauen sollte ich ein Team bilden!

Eine Kopie von Ellas strahlendem Lächeln hatte sich nun auch auf mein Gesicht geschlichen. Ich ertappte mich dabei, wie ich mir verstohlen die weiße Bluse glatt strich. Wenn ich den ganzen Sommer mit Bianca zusammenarbeitete, wenn es mir gelang, sie zu beeindrucken ...

Natürlich waren die Gedanken total verrückt, die mir gerade durch den Kopf schossen, aber in meinem Leben waren schon verrücktere Dinge geschehen! Meine Familie hatte Ansehen und Vermögen verloren, Joel hatte mich sitzenlassen, ich sprach mit Geistern. War es da so viel verrückter, ein wenig zu träumen? Mir vorzustellen, dass sich vielleicht ein Job bei La Mode für mich finden ließe, wenn ich nur hart genug daran arbeitete, Bianca zu beeindrucken?

Keine Friedhöfe mehr!

Keine Geister!

Dafür Tag für Tag die wunderschönsten Modeerzeugnisse, die elegantesten Stoffe, kultivierte und schwerreiche Kunden, die meinen Rat einholten und mich respektierten. Die auf mich hörten, wenn ich ihnen einen bestimmten Stil empfahl und Farben kombinierte, wie sonst niemand es verstand.

Ich musste mich sehr anstrengen, um die in mir brodelnde Erregung im Zaum zu halten, durfte man mir doch meine Aufregung nicht ansehen. Das hätte unprofessionell gewirkt. Immerhin war ich jetzt Teamchefin, davon ging ich fest aus, denn wer außer mir hatte Friedhofserfahrung? Als Teamchefin musste ich das Heft fest in der Hand halten. Teamchefs sind ruhig und gelassen, verlieren nie den Überblick und wissen immer, was zu tun ist.

All das hätte auch ich problemlos sein und tun können, wäre nicht ausgerechnet in diesem Moment und ausgerechnet direkt hinter Bianca der Geist im Nadelstreifenanzug aufgetaucht.

Angewidert verdrehte ich die Augen, was ich umgehend bereute. Die Modeberaterinnen bei La Mode taten so etwas Ungehobeltes gewiss nie.

Ich riss mich zusammen und konzentrierte mich auf das, was Jim gerade erklärte: Mae und die anderen Frauen würden in der Abteilung zehn arbeiten, wo ein paar berühmte frühe Siedler begraben lagen. Aha. Ich hörte Jim zu, ehrlich! Das wäre nur leichter gewesen, hätte sich dieser Nadelstreifenspuk nicht so dicht hinter Bianca herumgedrückt, das Kinn hochgereckt, die Schultern kerzengerade. Kein einziges Mal sah er mir in die Augen.

Da! Jetzt ging er! Mit kerzengeradem Rücken marschierte er auf die überwucherten Pfade zu, hielt auf die hintere Seite des Areals zu, wo ein Eisenzaun den Friedhof von den stillgelegten, mit Brettern vernagelten Fabriken und winzig kleinen Häusern der Nachbarschaft trennte.

„Also? Was halten Sie davon?"

Jims Frage riss mich aus tausenderlei Gedanken. Da er mich dabei ansah, stand zu befürchten, dass er von mir eine Antwort erwartete.

„Also ..." Ich zauberte mir ein Grinsen aufs Gesicht, das hoffentlich zum Ausdruck brachte, wie peinlich mir das Ganze war und deutete verschämt auf das Dixi Klo ganz in der Nähe, das einzige, was der Monroe-Street-Friedhof an sanitären Anlagen zu bieten hatte. Als wäre ich nicht lieber geplatzt, als auch nur einen Fuß in das Ding zu setzen. „Wenn Sie mich alle einen Moment entschuldigen würden? Ich bin sofort wieder da!" Schon glitt ich seitwärts Richtung Unterholz, dorthin, wohin ich den Geist hatte verschwinden sehen.

Was ich hier tat – besser, was ich gleich tun würde – war ein dicker, dicker Fehler, das war mir durchaus bewusst. Glauben Sie mir, an diesem Punkt meiner Karriere als Ermittlerin für die Toten hatte ich das eine oder andere gelernt.

Es war mir schon klar, dass ich den Typen eigentlich verschwinden lassen sollte.

Aber das brachte ich einfach nicht über mich, so sehr ich mich auch bemühte. Noch einmal hatte ich mit ansehen müssen, wie einsam und verloren er wirkte.

Mir ist es zuwider, wenn die Geister mir das antun! Aber Tatsachen sind nun mal Tatsachen und dies war eine Tatsache, der ich wohl ins Auge sehen musste: Ich war ein Weichei, was bestimmte Geister betraf. Ich musste herausfinden, was es mit diesem Mann auf sich hatte, und so tat ich das Einzige, was mir in den Kopf kam, das Einzige, was ich in meiner ganzen Laufbahn als Geisterermittlerin noch nie getan hatte: Ich ging ihm nach.

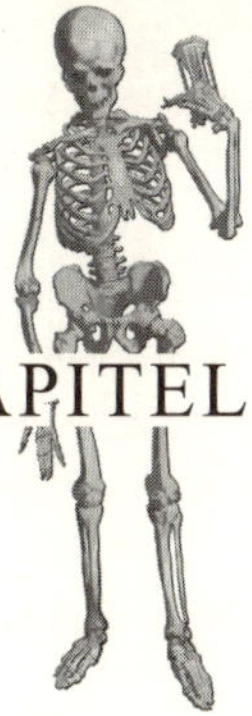

KAPITEL 2

Sobald ich sicher sein konnte, von niemandem beobachtet zu werden, tauchte ich ins Unterholz ab. So mühsam es war, mir einen Weg durch das dichte Gestrüpp, durch hohes Gras und ausufernde Büsche zu suchen, so einfach war es, meine neueste gespenstische Nervensäge nicht aus den Augen zu verlieren: Ich folgte einfach den Nadelstreifen.

Während die mühelos über sämtliche Hindernisse hinweg schwebten, musste ich einem klaffenden Loch im Boden ausweichen, über einen umgestürzten Grabstein hüpfen und mich an einem unheimlichen Mausoleum vorbeidrücken, dessen Tür offenstand und dessen Dach schon halb eingestürzt war. Als der Geist endlich haltmachte, standen wir eingezwängt zwischen übergroßen Fliederbüschen. Aus einem Haus auf der anderen Seite der Straße hinter dem Eisenzaun drang laute Hip-Hop-Musik, was die ansonsten recht ländliche Idylle leicht eintrübte.

„Wer sind Sie? Was wollen Sie?"

Der Nadelstreifenanzug hatte durchaus mitbekommen, dass ich ihm gefolgt war: Er schien weder von meinem Anblick noch von meinen Fragen überrascht. Stocksteif und reglos stand er da, die Schultern zurückgenommen, die Arme dicht an die Seiten gedrückt.

Ich rückte näher an ihn heran. „Sie wollen doch etwas von mir! Sonst würden Sie hier nicht herumlungern."

Er fuhr sich mit der Hand über das straffe, kantige Kinn.

„Auf mich wartet da hinten jede Menge Arbeit." Resolut deutete ich mit dem Daumen über die Schulter, dorthin, woher ich gekommen war. „Wenn Sie hier also nur herumstehen wollen ..."

„Ich brauche Ihre Hilfe."

Er sprach mit zusammengebissenen Zähnen. Sein Kiefer wirkte so steif – wenn Geister Knochen besäßen, dann hätte ich die seinen jetzt unter Garantie knirschen hören.

Ich wartete.

Er deutete auf den Grabstein, neben dem er sich aufgebaut hatte. „Ich heiße ..."

„Jefferson Lamar." Ich legte den Kopf schräg, um die Inschrift besser lesen zu können. „Hier steht, Sie sind 1985 gestorben?"

„Das stimmt." Er schob sich die Brille auf der Nase zurecht und erwiderte zum ersten Mal meinen Blick. Seine Augen waren so braun wie die Erde unter unseren Füßen, dort, wo früher einmal Gras gewachsen war. Sie blickten besorgt.

Eigentlich wusste ich nur zu gut, wohin es führt, wenn man sich in die Probleme von Geistern verwickeln lässt, dafür war die Narbe an meiner rechten Seite Beweis genug. Was nicht erklärt, warum ich noch einen Schritt näher an ihn herantrat. „Sie wissen, wer ich bin?"

Lamar hatte den Blick wieder abgewandt, sah mir nun jedoch erneut fest in die Augen. „Es heißt, Sie hätten die Gabe."

„Ach, ehrlich?" Ich hatte witzig sein wollen, aber mein Gegenüber lachte nicht. Offenbar gehörte er zu den Männern, die keinen Spaß verstehen, also riss ich mich zusammen. „Hier stehe ich und rede mit Ihnen, richtig? Was wohl ganz darauf hindeutet, dass ich die Gabe habe, richtig? Denn könnte ich Sie sonst sehen? Wenn ich die Gabe nicht hätte?"

„Natürlich nicht." Nervös strich er sich mit der Hand über die Krawatte, die war schlicht, schwarz und langweilig.

Ähnlich wie diese Unterhaltung.

Ich stieß einen ungeduldigen Seufzer aus, den ich noch nicht einmal zu kaschieren versuchte. „Hören Sie, da hinten warten Leute auf mich", erklärte ich. „Die kann ich nicht ewig hinhalten." Ich bezog mich auf Ella und Jim und den Rest der Truppe, ganz besonders aber auf Bianca, die mich vielleicht für flatterhaft halten würde, bliebe ich einfach so im Unterholz verschwunden. „Wenn Sie also über irgendetwas reden wollen ..."

„Ja, das will ich." Er holte tief Luft. „Es heißt ja auch, Sie seien die einzige, die helfen kann."

„Aber das mögen Sie nicht glauben, was? Warum nicht? Weil ich eine Frau bin? Weil ich Ihrer Meinung nach zu jung bin? Weil ich ein Gespür für Mode habe und das ja automatisch ausschließt, dass ich auch denken kann? Kommen Sie – wenn Sie gehört haben, dass ich die Gabe besitze, dann haben Sie doch bestimmt auch gehört ..."

„Sie sind gut. Obwohl Sie so jung sind. Das weiß ich von Gus."

Ein wenig überraschte es mich schon, dass Lamar meinen ersten Kunden ins Spiel brachte. Gus, den Mafiaboss, der in den siebziger Jahren des letzten Jahrhunderts gestorben war. Ich hatte den Mord an ihm aufklären können, wobei ich um ein Haar selbst ums Leben gekommen wäre, gleichzeitig aber auch hatte erfahren dürfen, dass ich eine verdammt gute Detektivin sein kann und dass wir ein verdammt gutes Team waren, Gus und ich.

Unwillkürlich musste ich grinsen. „Wie geht es Gus? Ich habe ihn schon eine halbe Ewigkeit nicht mehr gesehen."

„Das hat er auch gesagt." Jefferson Lamar schüttelte den Kopf, eine Geste, in der Staunen und Widerwillen lag. „Ich verbringe meine Zeit mit einem Kriminellen wie Scarpetti, das muss man sich mal vorstellen!"

„Na ja, Gus mag zu Lebzeiten ein Mafiapate gewesen sein und all das, aber tief in seinem Innern ist er ein guter Mensch."

„Finden Sie?" Lamar tat meinen Einwand mit einem ungeduldigen Achselzucken als irrelevant ab. „Ich habe gelernt, kriminellen Elementen nicht zu trauen und eigentlich wollte ich auch gar nicht auf ihn hören. Aber ich wusste nicht, an wen ich mich sonst hätte wenden sollen und Gus meint, Sie beherrschen Ihr Metier."

Inzwischen grinste ich bis über beide Ohren. „Wie ich schon sagte: der Mann ist gut!"

„Also könnten Sie mir helfen? Ich meine: Falls ich das wünsche? Falls ich Sie brauche?"

Normalerweise flehten die Geister mich an, mein detektivisches Geschick in ihren Dienst zu stellen und ihnen zu helfen. Dieses ganze Um-den-heißen-Brei-Herumreden ging mir allmählich auf die Nerven. „Hören Sie mal ..." Ich holte tief Luft, bemüht, mir meinen Unmut nicht anmerken zu lassen, was mir wahrlich nicht leicht fiel. Meine Eltern wussten schon, weswegen sie mich ab einem bestimmten Alter Pepper gerufen hatten, statt Penelope, wie mein eigentlicher Name lautete. Pepper passte viel besser zu meinem aufbrausenden Temperament. „Wenn Sie mich brauchen, weil ich den Mord an Ihnen aufklären soll, damit Sie auf die andere Seite hinübergehen können ..."

„Nein, nein. Das ist es nicht." Lamar schüttelte den Kopf. „Ich bin nicht ermordet worden. Ich hatte einen Herzinfarkt. Ich starb eines natürlichen Todes, eines ganz natürlichen Todes."

„Also doch so eine Kirschkuchensache? Oder wie das Geheimnis mit der verschwundenen Halskette und dem davongelaufenen Liebhaber?" Ich verzog das Gesicht. „Wie ich den anderen schon sagte: Mit so etwas kann ich mich nicht befassen. Ich habe eine Gabe, vergessen Sie das nicht. Mit der kann ich nicht so einfach hausieren gehen, als wäre ..."

„Aber es hat durchaus einen Mord gegeben. Hier in Cleveland, und ich ..." Lamar zog ein riesiges weißes Taschentuch aus der Hosentasche, nahm seine Brille ab und putzte sie umständlich. Dann setzte er die Brille wieder auf, faltete das Taschentuch sorgsam zusammen und verstaute es in seiner Jackentasche. „Es hieß, ich hätte es getan." Seine Stimme ging in den dröhnenden Bässen der Hip-Hop-Musik von jenseits des Zauns fast unter. „Ich musste ins Gefängnis."

„Gefängnis? Nicht schon wieder!" Das war mir herausgerutscht, ehe mir klar wurde, dass Lamar ja nicht ahnen konnte, wovon ich sprach.

Oder doch? Er nickte verständnisvoll. „Das hat Gus auch erzählt. Die Sache mit Ihrem Vater. Er sagte, sobald Sie erführen, was es mit mir und Gefängnissen auf sich hat, wären Sie bestimmt alles andere als begeistert."

Ich lachte. „Alles andere als begeistert? Gus gehört nicht zu den Leuten, die sich so gewählt ausdrücken. Kommen Sie schon: er hat gesagt, ich würde total angepisst sein, was? Er hat gesagt, ich würde in die Luft gehen wie der Korken aus einer Flasche Asti." Offenbar war das bereits der Fall, mein ‚in die Luft gehen', meine ich. Ich bekam es allerdings erst mit, als ich meine laute Stimme durch die kleine Lichtung schallen hörte. Hastig holte ich tief Luft. „Gus hat nicht immer recht", verkündete ich – sollte Lamar ruhig wagen, mir zu widersprechen! „Nicht in allen Punkten."

„Es tut mir wirklich leid. Das mit Ihrem Vater, meine ich. Aber wenn Sie die ganze Sache von der logischen Seite her betrachten, Miss Martin, werden Sie feststellen, dass das Gefängnis genau der richtige Ort für ihn ist. Wenn es sich um ein gut geführtes Gefängnis handelt, muss ich hinzufügen. Ein gut geführtes Gefängnis mit klaren Strukturen und durchgehender Disziplin und entsprechenden Hilfestellungen für die Insassen kann ihm helfen, sein Leben wieder in die richtigen Bahnen zu lenken. Denn darum geht es doch, nicht wahr? Uns sollte es zu allererst immer um die Resozialisierung gehen und nicht um Vergeltung. Wir müssen einen Weg finden, die Gefangenen von innen heraus zu ändern, wir müssen sie erziehen und ihnen helfen, ihre Probleme zu überwinden, die doch oft genug in mangelndem Selbstbewusstsein begründet sind. Wenn uns das gelingt, wenn wir ihnen beibringen können, andere Menschen zu achten und zu respektieren, dann sind sie offen für Lernprozesse. Dann können wir ihnen etwas Nützliches beibringen und wenn sie die Gefängnismauern hinter sich lassen, können sie als produktive Mitglieder der Gesellschaft leben."

„Dad war bereits produktives Mitglied der Gesellschaft. Falls Sie Nasenverschönerungen und Kinnverschönerungen und Busenverschönerungen produktiv finden, und es gibt eine Menge Menschen, die diese Sachen nicht nur für produktiv, sondern für lebensnotwendig halten." Ich warf Lamar einen finsteren Blick zu.

Was mich betraf, durfte man diesen Teil unserer Unterhaltung als beendet betrachten.

Oder doch nicht? Was hatte der Mann da eigentlich eben alles von sich gegeben?

„Moment mal!“ Warnend hob ich die Hand, dabei hatte Lamar gar nichts sagen wollen. „Erst kritisieren Sie Gus, dann schwafeln Sie von den vielen Vorteilen, die ein Gefängnisaufenthalt bedeuten kann. Sie haben einen Mord begangen!“

„Ich habe nicht gesagt, dass ich ihn begangen habe. Ich sagte, man habe mich des Mordes bezichtigt. Ich sagte ...“

„Sie sagten, Sie seien eines natürlichen Todes gestorben. Im Gefängnis?“

Sein Nicken war kaum zu erkennen.

„Das heißt, Sie haben vor Gericht gestanden. Sie wurden für schuldig befunden und rechtskräftig verurteilt.“

„Ja. Hier in Cleveland.“ Er blickte zur Seite und vielleicht war das nur Einbildung oder das Sonnenlicht spielte mir einen Streich, aber ich glaubte sehen zu können, wie er an den Rändern verblasste. Plötzlich sah er gar nicht mehr so starr und solide aus und genauso plötzlich wurde mir klar, was dieser Geist mir emotional vermittelte. Ihn beutelte weder Zaudern noch Schüchternheit: Es war ihm peinlich, mit kriminellen Elementen von der Art eines Gus Scarpetti in einen Topf geworfen worden zu sein.

„Dann waren Sie also kein Berufskrimineller, was?“

Meine Frage, die reine Provokation, hing zwischen uns in der Sommerluft.

Lamar rückte sich die Brille zurecht.

„Ich habe es nicht getan“, sagte er mit einer Stimme, die so stählern war wie der Blick, der in seinen Augen aufflammte. „Man hat es so aussehen lassen, als sei ich es gewesen. Ich weiß nicht, wer das getan hat.“

„Sie möchten, dass ich es für Sie herausfinde.“ Als genialen Geistesblitz konnte man meine Antwort nicht bezeichnen, schließlich wollten Geister immer irgendetwas von mir. Aber ich war auch nicht hundertprozentig bei der Sache, denn ein Teil meines Kopfes knabberte immer noch an dem, was Lamar vorher gesagt hatte. Was hatte mich an seinen Worten so gestört? Erst nach einer Weile dämmerte es mir. „Aber Hallo!“ Als ich diesmal die Hand hob, trat ich dabei auch gleich einen Schritt zurück, um mich besser von der wirren Idee zu distanzieren, die in meinem Kopf herumschoss wie einer von diesen Sektkorken, die ich gerade ins Spiel gebracht hatte. „Sie sagten: wir. Wir sollten auf Resozialisierung hinarbeiten, nicht auf Vergeltung. Wenn wir einen Weg finden können, Gefangene zu ändern. Sie sind Polizist!“

War das ein Lächeln, das sich um Lamars Mundwinkel abzeichnete? Wohl eher die Anfänge eines höhnischen Grinsens, denn schon im nächsten Augenblick tauchte genau so ein Grinsen ganz deutlich auf seinem Gesicht auf. „Ich fürchte, in meinem Fall hat selbst diese Ironie dem Schicksal nicht gereicht“, sagte er. „Polizeibeamter war ich nicht, Miss Martin. Ich war Gefängnisdirektor.“

„Wow.“ Viel mehr wollte mir dazu nicht einfallen. „Also haben Sie ein Gefängnis geleitet und dann später selbst in einem gesessen?“

„Wie ich schon sagte ...“ Er breitete die Hände aus. „Ironie des Schicksals.“

„Sie glauben, jemand hätte Ihnen diesen Mord in die Schuhe geschoben?“

„Das glaube ich nicht, junge Dame, das weiß ich, und Sie werden es beweisen. Sie werden meinen Namen reinwaschen. Sie werden mich rehabilitieren.“

Wo er gerade von Namen sprach – ich hörte, wie meiner gerufen wurde. Das kam aus dem grünen Dickicht hinter mir und als ich Ellas Stimme erkannte, erbarmte ich mich meiner Chefin und meldete mich. Selbst die vernünftigsten Earth-Schuhe mit flachen Absätzen nützen wenig, wenn sich eine leicht übergewichtige Frau mittleren Alters einen Weg durch einen aus den Fugen geratenen Garten voll umgestürzter, überwucherter Grabsteine bahnen will.

„Hier bin ich, Ella!“ Ich wandte mich der Richtung zu, aus der ich Zweige knacken und Ella angestrengt keuchen hörte.

„Werden Sie mir helfen?“

Lamars Frage ließ mich zu ihm herumfahren, aber zu einer Antwort kam ich nicht mehr. Ich hatte gerade den Mund aufgemacht, ohne allerdings recht zu wissen, was ich sagen wollte, als Ella sich durch das mannshohe Dickicht aus Unkraut zwängte.

„Ich war so in Sorge um dich!“ Meine Chefin fächelte sich mit der Hand Kühlung zu. „Du warst so lange weg und als du dann gar nicht mehr wiederkamst ... nur gut, dass ich deine Stimme gehört habe!“ Suchend sah sie sich um, entdeckte aber natürlich nichts weiter als menschenleeres Friedhofsgelände. „Mit wem hast du dich unterhalten?“

„Nur mit ein paar Kindern aus der Nachbarschaft, die auf ihren Fahrrädern vorbeikamen.“ Ich deutete auf den Bürgersteig auf der anderen Seite des keine drei Meter von uns entfernten Zauns. „Sie wollten wissen, was wir hier machen, also habe ich ihnen das mit dem Restaurationsprojekt erzählt.“

Ellas Miene wechselte von besorgt zu erleichtert. „Das sieht dir wieder einmal ähnlich: selbst dafür nimmst du dir noch Zeit. Ich habe es gleich gewusst und das habe ich auch zu Jim gesagt. Pepper kann es gar nicht abwarten, habe ich gesagt.“

„Genau!“ Mit ausufernder Geste deutete ich auf die gesamte Sektion, in der wir gerade standen. „Ich freue mich so auf dieses Projekt und auf dem Weg zurück vom Dixieklo habe ich diese Stelle hier entdeckt. Sie sieht so interessant aus, ich musste sie mir einfach genauer ansehen. Sie ist perfekt!“

In Ellas Augen glomm Anerkennung auf. „Dann werde ich dafür sorgen, dass ihr diese Sektion bekommt“, sagte sie. „Mir gefällt sie auch. Sie wirkt so friedvoll.“

Dann hatte sie die Hip-Hop-Musik wohl nicht gehört.

„Aber dafür haben wir später noch Zeit.“ Ella klammerte sich an meinem Arm fest. „Jetzt müssen wir erst einmal zurück zu den anderen. Ich habe gerade einen Anruf bekommen: Die Fernsehleute sind schon unterwegs.“

„Fernsehen?“ Ich rührte mich nicht vom Fleck, wusste ich doch nicht genau, ob mir gefiel, was ich da eben gehört hatte. „Ella! Willst du mir damit sagen ...“

„Na ja, das gehört zu den Dingen, die ich vorhin nicht mehr erklären konnte. Die ganze Sache wird gefilmt. Das Restaurierungsprojekt, meine ich. Es sollte eine Dokumentation werden. Als Jim mir sagte, er hätte das alles mit dem örtlichen Fernsehsender arrangiert, da sagte ich ... eigentlich sollte das ein Witz sein, du kennst doch meinen schrägen Sinn für Humor! Ich habe vorgeschlagen, eine Art Reality Show daraus zu machen. Wie ‚Dschungelcamp'. Oder ‚The Amazing Race'. "

Jetzt war ich endgültig verwirrt. Ich machte mir noch nicht einmal die Mühe, einen Blick zu Lamar hinüberzuwerfen, um zu sehen, ob es ihm ähnlich ging. Der Glückliche wusste ja nichts vom Reality-TV – er war gestorben, ehe ein krankes Hirn sich diesen Schwachsinn hatte einfallen lassen. Sorgsam ging ich noch einmal alles durch, was Ella bisher gesagt hatte. „Hier kommen also die Leute von der Show her und ..."

„Nein, nein!" Inzwischen zerrte meine Chefin regelrecht an mir und mir blieb nichts anderes übrig, als mit ihr zu gehen. Wir marschierten durch hüfthohes Unkraut, stiegen vorsichtig über Grabsteine und zerbrochene Bierflaschen und mussten einmal sogar etwas ausweichen, das aussah wie eine demolierte Crackpfeife.

Ella, die sich zeitgleich immer nur einer Sache widmen kann, schwieg, bis wir den Fahrweg erreicht hatten, der uns wieder zu Jim und den anderen bringen würde. „Es wird zwei Teams geben." Sie fächelte sich mit dem Saum ihres Tops Luft zu. „Jedes Team bekommt eine Sektion des Friedhofs zugeteilt und wird diese bearbeiten. Da dir diese Sektion so gut gefällt ..." Sie sah noch einmal zurück, ich tat es ihr nach. Erst jetzt bemerkte ich, dass Lamar nicht mehr zu sehen war.

„Ich werde dafür sorgen, dass du mit deinem Team dort arbeiten darfst", fuhr Ella fort. „Jedes Team ist für die gesamte Restaurierung seiner Sektion verantwortlich: Planung, gärtnerische Ausgestaltung, einfach alles. Die ganze Sache wird gefilmt und einmal in der Woche im Fernsehen ausgestrahlt. Wir haben eine Jury aus Ehrenamtlichen zusammenbekommen: die Leiterin des Kunstmuseums gehört dazu, der Kulturressortleiter des *Plain*

Dealer und ein paar Professoren von der Kunsthochschule. Ist das nicht absolut aufregend?"

Jetzt, wo Ella es sagte: Ja, das war wirklich irgendwie aufregend. Rasch fuhr ich mir mit der Hand durchs Haar und strich meine Bluse glatt, um möglichst gut dazustehen.

„Damit werden wir Aufsehen erregen, da bin ich mir hundert Prozent sicher!" Ella eilte zielstrebig auf das Bürozelt zu. „Jede Menge prima Publicity in sämtlichen Fachblättern über Friedhöfe, ganz zu schweigen von den Nachrichtensendern. Es wird sogar schon gemunkelt, ‚Dateline' plane vorbeizukommen und etwas über uns zu drehen!"

Je mehr ich darüber hörte, desto besser gefiel mir der ganze Plan. So grinste ich von einem Ohr zum anderen, als wir bei meinem Team anlangten.

Gerade noch rechtzeitig, um einen Kleinbus vorfahren zu sehen. Er trug das Logo unseres örtlichen öffentlich-rechtlichen Fernsehsenders.

Aber zu spät, um noch etwas in Bezug auf Haar und Make-up unternehmen zu können. Bianca hatte dieses Problem nicht, wie ich feststellen konnte: Als ich mich verstohlen nach ihr umsah, zog sie gerade ihren Lippenstift nach. Als dann eine Blondine in schwarzem Rock, passender Jacke und männlich wirkendem blauem Hemd aus dem Bus stieg, waren wir zu ihrem Empfang bereit.

Die Blondine war etwas jünger als ich, etwas kleiner, und deutlich rundlicher. Sie hatte offenbar nicht vor, wertvolle Zeit zu vergeuden. „Greer Henson!", stellte sie sich reihum per Handschlag vor. „Ich nehme mal an, ich habe bei diesem kleinen Projekt hier das Sagen."

Irgendwie ließ ihre ganze Art mich zusammenzucken. Wachsam sah ich ihr zu, wie sie von einem zum anderen marschierte, sich bei Biancas Anblick gebührend beeindruckt zeigte und dann wieder zurück zu Ella, Jim und mir kam. „Wer ist hier zuständig?", wollte sie wissen.

Ella sah mich an.

Greer Henson kam gleich zur Sache. „Also, Ms. Martin, wo fangen wir an?"

Jetzt war der Moment gekommen, wo ich zeigen konnte, was in mir steckte, mein Augenblick des Ruhms und der Anerkennung. Ich wünschte nur, ich wäre besser vorbereitet gewesen und Jefferson Lamar hätte nicht ausgerechnet diesen Moment gewählt, um wieder auf der Bildfläche zu erscheinen.

„Was ist nun mit mir?", fragte er. Er stand genau hinter Greer. „Was ist mit meinem Problem?"

„Ich werde mich drum kümmern."

„Wie bitte?" Greer richtete seltsam durchsichtige Augen auf mich. „Sie werden sich darum kümmern? Worum? Mir zu sagen, wo wir mit dem Dreh anfangen sollen? Wohl kaum!" Ihr Stimme wurde zu einem Singsang. „Eins wollen wir doch mal von Anfang an klarstellen: Ich mache keine halben Sachen. Denn wer beachtet schon eine Regisseurin, die halbe Sachen macht? Hier wird nicht eine wertvolle Minute verschenkt, kein wertvolles Tageslicht und nicht eine einzige wertvolle Hirnzelle – jedenfalls keine von meinen wertvollen."

„Versprechen Sie das?" Lamars Frage überschnitt sich mit Greers Litanei, also kam ich nicht dazu zu antworten.

Aber so einfach ließ mich der Mann nicht vom Haken. „Sie finden heraus, dass ich in Wirklichkeit unschuldig war?" „Ich glaube, das führt jetzt schon ein wenig zu weit." Meine Bemerkung galt Lamar, konnte gleichzeitig aber glücklicherweise auch als Allzweckkommentar durchgehen und wurde von den lebenden Anwesenden wohl auch so verstanden: nicht nur mein Team, auch Ella, Jim und Greer sahen mich erwartungsvoll an.

„Geben Sie uns noch ein, zwei Minuten, dann sind wir bereit", fuhr ich fort, „und Sie ..." Ich wandte mich an Greer, der es nicht zu gefallen schien, von jemandem Anweisungen zu bekommen. Vielleicht gehörte das nicht in die Arbeitsplatzbeschreibung einer Regisseurin – was wusste ich denn, ich hatte noch nie zuvor eine kennengelernt. Als sie die Nase rümpfte und die Lippen zusammenkniff, sah sie jedenfalls aus wie ein Gartenzwerg, und zwar nicht wie ein niedlicher.

„Warum holen Sie nicht Ihre Kamera oder Ihre Crew oder was Sie da sonst so im Wagen haben?", fragte ich sie. „Ich berate mich derweil kurz mit meinem Team hier, und wir denken uns eine Strategie aus. Bis Sie zurück sind, sind wir fertig und der Dreh kann losgehen."

Zwei Minuten in Gegenwart dieser Kleinen und schon hatte ich kapiert, dass es ihr auf den Keks ging, wenn ich recht hatte, und wollen wir doch mal eines klarstellen: Ich hatte ziemlich oft recht.

Mit einem verkniffenen Lächeln auf dem runden Gesicht verzog sich Greer Richtung Kleinbus.

„Also?" Ich sah Ella an. „Wie lautet der Plan?"

„Na ja, eigentlich gibt es keinen. Ihr sollt einfach alle ganz natürlich aussehen und tun, was zu tun ist. Darum geht es doch schließlich, oder?" Ella wand einen Finger durch die Perlenkette an ihrem Hals. „Das Ganze soll natürlich aussehen, ein Skript gibt es nicht. Du weißt schon, wie beim Reality-TV." Meine Meinung zum Thema Reality-TV behielt ich wohlweislich für mich. Wenn ich hier Teamchefin war, dann wurde es Zeit, mich wie eine zu benehmen. Für die Kamera und damit Bianca mitbekam, dass ich Managerqualitäten besaß. „Ich finde, wenn die Kamera läuft, sollte mein Team schon unterwegs zur Sektion sein, in der wir arbeiten werden." Ich winkte Mrs. Tannager und den Rest der Gruppe zu mir herüber. „Damit man gleich mitkriegt, wie gut wir alles im Griff haben. Es wird eine von diesen – wie nennt man das noch gleich? Actionszenen, genau! Eine Szene, in der jede Menge passiert. Oder fangen wir doch lieber mit einer Versammlung an? Drüben, bei der Limo?" Ich war bereits auf dem Weg dorthin. „Das Team, das sich gleich den ersten Herausforderungen gegenübersieht. Es diskutiert, es plant, es arbeitet eine Strategie aus. Was halten Sie davon, meine Damen?"

Mein Team wechselte verunsicherte Blicke, bis Mae Tannager den Mund auftat: „Ich glaube, Sie haben das alles falsch verstanden, junge Dame."

Ich blieb stehen und sah Ella fragend an.

Sie eilte herbei, packte mich am Arm und zog mich beiseite. „Das da ist Team eins und Mae ist die Chefin", flüsterte sie mir mit rauer Stimme zu. „Mae leitet jedes Komitee, dem sie angehört."

„Ach so. Natürlich." Fair war das nicht, aber ich verstand schon: Mae hatte die Kohle und Geld regiert nun einmal die Welt. „Ich bin also lediglich ein Mitglied. Aber ich habe als einzige Friedhofserfahrung. Okay." Eigentlich gefiel mir die Vorstellung, die Hauptverantwortung abgeben zu dürfen. Also war das Lächeln auf meinen Lippen aufrichtig, mit dem ich wieder zurück zu den anderen ging. „Also, Mrs. Tannager, wie stellen Sie sich die ersten Aufnahmen vor? Limo? Zelt? Oder marschieren wir gleich in unsere Sektion und machen uns an die Arbeit?"

„Pepper?" Dass Ella hinter mir stand, bekam ich erst mit, als sie mich am Ärmel zupfte.

Ich entschuldigte mich mit einem Lächeln bei meinen Damen, aber als ich mich umdrehte, fand ich mich Auge in Auge mit Jefferson Lamar.

Glauben Sie mir, ich weiß, was passiert, wenn ein Lebender in direkten Kontakt mit einem Geist gerät. Der Lebende erstarrt dann zum Eiszapfen. Das hatte ich alles schon hinter mir, das wollte ich auf keinen Fall noch einmal durchmachen.

Ich tat einen Satz zurück.

„Versprechen Sie, mir zu helfen?", fragte Lamar.

Da hockte ich nun, gefangen zwischen dem sprichwörtlichen Regen und der ebenso sprichwörtlichen Traufe.

„Ja, das verspreche ich." Was hätte ich in dieser Situation auch sonst sagen sollen?

Anscheinend war es das Richtige. Lamar verblasste. Kaum war er verschwunden, als Ella an seine Stelle trat. „Das da ist nicht dein Team", erklärte sie.

„Bitte?" Wenig brillant diese Reaktion, ich weiß, aber doch wohl unmissverständlich. „Willst du mir sagen ..."

„Das ist Maes Team. Sie kommen gut ohne deinen Beistand klar. Sie sind Team eins. Du bist die Leiterin von Team zwei."

„Aha, und dieses Team zwei ..." Ich sah mich suchend um, konnte aber niemand weiteren entdecken.

„Die müssten eigentlich jeden Moment hier sein." Ella warf einen Blick auf ihre Uhr. „Greer will ihre Ankunft filmen."

Wie auf ein Stichwort hin sprang ein Typ mit einer riesigen Videokamera auf der Schulter aus dem Bus. Greer heftete sich an ihn und dirigierte jeden einzelnen seiner Schritte.

Was hieß, dass die Kamera lief, als mein Team auf dem Friedhofsgelände eintrudelte, und dass ganz Cleveland oder doch sämtliche Bewohner, die sich auf einem öffentlich-rechtlichen Sender eine lahme Show über eine lahme Friedhofsrestaurierung ansahen, den entgeisterten Ausdruck auf meinem Gesicht mitbekamen, als ich die Aufschrift auf dem Kleinbus erkannte, der meine Mitstreiter brachte.

„Strafvollzugsanstalt von Cuyahoga County
Gemeinwesenarbeit"

KAPITEL 3

Quinn Harrison hat dieses gewisse Lächeln. Glatt, geschmeidig, sexy.

Mein Gott, wie sexy!

In diesem Moment hätte ich es ihm allerdings liebend gern aus dem Gesicht geschlagen, was dem Mann auch nicht entgangen wäre, hätte er nur einen Funken Hirn im Schädel gehabt.

Quinn und ich hatten uns kennengelernt, als ich im Mordfall Gus Scarpetti ermittelte. Seit ich im letzten Winter aus Florida zurückgekehrt war, wo ich mich im Haus meiner Mutter von meiner Schussverletzung erholt hatte, sahen wir uns relativ regelmäßig.

Quinn war im Laufe unserer Bekanntschaft ein- oder zweimal so nett gewesen, mir das Leben zu retten. Aber Sie dürfen mir glauben: nicht deswegen schlief ich mit dem Mann.

Ich schlief mit Quinn, weil er abgesehen von dem Geist, in den ich mich mal verliebt hatte, der heißeste Typ war, der mir seit Ewigkeiten über den Weg gelaufen war. Nicht, dass wir inzwischen eine richtige Beziehung aufgebaut hätten, so eine mit langfristiger Perspektive und ähnlichem Schnickschnack, aber das brauchten wir auch nicht. Was wiederum nicht heißt, dass ich nicht gern eine tiefschürfendere Beziehung zu ihm entwickelt hätte, und ich bildete mir – ohne es allerdings genau zu wissen – gern ein, es ginge ihm ähnlich. Wahrscheinlich wussten wir beide einfach nicht, wie wir es anstellen sollten.

Allerdings hätte er inzwischen ruhig gelernt haben können, meine Gedanken zu lesen, das wäre schon mal ein guter Anfang gewesen. Schließlich hielt er sich doch für Superman!

„Komm schon, Pepper!" Mit fröhlich funkelnden Augen fuhr Quinn mit seinen langen, starken Fingern über meine Haut, vom Handgelenk hoch zum Ellbogen. „Du musst doch zugeben, dass es ziemlich witzig ist!"

„Nein!" Am liebsten hätte ich die Arme vor der Brust verschränkt, nur fühlte sich das, was er da machte, einfach viel zu gut an. Wir saßen dicht nebeneinander auf der Couch in meinem Wohnzimmer, perfekt für einen erbosten Seitenblick meinerseits. „Erklär mir mal, was so witzig daran sein soll, Teamchefin einer Bande Verbrecher zu sein!"

„Richtige Verbrecher sind das doch gar nicht. Jedenfalls nicht alle." Quinn stand auf, um ins Esszimmer hinüberzugehen, wo wir die Flasche Rotwein abgestellt hatten, die wir nach unserer Rückkehr vom Abendessen entkorkt hatten. Ich bin ja nun eher ein Martini-Girl, immer schon gewesen. Aber mit Quinns Hilfe lernte ich langsam, auch einen guten Tropfen Wein zu schätzen. Wenn man es genau nahm, lernte ich mit Quinns Hilfe eine Menge neuer und interessanter Dinge.

Unter anderem hatte ich gelernt, ein gewisses Funkeln in seinen Augen richtig zu deuten. Wenn sich dieses Funkeln zeigte, hatte er eins, und nur eins im Sinn: Sex.

Eigentlich zeigte sich dieses Funkeln jedes Mal in Quinns Augen, wenn ich ihn traf.

Was zwei Interpretationen möglich machte: Entweder er war total verrückt nach mir, oder er kam nur vorbei, wenn ihm der Sinn nach Sex stand.

Ein unschöner Gedanke! Ich schob ihn rasch beiseite, denn schließlich hatte ich größere Probleme, über die ich mir den Kopf zerbrechen musste.

Meine Verbrecher zum Beispiel.

„Die Fernsehleute waren vor Ort, als diese Menschen aus ihrem Bus kletterten. Die Kamera lief! Diese eklige kleine Greer Hanson sagt, der Ausdruck auf meinem Gesicht sei unbezahlbar gewesen, sie würde das Bild auf jeden Fall nächste Woche, wenn die erste Folge ausgestrahlt wird, als Eröffnungsszene nehmen.“ Ich stöhnte laut auf. „Mein einziger Trost ist, dass sich sowieso keiner diese blödsinnige Show ansieht und so kriegt mich auch niemand mitten in dieser Gang von Kriminellen auf Freigang mit.“

„Ich sehe mir die Show auf jeden Fall an.“ Quinn hatte gleich bei Betreten der Wohnung seine dunkelblaue Anzugjacke ausgezogen und auch das Schulterhalfter mit der Pistole abgelegt. Jetzt hakte er die goldene Marke aus dem Gürtel, die ihn als Detective auswies und warf sie zu den übrigen Sachen auf den Esszimmertisch. Sein blütenweißes Hemd – gebügelt, bis auch nicht das kleinste Fältchen mehr sein Haupt zu heben wagte – schimmerte im Dämmerlicht meines Esszimmers. Quinns Lächeln strahlte nicht minder. Er schenkte mein Glas neu voll, trug es zu mir herüber und ging noch einmal zurück, um das eigene Glas und die Flasche zu holen.

„Außerdem sind deine Leutchen nicht auf Freigang, sie sind auf Bewährung. Freigang beziehungsweise bedingte Strafaussetzung bekommt man, wenn man im Gefängnis gesessen hat und unter bestimmten Auflagen wieder freikommt. Bewährung ist etwas anderes. Es ist möglich, jemanden auf Bewährung freizulassen, der ein Verbrechen oder Vergehen begangen hat, sich schuldig bekennt, vom Richter aber erst einmal nicht ins Gefängnis geschickt wird. Der Richter verordnet dann als Voraussetzung für die Freilassung bestimmte Bewährungsauflagen. Der Betreffende muss sich vielleicht regelmäßig bei der Polizei melden, oder nachweisen, dass er keine Drogen mehr nimmt. Verstößt man gegen diese Auflagen, kann man sofort ins Gefängnis wandern. Deine Leute haben aus Gründen, die wohl nur Gott ahnen mag, die Auflage bekommen, bei deiner Friedhofsrestaurierung zu helfen.“

„Meine Friedhofsrestaurierung ist das nicht!“ Quinn hatte mein Glas auf dem Couchtisch abgestellt, meine Hände waren also frei. Ich verschränkte die Arme vor der Brust.

Quinn ließ sich neben mich fallen, ein Bein über das andere gelegt, die Arme lässig über die Rückenlehne des Sofas geworfen. Meine Probleme waren das letzte, was ihn in diesem Moment bewegte. Woran ich das merkte? Zum einen an diesem Funkeln in seinen Augen. Einen weiteren Hinweis auf das, was in seinem Kopf vorging, erhielt ich, als er einen Schluck Wein trank und gleich darauf mit den Lippen über die empfindliche Stelle hinter meinem Ohr fuhr.

Klar war das schön, und mich durchlief auch ein angemessener Schauer, aber wollen wir doch mal ehrlich sein: Um mich diesen Tag auf dem Monroe-Street-Friedhof vergessen zu lassen, war schon einiges mehr vonnöten. „Ich kann es immer noch nicht fassen, dass Ella mir das antun konnte!“, stöhnte ich.

Quinn ließ sich eindeutig nicht gern abwimmeln, ertrug es aber mit einer gewissen Fassung. Was er sich allerdings auch leisten konnte, wusste er doch genau, dass er früher oder später bekommen würde, was er wollte. Quinn bekam von mir früher oder später immer das, was er wollte.

Er lehnte sich zurück und widmete sich genussvoll seinem Wein, den er in kleinen Schlucken genoss. „Eigentlich ist die Idee ziemlich clever. Denk doch nur an die Publicity.“

„Daran denke ich ja gerade! Ich im Fernsehen, zusammen mit einer Bande ...“ Ich brachte es kaum über mich, die Worte auszusprechen, zumal ich auch gar nicht wusste, wie ich die Leute aus meinem Team bezeichnen sollte. Straftäter? Knastbrüder und -schwestern? Häftlinge? Seit ich als Privatermittlerin tätig war, hatte ich es durchaus mit dem einen oder anderen kriminellen Element zu tun bekommen, aber nie mit solchen, die wirklich eingesperrt worden waren oder doch zumindest eigentlich eingesperrt gehört hätten.

Über Gefängnisse mochte ich nicht nachdenken, das dürfen Sie nicht vergessen.

Um meine Gedanken gar nicht erst in die Richtung abwandern zu lassen, langte ich nach dem Ordner, den ich bei meiner

Rückkehr vom Friedhof auf dem Couchtisch abgelegt hatte und blätterte die Papiere darin durch.

„Sieh dir diesen Typen an!" Ich hielt Quinn den Ordner kurz hin, allerdings nicht lange genug, als dass er sich das obenauf liegende Foto des jüngsten Mitglieds meiner Truppe genauer hätte ansehen können. Delmar Lui war ein spindeldürrer, achtzehn Jahre alter Asiat mit schlechter Haut und einem Schopf Haare, die noch dunkler waren als die von Quinn. Aber im Gegensatz zu Quinns ordentlichem, modischem Haarschnitt zierte Delmars Kopf ein Wust von spitzen Stacheln. Ebenso spitz wirkten die silbernen Verzierungen, die ihm aus Lippen, Nase und linker Braue ragten. Auf dem Friedhof, wo er den Mund lange genug aufgekriegt hatte, um mich mit einem knappen „Hi" zu begrüßen, hatte ich sehen können, dass so ein Silberding auch seine Zunge schmückte.

„Der Junge ist Graffitikünstler! Wer um alles in der Welt kommt auf die Idee, dass ein Graffitikünstler einen Friedhof restaurieren soll, auf dem sich bereits jede Menge Leute aus seinem Metier verewigt habe? Als hätten wir da nicht schon genügend Vandalismus auszustehen gehabt! Wieso hat man ihn überhaupt je verhaftet? Habt ihr Bullen denn nichts Besseres zu tun, als Kinder zu jagen?"

Quinn, der mir über die Schulter geschaut und den kurzen Bericht über Delmar mitgelesen hatte, deutete auf einen Abschnitt darin. „Er wurde nicht seiner Graffiti wegen verhaftet. Er ist in eine Schule eingebrochen und hat dort Sachschaden angerichtet. Man hat ihn wegen Hausfriedensbruch angeklagt."

„Egal!" Ich warf Delmars Blatt beiseite und sah mir das nächste Bild an. Es zeigte einen seltsam schwammigen Mann mittleren Alters, der so blass wirkte wie einer von diesen Fischen, die am Grunde des Meeres leben, wo nie Licht hinkommt. Seine Augen blickten in zwei verschiedene Richtungen.

„Schwerer Raub!" Beim bloßen Gedanken daran musste ich zittern.

„Würde man ihm gar nicht zutrauen, so wie er aussieht." Quinn nahm mir das Papier aus der Hand „Jake Swazacki, bei seinen Freunden als Crazy Jake bekannt. Klingt doch vielversprechend."

Nach Sarkasmus war mir nun gar nicht zumute. Ich riss Quinn das Papier aus der Hand und las den Kurzbericht über Jakes Straftaten. „Er ist in einen Supermarkt gegangen und hat dem Mann hinter der Kasse befohlen, die Kohle rüberzuschieben, denn er hätte eine Flasche Bleichmittel dabei und keinerlei Skrupel, die auch einzusetzen!" Sollte ich nun lachen, oder weinen? „Wenn sie mir schon Kriminelle schicken müssen, warum schicken sie mir dann nicht wenigstens halbwegs schlaue!" „Vielleicht ist das ja ein Schlauer." Quinn deutete auf das nächste Bild. Es zeigte einen Mann so um die dreißig, kahlköpfig, mit einem eintätowierten Pitbull auf der Stirn. Seine blauen Augen ließen mich an Neonscheinwerfer denken.

Quinn sah ihn sich genauer an. „Reggie Brinks. Ich glaube, den habe ich mal verhaftet."

„Na wunderbar! Sieht so aus, als hätte er sich diesmal eines Drogenvergehens schuldig gemacht."

„Der gute alte Reggie. Der wird sich doch nie ändern."

„Was ist mit dem hier?" Ich lasse mich nicht so leicht einschüchtern, aber der bloße Anblick von Absalom Sykes Foto sandte mir Schauer den Rücken hinunter, und zwar nicht von der angenehmen Sorte, wie Quinn sie hervorzaubern konnte. Absalom war ein afroamerikanischer Kraftprotz, einen Meter fünfundneunzig groß und hundertzwanzig Kilo schwer. Ich hatte schon Schinken gesehen, die kleiner gewesen waren als seine Hände – das war mir am Morgen spontan in den Kopf geschossen, als ich den Mann aus dem Kleinbus steigen sah. Er hatte so ein Lodern in den Augen und eine Schiefstellung des Kinns. Beides versprach eindeutig Ärger, mindestens ebenso deutlich wie der Pitbull auf Reggies Stirn.

„Er verdient sich seinen Lebensunterhalt mit Autodiebstahl." Das hatte ich der Kurzinformation im Ordner entnehmen können. „Mit dem habe ich doch bestimmt jede Menge Spaß!"

„Mehr als mit dem Mädel hier.“ Während ich noch an der bedrohlichen Vorstellung herumkaute, meinen Sommer mit einem furchteinflößenden Typen wie Absalom verbringen zu müssen, hatte sich Quinn das nächste Foto aus dem Stapel gefischt. „Mit der Frau würde selbst ich mich ungern anlegen.“

Oh ja, ich verstand genau, was er meinte! Kaum war Sammi Santiago am Morgen aus dem Kleinbus der Strafvollzugsanstalt geklettert, da hatte ich auch schon gewusst, dass wir nicht miteinander auskommen würden. Das lag nicht nur daran, dass sie sich wie ein Flittchen kleidete. Obwohl ich zugeben muss, dass der erste Eindruck so kein guter war. Sammis Jeansrock war so kurz, dass ich mich darüber wunderte, warum die Kamera weiterlief, als sie das Bürozelt betrat. Irgendein armer Schlucker beim öffentlich-rechtlichen Fernsehen würde in den nächsten Wochen Überstunden einlegen müssen, um sicherzustellen, dass Sammi bei allen Szenen nur von der Taille an aufwärts zu sehen war. Ob das reichte, war so klar noch nicht: auch über das braune, trägerlose Top aus extrem gut haftendem Stoff, in das Sammi sich gezwängt hatte, würde kein Zensor glücklich sein.

Soweit ich mich erinnern konnte, trug sie außerdem noch ein Fußkettchen, und damit meine ich keins von diesen sexy Teilen, mit denen manche Frauen sich gern schmückten.

Sammi war gut dreißig Zentimeter kleiner als ich und dünn wie ein Strich in der Landschaft. Ihre Augen hatten die seltsame gelbbraune Färbung, wie die Augen einer Katze, und sie trug das fusslige, braune Haar zu einem Pferdeschwanz gebunden, zusammengehalten von etwas, das aussah wie ein Stück Stacheldraht. Ihre Schuhe?

Noch jetzt wurde mir ganz schummrig, wenn ich an Sammis Fußbekleidung dachte!

Am Morgen hatte sie ein paar Bapes aus glänzendem Kunstleder getragen, die in grellen roten und blauen Farbschattierungen erstrahlten. Hinten am Hacken zierte jeweils ein Bild von Spiderman die Turnschuhe, und das Ganze passte natürlich wunderbar zu ihren Netzkniestrümpfen.

Oh ja: Sammi hatte ihren ganz eigenen Stil gefunden und trug ihn stolz zur Schau. Sie verfügte über jede Menge rebellischen Eigensinn, den sie ebenfalls gern zur Schau stellte. Kaum hatte sie bei Betreten des Zeltes den Kameramann entdeckt, als sie ein paar absolut nicht druckreife Bemerkungen fallen ließ, woraufhin die Damen von Team eins um ein Haar geschlossen in Ohnmacht gefallen wären.

„Häusliche Gewalt. Sie hat wohl regelmäßig ihren Freund verprügelt." Quinn las mir die Verbrechen vor, die Sammi zur Last gelegt wurden. „Das erklärt dann wohl auch die elektronische Fußfessel. Eine Menge Leute, die ihre Partner verprügeln, werden unter Hausarrest gestellt."

„Was macht sie dann auf dem Friedhof?"

„Arbeiten darf sie." Quinn deutete auf die entsprechende Zeile im Bericht. „Außerdem muss sie einen Kurs in Aggressionsbewältigung besuchen. Irgendein netter Betreuer wird sie in deine Truppe geschleust haben, damit sie Gruppenerfahrung sammelt und lernt, wie es ist, als Teil eines Teams zu arbeiten."

„Was bin ich doch für ein Glückspilz!" Ich schob den Bericht über Sammi zusammen mit den anderen in den Ordner zurück und warf das ganze Ding auf den Couchtisch. „Das wird ein langer, heißer Sommer! Ein Haufen Knackis an den Hacken hat mir gerade noch gefehlt."

„Wo wir gerade von Knackis sprechen ..." Quinn musterte mich nachdenklich über den Rand seines Weinglases hinweg. „Hast du mal wieder etwas von deinem Dad gehört?"

Quinn kannte die Geschichte mit meinem Vater, ich hatte sie in einem schwachen Moment ihm gegenüber erwähnt. Begleitet von einer unausgesprochenen Botschaft, die er aber wohl leider nicht mitbekommen hatte: der Teil meines Privatlebens, wo es um die Verhaftung und Verurteilung meines Vaters ging, war höchst privat. Soll heißen: ich redete nicht gern darüber.

Ich tat die Frage mit einem Achselzucken ab. „Mein Vater ruft von Zeit zu Zeit an. Er möchte, dass ich ihn besuchen komme."

„Das musst du rechtzeitig beantragen, was du allerdings inzwischen wissen müsstest. Wie lange ist er jetzt schon in Englewood?"

Darüber wollte ich nicht reden, also klammerte ich mich an den ersten Teil seiner Bemerkung. „Beantragen?"

„Einen Besuch in einem Bundesgefängnis? Natürlich muss man den beantragen." Quinn nickte weise. „Sie prüfen, ob du berechtigt bist und ob dir überhaupt Zutritt zu einem Gefängnis gewährt werden kann. Das gibt einiges an Papierkram. Du kannst es dir im Internet runterladen."

Das lief mir allzu verdächtig auf gute Ratschläge hinaus! Also tat ich das einzig Richtige in einem solchen Moment: ich ignorierte Quinns Vortrag erst einmal und schob ihn in meinem Kopf ganz nach hinten, für den Fall, dass ich die Infos irgendwann einmal brauchen würde. Dann stand ich auf, obwohl mein Weinglas noch lange nicht leer war und sich die Weinflasche durchaus in Reichweite befand. Langsam goss ich mir ein paar Tropfen des hervorragenden Montepulciano d'Abruzzo in mein Glas. All das Gerede über Knackis und Gefängnisse hatte mich unwillkürlich an meinen neuesten Gespensterkunden denken lassen. Den hatte ich zuletzt auf dem Friedhof gesehen, als er mir das Versprechen abnahm, mir seinen Fall anzusehen und die Theorie zu überprüfen, der zufolge man ihm einen Mord in die Schuhe geschoben hatte.

Hatte ich wirklich vor, das zu tun?

Wahrscheinlich war es besser, über Lamar nachzudenken als über meinen Vater. Oder über Delmar, Crazy Jake, Reggie, Absalom und Sammi und darüber, dass sie alle am nächsten Morgen auf dem Friedhof auf mich warten würden.

„Sagt dir der Name Jefferson Lamar etwas? Gefängnisdirektor Jefferson Lamar?", erkundigte ich mich bei Quinn.

Der nippte seinen Wein und zuckte die Achseln. „Könnte ich so nicht sagen."

„Er wurde wegen eines Mordes verurteilt. Hier in Cleveland."

Quinn ist ein typischer Polizist: Wenn er will, ist seine Miene so undurchdringlich wie Stein. Aber an der Art, wie er den Kopf schräg legte, sah ich doch, dass er neugierig war. „Hört sich bizarr an. Wie ist mir das bloß entgangen, ich lese doch regelmäßig Zeitung."

„Gut möglich, dass du die Geschichte übersehen hast – falls du im Jahre neunzehnhundertfünfundachtzig schon Zeitung gelesen hast. In dem Jahr ist er nämlich gestorben. Ich dachte nur, falls du irgendetwas über ihn weißt ..."

„Du bist doch nicht schon wieder in irgendeine mysteriöse Sache verwickelt, oder?" Quinn warf mir einen bohrenden Blick zu, den ich tunlichst ignorierte, ebenso wie seine Frage. Aber er ließ nicht locker. „Als du dich das letzte Mal nach jemandem erkundigt hast, der schon eine Weile tot war, durfte ich dich hinterher wie eine Weihnachtsgans verschnürt aus dem See fischen!"

Den Vergleich mit der Weihnachtsgans wusste ich nun gar nicht zu schätzen, aber zum Protestieren ließ mir Quinn keine Zeit.

„Wer weiß, was dir in Chicago zugestoßen ist!" Hier legte er eine Kunstpause ein, um mir wieder einmal Gelegenheit zu geben, ihm zu erklären, was im vergangenen Winter passiert war. So, wie er mir bei vielen anderen Anlässen viele andere Gelegenheiten gegeben hatte. Als ob ich ihm das alles erklären könnte! Wo hätte ich da denn bitteschön anfangen sollen?

Quinn wartete einen Moment, ehe er angewidert die Arme vor der wie aus Granit gehauenen Brust verschränkte. „Du hast mir erzählt, in Chicago sei es um einen durchgeknallten Arzt und eine Gruppe Obdachloser gegangen. Du hast behauptet, einfach zur falschen Zeit am falschen Ort gewesen zu sein. Das erklärt allerdings noch nicht einmal annähernd alles, was damals passiert ist und falls ich dich daran erinnern muss: Du bist in Chicago angeschossen worden, Pepper! Du wärst um ein Haar gestorben!"

„Diese Lamar-Sache liegt total anders." Ich wandte ihm gelegentlich den Rücken zu, damit er gar nicht erst mitbekam, wie sehr ich hoffte, meine Ermittlungen in diesem Fall würden sich als nicht annähernd so kompliziert und blutig erweisen wie die Sache in Chicago. „Jefferson Lamar liegt auf dem Monroe-Street-Friedhof, in der Sektion, für die wir zuständig sind. Ich dachte nur …“ Ehrlich gesagt hatte ich bisher noch gar nichts gedacht, jedenfalls nicht in Bezug auf diesen Fall und nicht bis zu diesem Moment. Aber nun formierte sich wie von Zauberhand erschaffen in meinem Kopf ein Plan. Als ich mich wieder Quinn zuwandte, war selbst ich erstaunt, wie locker und leicht mir die Lügen von den Lippen flossen.

„Es geht um den Wettbewerb.“ Ich ging wieder zurück zur Couch und setzte mich. „Jedes Team soll so viel wie möglich über die berühmten Leute in ihrer Sektion herausfinden. Bei Team eins liegen all die frühen Siedler. Das ist für die ein Kinderspiel, wo doch bestimmt die Hälfte der Damen mit diesen Leuten verwandt ist und deren Porträts im Ballsaal hängen hat. Bislang ist Lamar bei uns der einzige mit einer halbwegs interessanten Geschichte. Wie ich schon sagte: Er hat ein Gefängnis geleitet. Man hat ihm einen Mord in die Schuhe geschoben.“

„In die Schuhe geschoben? Wie kommst du denn darauf?“

Habe ich schon erwähnt, dass Quinn nicht weiß, dass ich mit den Toten rede? Mal ehrlich: Wie könnte ich ihm so etwas denn sagen? Bislang hatte ich alle Klippen in dieser Hinsicht ziemlich erfolgreich umschiffen können, was im Wesentlichen daran lag, dass wir zwei uns nie so richtig nahe gekommen waren. Bis auf rein körperlich natürlich.

Insgesamt ein Zustand, den ich auf keinen Fall aufs Spiel setzen wollte.

„Ich habe in den Friedhofsunterlagen nachgesehen und auch ein paar Sachen über Lamar gefunden.“ Ich log, dass sich die Balken bogen. „In den Unterlagen befindet sich eine Notiz, die von jemandem stammen muss, der ihn gut kannte. Darin steht, er sei verhaftet und auch verurteilt worden, habe aber immer behauptet, unschuldig zu sein. Lamar, stand da, habe gesagt, man habe ihm den Mord in die Schuhe geschoben, er wisse aber nicht, wer dies getan haben könnte. Also konnte er auch niemandem etwas nachweisen.“

„Das hört sich nun wirklich sehr spannend an.“ Es war Quinn anzusehen, wie ungern er das zugab. „Aber hör mal …“ Er legte den Arm um mich und zog mich näher zu sich heran. „Du weißt doch jetzt schon ziemlich viel. Nimm doch einfach die Vermutung, er könnte zu Unrecht verurteilt worden sein, in deinen Bericht auf. Das bringt euch doch beim Wettbewerb schon weiter, oder?“

„Klar, so könnte ich es machen ... ja, vielleicht würde das schon ausreichen.“ Es gibt noch etwas, das ich vielleicht bislang nicht erwähnt habe: Wenn es drauf ankommt, kann ich genauso raffiniert sein wie Quinn und da ich so eng neben ihm saß, fand ich, die Situation ließe sich prima ausnützen. Ich strich ihm mit den Fingerspitzen über den Schenkel. „Aber ich habe mir gedacht, es wäre doch viel besser, noch mehr Informationen zu sammeln. Originalinformationen. Was, wenn ich die Ermittlungsakten der Polizei in die Finger bekäme?“

„Akten aus den achtziger Jahren?“ Quinn hätte das Thema gern fallen lassen, was mir keineswegs entging. Ich streichelte seinen Schenkel ein wenig weiter oben. Er schnappte nach Luft.

Ich rückte noch näher an ihn heran. „Die Unterlagen sind doch bestimmt noch irgendwo, oder? In einem Lager? Oder im Archiv, auf Mikrofiche, wie in der Bücherei? So lange ist die Sache nun auch nicht her, es gibt doch bestimmt noch irgendwo nähere Informationen.

„Klar, aber ...“ Quinn hatte es satt, Spielchen zu spielen. Er schlang die Finger um mein Handgelenk und zog mich mit einem Ruck zu sich heran. Sein Mund befand sich nur Millimeter von meinem entfernt, als er fragte: „Was kriege ich, wenn ich dir die Akten besorge?“

„Was hättest du denn gern?“

Er antwortete nicht. Musste er aber auch gar nicht.

Ich wusste nicht, wie lange es dauern würde, aber eins wusste ich genau: Quinn Harrison war ein Mann, der zu seinem Wort stand. Er würde mir diese Akten beschaffen. Bis dahin gab es noch einige andere nette Dinge, die er für mich tun konnte.

In dieser Nacht kam ich, wenn ich mich recht erinnere, kaum zum Schlafen.

Vielleicht war ich deswegen am nächsten Morgen auf dem Friedhof auch nicht so hellwach und haarscharf bei der Sache, wie ich eigentlich hätte sein müssen.

Ich hatte beschlossen, Jefferson Lamars Grabstelle zu unserem inoffiziellen Hauptquartier zu erklären. Ziemlich schlau ausgedacht, was? Irgendwie war mir klar, dass ich dort sowieso viel Zeit verbringen würde und so sparte ich mir einiges an Hin und Her. Mit diesem ausgezeichneten Plan im Kopf steuerte ich das Bürozelt an, um alles einzusammeln, was wir den Tag über brauchen würden, und schickte mein Team schon mal vor. Als ich wieder zu ihnen stieß, hockte Sammi auf einem niedrigen Grabstein und lackierte sich die Fingernägel in einem schreienden Orange, das so gar nicht zu ihren superkurzen roten Shorts und dem lila T-Shirt mit dem Konterfei irgendeines Heiligen darauf passen wollte. Der Heiligenschein des Heiligen glitzerte in der Morgensonne. Reggie und Delmar hatten sich je einen Spaten geschnappt und wühlten damit wild in der Gegend herum, obwohl sie eigentlich Anweisung hatten, mit dem Arbeitsbeginn auf mich zu warten. Ein paar trockene Klumpen Erde und Gras waren bereits auf Lamars Grabstein gelandet.

Crazy Jake ignorierte mich komplett. Er war aber auch viel zu sehr mit den erregten Selbstgesprächen beschäftigt, mit denen er die Fotos kommentierte, die er hektisch mit einer dieser Wegwerfkameras aus Pappe schoss.

Absalom ...

Bei Absaloms Anblick erstarrte ich zur Salzsäule: der riesige Mann stand vor einem Grabstein, der fast so groß war wie er selbst, ein fester, rechteckiger Brocken Granit. Darauf stand eine dreißig Zentimeter hohe Gestalt aus Draht und weißem Stoff, mit einem zerzausten Haarschopf, der an Zuckerwatte erinnerte. Die Gestalt trug eine Perlenkette, die mich an Ella erinnerte. Absalom goss ihr gerade ein Glas Rum ein.

„Ist das ... ich meine ... haben Sie ...“ Jawohl, ich stotterte, was mir eigentlich so gut wie nie passiert. Aber Sie dürfen nicht vergessen, dass ich in der vergangenen Nacht um meinen Schönheitsschlaf gebracht worden war (auch wenn mir stattdessen allerhand anderes Schöne widerfuhr). Hastig schluckte ich mein Erstaunen hinunter und deutete fragend auf die Gestalt auf dem Grabstein. „Ist das eine Voodoopuppe?“

„Wollen Sie da jetzt ein Ding draus machen?“ Absaloms Stimme ähnelte Absalom selbst, mächtig und schwer. Nein, ich wollte kein Ding daraus machen. Schweigend sah ich zu, wie er eine gelbe Grabkerze in einem Glasbehälter entzündete und vor die Puppe stellte.

Gut – vielleicht kam ich lieber gleich zum Geschäftlichen.

„Also, Leute!“ Mein Gott, ich hörte mich ja an wie meine ehemalige Sportlehrerin! Auch wieder etwas, das mir eigentlich gar nicht ähnlich sah und auf keinen Fall das Image, das ich mir zulegen wollte. Weder für mein Team, noch für die Fernsehkamera. Ehe Greer ihr kleines Gnomengesicht zeigte, musste ich mich und die Sache hier im Griff haben.

Ich fand einen Grabstein in der perfekten Höhe, oben nett und flach, auf den ich mich setzte. „Wir brauchen einen Plan!“, verkündete ich.

Sammi verdrehte die Augen.

Delmar und Reggie wühlten weiter.

Crazy Jake hielt mir die Kamera direkt vor das Gesicht und drückte ab.

Als die Lichtershow vorbei war und ich wieder etwas sehen konnte, stand Absalom vor mir, die wuchtigen Arme vor der noch mächtigeren Brust verschränkt. „Das meinen Sie doch jetzt nicht im Ernst, oder?“, erkundigte er sich.

Ich nehme mal an, es war seine dröhnende Stimme, gepaart mit seinem bedrohlichen Auftreten, die seine Teamgefährten aufhorchen ließ. Einer nach dem anderen rückte langsam näher und plötzlich war ich umzingelt. Aufstehen konnte ich nicht mehr, ohne dabei Crazy Jake zu nahe zu kommen, also blieb ich sitzen und sah standhaft zu den Verbrechern (Knackis? Leuten auf Bewährung? Unter Auflagen Freigelassenen?) auf.

„Also gut, ich könnte euch jetzt einen Haufen Unsinn auftischen“, hob ich an. „Aber ich glaube, ihr seid schon oft genug belogen worden, also sage ich es jetzt ganz einfach, wie es ist. Ihr wollt nicht hier sein? Na ja: ich auch nicht.“

Da ich flexibel bleiben wollte, ignorierte ich den leisen, aber unflätigen Fluch, den Sammi von sich gab.

„Keiner von uns hat eine Wahl“, fuhr ich fort. „Ich bin hier, weil meine Chefin das so angeordnet hat. Ihr seid hier ...“ Reggie funkelte erbost, Absalom starrte, Sammi grinste verächtlich – gut, dann war dies wohl nicht der richtige Moment, ihre kriminelle Vergangenheit ins Spiel zu bringen.

„Das hier ist meine erste Friedhofsrestaurierung“, sprach ich weiter und ein Hoch auf mich, weil ich so ehrlich war! „Also bin ich mir nicht ganz sicher, wie alles laufen soll. Aber eins weiß ich gewiss: Diese Fernsehleute können jeden Moment hier sein. Wenn sie kommen, dann sollten wir doch wenigstens so tun, als wüssten wir, was wir tun.“

„Als würde uns das irgendetwas bringen!“ Delmar scharrte mit der Turnschuhspitze im Boden. „Sie können sich doch vorstellen, wie das abgeht: Die werden die Show so hindrehen, dass wir als Deppen dastehen. Diese Regisseurin ...“ Er spuckte das Wort aus, als hätte es bei ihm im Mund einen sauren Beigeschmack entwickelt und ich beschloss an Ort und Stelle, diesem Delmar gute Menschenkenntnis zuzutrauen „... die wird schon dafür sorgen, dass die reichen Damen besser aussehen als wir. Was wir machen oder nicht, ist doch total egal.“

„Dann werden wir das, was wir machen, wohl so gut machen müssen, dass sie mit dieser Strategie nicht durchkommt.“

Das war zugegebenermaßen eine ziemlich zusammengestoppelte Antwort und um meine generelle Unsicherheit zu überspielen und vorzugeben, ich hätte alles bestens im Griff, stand ich auf. Keiner meiner Teamgefährten rührte sich auch nur einen Millimeter vom Fleck. Im Gegenteil: Reggie trat noch einen Schritt näher, die Augen bedrohlich zusammengekniffen. Crazy Jake hielt mir die Kamera unter die Nase. „Ich fotografiere“, sagte er, enthielt sich aber, zum Glück für meine Netzhäute, einer weiteren Demonstration. „So halten wir fest, wie es ausgesehen hat. Sie wissen schon: vorher – nachher.“

Eine prima Idee und überhaupt nicht so verrückt, wie Jakes Spitzname nahelegte. Ich sagte ihm, er sollte ruhig loslegen. Den hatte ich also schon mal mit Arbeit versorgt und aus dem Weg. Den anderen wollte ich jeweils eine Liste sämtlicher Gräber in unserer Sektion aushändigen, die ich in einem der Ordner entdeckt hatte, die Ella am Vortag in ihren Reisetaschen herangeschleppt hatte, und dazu eine der handgemalten Lageplanskizzen, die dankenswerterweise von einem Ehrenamtlichen angefertigt worden waren. „Jake hat recht!“, sagte ich, was mir als Dankeschön ein leicht gruseliges Lächeln von ihm eintrug, gefolgt von einem weiteren Blitzlichtgewitter. „Wir können erst anfangen, etwas zu verändern, wenn wir genau wissen, was wo ist. Wir gehen folgendermaßen vor: Jeder von uns nimmt sich einen Abschnitt unserer Sektion vor und vergleicht Grabsteine und Namen mit dem, was sich auf dieser Karte finden lässt.“

Absalom warf noch nicht einmal einen Blick auf die Papiere, die ich ihm hinhielt und stapfte wortlos zurück zu seinem Altar.

Reggie und Delmar griffen nach ihren Spaten.

Sammi schnappte sich eine der Landkarten, murmelte: „Ganz wie Sie wünschen!“, und verschwand.

„Was haben Sie herausgefunden?“

Hatte ich schon erwähnt, dass Geister im wahren Leben nicht so auftauchen, wie man es uns in Film und Fernsehen weismachen will? Dort wird das Auftauchen eines Geistes in der Regel von unheimlicher Musik begleitet, nicht wahr? In Wirklichkeit gibt es nichts, aber auch gar nichts, was eine bevorstehende Ankunft andeutet. Es geht ruck, zuck: Eben sind sie noch nicht da, in der nächsten Sekunde stehen sie neben einem. So sind sie, die Geister.

Eben war ich noch mutterseelenallein und sah meinem Team nach, das mies gelaunt davon schlurfte.

In der nächsten Sekunde stand Jefferson Lamar neben mir.

Ich verkniff mir einen Schreckensschrei und entfernte mich hastig von Lamars Grab, damit bei der folgenden Unterhaltung bloß niemand dachte, ich wäre genauso verrückt wie Jake. In der Nähe des verfallenen Mausoleums schien sich niemand aufzuhalten, also ging ich dort hinüber und sagte kein einziges Wort, bis ich absolut sicher sein konnte, dass niemand mir zuhörte.

„Viel Zeit haben Sie mir noch nicht gegeben", sagte ich dann.

„Sie hatten die ganze Nacht. Was haben Sie denn getrieben?"

Erwartete der Mann ernsthaft, dass ich ihm darauf eine Antwort gab?

„Solche Sachen brauchen ihre Zeit", erklärte ich geduldig. „Ihr Fall ist mehr als zwanzig Jahre alt."

„Aber Sie hätten in die Bibliothek gehen und sich die alten Zeitungsberichte durchlesen können!", meinte er. Ein prima Tipp: genau das würde ich tun. So gingen echte Privatdetektive vor. „Sie hätten sich den Ort des Verbrechens ansehen können!", fuhr er fort.

Auch das nahm ich mir vor. „Das werde ich alles noch tun", sagte ich mit reinem Gewissen, wusste ich doch dank seiner Mithilfe nun wieder, wie ich weitermachen konnte. „Aber ich habe ja schließlich auch noch einen Beruf. Die Fernsehleute sind hier, um zu filmen und ..."

Weiter kam ich nicht und so konnte ich Lamar auch nicht über den Rest meines komplizierten Lebens aufklären. Wie denn auch? Ganz in meiner Nähe tobte unüberhörbar eine handfeste Schlägerei.

KAPITEL 4

ALS ICH AN DEN ORT des Geschehens stürzte, hatten Absalom, Crazy Jake und Sammi einen Kreis gebildet und sahen zu, wie Reggie und Delmar aufeinander losgingen. Die beiden wälzten sich bereits im Dreck. Reggie hielt Delmar im Schwitzkasten, aber das reichte noch lange nicht, um den Jungen schachmatt zu setzen: Seine Zähne befanden sich nahe genug an Reggies Arm, um erheblichen Schaden anrichten zu können, eine Tatsache, von der er ausreichend Gebrauch machte. Reggie schrie auf und fluchte wie ein Bierkutscher. Anscheinend lockerte sich auch sein Griff vorübergehend, denn Delmar konnte sich auf den Rücken drehen und zutreten.

Crazy Jake, der das alles aus nächster Nähe fotodokumentarisch festzuhalten bestrebt war, sprang gerade noch rechtzeitig zurück, um einer ernsthaften Verletzung zu entgehen, aber Delmars Auftritt als Kung-Fu-Kämpfer war beileibe nicht verschwendet: Einer seine abgetragenen Reeboks traf Reggie am Kiefer. Reggies Kopf flog zurück. Aber auch ihn warf so etwas noch lange nicht endgültig auf die Matte.

Sein Atem ging schwer und keuchend. Mit wütend zusammengekniffenen Augen, dem Pitbull auf seiner Stirn ähnlicher denn je, sprang er vor, packte Delmar knurrend am Knöchel und drehte. Delmar grunzte, rollte sich zur Seite und trat erneut zu.

Ich wusste: Wenn ich jetzt nicht sofort etwas unternahm, würde jemand ernsthaft zu Schaden kommen, und wenn wir Pech hatten, landete unser ganzes verrücktes Chaos noch vor der Fernsehkamera.

„Aufhören! Sofort!“ Ich hörte mich an wie eine verzweifelte Vorschullehrerin und ehrlich gesagt fühlte ich mich auch genau so. Ich rannte auf die Kampfhähne zu, und weil sie sich keinen Zentimeter vom Fleck rührten, musste ich Sammi beiseite schieben, um nahe genug herankommen zu können. Da ich ungefähr doppelt so groß war wie sie und sie nicht damit gerechnet hatte, reichte mein Schubs, sie umzuwerfen. Als ich an ihr vorbeistürmte, hockte sie auf ihrem Hintern mitten in einem dicken Büschel Unkraut.

Worüber sie alles andere als begeistert war, obwohl ich ihr im Vorbeilaufen rasch noch eine Entschuldigung zuraunte: Die Flüche, die sie mir nachsandte, klangen mindestens so laut und farbenprächtig wie die von Reggie.

Was mir allerdings so was von egal war!

Erst als ich über den beiden Kämpfern stand, die sich immer noch auf dem Boden wälzten, sah ich, dass Delmar krampfhaft etwas an seiner Brust barg.

Es handelte sich um eine dreckverkrustete kleine Schachtel aus Holz, etwa halb so groß wie ein Blatt Computerpapier. Nun nenne ich ja einen Abschluss in Kunstgeschichte mein Eigen, aber glauben Sie mir, der macht mich noch lange nicht zur Expertin für alte, verschimmelte Sachen. Trotzdem sah ich auf den ersten Blick, dass dieses Kistchen schon ziemlich lange irgendwo verbuddelt gewesen war.

Ich konnte ebenfalls sehen, woher es stammte: Direkt neben Lamars Grabstein befand sich jetzt ein Loch, das vorher noch nicht dagewesen war.

Sofort stieg mein Interesse an der ganzen Affäre um einiges. Der Faustkampf zwischen Reggie und Delmar war nicht der Rede wert, verglichen mit der Tatsache, dass direkt neben Lamars Grab eine Kiste aufgetaucht war. Eine Kiste, die durchaus etwas mit Lamar zu tun haben mochte – und mit seiner Behauptung, er sei für einen Mord verurteilt worden, den er gar nicht begangen hatte. Ich müsste einschreiten. Vielleicht riskierte ich dabei mein Leben, aber immerhin hatte ich einen Job zu erledigen.

Damit meine ich jetzt nicht die Arbeit hier auf dem Friedhof.

Während Delmar und Reggie noch voll und ganz damit beschäftigt waren, sich gegenseitig Schaden zuzufügen, griff ich ein. Ich schoss vor, duckte mich, als Reggie zum nächsten Schlag ausholte, und riss Delmar die Kiste aus der Hand. „Hey!" Delmar war klein und drahtig. In Sekundenschnelle war er auf den Beinen, Fäuste in den Hüften, das Kinn vorgereckt und starrte mich wütend an. Ob er überhaupt mitbekommen hatte, dass Reggie ebenfalls aufgesprungen war? Der baute sich nun neben seinem Kontrahenten von eben auf, denselben kämpferischen Ausdruck im Gesicht.

„Was zum Teufel soll das denn werden?", zischte Delmar.

„Ich sorge dafür, dass man Sie nicht sofort in den Knast steckt, und Sie gleich mit!" Ich bedachte beide Männer mit einem Blick, der hoffentlich wild und bedrohlich genug ausfiel. „Wenn jemand herausfindet, dass Sie sich geprügelt haben ..."

„Wie soll das denn wer rausfinden?" Reggie spuckte auf den Boden. „Es sei denn, Sie verpfeifen uns."

„Was ich nicht vorhabe." Das war nichts als die reine Wahrheit, also nicht, dass Sie jetzt denken, ich hätte vor Reggies drohendem Blick gekniffen. Reggie drehte sich mit einem verächtlichen Schnaufen um und stolzierte hinüber zum Zaun, wodurch er ein gutes Stück Distanz zwischen sich und Delmar schaffte. Ich stieß einen leisen Seufzer der Erleichterung aus. Sammi saß immer noch auf dem Boden. Mit einem entschuldigenden Lächeln streckte ich ihr die Hand hin.

Sie stand lieber ohne meine Hilfe auf, zischte mir allerdings vorher noch wütend zu, ich solle mich gefälligst verpissen.

„Na schön." Ich trat ein paar Schritte zurück, um mein ganzes Team im Auge zu haben. Nicht, dass ich paranoid wäre ... „Möchte mir jemand erklären, was hier gerade los war?"

„Der Idiot hat sich was genommen, was ihm nicht gehört!", fauchte Reggie.

„Ich habe genauso viel Recht auf das Ding wie der da!" Delmar deutete erregt auf die Kiste.

So kamen wir eindeutig nicht weiter. Ich warf einen hilfesuchenden Blick Richtung Absalom.

Der zuckte die Achseln. „Ich steck meine Nase nicht gern in anderer Leute Angelegenheiten", sagte er. „Das ist unhöflich."

„Aber diese Angelegenheit hier geht auch Sie etwas an. Sie geht uns alle etwas an. Die Fernsehleute können jeden Moment hier sein."

„Was schert mich die Meinung von diesem Mannweib!" Sammi putzte sich die Rückseite ihrer roten Shorts ab, ehe sie mir mit saurer Miene einen prüfenden Blick zuwarf. „Was schert es mich, was Sie von uns halten, Sie verwöhntes kleines Mädchen? Sie haben ja keinen blassen Schimmer vom wirklichen Leben."

„Ach ja?" Einen Augenblick lang war ich schwer versucht, alles offenzulegen. Die Sache mit meinem Vater und den verflossenen Reichtümern der Familie Martin, die Sache mit meinem Verlobten, der mich wie eine heiße Kartoffel hatte fallen lassen, weil er nichts mit meiner Schande zu tun haben wollte. Fast wäre ich so weit gegangen, auch noch die Sache mit den Geistern ins Spiel zu bringen.

Vielleicht hätte ich ein solches Geständnis auch wirklich abgelegt, wenn ich hätte hoffen können, es würde mich irgendwie weiterbringen. Nur kann ich durchaus abschätzen, wann sich etwas lohnt und wo Hopfen und Malz verloren sind. In diesem Fall war es völlig egal, ob und wie ich mich verteidigte, also erwähnte ich nichts von meinem wahren Leben, welches zweifellos um einiges komplizierter war, als Sammi es sich je würde ausmalen können. Wahrscheinlich hätte sich das alles sowieso nur angehört, als sei ich auf Mitleid aus. Stattdessen ließ ich meinen Blick von der Kiste in meiner Hand hinüber zum Loch neben Lamars Grab schweifen.

Wobei ich mich natürlich automatisch auch nach Lamar umsah, der jedoch durch Abwesenheit glänzte. War das nicht mal wieder typisch? Genau das ist mein Problem mit den Geistern:

Will ich von ihnen in Ruhe gelassen werden, dann haben sie nichts Besseres zu tun, als ununterbrochen ‚Hilf mir, hilf mir!' zu brüllen. Aber kaum könnte ich mal ein wenig ektoplasmische Hilfe brauchen, zeigen sie die deutliche Tendenz, sich dorthin zu verkrümeln, wo sie rumhängen, wenn sie mir nicht gerade auf den Keks gingen.

Da also von den Körperlosen offenbar keine Hilfe zu erwarten war, konzentrierte ich mich auf die Lebenden.

„Wie haben Sie die Kiste gefunden?", fragte ich Delmar.

„Er hat sie gar nicht gefunden." Reggie kam zu uns zurück, so wütend, dass ihm Dampf aus den Ohren trat – ehrlich, das hätte ich schwören können! „Ich habe sie gefunden!"

„Ich habe sie zuerst gesehen!" Delmar ließ sich auf einen Grabstein fallen. „Wir haben ein bisschen gegraben und die Ecke der Kiste da entdeckt!"

„Ich habe sie gesehen!", insistierte Reggie. „Ich sah sie zuerst!"

„Egal!" Ich wandte mich wieder an Delmar.

„Ich habe sie zuerst gesehen und ich habe sie aus dem Loch geholt", erklärte der Junge. „Also hatte ich sie als Erster in der Hand. Heißt es nicht immer, wenn man etwas in der Hand hat, sind das schon neun Zehntel des Besitzanspruchs?"

Darauf wusste Reggie keine Antwort. Wahrscheinlich kannte er sich weder mit Gesetzen noch mit Brüchen gut aus. Er grunzte verächtlich. „Wenn in der Kiste etwas Wertvolles ist ..."

„Wenn etwas Wertvolles drin ist, gehört es mir!", unterbrach ihn Delmar mit trotzig vorgerecktem Kinn.

„Träum weiter!" Reggie rückte bedrohlich näher. „Wenn du glaubst, du könntest ..."

„Moment!" Ich trat zwischen die beiden. „Diese Kiste gehört keinem von Ihnen beiden. Mir gehört sie auch nicht. Wenn Sie sie bei diesem Grab gefunden haben, dann gehört sie dem Mann, der darin liegt." Ich warf einen Blick auf den Grabstein, als sähe ich den Namen darauf zum ersten Mal. „Jefferson Lamar. Die Kiste gehört Jefferson Lamar oder seiner Familie."

Delmar überzeugte das nicht. „Was braucht ein Toter denn noch Wertvolles?"

„Vielleicht ist ja gar nichts Wertvolles drin", sagte ich. „Vielleicht ist es nur eine hässliche alte Kiste. Haben Sie sich das schon mal überlegt?"

Das hatte Delmar nicht getan. Reggie auch nicht. Was ich daran erkannte, dass beiden mit einem Mal sehr daran gelegen schien, den Mund zu halten.

Das war meine große Chance und ich ergriff sie umgehend. Leider hatte ich nicht daran gedacht, Handschuhe mitzubringen, denn die Holzkiste fühlte sich glitschig, sogar irgendwie weich an. Eine Ecke war abgesplittert, was wahrscheinlich weniger den Einwirkungen von Zeit und Feuchtigkeit zuzuschreiben war, als denen von Reggies und Delmars Spaten. Die Kiste war mit einem kleinen Metallschloss verriegelt, aber da eine der Seitenwände aus Holz bereits komplett verfault schien, dürfte es kein Problem sein, sie zu öffnen. Ich musste nur den Mut aufbringen, das verfaulte Holz herauszupulen und meine Hand in einen Behälter zu stecken, der jahrelang in der Erde vergraben gewesen war.

Ich hielt die Luft an, biss die Zähne zusammen und machte mich an die Arbeit.

Delmar und Reggie rückten näher. Sammi und Absalom ebenfalls. Jake fotografierte.

Hoffentlich sah man mir auf den Aufnahmen, wenn er sie dann mal entwickelt hatte, nicht an, wie eklig ich es fand, mit meinen Fingern in die modrige Kiste zu langen.

Ich förderte ein Stückchen Stoff zutage, zerrissen und verblichen, aber allem Anschein nach früher einmal orange. Beim Auseinanderfalten fiel eine dicke, fette Spinne auf den Boden. Ich stelle mich wirklich nicht wegen nichts und wieder nichts an, aber dieses Krabbeltier traf mich unvorbereitet. Entsetzt wich ich zurück und beobachtete gebannt, wie die Spinne sich unter einem größeren Stein verkroch. Erst als ich mich halbwegs sicher wähnte, konnte ich auch wieder etwas anderes in meiner Umgebung wahrnehmen. Zum Beispiel etwas Glänzendes, Silbernes auf dem

Boden – anscheinend hatte sich in dem Stofffetzen nicht nur die Spinne befunden. Ich wollte zupacken, aber es war schon zu spät.

Absalom bückte sich, um die Münze aufzuheben. „Nun sieh mal einer an!“

„Was ist das?“, wollte Delmar wissen. „Ist die echt?“

„Ich scheiß auf echt. Ist sie was wert, will ich wissen, und wenn sie was wert ist: Ich habe sie gefunden.“ Das wollte uns Reggie auf keinen Fall vergessen lassen.

Crazy Jake schoss ein Foto.

Wissen Sie was: Absalom reichte die Münze an mich weiter. Verdattert hielt ich sie fest. Zum Glück wirkte sie nicht halb so schmutzig wie das Kästchen, aus dem sie gefallen war. Als ich sie an meiner Jeans sauber gerieben hatte, sah ich sie mir genauer an. „Ich glaube, es ist eine Silbermünze“, teilte ich den anderen mit. „Auf der einen Seite ist ein Adler eingeprägt und da steht auch noch: ein Dollar.“ Ich drehte das Geldstück um. „Auf der anderen Seite sieht man einen Frauenkopf und eine Jahreszahl. 1902.“

„Das ist alt!“ Crazy Jake pfiff durch die Zähne.

„Dann ist sie etwas wert. Ich denk mir gerade: die wird mich reich machen!“ Reggie schickte sich an, mir die Münze aus der Hand zu nehmen, aber ich drehte mich so, dass er nicht herankam.

„Ich habe keine Ahnung, was sie wert sein könnte“, sagte ich, „aber ich glaube, sie ist ziemlich interessant.“ Die anderen wussten natürlich nicht, dass ich Jefferson Lamar persönlich kannte und auch schon ausführlich mit ihm geplaudert hatte. Sie konnten nicht ahnen, dass ich mich gerade fragte, welche Bedeutung diese Münze für ihn haben mochte und warum man sie so dicht bei seinem Grab vergraben hatte. Fragen, auf die ich nicht eingehen mochte, also hielt ich mich an das, was ich nicht groß zu erklären brauchte. „Wir haben hier etwas Ungewöhnliches. Ich glaube, das verschafft uns Pluspunkte beim Wettbewerb.“

„Wen interessiert denn dieser bescheuerte Wettbewerb!“, höhnte Sammi.

„Uns sollte er interessieren!“ Wenn das jetzt allzu sehr nach Cheerleaderin klang, bitte! Wenn ein Team Anfeuerung brauchte, dann ganz sicherlich meins. „Wie Delmar vorhin so richtig sagte: wir können davon ausgehen, dass sich die Greer bei Team eins einschleimen will. Deswegen dreht sie heute wohl auch zuerst bei denen. Wir müssen einfach dafür sorgen, dass sie uns nicht ignorieren kann!“

„Wenn die Münze wertvoll ist, sollten wir alle was abkriegen“, knurrte Sammi.

„Du hörst nicht zu!“ Absalom trat einen Schritt auf sie zu. Sammi wich keinen Zentimeter, aber entweder erkannte Absalom das gefährliche Funkeln in ihren Augen nicht, oder er konnte es sich leisten, es zu ignorieren. „Mit dem Fund hier stehen wir gut da“, erklärte er ruhig. „Wir haben ein echtes Geheimnis entdeckt, und die TV-Tussi wird sich darauf stürzen. Ich wette, die reichen Damen haben in ihrer Sektion keinen Schatz liegen.“

Als wären Absaloms Worte das magische Abrakadabra, hörten wir es im Unterholz rascheln und kurz darauf befahl Greers quakende Stimme dem Kameramann, mit den Aufzeichnungen zu beginnen.

„Lasst uns jetzt noch nichts sagen!“ Nachdem ich mich vergewissert hatte, dass die dicke fette Spinne wirklich auf Nimmerwiedersehen verschwunden war, wickelte ich die Silbermünze wieder in den verblassten orange Stofffetzen und schob beides zurück in die kleine Kiste. Die ließ ich hinter den Grabstein fallen, der Absalom als Voodooaltar diente und wo das Unkraut besonders hoch wucherte, richtete Blätter und Gras so her, dass sie wie ungestört wirkten, und wischte mir die Hände an der Hose ab.

„Ich möchte ein paar Recherchen anstellen, ehe wir mit der Münze an die Öffentlichkeit gehen“, erklärte ich meinem Team, womit ich allerdings meinte, dass ich mich erst einmal mit Lamar unterhalten wollte, ehe wir irgendjemandem das Geldstück zeigten. „Auf die Art beweisen wir, wenn wir den Fund der Münze bekannt geben, auch gleich noch, dass wir recherchieren können.“

Wahrscheinlich war außer mir niemand für dieses Vorgehen, aber für Proteste war es zu spät, denn just in diesem Moment tauchten Greer und der Kameramann auf.

„Macht einfach weiter mit dem, was ihr gerade getan habt!" Greer winkte uns munter zu, in Aktion zu treten. Wahrscheinlich sollten wir dabei auch noch möglichst natürlich aussehen. „Wir sind nur vorbeigekommen, um uns anzusehen, was Team zwei gerade so treibt."

Das mit dem „Wir" hatte sie keineswegs spaßig gemeint: hinter Greer und dem Kameramann kam das gesamte Team eins angetrabt. Die Damen tuschelten bereits miteinander, noch ehe sie auf die kleine Lichtung bei Lamars Grab getreten waren.

„Vom ästhetischen Standpunkt her nicht annähernd so erbaulich wie die Sektion, an der wir arbeiten." Lucinda schüttelte betrübt den Kopf und schob sich den Picknickkorb zurecht, den sie sich anmutig über den Arm gehängt hatte.

„Nicht im Mindesten so vielversprechend!", bemerkte Katherine Lamb zu Gretchen Hamlin.

Bianca sagte kein einziges Wort. Sie warf mir jedoch einen Blick zu, der mein Erscheinungsbild von Kopf bis Fuß erfasste und zum Ausdruck brachte, dass sie nur zu gern eine Einschätzung meines Sinns für modischen Schick abgeben würde.

Mist – erst jetzt entdeckte ich die kleinen, verfaulten Holzsplitter und den dicken Dreckfleck vorn an meinem smaragdgrünen, tief ausgeschnittenen T-Shirt.

„Nun ...?" Greer warf einen Blick in die Runde, der klar besagte, wie enttäuschend sie mein Team fand. „Sie sollten schon etwas tun. Irgendetwas, egal ..." Ihr Blick fiel auf mich

„Wir wollten gerade ..."

„Unwichtig!" Abrupt brachte sie mich und meinem unbeholfenen Erklärungsversuch zum Schweigen. „Wir brauchen eine Szene, in der beide Teams vorgestellt werden. Ich dachte, das könnten wir jetzt machen. Sie arbeiten also gerade da drüben ..." Sie winkte mein Team nach links. „Team eins ..." Als sie sich unseren Gegnern zuwandte, war sie ganz strahlende Verbindlichkeit.

„Team eins kommt von dahinten. Zwischen dem Mausoleum und dem Grabstein mit dem Engel hindurch ..."

„Ich dachte, wir machen hier Reality-TV."

Greer kommentierte meinen Einwand mit einem bellenden Lachen, das überhaupt nicht fröhlich klang, aber perfekt zum Ausdruck brachte, wie dämlich sie mich fand. Theatralisch verdrehte sie ihre Delphin-Augen. „Wo leben Sie denn, Ms. Martin? Der Reiz von Reality-TV liegt doch gerade darin, real zu sein, ohne je real zu werden. Wenn Sie verstehen, was ich meine?"

Gerade hatte ich erklären wollen, dass ich sie nicht verstanden hatte und auch nie verstehen würde, als Greer mögliche Antworten mit einer ungeduldigen Handbewegung beiseite wischte.

„Team eins geht jetzt also bitte dort hinüber. Mae, Sie erzählen ihren Damen gerade etwas über den Friedhof. So kriegen wir ein paar historische Fakten untergebracht, ohne die Zuschauer gleich mit dem Holzhammer zu bearbeiten. Sie sollten jedoch auf jeden Fall erwähnen, dass Monroe Street offiziell erst im Jahre 1841 gegründet wurde, Begräbnisse hier aber schon seit 1818 stattfanden. Vergessen Sie nicht zu erzählen, dass der Friedhof früher als ideales Liebesnest galt. Hier sind verliebte Paare Arm in Arm entlangspaziert!" Sie seufzte. „Das war alles so – so schön und unglaublich romantisch."

„Ja, und ekelhaft!" Wie konnte ich stillhalten, wenn sie solchen Schwachsinn im Fernsehen bringen wollten! „Das ist doch völlig krank und verdreht."

„Es ist Geschichte!" Hätte Greer mit den Augen Laserstrahlen abfeuern können, dann hätte sie mich glatt durchbohrt. Ganz anders fiel der Blick aus, den sie auf Mae Tannager richtete. „Während Sie das alles erzählen, Mae, kommt Team zwei ..." Sie warf einen Blick in die Runde, als hätte sie bislang noch keinen Gedanken daran verschwendet, was sie mit uns tun sollte. „Ihr geht dort hinüber." Sie deutete auf das verfallene Mausoleum. „Sobald Mae mit den Hintergrundinformationen durch ist, kommt ihr hier rüber und wir filmen euch alle einzeln." Sie warf einen kritischen Blick auf mein Team und als ihr Blick auf Sammi hängen blieb, beugte sie sich zu ihrem Kameramann hinüber und flüsterte: „Vorsicht bei der da, da hältst du lieber nur auf das Gesicht." Leider nur kam das nicht leise genug: Wir alle konnten sie hören.

Da war es ein Glück, dass die Kamera gerade nicht Sammi im Visier hatte, denn die zeigte unserer Regisseurin den Stinkefinger.

Folgsam trotteten mein Team und ich zum Mausoleum, um zu warten. Nein, nicht alle: mir fiel auf, dass Absalom einen gewissen Abstand zum verfallenen Gemäuer einhielt. Außerdem fiel mir auf, dass Sammi nicht so sehr wütend als vielmehr betroffen wirkte, sobald sie nicht mehr mitten in der Gruppe stand, wo jeder sie sehen konnte. Trotz der rüpelhaften Reaktion eben: Greers Bemerkung schien ihr zuzusetzen.

Sie erinnern sich doch sicher noch, wie ich eingangs versicherte, ich würde mich tunlichst davor hüten, hinter Geistern herzujagen? Weil ich genau wusste, was dabei herauskam? Ebenso sicher wusste ich nun, dass ein trautes Zwiegespräch mit Sammi keineswegs in meinem Interesse liegen konnte. Aber der Anblick der zähen jungen Frau, deren Augen vor lauter ungeweinter Tränen ganz hell geworden waren, rührte mich. Ich war hier die Chefin, es gehörte zu meinen Pflichten, meine Leute aufzumuntern. Also ging ich zu der einen unversehrten Wand des Mausoleums, an die Sammi sich gelehnt hatte, ein Bein (das mit der Fußfessel) gebeugt, mit dem Fuß an der Wand, die Arme trotzig vor der Brust verschränkt.

Ich lächelte, was unbemerkt blieb, da Sammi sich weigerte, mich anzusehen. „Kümmern Sie sich nicht um die Greer. Die Frau hat offensichtlich keinen Geschmack und keinen Funken Ahnung von Mode."

Sie schnaubte. „Aber Sie, was?"

Diesen Kommentar durfte ich unmöglich persönlich nehmen, kam er doch von einer Frau in superkurzen roten Shorts und einem lila Shirt mit einem Heiligen darauf. „Ach, das eine oder andere weiß ich schon darüber, wie man sich anzieht."

„In so einem Country Club voll alter Leute!"

„Wie können Sie ..." Den Rest meiner Antwort verkniff ich mir lieber. Sammi hatte nur ihre Meinung geäußert, mehr nicht, noch dazu eine, mit der sie total daneben lag. Außerdem wollte sie sich unbedingt mit jemandem streiten, auch deswegen gab sie sich so rüde. Aber ich würde einen Teufel tun, mich anzubieten. Zum einen machte ich mir nicht genug aus ihr, um mich mit ihr zu streiten, zum anderen wäre eine handfeste Auseinandersetzung unter Mitgliedern des Teams zwei für Greer das gefundene Fressen. Nur die Götter mochten wissen, was Bianca von mir halten würde, wenn sie Zeugin eines Faustkampfs zwischen mir und Sammi wurde.

Also bändigte ich mein pfeffriges Temperament, indem ich meine Arme wohlweislich locker baumeln ließ. „Greer kauft nicht dort, wo ich einkaufe. Oder wo Sie einkaufen."

Sammis Oberlippe kräuselte sich, als sie an ihrem lila T-Shirt zupfte. „Glauben Sie, echte Qualität kommt von der Stange? Ich nähe mir meine Sachen selbst. Ich entwerfe sie auch."

Schön, was das Modebewusstsein betraf, hatten Sammi und ich nichts gemein, aber das hieß noch lange nicht, dass mich ihre Antwort nicht beeindruckte. Plötzlich kapierte ich auch die Nummer mit dem Heiligen. „Sie heißen Sammi Santiago – und was heißt Santiago?"

„Der heilige Jakob. Jawohl." Sie warf mir aus den Augenwinkeln einen provokativen Blick zu. „So kann jeder sehen, dass es meine eigenen Entwürfe sind. Der heilige Jakob taucht überall auf meinen Sachen auf. Sprechen Sie Spanisch?" „Nein. Aber Kreativität erkenne ich, wenn ich sie sehe. Sie nähen Ihre eigenen Klamotten, das ist cool."

Sammi musste ein Lächeln unterdrücken. „Meinen Sie das ernst?"

„Ich persönlich könnte das nicht, das ist schon mal klar. Sie sind auf jeden Fall um Längen kreativer als Greer in ihrem grauen Kostüm."

„Aber holla!" Sammi wandte den Kopf in die Richtung, aus der damenhaftes Lachen an unser Ohr drang. „Sie muss bloß diese Männerhemden loswerden. Wenn sie das Kostüm mit einem Bustier kombiniert ..."

„Hören Sie auf, da kriege ich ja Gänsehaut!“

Wir lachten gemeinsam.

Viel war das nicht, aber doch ein Anfang. Ich fühlte mich in Sammis Gegenwart wohler denn je, seit sie aus dem Kleinbus und in mein Leben geklettert war, und tat mein Bestes, das muntere Plaudern nicht einschlafen zu lassen. „Haben Sie je daran gedacht, Ihre Sachen zu verkaufen?“ Glauben Sie mir, hier sprach die Teamchefin: Ich hatte kein Interesse daran, Sammi eine ihrer Kreationen abzukaufen. „In Tremont gibt es ein paar Boutiquen, die ...“

Da hatte ich wohl ins Fettnäpfchen getreten: Mit einem deutlich hörbaren Fluch auf den Lippen ließ Sammi mich einfach stehen.

Das war eigentlich auch ganz gut so, wie sich bald herausstellte. So brauchte ich mich nicht mehr mit Sammi zu befassen und auch niemanden vorzustellen, als Quinn auftauchte.

„Ich dachte, du würdest arbeiten!“, begrüßte er mich.

Ich warf ihm einen drohenden Blick zu, der eindeutig besagte: genau das war der Fall. „Ich hätte nicht gedacht, dich heute noch wiederzusehen.“

„He, ich stehe zu meinem Wort!“ Quinn hatte einen dünnen Aktenordner dabei, den er mir jetzt unter die Nase hielt.

„Ist das ...?“

„Die Akte, die du wolltest. Der Fall Lamar, jawohl!“

Ich hätte dankbar sein sollen. War ich ja auch. Ehrlich! Nur ...

„Sie ist ziemlich dünn.“ Naserümpfend sah ich mir die Sache genauer an. „Wie können sämtliche Informationen über die Ermittlungen in einem Mordfall in so eine dünne Akte passen?“ Quinns Miene verdüsterte sich und erinnerte stark an die von Sammi eben, ehe sie davon gestapft war. „Ein simpler Dank hätte gereicht und wäre angemessen gewesen, wenn ich das so sagen darf.“

„Danke. Warum ist die Akte so dünn?“

Quinn verzog die Lippen – und zwar nicht auf die charmante Art, wie er es tut, wenn er mich küsst. „Das ist die Grundakte“, erklärte er. „Die bewahren wir im Morddezernat auf und zwar von jedem einzelnen Fall, in dem wir je ermittelt haben. Eigentlich darf sie das Archiv gar nicht verlassen."

„Danke." Diesmal meinte ich es ernst.

Quinn tat meinen Dank achselzuckend ab. „Außer dir interessiert sich wohl niemand für diese Akte, also wird auch niemand danach suchen, davon bin ich ausgegangen. Der Fall ist uralt, jemand wurde vor Gericht gestellt und verurteilt, und jetzt? Willst du da einfach so stehen bleiben oder gedenkst du, einen Blick reinzuwerfen?"

Ich schüttelte meine Enttäuschung ab und stellte mich in den Schatten des Mausoleums. Quinn folgte mir. „Grundakte", sagte er. „Die enthält ..."

„Die grundlegenden Fakten."

„Genau! Wer ermordet wurde, wann der Mord gemeldet wurde und von wem, wer vernommen wurde, wer verurteilt wurde."

„Wer verurteilt wurde, weiß ich." Ich beugte mich näher zu Quinn, um einen genaueren Blick auf die Papiere werfen zu können. Lecker – er roch nach Falvio-Aftershave, was ich am liebsten mag. Am Morgen, als er meine Wohnung verließ, hatte er den dunkelblauen Anzug getragen, in dem er am Abend zuvor mit mir essen gegangen war. Inzwischen war er wohl zu Hause gewesen, denn den Anzug, den er jetzt trug, kannte ich noch nicht. Er war grau mit Nadelstreifen, die aber wesentlich subtiler ausgefallen waren als die bei Lamars Anzug. Dazu trug Quinn ein Hemd mit französischen Aufschlägen, dessen Farbe haargenau zum blauen Himmel über unseren Köpfen passte, und eine dunkelblaue Krawatte mit einem Schachbrettmuster in verschiedenen Blau-, Grau- und Brauntönen.

Ich rückte noch ein wenig näher an ihn heran. „Das ging ja schnell mit der Akte."

Quinns rechter Mundwinkel verzog sich zu einem feinen Lächeln. „Ich sagte doch schon, ich stehe zu meinem Wort. Du hast etwas gewollt, ich habe etwas gewollt, und nachdem ich hatte, was ich wollte ..."

Halt – so ging das nun wirklich nicht. Sollten meine Leutchen – oder gar Greer! – mich hier mit leuchtenden Augen und wackligen Knien erwischen, weil Quinn dicht neben mir stand? Das war ungefähr das Letzte, was ich im Moment brauchen konnte. Vielleicht nicht ganz das Letzte: noch schlimmer wäre es, dem Drang, ihm ganz nahe zu kommen, nachzugeben. Oder ihn daran zu erinnern, dass er von dem, was er so gern hatte, jederzeit ruhig mehr haben durfte, und dass er mir nächstes Mal keine Akte zu besorgen brauchte, um es zu bekommen.

Nein, auf solche Publicity konnte unser Restaurierungsprojekt gut verzichten. Ganz zu schweigen davon, dass mein Lieblingsmordkommissar bestimmt nicht erbaut sein würde, fände ihn eine Fernsehkamera beim trauten Liebesspiel zwischen Grabsteinen. Fest entschlossen, es so weit nicht kommen zu lassen, nahm ich ihm den schmalen Ordner aus der Hand und las mir die wenigen Papiere darin durch.

„Das Opfer war Vera Blaine, zweiundzwanzig Jahre alt." Diese Information so schwarz auf weiß vor mir zu sehen, war seltsam. Seltsam und bedrückend. „Er hat mir nicht gesagt, wer ermordet wurde. Auch nicht, dass das Opfer noch so jung war."

„Er?"

Ich tauchte aus meinen Gedanken auf. Quinn stand mit leicht schräggelegtem Kopf da und musterte mich nachdenklich.

„Er. Der Typ, von dem die Notiz in Lamars Friedhofsunterlagen stammt. Du weißt schon: die, der zufolge Lamar vielleicht zu Unrecht beschuldigt wurde. Ich bin einfach davon ausgegangen, dass sie von einem Mann stammt. Sieh mal ..." Lieber das Thema wechseln als darauf festgenagelt werden, dass meine Informationen von einem Toten stammten. Von dem Toten, der des hier geschilderten Mordes für schuldig befunden worden war. „Hier steht, sie wurde im Lake View Motel in Cleveland umgebracht. Kennst du das?"

Quinn schüttelte den Kopf. „Ich treibe mich ja nur an Orten herum, wo es Probleme gegeben hat. Vielleicht ist in dem Motel in letzter Zeit niemand mehr ermordet worden."

„Oder es existiert gar nicht mehr." Ich sah mir die angegebene Adresse an – keine gute, das erkannte selbst ich auf den ersten Blick. „Fünfundzwanzig Jahre sind eine lange Zeit. Wahrscheinlich ist das Lake View längst geschlossen."

Im nächsten Abschnitt des Berichts ging es um die Leute, die zum Fall befragt worden waren. „Die Polizei hat ja eine Menge Leute vernommen. Zum Beispiel einen Steve Granley. Hier steht, er war Vera Blaines Freund."

„Da steht außerdem, dass dein Mann, Jefferson Lamar, den Mord begangen hat. Daran hat es letztendlich und offensichtlich keinerlei Zweifel gegeben." Quinn war die Akte wohl schon durchgegangen, ehe er zu mir fuhr. Er wusste, wonach er suchte und zeigte mir die entsprechenden Stellen. „Lamar hatte kein Alibi, jedenfalls keins, für das es Zeugen gab. Das Opfer hat im Central-State-Gefängnis für ihn gearbeitet. Sie war seine Sekretärin."

„Was noch lange nicht heißt, dass er sie umgebracht hat."

„Natürlich nicht." Quinn nahm mir den Ordner aus der Hand und blätterte weiter, zur zweiten Seite. „Aber wirf mal einen Blick hierauf, die Aufstellung spricht Bände. Das ist die Liste der Beweismittel. Die Kollegen haben ihn lupenrein festgenagelt. Lamars persönliche Waffe wurde benutzt, um die Frau umzubringen, seine Fingerabdrücke befanden sich darauf, sein Blut war auf ihrer Bluse."

Nichts von all dem hatte Lamar erwähnt.

„Aber es gibt diese Notiz in den Friedhofspapieren, in der steht, dass jemand Lamar den Mord untergeschoben hat!" Im Aktenordner befanden sich nur diese beiden Blätter, und ich drehte sie ein paarmal um, für den Fall, dass mir etwas entgangen sein sollte. „Es muss doch irgendwo noch weitere Informationen geben! Was ist mit Fotos vom Tatort? Was ist mit der Mordwaffe? Wenn Lamar sagt, er war unschuldig, wenn er behauptet, man habe ihm ..." Ich warf Quinn ein entschuldigendes Lächeln zu. „Wenn das in dieser Notiz in den Friedhofsakten steht, dann muss es doch irgendeinen Grund zu dieser Annahme geben. Wie kann ich noch mehr herausfinden?"

„Das hier reicht dir nicht? Wenn du lediglich nach Informationen über dieses Verbrechen suchst, damit dein Team gut dasteht ..."

„Natürlich suche ich aus diesem Grund nach Informationen. Aber wenn es sich herausstellt, dass die Notiz in den Akten der Wahrheit entspricht, dann wäre das doch noch wesentlich interessanter, oder? Wenn nun Lamar wirklich unschuldig ist und wir können das beweisen, dann stehen wir im Wettbewerb erst recht bombig da."

„Wenn ihr das beweisen könntet?" Quinn riss mir die Akte aus der Hand. „Dann müsstest du beweisen, dass jemand anderes Vera Blaine umgebracht hat. Das bedeutet ..."

„Jemandem auf die Füße zu treten. Unsanft." Ich schluckte den sauren Geschmack hinunter, der sich parallel zur Erkenntnis im Kopf in meinem Mund gebildet hatte. „Aber das bedeutet doch nicht, dass ich mir die Sache nicht mal anschauen kann."

„Im Gegenteil: Es bedeutet genau das."

„Aber Quinn ..." Da er Anstalten machte zu gehen, zog ich alle Register und ließ ein spielerisches kleines Schnurren hören. „He, denk dran, was du für die Beschaffung dieser Grundakte gekriegt hast, und dann stell dir vor, was du kriegst, wenn du mir die richtige Akte verschaffst. Mit den Fotos, Verhörprotokollen und ..."

„Die liegt wer weiß wo in einem Lager."

„Umso beeindruckter bin ich, wenn du sie in die Finger bekommst."

Quinn kam nicht mehr dazu, mir eine Antwort zu geben, denn inzwischen hallte Greers nicht zu überhörende Stimme durch unsere Sektion. Sie rief Team zwei zum großen Meeting mit der gegnerischen Truppe. Ehe ich Quinn sagen konnte, wir würden uns später noch über die Akte Lamar unterhalten, war er verschwunden und meine Leutchen und ich mussten uns von Greer herumkommandieren lassen.

Laufen, reden, lächeln, und stoppen. Team eins geht auf Team zwei zu. Man stellt sich vor. Nein, nicht gut genug! Das Ganze noch einmal von vorn.

Reality-TV war das nicht.

Laut Greer sollte die gesamte Szene ungefähr zwei Minuten Sendezeit in Anspruch nehmen. Es dauerte zwei Stunden, bis wir sie im Kasten hatten und als wir fertig waren, wirkten selbst die Damen von Team eins mit ihren Strohhüten und fließenden Gartenkleidern ein wenig welk.

„Wir machen jetzt Mittag!“ Ich packte den Stier bei den Hörnern und rief diese Ankündigung einfach in die Menge. Greer wollte schon protestieren, erhielt aber auch von Team eins keine Gelegenheit dazu. Lucinda Wright spazierte hinüber zu ihrem Picknickkorb, den sie zwischenzeitlich hatte abstellen müssen, hängte ihn sich über den Arm und führte, zusammen mit Mae, die Damen aus unserer Sektion. Greer und der Kameramann folgten ihnen auf dem Fuße. Mein Team trat von einem Bein auf das andere, bis ich ihnen sagte, sie sollten schon mal verschwinden und ich würde mich in ein paar Minuten mit ihnen in der nächstgelegenen Bar treffen.

Ich wollte allein sein, hoffte ich doch, Jefferson Lamar würde dann auftauchen.

Das tat er wirklich, kaum war der letzte meiner Leutchen verschwunden. Wie aus dem Nichts tauchte er direkt neben Absaloms Voodooaltar auf. „Haben Sie etwas Neues herausgefunden?“

„Ich habe die Polizeiakte gesehen. Wenn man nach der geht, sind Sie verdammt schuldig.“

Seine Miene wurde ganz starr.

„Fakten sind Fakten“, teilte ich ihm mit. „Apropos Fakten ...“ Nachdem ich mich vergewissert hatte, dass mich aus dem Unkraut heraus nichts anspringen oder an mir hoch krabbeln würde, tastete ich vorsichtig nach der kleinen Kiste.

Aber die war verschwunden.

„Jemand hat sie geklaut!“ Als mir bewusst wurde, dass Lamar ja nicht ahnen konnte, wovon ich sprach, klärte ich ihn rasch auf. „Wissen Sie, wer diese Kiste vergraben und können Sie mir sagen, wer sie gerade eben gestohlen hat?“

Seine Lippen wurden zu einem dünnen Strich. „Sie arbeiten hier mit kriminellen Elementen.“

„Kommen Sie, das ist mein Team! Sie würden doch nicht ..." Aber dann fiel mir wieder ein, wie Reggie und Delmar sich um diese Kiste geprügelt hatten und wie Sammi Anspruch auf einen Teil des Profits erhoben hatte, sollte sich die in der Kiste befindliche Münze als wertvoll erweisen. Ich dachte an die Geschäftigkeit der beiden vergangenen Stunden und daran, dass sich währenddessen jeder problemlos die Kiste aus dem Gestrüpp hätte fischen können. Sie war nicht groß, ließ sich leicht verstecken, und so, wie Greer uns kreuz und quer durch die Sektion gescheucht hatte, wäre es niemandem aufgefallen, hätte sich jemand kurz mal verdünnisiert.

Ich ließ die Schultern hängen. „Sie haben nicht zufällig ..."

Lamar schüttelte den Kopf.

„Na wunderbar!" Ich ließ mich auf einen der niedrigeren Grabsteine in der Nähe von Lamars Grab fallen. „Da hatten wir echt mal was zum Angeben und nun ist es weg. Außerdem hatte die Kiste ja vielleicht auch etwas mit Ihrem Fall zu tun!" Mit dieser Bemerkung hoffte ich, Lamars Interesse zu wecken, aber er zuckte nur die Achseln.

„In der Kiste war eine Münze", lockte ich.

„Ach ja?" Seine Augen leuchteten auf. „Ich habe Münzen gesammelt."

Endlich kamen wir weiter! Ich setzte mich auf. „Es war eine Silbermünze. Mit einem Frauenkopf darauf."

„Hört sich an wie ein Silberdollar. Aber wer den bei meinem Grab deponiert haben könnte und warum ..." Erneut das Achselzucken.

„Na ja, auf jeden Fall sieht alles nicht besonders gut aus." Ich seufzte. „Vielleicht war dieser Silberdollar ein Hinweis, aber das kann uns egal sein, denn er ist weg. Was die Akte betrifft, die Quinn mir besorgt hat ... kein Wunder, dass Sie verurteilt wurden! Die Beweislage war ja erdrückend, das reichte, um Sie zu begraben."

Letzteres platzte völlig unbeabsichtigt aus mir heraus. Nicht nur Lamar zuckte zusammen.

Seine Miene blieb dabei undurchdringlich wie eh und je. „Ich habe Ihnen ja schon gesagt, dass man mir den Mord untergeschoben hat. Sonst wäre die Beweislage nicht so perfekt gewesen. Sie war konstruiert."

„Womit wir wieder da gelandet wären, wo wir angefangen hatten." Verzweifelt warf ich die Hände in die Luft. „Wer war der Mörder?"

„Als Leiter einer Strafvollzugsanstalt macht man sich jede Menge Feinde."

„Klar. Natürlich." Viel zu ruhelos, um weiter stillsitzen zu können, stand ich auf und ging zu Lamars Grabstelle. Zum ersten Mal nahm ich mir die Zeit, sie mir genauer anzusehen. Der Grabstein aus grauem Granit trug oben in Großbuchstaben den Namen Lamar eingemeißelt, darunter, kleiner und nach links gerückt, den Namen Jefferson und die Daten 1933-1985. Rechts neben Jefferson standen der Name Helen und ein Geburtsdatum: 1936. Ein Todesdatum war hier noch nicht eingemeißelt.

„Helen? Ist das Ihre Frau?"

Lamar nickte.

„Lebt sie noch?"

„Ja."

„Glaubt sie auch, dass Sie schuldig sind?"

Er fuhr zusammen, als hätte ich ihn geschlagen.

„Also!" Ich hatte eine Entscheidung getroffen, rieb mir die Hände, und eilte in Richtung Ausgang, zu meinem Team und dem Mittagessen. „Als Leiter einer Strafvollzugsanstalt macht man sich jede Menge Feinde, was? Dann werden wir erst einmal unsere Zeit nicht darauf verschwenden, uns in dieser Richtung umzusehen. Wir fangen bei der einen Person an, die ganz sicher nicht Ihr Feind war."

Kapitel 5

Mein Restaurierungsplan (wenn man ihn so nennen wollte) sah vor, dass wir den Rest der Woche dokumentierten, wer in unserer Sektion begraben lag, und wo. Das hört sich einfach an, nicht wahr? Aber glauben Sie mir: Dieser Plan gehörte zu denen, die nur auf dem Papier leicht aussehen. Im wahren Leben gestaltete sich die Durchführung weitaus komplizierter.

Die Probleme lagen zum einen in der Monroe Street selbst. (Ich meine: Probleme zusätzlich zu dem, dass es sich hier um einen Friedhof handelte und ich in der besten aller denkbaren Welten nie einen Fuß auf das Gelände gesetzt hätte.) Grabsteine waren umgeworfen, Namen in den Friedhofsunterlagen falsch geschrieben worden und die alten, handgezeichneten Pläne, die man uns überlassen hatte, zeigten Gräber, wo keine existierten. Dafür waren eine ganze Reihe Grabstellen, die wir entdeckten, nicht auf ihnen verzeichnet.

Als nächstes war da der Müll.

Überall auf unserem kleinen Areal des Monroe-Street-Friedhofs stolperten wir über zerbrochene Flaschen, Drogenutensilien und jede Menge andere Abfälle. Mausoleumswände waren mit Graffiti beschmiert und mehr als nur ein paar Grabsteine zerstört. In der Nähe eines besonders hässlichen alten Monuments, das die Statue eines kleinen Mädchens zierte, lebte eine Gruppe verwilderter Katzen, die nicht besonders erfreut schienen, das Revier nun mit uns teilen zu müssen.

Als wäre das alles noch nicht schlimm genug, zeigte sich mein Team (ich benutze diesen Begriff hier sehr weit gefasst) alles andere als enthusiastisch. Was mich im Prinzip nicht allzu sehr bekümmert hätte, war ich doch selbst nicht gerade hellauf begeistert von dem ganzen Projekt, nur saß uns diese Greer im Nacken. Sie schien ständig auf der Suche nach Aufnahmen, die uns noch unfähiger zeigen sollten, als wir ohnehin schon waren.

Es gelang ihr, für die Ewigkeit festzuhalten, wie Sammi mich eine fettschenklige Schlampe nannte, weil ich sie höflich aufgefordert hatte, ihren mageren Arsch hochzukriegen und zur Abwechslung mal etwas zu tun. Das mit der Schlampe und den fetten Schenkeln war natürlich völlig an den Haaren herbeigezogen und entsprach in keinster Weise den Tatsachen, aber für Greer war der Spruch ein gefundenes Fressen. Sie erwischte Delmar hinter dem Dixieklo, wo er sich einen Joint reinzog. Sie schaffte es sogar, den Moment abzupassen, in dem Crazy Jakes Sozialarbeiterin auftauchte, um Jake seine wöchentliche Ration Psychopharmaka zu überreichen.

Ja, wir amüsierten uns prächtig!

Dabei tat ich alles, um meine Gang bei guter Laune zu halten. Nur funktionierte es überhaupt nicht und als endlich der Freitagnachmittag heranrückte, war sämtliches in unserer Sektion ausgerupftes, heruntergeschnittenes und ausgegrabenes Grünzeug von mir höchstpersönlich ausgerupft, heruntergeschnitten und ausgegraben worden.

Die tägliche Arbeit an der Sonne hatte meiner Haut nicht gutgetan: die Sommersprossen auf Nase und Wangen traten deutlicher hervor als sonst. Ich hatte mir drei Fingernägel abgebrochen und noch nicht einmal Zeit und Energie gefunden, sie mit der Nagelfeile zu bearbeiten. Blasen zierten meine Hände, Kratzer Arme und Beine. Als wäre das alles noch nicht dramatisch genug, gebärdete sich mein Haar in der sommerlichen Hitze und der Feuchtigkeit, die sich wie ein nasses Laken über Cleveland gelegt hatte, wie ein wildgewordener Mopp.

Nur gut, dass die Filmerei für diese Wochen ein Ende gefunden hatte. So, wie ich momentan aussah, brauchten mich noch nicht einmal die Leute vorgeführt zu bekommen, die sich Sendungen im öffentlich-rechtlichen Fernsehen ansahen. Noch besser: Quinn saß an einem großen Fall, der erhebliches Aufsehen erregte und von den Medien mit Argusaugen verfolgt wurde (ein Stadtrat und eine tote Stripperin – muss ich noch mehr sagen?). Er würde eine ganze Weile viel zu tun haben, was wiederum hieß, dass wir uns so schnell nicht wiedersehen würden. Ich war viel zu erschöpft, um jemanden zu verführen.

Zurücklehnen und Däumchen drehen konnte ich aber auch nicht. Ich gönnte mir zur Feier des Wochenendes eine gründliche Körperpflege mit allem Drum und Dran und am Samstagnachmittag machte ich mich auf den Weg zu Helen Lamar.

Knappe zwanzig Minuten nach Verlassen meiner Wohnung befand ich mich mitten in Tremont, dem Stadtteil, dessen Boutiquen ich Sammi für ihre Kreationen empfohlen hatte. Während ich auf der Suche nach der Adresse, die ich im Telefonbuch gefunden hatte, durch die Straßen fuhr, entdeckte ich auch prompt ein paar der Läden, von denen Sammi so gar nichts hatte wissen wollen. Nicht, dass ich ihre Ablehnung persönlich nahm. Wenn ein Mädchen keine Lust auf eine Karriere im Modebereich hat und ihr Leben lieber als schlagende Ehefrau mit einer Fessel am Bein verbringen möchte, dann ist das ganz allein ihr Bier.

Mein Bier waren die Geheimnisse von Jefferson Lamar, also konzentrierte ich mich aufs Fahren und Suchen. Tremont gehört zu den ältesten Stadtteilen Clevelands und von Zeit zu Zeit setzt sich immer mal wieder jemand in den Kopf, die Gegend neu beleben zu wollen. So eine Zeit schien gerade wieder angebrochen: Ich sichtete schicke Boutiquen und angesagte Restaurants Seite an Seite mit verlassenen Gebäuden, brandneuen Wohnblocks mit Eigentumswohnungen und jahrhundertealten Einfamilienhäusern, von der viktorianischen Villa bis zum winzigen Arbeiterhäuschen.

Helen Lamar lebte nicht weit vom Lincoln Park entfernt, der kleinen Grünfläche im Zentrum von Tremont, und ihr Heim war eins von den winzigen Arbeiterhäuschen. Es war klein und ordentlich, mit einer Steintreppe, die zur Veranda an der Vorderseite des Hauses hinaufführte. Der Vorgarten war knapp bemessen, sehr gepflegt, und von einem frisch gestrichenen Zaun umgeben, dessen Silberglanz meinen Augen wehtat. Ich kniff die Augen zusammen, stieß das Gartentor auf und betrat den von roten Rosen und weißen Petunien gesäumten Gehweg aus Schieferplatten.

Da ich mir vorher genau zurechtgelegt hatte, was ich Helen sagen wollte, war ich bereit, als mir eine schmächtige Frau mit kurzgeschnittenem grauem Haar, in weißen Shorts, orange T-Shirt und gelben Flip-Flops die Tür öffnete. Ich hielt eine der fünfhundert Visitenkarten in der Hand, die Ella bei meinem Arbeitsantritt auf dem Garden-View-Friedhof für mich hatte herstellen lassen und von denen ich noch fast alle besaß, da ich im Allgemeinen keinen Wert darauf legte, dass die Leute mitbekamen, wo ich arbeite. So machte es mir wirklich nichts aus, mich mal von einer zu trennen und ich hoffte, die Karte würde meinem Besuch einen halboffiziellen Anstrich verleihen.

Als ich sie Helen reichte, huschten ihre sanften blauen Augen verwirrt zwischen meinem Gesicht und der Karte hin und her. „Ich bin nicht an einer Grabstelle interessiert, falls Sie deswegen hier sind. Ich habe meine Grabstelle schon. Auf dem ..."

„Monroe-Street-Friedhof, ich weiß."

Die Unsicherheit in ihren Augen wich vorsichtiger Wachsamkeit. Sie warf einen Blick über meine Schultern, als fürchte sie, hinter mir könnte sich eine ganze Schlägerarmee verstecken, die einen Überfall auf ihr trautes Heim geplant hatte.

„Ich arbeite als Fremdenführerin auf dem Garden-View-Friedhof." Um Helens Aufmerksamkeit wieder auf das eigentliche Thema zu lenken, klopfte ich mit einem meiner abgebrochenen Nägel auf die entsprechende Zeile auf der Visitenkarte. „Wir beteiligen uns in diesem Sommer an einem Restaurierungsprojekt auf dem Monroe-Street-Friedhof. Darüber wollte ich mit Ihnen sprechen. Ich stelle Recherchen an und die Sektion, auf der ich arbeite ..."

„Ist die, in der Jefferson begraben liegt." Helen mochte eine ältere Dame sein, aber geistig war sie voll auf der Höhe: Sie war meinen ausufernden Erklärungen bis zu ihrem logischen Schluss gefolgt. Jetzt wog sie meine Visitenkarte in der Hand und musterte mich aufmerksam von oben bis unten. „Wenn Sie nach Informationen suchen, um Ihrer Arbeit einen sensationellen Anstrich zu verleihen ..."

„Nein, darum geht es mir überhaupt nicht."

Darüber musste sie einen Moment nachdenken, ehe sie auf ein weißes Korbsofa deutete, das neben einem dazu passenden Schaukelstuhl auf ihrer Veranda thronte. „Dann setzen Sie sich. Ich hole uns Eistee."

Als sie fort war, machte ich es mir bequem, zog den Notizblock aus der Tasche, den ich in weiser Voraussicht eingesteckt hatte und wartete, bereit für unsere Unterhaltung. Auch Helen schien sich vorbereitet zu haben, während sie Gläser und Tee holte.

„Wenn Sie nach jemandem suchen, der Ihnen versichert, die Polizei hätte genau gewusst, was sie tat und somit auch das Richtige getan, dann sind Sie bei mir an der falschen Adresse!", verkündete sie im angenehmen Plauderton einer älteren Dame, während sie uns beiden Eistee einschenkte. Aber ich war nicht blöd: mir entging der ironische Unterton in ihren Worten durchaus nicht. „Jeff war unschuldig", fuhr sie fort.

„Das sagt er ..." Rasch ertränkte ich meine spontane Reaktion in einem Schluck Tee, der aus Fertigpulver angerührt und viel zu süß war. Ich verschluckte mich, hustete keuchend und kam nur mühsam wieder zu Luft. „Ich dachte, wenn ich mich mit Ihnen unterhalte, erfahre ich die andere Seite der Geschichte", krächzte ich. „Ich dachte ..."

„Warum?"

Klar, da war diese ganze Chose mit dem Wettbewerb, mit dem ich meine Neugier hätte begründen können. Das hätte ich wohl auch getan, hätte Helen nicht den Krug mit dem Eistee auf dem Tisch abgesetzt und sich im Schaukelstuhl vorgebeugt, die Ellbogen auf den Schenkeln abgestützt, die Hände an den Fingerspitzen zusammengelegt, um mich aus sanften blauen Augen herausfordernd anzufunkeln.

Im wahren Leben bin ich kein unehrlicher Mensch, nur wenn es um Geister geht, biege ich mir die Wahrheit nicht nur öfter mal zurecht, sondern lasse sie je nach Lage auch mal ganz außer Acht. Kann man mir daraus einen Vorwurf machen? Das erklärt allerdings noch nicht, warum ich mich in diesem Fall für die Wahrheit entschied. Oder doch wenigsten für eine Version der Geschichte, die der Wahrheit in Ansätzen nahekam.

„In den Unterlagen der Friedhofsverwaltung befindet sich eine Notiz. Ich weiß nicht, wer sie geschrieben hat, aber darin werden Zweifel an Mr. Lamars Schuld geäußert."

„Ach ja?" Helens Lachen klang zynisch – wenn ich nicht aufpasste, hatte diese Frau mich schnell durchschaut. „Mich hat nie jemand gebeten, eine Notiz für die Friedhofsunterlagen zu schreiben. Ich kann mir nicht vorstellen, wer sich sonst dafür die Zeit genommen haben könnte. Soweit ich mich erinnere, war ich in ganz Cleveland die einzige, die Jeff für unschuldig hielt. Und mein Gedächtnis ist hervorragend, nur damit Sie das wissen, junge Frau."

„Sie halten ihn immer noch für unschuldig."

Bisher hatte Helen den Tee nicht angerührt. Jetzt hob sie ihr Glas auf und drehte es zwischen den Handflächen. Am Glas hatte sich Kondenswasser gesammelt, was ihr aber nichts auszumachen schien, auch dann nicht, als ihr ein einzelner Tropfen zwischen den Fingern hindurch rann.

Sie starrte auf ihre Hände. „Das bringt ihn nicht wieder zurück."

„Aber wenn wir seinen Namen reinwaschen können ..."

Ein scharfer Blick unterbrach mich mitten im Satz. „Was hat das mit Ihnen zu tun? Warum sollte Ihnen daran liegen?"

Ich stellte mein Glas auf die Tageszeitung, die Helen auf dem kleinen Tischchen neben der Couch abgelegt hatte. „Mit dem Restaurierungsprojekt ist ein Wettbewerb verbunden. Das Fernsehen überträgt unsere Arbeiten. Die Premiere der Show ist morgen Abend zu sehen."

Dies beeindruckte Helen lange nicht so, wie ich erhofft hatte. Wenn man es genau nimmt, wirkte sie überhaupt nicht beeindruckt.

Wollte ich ihr das vorhalten?

Mein Lächeln fiel unter Garantie fast so lahm aus wie meine Rechtfertigungsversuche. „Ich leite eins der beiden konkurrierenden Teams. Je mehr wir über die in unserer Sektion begrabenen Menschen herausfinden, desto besser stehen wir da. Wenn wir Mr. Lamars Namen reinwaschen könnten ..."

„Also liegt Ihnen die Sache an sich gar nicht wirklich am Herzen."

„Doch, sie liegt mir am Herzen! Weil ich gewinnen möchte und weil das Ganze im Fernsehen zu sehen sein wird und ein paar Leute es sich ansehen werden. Das andere Team setzt sich aus lauter besseren Damen zusammen, wenn Sie verstehen, was ich meine. Ich habe diese Häftlinge auf Bewährung, oder wie man das sonst nennt, und ..."

„Aber Jefferson liegt Ihnen nicht am Herzen."

Lag Lamar mir am Herzen? Nicht, dass ich das gewollt hätte. Glauben Sie mir, ich wollte wirklich nicht, dass der Mann mir etwas bedeutete. Trotzdem war es so. Zum einen, weil ich eigentlich alle Geister mag, die ich kennenlerne und weil mich Lamar in das, was von seinem Leben noch übrig war, erfolgreich hineingezogen hatte und ich wusste, er würde mich erst in Ruhe lassen, wenn ich tat, was ich zu tun hatte. Aber da war noch mehr.

Am meisten berührte mich, dass es einfach nicht fair war, wie die Geister, die ich kennengelernt hatte, ums Leben gekommen waren. Umgebracht zu werden ist eine schreckliche Art zu sterben und im Fall von Lamar standen die Dinge auch nicht besser. Eigentlich standen sie sogar noch schlechter: Jefferson Lamar schien mir ein Mann zu sein, dem es überhaupt nicht gefiel, vor der Welt als Mörder dazustehen. Dass er ein Mörder gewesen war, dürfte mittlerweile das Einzige sein, was den Leuten zu ihm einfiel.

Wenn sie überhaut an ihn dachten. Lamars ehemalige Mitbürger hielten ihn für einen Mörder. Bis auf seine Frau.

Das alles konnte ich Helen so natürlich nicht erklären. Also fragte ich zurück: „Wie kann mir Ihr verstorbener Mann am Herzen liegen? Ich habe ihn nicht gekannt, als er starb, war ich noch ein Kind. Auch Sie habe ich ja eben erst kennengelernt. Ich kannte die Person nicht, die ermordet wurde ..."

„Vera. Vera Blaine." Helens Blick entschwand über meinen Kopf hinweg in die Ferne, ihre Augen wurden feucht. „Ein hübsches Mädchen, nicht besonders klug." Sie sah mich an. „Jeff hat nie mit ihr geschlafen."

Wie bitte? Dass Sex im Spiel gewesen sein könnte, damit hatte ich nun wirklich nicht gerechnet! Was an Lamars Alter liegen mochte. Diese Vera war bei ihrem Ableben jünger gewesen, als ich es jetzt war; die Vorstellung, die beiden könnten es miteinander getrieben haben, war einfach widerlich. Aber falls die beiden eine Beziehung gehabt hatten, dann hatte Lamar mir diese immerhin nicht unwesentliche Tatsache tunlichst verschwiegen. Das roch nach einem Skandal! Darauf stürzte ich mich, war es doch mehr als alles, was ich bisher in der Hand gehabt hatte. „Ist das behauptet worden? Haben sie ihm das als Motiv unterstellt? Dass Vera und er ...?"

„Ein Liebespaar waren? Offen war davon nie die Rede, jedenfalls nicht in den Zeitungen. In den Achtzigern ging man in den Medien mit solchen Dingen noch nicht so locker um. Die Zeitungen erwähnten, Vera und Jeff seien befreundet gewesen, mehr war nicht nötig. Die Leute zogen dann ihre eigenen Schlüsse. Es gab jede Menge Andeutungen, aber das Wort Affäre wurde erst ins Spiel gebracht und breitgetreten, als wir vor Gericht standen. Eine Reihe von Leuten sagte aus, eine solche Affäre sei ihrer Meinung nach denkbar. Nicht, dass sie das hätten beweisen können! Andere sagten aus, Jefferson hätte zur Eifersucht geneigt. Woher sie das hatten, weiß ich nicht. Aber sie sagten aus, sie hätten gehört, dass Vera die Beziehung mit Jeff beendet hatte, weil sie zu ihrem früheren Freund zurückkehren wollte. Aber niemand verfügte auch nur über den Hauch eines Beweises. Wie denn auch: es gab keine Beweise. Vera und Jeff waren noch nicht einmal Freunde. Er kannte sie ja kaum, sie arbeitete gerade erst einmal drei Monate für ihn."

„Aber warum ...?"

Sie antwortete mit einem Achselzucken. Nicht, weil sie keine andere Antwort wusste: sie verstand das alles einfach nicht. „Hässliche Gerüchte haben so eine Art, ein Eigenleben zu entwickeln. Vielleicht sind Sie zu jung, um das schon selbst miterlebt zu haben. Sobald der erste erwähnt hatte, es habe da eine ... Romanze ...", sie sprach das Wort aus, als stünde es zwischen Anführungszeichen, „... zwischen Jeff und diesem Mädchen gegeben, ging einfach jeder davon aus, dass es so gewesen war. Sie behaupteten, deswegen sei Vera in diesem Motel hier in der Stadt gewesen. Jeff und sie hätten sich dort von Zeit zu Zeit getroffen und bei einem dieser Treffen seien die Dinge eben aus dem Ruder gelaufen und er hätte sie erschossen."

„Seine Dienstpistole wurde am Tatort gefunden."

Helen hob den Kopf. „Das wissen Sie? Sie haben die alten Zeitungsartikel gelesen?"

„So etwas in der Art. Es heißt, seine Waffe war dort und ..."

„Er bewahrte sie immer in seinem Schreibtisch bei uns zu Hause auf. Wir wohnten in der Nähe des Gefängnisses. Die Schublade war verschlossen. Er hatte schon eine Weile nicht mehr nach der Waffe gesehen, warum denn auch? Als die Polizei kam und die Pistole sehen wollte, ist er sofort zum Schreibtisch gegangen. Da erst hat er festgestellt, dass die Waffe gestohlen worden war."

„Was ihm die Polizisten nicht abgekauft haben."

Da das keine Frage gewesen war, hätte Helen sich auch nicht verpflichtet fühlen müssen zu antworten. Sie tat es dennoch. „Die Pistole war das wichtigste Beweisstück, das sie gegen ihn in der Hand hatten. Jeffersons Fingerabdrücke befanden sich darauf. Natürlich, schließlich war es seine Dienstwaffe."

„Sein Blut war auf Veras Bluse."

„Jeff hatte sich an dem Tag bei der Arbeit an der Hand verletzt. Vera hat ihm geholfen, die Wunde zu verbinden."

„Ach, und ist dann zu einer Verabredung ins zwei Stunden entfernte Cleveland aufgebrochen, ohne sich umzuziehen?" Das kam mir seltsam vor: ehe ich losfuhr, um mich in einem Motel mit einem Typen zu treffen, wäre ich auf jeden Fall vorher nach Hause gefahren und hätte mir etwas angezogen, an dem nicht das Blut meines Chefs klebte! Bevor Helen auf die Idee kommen könnte, ich würde irgendjemanden wegen irgendetwas bezichtigen, fügte ich hastig hinzu: „Das kommt mir seltsam vor. Ich frage mich, warum sie es so eilig hatte, nach Cleveland zu kommen."

„Genau das habe ich die Polizei auch gefragt, als ich das mit dem Blutfleck hörte. Ich habe ihnen gesagt, ich wüsste von Jeff, wie er sich an diesem Tag an der Hand verletzt hatte. Er hatte es mir erzählt. Natürlich war die Polizei in keinem Punkt sehr gesprächig. Sie haben auch nie mit einer brauchbaren Theorie aufwarten können, warum Jeff und Vera nach Cleveland fahren mussten, um eine Affäre zu haben – falls sie denn eine hatten. Wenn man mit seinem Chef schläft, will man doch bestimmt dieser Schäferstündchen wegen nicht immer so weit fahren. Sollte man wenigstens annehmen."

„Oder vielleicht gerade – weil es so unwahrscheinlicher ist, dass man erwischt wird." Das war mir so rausgerutscht, ich hatte laut nachgedacht, wofür ich mich bei Helen mit einem Lächeln entschuldigte. „Wenn Mr. Lamar Vera angeblich umgebracht hat, weil er so eifersüchtig war ..."

„Diese Gerüchte gehören alle zu dem Konstrukt, mit dem ihm der Mord in die Schuhe geschoben werden sollte."

Mal ehrlich: Wenn das von jemand anderem gekommen wäre, hätte ich gekontert, die Leute sollten doch bitteschön mal nachdenken und sich den Tatsachen stellen! Sich damit abfinden, dass Männer betrügen und morden und dass man trotzdem irgendwann mit dem eigenen Leben weitermachen muss.

Aber ich hörte die Geschichte von dem untergeschobenen Mord nicht zum ersten Mal – ich kannte sie bereits von dem Toten, um den es in diesem Gespräch ging.

„Wer könnte denn ..."

Helens Lachen klang alles andere als fröhlich. „Manche Menschen haben nun einmal eine blühende Phantasie. Deswegen glaubten sie auch diesen ganzen Unsinn über Vera und Jeff. Andere sind vielleicht für ihre Aussagen im Zeugenstand bezahlt worden. Das ist doch immerhin möglich, oder? Das habe ich auch der Polizei gesagt, aber ich denke mal, die haben mir nicht ernsthaft geglaubt. Andere wiederum ... es gibt eine Menge Neid und Missgunst in der Welt. Das werden Sie auch noch lernen." Woraufhin sie sich mit einem tiefen Seufzer aus den Schaukelstuhl stemmte und ohne ein weiteres Wort im Haus verschwand.

Ich fragte mich schon, ob ich unsere Unterhaltung damit wohl als beendet betrachten sollte und ich wohl offenbar zu einem falschen Zeitpunkt gekommen war, als Helen wieder aus dem Haus kam, in der Hand ein gerahmtes Foto des Mannes, mit dem ich mich auf dem Friedhof unterhalten hatte.

Auch auf dem Foto trug Jefferson Lamar den mir inzwischen bekannten Nadelstreifenanzug, dazu eine schlichte, dunkle Krawatte, die Brille mit dem dicken, schwarzen Gestell thronte hoch auf der Nase und ließ ihn aussehen, als hätte er keine Brauen.

Helen legte mir die Fotografie in die Hände. „Sieht so ein Mann aus, der jemanden umbringen würde?"

Nun hätte ich mir das Foto gar nicht anzusehen brauchen, aber ich tat es trotzdem, um kein Misstrauen zu erregen. „Jeden Tag bringen Menschen andere Menschen um", sagte ich vorsichtig. „Ich bin mir natürlich nicht total sicher, aber ich wette, die sehen nicht alle wie Mörder aus."

„Jeff sieht nicht aus wie ein Mörder, weil er keiner ist." Helen nahm mir das Foto ab, um es, ehe sie sich wieder setzte, auf den Tisch neben mich zu stellen, sodass Lamar mich anstarrte. „Er war ein guter Mann. Er war ehrlich und hatte hohe moralische Grundsätze. Er ..." Ihre Stimme schwankte, sie trank hastig einen Schluck Tee. „Er glaubte an Gerechtigkeit. Er glaubte an unser Rechtssystem. Er glaubte daran, dass Verbrecher resozialisiert werden können, dass er helfen könnte, sie und ihr Leben zu ändern. Er war nicht der Mann, der einem anderen Menschen das Leben nimmt."

„Sie haben ihn in Cleveland begraben, nicht in der Nähe des Staatsgefängnisses." Eigentlich hatte ich das erst später erwähnen wollen, aber wahrscheinlich war jetzt ein ebenso guter Zeitpunkt. „Ich hätte gedacht ..."

„Wir stammen beide aus Cleveland, eigentlich verband uns nichts mit der Stadt, in deren Nähe das Staatsgefängnis liegt. Bis auf Jeffs Arbeit natürlich. Als man ihn dann verhaftete ..." Helen redete nicht weiter, aber das war auch nicht notwendig. „Meine Eltern lebten hier, in diesem Haus. Sie waren damals schon älter, es schien sinnvoll, bei ihnen einzuziehen. So konnte ich ihnen helfen und lebte in der Nähe der Innenstadt, sodass ich Jeff während des Verfahrens besuchen konnte. Als er dann verurteilt wurde ..." Plötzlich konnten weder das fröhliche T-Shirt, noch die gelben Flip-Flops länger darüber hinwegtäuschen, dass Helen alt und zerbrechlich aussah. „Er hatte es nicht für möglich gehalten", sagte sie leise. „Als die Polizei ihn verhörte, hat er das so aufgefasst, dass sie einfach nur ihre Arbeit tun, dass sie alle befragen müssen. Er war kooperativ und tolerant. Zu mir sagte er, sie würden ihn nur vernehmen, um ihn als Verdächtigen ausschließen zu können. Damit sie sich danach auf die wirklich Verdächtigen konzentrieren können. Als er verhaftet wurde ... und während des Prozesses ..." Ihre Schultern hoben sich, um sich gleich darauf wieder zu senken.

„Ich wusste, dass er es nicht getan hatte", fuhr sie fort. „Er sagte immer wieder, mein Glaube an ihn sei alles, worauf es ihm ankäme. Aber ich sah, wie all das Gerede in der Öffentlichkeit ihn von innen her verzehrte. Sein Ruf wurde systematisch zerstört, das hat ihn vernichtet. Er hat nicht eine Sekunde lang aufgehört, an unser Rechtssystem zu glauben, müssen Sie wissen. Also konnte er sich auch nicht vorstellen, dass dieses System ihn im Stich lassen könnte, dass man ihn schuldig sprechen könnte. Aber dann, als er ..."

„Er wanderte ins Gefängnis. Aber doch sicher nicht ..."

„Central State? Nein. Oh, nein! Sie schicken einen Gefängnisdirektor nicht als Insassen zurück in sein eigenes Gefängnis. Nicht, dass das am Ende irgendetwas geändert hätte." Wieder hoben sich Helens Schultern, aber diesmal zitterten sie, als sie sie sinken ließ. „Er war so durchdrungen von seinem Glauben an die rechte Art, Dinge zu tun, er glaubte so sehr daran, dass das System gut und gerecht ist. Miterleben zu müssen, wie es in seinem Fall versagte, hat ihm das Herz gebrochen. Nach dem Prozess war er verstört, beschämt und völlig demoralisiert. Er starb in seiner ersten Nacht im Gefängnis an einem Herzinfarkt."

Wieder ein Teil seiner Geschichte, den Lamar mir verschwiegen hatte. So sehr es mich als Detektivin ärgerte, nicht alle Einzelheiten an der Hand zu haben, die ich für meine Arbeit benötigte, so sehr konnte ich meinen Klienten als Mensch verstehen. Der Leiter eines Gefängnisses muss zäh und hart im Nehmen sein. Solch ein Mann stirbt nicht an gebrochenem Herzen!

Ehe ich anfing, mir Lamars letzte Nacht als Lebender allzu bildlich vorzustellen und dabei am Ende noch ganz weich und rührselig wurde, konzentrierte ich mich lieber auf meinen Fall. „Wissen Sie, wer das getan haben könnte?", fragte ich Helen. „Wem könnte daran gelegen gewesen sein, Ihrem Mann den Mord in die Schuhe zu schieben?"

„Als Leiter einer Strafvollzugsanstalt macht man sich jede Menge Feinde." Dasselbe hatte ich ja nun auch schon von Lamar gehört. „Wo soll man da anfangen, wo soll man suchen? Glauben Sie mir, ich habe es versucht. Über zwanzig Jahre lang."

„Was meinen Sie?"

Sie warf mir ein schiefes Lächeln zu. „Ich wünschte, ich könnte Ihnen Konkretes sagen. Ich bin die Sache wohl eine Million Mal durchgegangen."

„Hat Ihr Mann nie Namen erwähnt? Sträflinge, die es auf ihn abgesehen haben könnten? Oder Angestellte, die wütend auf ihn waren?"

„Oh, er kam schon mal nach Hause und meinte, es hätte Probleme gegeben. Er erwähnte auch, dass einige Häftlinge mehr Schwierigkeiten machten als andere. Oder er redete davon, dass einer seiner Insassen gerade eine persönliche Krise durchstehen musste. Aber Namen hat er nie genannt. Er wollte nicht so viel von seiner Arbeit mit nach Hause bringen. Damit ich mir keine Sorgen mache."

Langsam gingen mir die Fragen aus. Ich trommelte mit den Fingern auf meinen Notizblock, bis mir der verschwundene Silberdollar wieder einfiel.

„Er hat Münzen gesammelt."

Helen schoss aus ihrem Stuhl hoch, als hätte der Schlag sie getroffen. „Meine Güte! Das hätte ich fast vergessen! Wie um alles in der ..."

„Es muss in einem der Zeitungsartikel gestanden haben, die ich gelesen habe", sagte ich.

„Es stimmt! Obwohl es sich dabei nicht um ein lebenslanges Hobby handelte. So war Jeff eben." Ihre Miene wurde weicher. „Von Zeit zu Zeit legte er sich ein neues Hobby zu. Ein paar Jahre lang waren das Münzen, ein anderes Mal Modelleisenbahnen. Ich glaube, als Junge hatte er sich auch mal an einer Briefmarkensammlung versucht. Ein paar seiner Münzen liegen bestimmt immer noch sauber verpackt oben bei mir auf dem Dachboden. Nicht, dass sie wertvoll wären oder so, zumindest wüsste ich das nicht. Ein paar Wheat Pennies, ein paar Quarter aus der Zeit, als die Quarter noch aus Silber waren und kein Kupfer enthielten. Solche Sachen." Sie sah mich an. „Komisch, dass Sie diese Informationen in der Zeitung gefunden haben. So etwas Unbedeutendes. Meinen Sie, es könnte wichtig sein?"

Dazu konnte ich wenig sagen, vor allem, weil ich die Münze beim Grab nicht erwähnen wollte. Soweit ich das beurteilen konnte, hatte sich mein Team in dieser Frage bestimmt irgendwie schuldig gemacht. Immerhin hatten wir das Geldstück nicht nur ausgegraben, wir hatten unseren Fund weder gemeldet, noch die Münze weitergegeben, ehe sie gestohlen werden konnte. Es gab doch bestimmt eine Stelle, bei der man solche Funde abzuliefern hatte.

„Ich versuche, ein Gefühl dafür zu bekommen, was für ein Mensch er war", sagte ich. „Sie haben wohl nie ... Sie haben wohl nie so etwas gemacht, wie Münzen an seinem Grab zu hinterlassen?"

Helen lachte. „Grundgütiger Himmel, nein! Jeff hätte das nicht gemocht. Er war nicht geizig, aber er ist mit unserem Geld immer sehr vorsichtig umgegangen. So etwas hätte er als Verschwendung bezeichnet, und über einen Besuch von mir an seinem Grab hätte er sich auch nicht gefreut, so, wie es in dem Teil der Stadt aussieht. Eine Weile bin ich ja dorthin gegangen, aber ..."

Sie musste den Satz nicht beenden, ich wusste auch so, was sie meinte: die heruntergekommene Nachbarschaft, der Müll, die Kriminalität.

„Es freut mich jedenfalls zu hören, dass Sie den Friedhof wieder herrichten." Helen stand auf. Ich tat es ihr nach, denn nun war unsere Unterhaltung wohl wirklich beendet. „Es tut mir leid, dass ich Ihnen nicht weiterhelfen konnte. Wenn es noch irgendetwas gibt ..."

Das war ein wunderbares Angebot, das ich nur ungern ungenutzt verstreichen lassen wollte. Wenn ich nur wüsste, worum ich sie bitten sollte! Während ich schon meine Sachen zusammensuchte, kam mir ein Gedanke.

„Sie sprachen von Neid und Missgunst. Glauben Sie ..."

„Dass diese Neider etwas so Kompliziertes inszeniert haben wie einen Mord, um ihn Jeff in die Schuhe zu schieben?" Nachdenklich legte sie den Kopf schräg. „Dazu braucht es schon eine ganz bestimmte Art von Bosheit, nicht wahr?"

„Aber für völlig unmöglich halten Sie es nicht."

Irgendetwas war Helen durch den Kopf gegangen. Sie schüttelte den Gedanken ab und führte mich zur Verandatreppe. „Manchmal geht die Fantasie mit mir durch. Aber glauben Sie mir, wenn ich dächte, Lenny Fitzpatrick sei zu so etwas in der Lage ..."

Hier fiel zum ersten Mal ein konkreter Name, eine Gelegenheit, die ich nicht ungenutzt verstreichen lassen durfte. „Lenny Fitzpatrick?"

„Der stellvertretende Leiter des Central State, als Jeff dort Direktor war. Lenny war effizient und kompetent, aber Jeffs Ehrgeiz in Bezug auf die Resozialisierung der Häftlinge teilte er nicht. Er hatte auch nicht halb so viel Verstand wie Jeff und wir dachten nie, dass er es weiter als bis zum stellvertretenden Anstaltsleiter bringen würde. Aber Sie wissen ja, wie solche Sachen laufen: nur zu oft werden Menschen auf Posten befördert, die eigentlich nicht mehr ihrer Kompetenz entsprechen. Nach Jeffs Verhaftung bekam Lenny den Posten als Anstaltsleiter."

Interessant! Ich machte mir eine Notiz, auch wenn es unwahrscheinlich schien, dass ich diese Information so schnell wieder vergessen würde. „Ich weiß nicht, ob uns das irgendwie weiterbringt, aber es kann wohl auf keinen Fall schaden, sich mal mit diesem Lenny zu unterhalten. Sie wissen wohl nicht zufällig, wo er heute steckt?"

„Sicher weiß ich das! Er ist immer noch Anstaltsleiter im Central State."

Diese Neuigkeit traf mich wie ein Schlag in den Magen. „Sie meinen, ich muss ins Gefängnis, wenn ich ihn sehen will?"

Helen lachte. Vielleicht war sie es nicht gewöhnt, dass jemand grün anlief, sobald man Gefängnisbesuche erwähnte. Tröstend legte sie mir die Hand auf die Schulter. „Keine Bange!", sagte sie. „Soweit ich mitbekommen habe, ist Lenny kürzlich mit dem Motorrad verunglückt. Es geht ihm so weit schon ganz gut, aber die Kliniken hier in Cleveland sind viel besser als die dort am Ende der Welt, wo das Gefängnis ist. Er befindet sich in der Reha. In der Cleveland-Klinik."

Erst als ich mich verabschiedet hatte und mich auf dem Rückweg zu meinem Auto befand, gestattete ich mir einen leisen Seufzer der Erleichterung. Meine Unterhaltung mit Helen hatte mir unter dem Strich mehr Fragen als Antworten beschert, aber war das denn so schlecht? Ich wusste, wen ich mir als nächstes vorzuknöpfen hatte und der Kelch eines Besuchs im Gefängnis war an mir vorbeigegangen.

Nach meinen Maßstäben ließ sich der Nachmittag damit als voller Erfolg verbuchen.

Kapitel 6

Als ich am Montagmorgen in der Monroe Street ankam, hatten sich vor dem Steinbogen, der das Tor zum Friedhof bildete, Autos und Menschen eingefunden. Kleine Grüppchen von zwei oder drei Leuten standen auch auf dem Bürgersteig vor dem drei Meter hohen Eisenzaun.

Seltsam, nicht?

Aber es kam noch seltsamer.

Als ich aus dem Auto stieg, hatte ich das Gefühl, beobachtet zu werden.

Ich drehte mich um. Auf der anderen Straßenseite, dort, wo Sonnenschein auf den Schatten eines mit Brettern vernagelten Hauses traf, stand ein Mann. Mittelgroß, mittleren Alters – ich kannte ihn nicht, und er war insgesamt so unauffällig, dass ich ihn auch bestimmt nirgendwo wiedererkannt hätte. Sobald ich in seine Richtung sah, verzog er sich in den Schatten. Angewidert schüttelte ich das unangenehme Gefühl ab, das mir den Rücken hinaufgekrochen war und ging weiter.

„Hättest du das für möglich gehalten?" Ella, die ich hier gar nicht erwartet hatte, lief mir über den Weg, als ich gerade in die Wildnis des eigentlichen Friedhofs abbiegen wollte. Ihre Augen funkelten um die Wette mit den glitzernden Ohrringen und den Perlen, die sie zu einem gelben Sommerkleid trug. „Ich musste einfach vorbeikommen und kurz mit dir reden, Jim freut sich schon so auf Rückmeldungen. Aber wirklich, Pepper, hättest du damit gerechnet?" Wir gingen gerade an einer Gruppe ältlicher Damen vorbei, denen sie fröhlich zuwinkte.

Natürlich überraschte mich die Entwicklung, ziemlich sogar, aber ich war mit einem Plan im Kopf in diesen Tag gegangen und mochte mich nur ungern ablenken lassen. Erst einmal wollte ich mich ein wenig an den Rändern der Sektion von Team eins herumtreiben, um zu sehen, was die Ladies im Schilde führten und wie weit sie in der letzten Woche schon gekommen waren, als ich mir beim Unkrautjäten fast den Rücken verrenkt hätte. Weiterhin wollte ich mich in unserer eigenen Sektion nach Hinweisen auf die Kiste mit der Münze darin umsehen, die wir bei Lamars Grab gefunden hatten. Vielleicht konnte ich ja herausfinden, wer sie sich unter den Nagel gerissen hatte. Da ich niemand mit dem Kästchen unter dem Arm vom Gelände hatte gehen sehen, bestand immer noch eine gewisse Hoffnung, dass es sich noch dort befand.

Allerhand, was ich da früh am Montagmorgen auf dem Zettel hatte, was? Aber das war längst nicht alles. In der Mittagspause stand ein Besuch bei Lenny Fitzpatrick in der Rehaklinik auf dem Programm, dementsprechend hatte ich am Morgen meine Garderobe ausgewählt: enge Jeans und ein olivfarbenes Trägertop, sportlich genug für körperliche Arbeit an frischer Luft, aber doch auch schick. Der Farbton des Tops brachte mein feuerrotes Haar besonders gut zur Geltung und insgeheim hoffte ich auch auf eine Begegnung mit Bianca, solange ich noch hübsch und frisch aussah. Nur um ihr vor Augen zu führen, welch erstklassige Mitarbeiterin ich abgeben würde.

Den Kopf voller Pläne und Ella immer noch an den Fersen bog ich von der Auffahrt ins Unterholz ab und steuerte das Betätigungsfeld der Damen von Teams eins an. Dort angekommen vergaß ich prompt, was ich hier eigentlich gewollt hatte, so sehr nahm mich der Anblick des schicken Hauszelts mit, das sie sich als Büro und Rückzugsmöglichkeit aufgeschlagen hatten. Eine wirklich feine Sache, komplett mit Tisch und Stühlen ausgestattet, auf dem Tisch eine weiße Tischdecke, darauf Kristallgläser, darunter fünf Picknickkörbe, in denen sich zweifellos Köstlichkeiten für das Mittagessen befanden. Als nächstes fiel mein Blick auf Mae, die gerade von einem Reporter interviewt wurde. Greer war natürlich auch nicht weit und sorgte dafür, dass ihr Kameramann das Ganze für die Nachwelt auf Film bannte.

Ella hatte mich nicht aus den Augen gelassen, als ich die Szene beobachtete, und legte mir nun die Hand auf die Schulter. „Du hast wohl gestern nicht ferngesehen, Pepper? Wie konntest du dir etwas so Wichtiges entgehen lassen!"

„Ich habe es ja versucht!" Noch jetzt wurde mir anders, wenn ich an den vergangenen Abend und an die Bilder dachte, die mein Fernseher mir geboten hatte, als ich mich hinsetzte und den örtlichen Sender der öffentlich-rechtlichen Fernsehanstalt einschaltete. „Ich habe mir die Anfangsszene angeschaut, die, bei der das Logo von Friedhofscamp über den Bildschirm läuft. Der Titel geht doch bestimmt auf das Konto dieser Greer. Wer lässt sich denn sonst so etwas Langweiliges einfallen?"

„Mehr hast du nicht gesehen?"

„Ich habe ausgeschaltet", gab ich zu. „Ich habe sogar den Stecker gezogen! Ich kriege die Krise, wenn ich mir vorstelle, dass mich irgendwer in dieser blöden Show sieht! Meine Mom hat dreimal aus Florida angerufen, weil sie alles genau wissen wollte – sie kriegt das Programm natürlich nicht rein. Aber ich bin gar nicht mehr ans Telefon gegangen. Zwei meiner Tanten haben angerufen, als die Show vorbei war und mir den AB vollgequatscht. Sie fanden den Schwachsinn niedlich und ich würde ja so gut aussehen! Mit denen habe ich auch nicht geredet. Mein einziger Trost ist, dass sie sich den Blödsinn nur ansehen, weil sie eben meine Tanten sind und sich dazu verpflichtet fühlen. Wer guckt sich denn sonst ..."

„Pepper? Woher kommen deiner Meinung nach all diese Menschen?"

Abrupt blieb ich stehen, um mich erneut umzusehen. Draußen auf dem Bürgersteig in der Nähe der Sektion von Team eins trieben sich ein paar Leute herum, die höflich und zurückhaltend wirkten, aber offenbar sehr an den Geschehnissen auf unserem

Friedhof interessiert waren. Ein paar von ihnen hatten Kameras dabei.

„Willst du behaupten ..." Aber das war doch einfach zu bizarr – selbst für meinen Kopf, der ja immerhin einiges gewohnt war. Mein Blick irrte zwischen den Zaungästen und Ellas strahlender Erscheinung hin und her. „Das hat sich echt wer angesehen? Die Leute da ... die interessieren sich ernsthaft hierfür?"

Über beide Ohren grinsend schob Ella ihren Arm unter den meinen, um mich sanft, aber zielstrebig zu meiner eigenen Sektion hinüberzusteuern. „Erstaunlich, wie schnell sich manche Dinge herumsprechen, nicht wahr? Aber wir dürfen jetzt nicht aus dem Häuschen geraten. Es gibt gute, aber auch schlechte Neuigkeiten." Mütterlich besorgt tätschelte sie meine Hand. „Die Jury hat die ersten zehn Punkte an Team eins vergeben, das ist die schlechte Nachricht. Sie waren der Meinung, Team eins sei besser organisiert und hätte in der vergangenen Woche mehr auf die Beine gestellt."

Diese bittere Pille schluckte ich unkommentiert: Die Jury hatte ja recht.

„Wie lautet die gute Nachricht?"

„Nun ja, die gute Nachricht!" Ella strahlte. „Der Sender sagt, sie hätten schon vor der Ausstrahlung der ersten Folge Hunderte von Anrufen bekommen, die um weitere Informationen baten. Heute Morgen gingen dann natürlich noch mehr Anrufe ein. Das Interesse scheint so groß zu sein, dass sie die Folge noch einmal ausstrahlen und zwar Donnerstag zur besten Sendezeit. Ist das nicht fantastisch?"

„Unglaublich."

Das war nicht einfach so dahergesagt: Ich vermochte es in der Tat nicht recht zu glauben, dass jemand allen Ernstes seinen Sonntagabend an eine Sendung wie Friedhofscamp verschwenden mochte. Das war doch jämmerlich, hatten die Leute denn nichts Besseres zu tun? Ella interpretierte mein „unglaublich" jedoch als einen Ausruf der Begeisterung. Das würde auch erklären, warum ihr Grinsen sogar noch etwas breiter wurde.

„Diese Werbung ist unbezahlbar!“ Ella geriet vor lauter Verzückung ganz aus dem Häuschen. „Wenn wir schon bei der Ausstrahlung der ersten Folge solche Zuschauerzahlen und solche Reaktionen bekommen, was kann in den nächsten Wochen dann noch alles passieren? Nicht auszudenken!“

Ich jedoch hatte immer noch Mühe, die ganze absurde Situation nachzuvollziehen. „Das war bestimmt nur ein Glückstreffer!“, sagte ich im Brustton der Überzeugung. „Eine Eintagsfliege. Ein paar Deppen haben sich die Show angesehen, aber ...“

Ich hörte den Lärm, ehe ich sehen konnte, was ihn verursachte. Als ich überrascht stehen blieb und mich zu Ella umdrehte, um zu fragen, ob sie wüsste, was dort vorne los war, drängte sie mich resolut weiter. Wie eine kleine Dampflok auf Kurs hielt sie erst an, als wir unter den niedrig hängenden Zweigen eines Baumes hindurch in die Sektion getaucht waren, die meinem Team zugewiesen worden war.

Beim Anblick der Szene, die sich mir dort bot, wäre ich fast in Ohnmacht gefallen. „Das meinst du nicht ernst, Ella!“

Meine Chefin kicherte beglückt. „Sieht es etwa so aus, als würde ich dich hochnehmen wollen?“

„Nein, aber ...“ So ungefähr muss sich Dorothy gefühlt haben, als sie aus dem schwarzweißen Haus in die Technicolorwelt von Oz trat: Hier, wo mein Team arbeiten sollte, drängten sich noch mehr Menschen am Zaun als drüben bei Team eins, nur dass es sich in unserem Fall überwiegend um Frauen handelte. Viele von ihnen hielten handgemalte Plakate in die Höhe. „Delmar, willst du mich heiraten?“, stand da. Oder

„Ratet mal, warum
Einige nicht
Ganz so
Gut gebaute
Individuen mächtig
Eifersüchtig sind!“

„Das ist ja wohl der größte Schwachsinn, den ich je gesehen habe!“

Ella wusste nicht, auf welches Plakat ich anspielte, aber es war ihr auch einerlei. Sie lachte. „Verstehst du es immer noch nicht? Ihr habt Groupies!“

Was? Da hatte sich doch jemand einen üblen Scherz mit uns erlaubt!

Anscheinend nicht. Je näher ich dem Zaun kam, desto eindeutiger schien es, dass die Menschen auf der anderen Seite unseretwegen hier waren. Ein paar klatschten sogar, als Ella und ich an ihnen vorbeigingen. Eine ältere Dame reichte ein Tablett Törtchen über den Zaun und bestand darauf, dass ich sie annahm. Ich hätte sie liebend gern sofort an meine Chefin weitergereicht, nur war die viel zu sehr damit beschäftigt, sich in unserem neugewonnenen Ruhm zu sonnen. Ähnliches galt für Reggie und Delmar, die sich zur Abwechslung einmal nicht prügelten, sondern einträchtig Seite an Seite mit zwei niedlichen kleinen Chicas plauderten, die ihnen förmlich an den Lippen hingen. Jake fotografierte. Absalom beäugte die Menge misstrauisch von seinem Voodooaltar aus. Sammi ...

Suchend sah ich mich um, konnte sie aber nirgendwo entdecken.

Bis ich sie schreien hörte: „Du gottverdammter elender Schweinehund ...“

Hastig robbte ich durch dichtes Gestrüpp in die Richtung, aus der ihre Stimme kam, drückte mich zwischen zwei zerrupften Gewächsen hindurch und entdeckte Sammi dicht vorm Zaun. Auf der anderen Seite stand ein Mann, größer als sie und so dünn wie ein Gürtel von Dolce & Gabbana. Er trug ein schwarzes Metallica-T-Shirt und dazu Jeans, die ihm tief auf den Hüften hingen. Aus einer der hinteren Hosentaschen baumelte eine dicke Kette und seinen linken Arm schmückte eine Tätowierung in Form einer Teufelin mit einem superkurzen Minirock und einer tief ausgeschnittenen Bluse. Über dem Ganzen stand der Name Sammi.

„Oh, nein!“ Ich setzte die Törtchen auf dem nächsten Grabstein ab und stürzte zum Zaun, Ella keuchend und prustend dicht hinter mir. „Das ist ihr Freund!“, teilte ich meiner Chefin hastig mit. „Wenn der hier Ärger macht ...“

Ob der Mann Ärger machen wollte oder nicht, fanden wir nicht mehr heraus. Ehe wir nahe genug an den Ort des Geschehens hatten herankommen können, hatte Sammi die rechte Hand durch den Zaun geschoben, ihre Finger um den Hals des Mannes geschlungen und drückte so fest zu, dass ihre Fingerknöchel so weiß wie die eines Skeletts hervortraten. Ellas erschrockener Aufschrei ging in Sammis Wutgeheul unter. „Triffst du dich wieder mit ihr?“ Sie war laut genug, um eine Menge Aufmerksamkeit zu erregen und vergessen Sie bitte nicht, dass wir ja bereits Publikum hatten. Selbst die beiden Latinomädchen ließen Reggie und Delmar stehen, um nachzusehen, was hier los war.

„Ich mache dich fertig, Virgil!“, kreischte Sammi. „Wenn du meinst, du kannst es mit Carmela treiben, dann wart nur ab. Ich mache dich fertig! Du wirst schon sehen, was ich mit dir anstelle!“ Während sie schrie, umklammerte sie gleichzeitig immer fester Virgils Hals. Als ich endlich so nahe herangekommen war, dass ich einschreiten konnte, traten dem Mann bereits die Augen aus dem Kopf und sein Gesicht hatte eine sehr unschöne rote Färbung angenommen.

„Sammi!“ Ich wollte mich neben die junge Frau stellen, doch sie stieß mich mit der freier Hand rüde beiseite. Sammi mochte klein sein, verfügte jedoch über eine Menge Kraft. Ich stolperte, trat einen Schritt zurück und wäre wohl wie ein nasser Sack zu Boden gegangen, hätte hinter mir nicht unversehens eine feste Wand namens Absalom aufgeragt. Mühsam rang ich um Gleichgewicht und tat mein Bestes, ruhig und vernünftig zu klingen, auch wenn ich mich beileibe nicht ruhig und vernünftig fühlte. „Lassen Sie den Mann los, Sammi“, sagte ich. „Was Sie da machen, ist nicht gut.“

„Keine Sorge, ich lasse ihn schon los!“ Prompt tat sie das auch, versetzte Virgil aber gleichzeitig noch einen heftigen Stoß. Er flog nach hinten, verlor den Halt und sackte auf dem Bürgersteig in sich zusammen.

„Genau wo du hingehörst!", brüllte Sammi. „Im Dreck!"

Die Groupies hatten nicht lange gebraucht, Partei zu ergreifen: Sie applaudierten Sammi, während Virgil lautstark und unflätig kritisiert wurde, was seiner Stimmung nicht gerade Auftrieb verlieh.

„Glaubst du echt, das kannst du mit mir machen?" Er rappelte sich auf. „Glaubst du, ich verpfeife dich nicht bei deinem Bewährungshelfer?"

„Mach doch, renn am besten gleich los und sag ihm auch noch was von mir: Sag ihm, wenn ich dich noch mal mit Carmela erwische, wird es dir leid tun, zur Welt gekommen zu sein!"

„Äh, Pepper?" Leise und zaghaft meldete sich Ellas Stimme an meiner rechten Schulter. Wahrscheinlich wollte meine Chefin verhindern, dass ich Greers Auftauchen als letzte mitbekam. Der Kameramann war natürlich auch mit von der Partie und selbstverständlich hatten sie die ganze aufregende Szene im Kasten. Das erkannte ich an dem Geifer, der Greer förmlich aus dem Mund troff. Verzweifelt barg ich den Kopf in den Händen.

„Ach du meine Güte." Ella war blass geworden. „Meinst du, das könnte unserer Einschaltquote schaden?"

Ich hatte nicht das Herz, sie leiden zu sehen, weswegen ich ihr beruhigend die Schulter tätschelte. „Wie denn? Solche Shows sind ein Hit, eben weil die Leute auf Drama und Action stehen. Wir geben ihnen nur, was sie wollen. Ich wette, nächste Wochen haben wir schon doppelt so viele Fans."

Weil ich befürchten musste, mit meiner Behauptung nur allzu richtig zu liegen und darüber nun so überhaupt nicht nachdenken mochte, stellte ich mich tapfer zwischen Sammi und den Zaun, um meine Teamgefährtin besser vom Objekt ihrer kämpferischen Begierde abzulenken. Dann winkte ich mein Team zu mir, und als sich alle tatsächlich brav um mich scharten und mir endlich einmal Aufmerksamkeit schenkten, ergriff ich die Gelegenheit beim Schopf und verteilte auch gleich noch die Aufgaben für den

Tag. Das schien Greer zu gefallen: Als sie sicher sein konnte, dass ihr Kameramann aufgezeichnet hatte, wie Virgil in seinen Wagen kletterte und davon düste, befahl sie ihm, mir zu folgen.

„Sammi und Reggie?" Ich übergab den beiden eine Sprühflasche mit Wasser und dazu einen Lageplan unserer Sektion. „Wir müssen herausfinden, ob wir die Inschriften auf den stark verwitterten Grabsteinen irgendwie entziffern können. Wenn wir sie mit Wasser besprühen, treten die Buchstaben deutlicher hervor." Ella, die mich am Samstagabend angerufen hatte, um mir diesen freundlichen Rat zukommen zu lassen, strahlte erneut über beide Backen, als sie mitbekam, dass ich ihn wirklich befolgte.

„Absalom?" Ich drehte mich zu ihm um. „Sie und Delmar, Sie könnten vielleicht ..." Ja, was denn? Eigentlich hatte ich keine Ahnung, was die beiden tun könnten, denn Ellas Ratschläge waren nicht über die Sache mit der Sprühflasche hinausgegangen. „Vielleicht sollten Sie ..." Ohne zu wissen warum, griff ich nach einem Skizzenblock, der auf einem Grabstein in der Nähe herumlag. Der Block schlug ganz von allein auf. Voller Verwunderung sah ich mich mit einer wunderschönen Buntstiftzeichnung unserer Sektion konfrontiert.

Nur dass es sich eigentlich gar nicht um unsere Sektion handelte.

Jedenfalls nicht um deren Ist-Zustand.

Die Zeichnung stellte elegante Pfade, blühende Sträucher und liebevoll angelegte Blumenrabatten dar. Auf einer momentan noch leeren Lichtung plätscherte ein kleiner Springbrunnen. Mein Blick wanderte zwischen dem Bild und meinem Team hin und her. „Was um alles in der Welt ...? Wo ...?"

„Gefällt es Ihnen?" Delmar trat verlegen von einem Bein auf das andere, seine Wangen so rot wie die Geranien in den gezeichneten Rabatten.

Er schien sehr stolz auf das Bild zu sein. „Haben Sie ..." Ich sah mir die Zeichnung noch einmal genau an, ehe ich sie so hielt, dass meine ganze Gruppe und auch Greer und die Kamera sie sehen konnten. „Delmar – stammt dieses Bild von Ihnen?" Der Junge hatte einst Mumm genug gehabt, seinen Namen unter das Graffiti an der Wand einer öffentlichen Schule zu setzen. Wie kam es, dass er nun plötzlich so schüchtern war? Er versuchte, ein Lächeln zu unterdrücken. „Es ist nicht perfekt", sagte er. „Ich hab nur am Wochenende ein bisschen herumgespielt, über den Friedhof nachgedacht und so, und wie er jetzt aussieht und wie wir ihn vielleicht verändern könnten."

„Das Bild ist wunderschön!" Das meinte ich durchaus ernst: Die Zeichnung war sehr gut gelungen, die Farben perfekt, die Details ...

Ich sah sie mir genauer an. „Wenn wir das schafften ... wenn unsere Abteilung irgendwann mal so aussieht ..."

„Dann gewinnen wir auf jeden Fall!" Absaloms Worte bildeten den Abschluss eines bewundernden Seufzers.

„Du bist echt klasse, Kumpel." Reggie schlug Delmar auf die Schulter. „Jetzt malst du mich da noch rein, auf die Bank da neben dem Brunnen, mit der kleinen Mieze von da hinten." Er deutete mit dem Daumen auf die beiden Mädchen, die immer noch am Zaun herumlungerten. „Dann, Bruder, dann ist das ein Bild nach meinem Geschmack!"

Sogar Crazy Jake lachte. Sammi dagegen nicht, das sollte hier vielleicht festgehalten werden. Sie stand nach dem Zusammenstoß mit Virgil noch voll unter Strom, atmete schwer, und die Blicke, die sie in die Richtung warf, in der er entschwunden war, waren absolut tödlich. Gott sei Dank waren es nur Blicke.

„Sammi?" Ich wagte es, ihren Arm zu berühren. „Warum tun Sie sich nicht mit Delmar zusammen? Sie könnten ..."

„Sie brauchen mir nicht zu sagen, was ich tun soll!" Sammi wirbelte herum und stolzierte von dannen. „Mir braucht niemand zu sagen, was ich tun soll!"

Ich machte Anstalten zu folgen, wurde aber von Absalom aufgehalten. „Sie weiß, dass sie Mist gebaut hat. Sie kann es gerade nicht vertragen, von Ihnen auch noch daran erinnert zu werden. Lassen Sie sie in Ruhe."

Das klang nach einem Plan. Nach einem viel besseren als meinem: Ich hatte Sammi gehörig die Leviten lesen wollen.

Gehorsam blieb ich, wo ich war, weswegen ich staunend mit ansehen durfte, wie sich die Mitglieder meiner Gruppe, Aufgabenzettel in der Hand, in alle möglichen Richtungen verteilten, als würden sie ernsthaft arbeiten wollen. Fraglich war natürlich, ob sie auch wirklich Fortschritte erzielen oder überhaupt etwas tun würden, aber so als Show vor laufender Kamera sah es schon mal gut aus. Greer schloss sich meinen Leutchen an, weswegen ich meine Chance als gekommen ansah. Ich teilte Ella mit, wir würden später weiterreden, überließ sie allein der Sorge, ob Gewalt nun unserer Quote schadete oder nicht und zog los, um ein bisschen Detektivin zu spielen. Momentan hatte ich weder vor, jemanden zu befragen oder auch nur über Jefferson Lamar nachzudenken: Ich machte mich auf die Suche nach der verschollenen Münze.

Gleich hinter der offenen Tür des muffigen Mausoleums hatte ich im Vorübergehen einen Rucksack entdeckt, von dem ich wusste, dass er Delmar gehörte. Dahin wandte ich mich also als erstes. Niemand war in der Nähe, als ich in das Mausoleum schlüpfte und feststellen durfte, dass mein Team sich zumindest in einer Hinsicht erfolgreich einen Überblick über unser Terrain verschafft hatte: Das Mausoleum eignete sich perfekt zur Unterbringung ihrer Besitztümer. Natürlich war es nicht annähernd so schick und vornehm, wie das Zelt, das die Damen von Team eins aufgestellt hatten (ganz sicher nicht mit den eigenen zarten Händen), aber im Mausoleum war es deutlich kühler als draußen und in den Ecken, die sich am weitesten vom teilweise eingestürzten Dach entfernt befanden, angenehm schattig. Außer dem Rucksack fand ich noch eine Kühltasche, auf der jemand mit Tesafilm ein Foto von Jake befestigt hatte, eine Tüte von McDonalds und eine Handtasche, die ursprünglich mal eine mit blauen Schmetterlingen und orangefarbenen Gänseblümchen verzierte Plastiktischdecke gewesen war. Wem sie gehörte, darüber brauchte ich nicht groß nachzudenken.

Innerhalb von ein paar Minuten hatte ich alles durchgesehen. Meine Suche förderte in Delmars Rucksack ein kleines Tütchen Gras zutage, einen halb gegessenen Egg McMuffin in der McDonalds-Tüte und in Sammis Handtasche mehr Lippenstifte, als selbst ich bei mir trug (unter ihnen allerdings nicht einer, der zu ihrem Teint gepasst hätte). Von der Holzkiste oder der Münze fehlte allerdings weiterhin jede Spur.

Hatte ich wirklich damit gerechnet, sie so schnell zu finden?

Ich grummelte vor mich hin und beschloss, eine kleine Pause zu machen. Das Mausoleum, in dem ich mich befand, war deutlich älter als die meisten auf dem Garden-View-Friedhof und in erbärmlich schlechtem Zustand. Der Tür gegenüber hatte sich wohl einmal ein Fenster befunden, aber das war lange schon dahin und die Öffnung mittlerweile mit Brettern vernagelt. Rechts und links von dem Punkt, an dem ich stand, befanden sich Nischengräber, drei in der Wand zu meiner Linken, drei weitere rechts von mir. Direkt vor meiner Nase erstreckte sich eine etwa zehn Zentimeter hohe hölzerne Plattform.

Konnte es sein, dass jemand die Kiste darunter versteckt hatte?

Neugierig geworden trat ich näher, bückte mich, stützte die Hände auf die Plattform ...

... und hörte ein Knacken.

Ehe ich mich in Sicherheit bringen konnte, gab die Plattform unter meinen Händen nach, und ich stürzte in pechschwarze Dunkelheit.

Auch als ich endlich wieder die Augen aufschlug, blieb es überwiegend dunkel. Bis hier runter schafften es nur wenige Sonnenstrahlen, die sich an den Schindeln und Balken des herabgestürzten Daches und den rauen Brettern der zerbrochenen Plattform vorbeischleichen mussten. Ich lag in einem Loch, und zwar in einem, wie ich feststellen konnte, als ich die Arme ausstreckte und vorsichtig tastete, das etwa einen Meter zwanzig breit und zwei Meter fünfzig tief war.

Kurz gesagt: Ich lag in einem Grab.

Als wäre das noch nicht gruselig genug, war es hier unten noch dazu feucht, glitschig und einfach nur eklig. Glücklicherweise ertastete ich mit den Füßen weder so etwas wie einen Sarg, noch hörte ich das Geräusch knackender Knochen. Aber Würmer sind lautlos, nicht wahr? Irgendetwas sagte mir, dass es hier jede Menge Würmer gab.

Noch etwas wacklig auf den Beinen versuchte ich vorsichtig aufzustehen, was die ganze Feucht-glitschig-schleimig-Sache wesentlich erschwerte.

Prompt rutschte ich aus und landete auf den Knien.

Als ich es erneut versuchte, ging ich noch vorsichtiger vor, wobei ich mir auch gleich schon die Jeans und das Trägertop abwischte. Nur, damit keiner von diesen Würmern auf die Idee kam, sich als blinder Passagier bei mir einnisten zu können.

Aufrecht stehend langte ich mit ausgestreckten Armen fast bis an den oberen Rand des Lochs, aber eben nur fast. Auch hochspringen half nicht, so groß war ich doch nicht. Die Erde, die ich in die Finger bekam, zerbröselte mir in den Händen. Noch dazu ritzte ich mir an einem zerborstenen Brett den Arm auf.

Gab es eigentlich auch blutsaugende Würmer?

Ich versuchte es noch einmal mit dem Hochspringen, einfach nur, weil mir nichts anderes einfallen wollte, um aus dem Loch herauszukommen.

Diesmal landete ich unsanft auf dem Hinterteil.

So langsam kroch Panik in mir hoch, fest und real, wie die Erdwände, die mich umgaben. Mein Herz schlug laut und hektisch. Zur Beruhigung holte ich tief Luft, aber die Luft, die ich in die Lungen bekam, war feucht und schmeckte nach Moder. Ich keuchte, verschluckte mich und fing an, mir laut Mut zuzusprechen, um nicht einem Anfall von schreiendem Wahnsinn zum Opfer zu fallen.

„Pepper, warte einfach ab, bis sich Crazy Jake sein Mittagessen holt", sagte ich. Die Worte klangen vernünftig, meine Stimme jedoch zitterte heftig. „Entspann dich. Irgendwann kriegt Delmar

Lust auf einen Joint und holt sich einen aus dem Rucksack. Die hören dich hier unten schon. Sie helfen dir auch aus dem Loch raus. Wir sind schließlich ein Team, die lassen dich hier nicht sitzen."

Oder?

„Hilfe!" Es half alles nichts, die Panik hatte gesiegt, und jetzt schrie ich, so laut ich konnte. „Ich bin hier! Hier im Mausoleum! Hilfe!"

Vergeblich: Niemand antwortete auf meine flehentlichen Rufe. Ich wartete, ein halbes Leben, wollte mir scheinen. In Wirklichkeit waren es wohl aber nur ein paar Sekunden. Dann versuchte ich es erneut.

„Hilfe! Ist denn hier niemand?"

Hörte ich da eine Stimme?

„Hilfe? Ist da jemand?"

„Pepper?" Absalom! Seine Stimme klang nahe, irgendwie aber auch gedämpft, als käme sie von außerhalb des Mausoleums. „Wo stecken Sie denn, Mädel?"

„Ich bin im Mausoleum. Hier ist ein Loch im Boden. Ich bin reingefallen und komme nicht mehr raus!"

„Da drin? In dem Mausoleum?"

Ehrlich, wäre ich nicht so ungeheuer erleichtert gewesen, endlich jemanden zu haben, der wusste, wo ich war, ich wäre sauer geworden! Krampfhaft versuchte ich, mir meine Ungeduld nicht anhören zu lassen, aber nur, weil ich den schleichenden Verdacht hegte, Absalom könnte so tun, als sei die ganze Sache gar nicht wahr, wenn ich ihm auch nur den leisesten Vorwand dafür lieferte.

„Kommen Sie doch bitte rein!", sagte ich. „Ich kann hier nicht raus." Zum Beweis sprang ich noch einmal mit ausgestreckten Armen in die Höhe, schaffte es aber auch diesmal nicht, mich am Rand des Loches festzuhalten. „Allein komme ich hier nicht raus. Wenn Sie mir bitte helfen ..."

„Da drin?" Absaloms Stimme klang jetzt näher, als stünde er direkt vor der Tür. „Sie wollen, dass ich da reingehe?"

„Natürlich will ich, dass Sie hier reinkommen. Was um ..."

Dann fiel es mir wie Schuppen von den Augen: Absaloms Zögern, Absaloms Voodoopuppe, Absaloms unterkühlte Persönlichkeit.

Ich hatte angenommen, alles läge daran, dass er ein hartgesottener Krimineller war.

Es wäre mir nicht in den Sinn gekommen, dass der Hüne einfach Todesängste ausstand, weil er sich auf einem Friedhof befand.

„Absalom?", rief ich, um ihn daran zu erinnern, dass ich immer noch tief in der Patsche saß. Dass sich der Mann bloß nicht verpisste! „Das ist doch nur ein Mausoleum. Ein Raum. Wie eine kleine Kapelle."

„Da sind tote Leute begraben."

„Ja, das stimmt." Sinnlos, dies leugnen zu wollen, er würde die Namen sehen, die in die Wände gemeißelt waren. „Aber die sind schon sehr, sehr lange tot und es hat nie irgendwelche Probleme gegeben. Keine Geister oder so, meine ich." Hoffentlich lag keines der munteren Gespenster, die mich an meinem ersten Tag auf dem Monroe-Street-Friedhof begrüßt hatten, ausgerechnet hier! „Hier unten, wo ich bin, sind definitiv keine Geister." Das durfte ich mit einiger Überzeugung versichern. „Aber jede Menge Würmer und Spinnen!" In dem Moment spürte ich, wie mir eine den Arm hochkroch und schrie auf. „Ich wüsste es wirklich zu schätzen, wenn Sie mir helfen."

Erst einmal kam keine Antwort, eine gefühlte Ewigkeit lang. Aber dann tauchte oben am Rand des Lochs Absaloms Kopf auf. „Sie haben Angst vor Spinnen?", erkundigte er sich.

„Schreckliche Angst." Das war noch nicht einmal gelogen. Ich streckte die Arme aus. „Wenn Sie jetzt bitte ..."

Ehe ich den Satz beenden konnte, hatte Absalom meine Hände gepackt und zog. In der nächsten Sekunde segelte ich leicht wie eine Feder durch die Luft – der Mann hatte wirklich Muskeln! Gleich darauf stand ich wieder auf festem Boden.

„Danke!" Ich presste mir die Hand auf das Herz, das mir zwischen den Rippen hindurchzuhüpfen drohte, und war wild entschlossen, mich bei meinem Retter mit einer festen Umarmung zu bedanken, sobald ich mich halbwegs beruhigt hatte.

Nur war Absalom schon längst durch die Tür entschwunden.

Ich folgte ihm, zutiefst dankbar für jeden Atemzug, der nicht nach dumpfer, modriger Luft schmeckte. „Ich kann Ihnen gar nicht sagen, wie erleichtert ich bin!"

Absalom antwortete nicht. Langsam und vorsichtig sah er sich um, als erwarte er jede Sekunde, dass hinter einem Grabstein etwas Totes hervorgeschossen kam.

Ich persönlich wusste ja nur zu genau, dass im Grunde tote Wesen durchaus hinter Grabsteinen hervorgeschossen kommen können, nur schien mir dies nicht der rechte Moment, das zu erwähnen.

Also säuberte ich noch einmal Jeans und Top, was allerdings verlorene Liebesmüh war, war ich doch so ziemlich von oben bis unten mit einer ekligen Schlammkruste überzogen. Meine Knie zitterten, mein Arm blutete, die Haare hingen mir wie ein Wischmopp in die Augen. Erschöpft ließ ich mich auf das trockene, kratzige Gras fallen.

Natürlich musste just in diesem Moment Greer auftauchen. Dicht gefolgt von Bianca.

Das Supermodel warf einen Blick auf mich, schüttelte traurig den Kopf und ging. Greer jedoch zitterte förmlich vor Erwartung. „Dachte ich's mir doch, dass der Lärm von hier kam!", sagte sie. „Nicht so laut wie eben, als Sammi ihren Freund verprügelt hat – das war ja unbezahlbar! –, aber ich habe Schreie gehört." Sie musterte mich von oben bis unten, und als ihr das Ausmaß meiner Verwüstung bewusst geworden war, grinste sie spöttisch. Ehrlich: Das habe ich mir nicht eingebildet.

„Sieht aus, als hätten Sie einen Unfall gehabt." Sie rief nach ihrem Kameramann. „Nimm das auf, Ms. Martin soll erklären, was passiert ist."

Ich mochte keine Spielverderberin sein, stand also gehorsam auf, obwohl mir eigentlich wenig danach zumute war.

„Wir haben uns das Mausoleum angesehen", erklärte ich.

„Sie beide? Zusammen?“ Greer wandte sich an Absalom. „Ich weiß ja nicht – mir war eher so, als hätte ich zwei Leute gehört, die sich etwas zuriefen. Als sei einer im Mausoleum gewesen, der andere davor. Was meinen Sie?“ Sie bohrte Absalom spielerisch den Ellbogen in die Rippen. „Spukt es hier in der Gegend?“

Absalom musste schlucken. Mehr brauchte Greer nicht zu sehen: Sie war drauf und dran, sich wie ein Geier auf ihn und das Thema zu stürzen, als ich mich zwischen sie und Absalom stellte. „Wir haben nachgesehen, welche Arbeiten im Mausoleum notwendig sind“, teilte ich ihr mit, ganz Teamchefin. „Absalom warnte mich, ich sollte vorsichtig sein. Ich hätte wohl lieber auf ihn hören sollen, denn als ich auf einen mit einem Bretterpodest abgedeckten Teil des Fußbodens trat, gaben die Bretter nach. Wenn er nicht dagewesen wäre, um mich rauszuziehen ... ich weiß nicht, was dann passiert wäre.“

„Sind Sie sicher?“ Greer sah mich durchdringend an, ehe sie sich wieder Absalom zuwandte. „Ist es wirklich so gewesen? Ich habe Sie doch sagen hören, Sie würden lieber nicht ...“

„Es war, wie ich es geschildert habe“, unterbrach ich sie streng. „Ganz genau so.“

Enttäuscht hob Greer die Schultern in der grauen Anzugjacke, ließ sie wieder sinken und warf mir einen letzten, durchdringenden Blick zu. Aber sie war wohl auf ihre eigene Art ebenso hart im Nehmen und ebenso wenig Spielverderberin wie ich, denn sie ließ das Thema auf sich beruhen und wies ihren Kameramann an, im Innern des Mausoleums zu filmen. „Mach ein paar Stimmungsaufnahmen, dunkles Loch, unheimlich, du weißt schon. Wir könnten die Szene auch nachstellen!“ Wieder ein durchdringender Blick in meine Richtung.

„Über meine Leiche!“ Ich wartete gar nicht erst ab, ob sie versuchen würde, mich zu überreden – mich überredet so schnell niemand, und außerdem wusste ich doch genau, worauf sie aus war. Erst würde sie sich mich vorknöpfen, dann Absalom, und wenn der erklären musste, warum er nicht bereit war, vor der Kamera noch einmal als mein Lebensretter aufzutreten, war es aus mit seinem Image als hartgesottener Kämpfer. Greer würde ihn ebenso schnell durchschauen, wie ich ihn durchschaut hatte.

Das mochte ich nicht riskieren, also ging ich lieber. Absalom folgte mir. „Sie haben ihr nichts verraten“, sagte er.

Warum so tun, als wüsste ich nicht, wovon er sprach. „Es geht sie nichts an“, antwortete ich.

Er nickte nachdenklich. „Vielleicht sind Sie doch gar nicht so übel.“

Zwischen uns war etwas entstanden, weshalb ich ungern einfach so wieder an die Arbeit gehen wollte. Wie konnte ich diese neu gewonnene Nähe ausbauen? Ich sah mich um. Mein Blick fiel auf den Voodooaltar in der Nähe von Lamars Grab. „Meinen Sie, ich habe es Ihrer Puppe zu verdanken, dass Sie mich hören und mir zur Hilfe kommen konnten?“

„Aber gewiss doch. Schutz. Dazu ist sie ja da.“

„Da schulde ich ihr ein Dankeschön. Haben Sie noch irgendwo ein bisschen Rum?“

Absalom grinste.

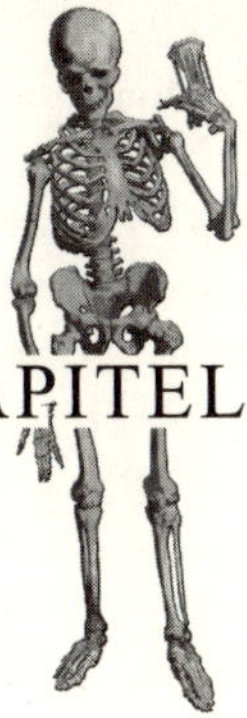

Kapitel 7

Lenny Fitzpatrick, der amtierende Gefängnisleiter des zentralen Staatsgefängnisses, kannte mich nicht, hatte noch nie von mir gehört, und hätte sich wohl auch kaum mit mir abgegeben, hätte ich ihn nicht auf dem Laufband erwischt. Dass er sich nicht mit mir abgegeben hätte, erkannte ich an dem misstrauischen Blick, den er mir zuwarf, als ich mich endlich durch das verwirrende Labyrinth der Cleveland-Klinik bis zu ihm durchgefragt hatte. Fitzpatrick sah mich an, als wäre ich einer seiner Gefängnisinsassen, den er gerade beim Ausheben eines Lochs in seiner Zelle vorgefunden hatte. Inklusive eines Fluchtplans.

Der Blick konnte mich zwar nicht abschrecken, aber er gefiel mir auch nicht gerade, war ich doch extra vor meiner Fahrt hierher zu ihm noch bei mir zu Hause rein gesprungen, um zu duschen und mir etwas anderes anzuziehen. Ich war sauber, ordentlich angezogen, höchst präsentabel und hübsch wie eh und je – ich würde mich nicht einschüchtern lassen. Nicht von einem Typen mit Silberhaar, um die sechzig, in grauer Trainingshose und einem T-Shirt mit dem Aufdruck: „I might be over the hill, but I got here on my Harley."

Nachdem ich mich vorgestellt hatte, tischte ich ihm die Geschichte auf, die ich mir auch für den Besuch bei Helen zurechtgelegt hatte: Ich befasste mich im Rahmen einer Fernsehshow mit Recherchearbeiten und es würde meinem Team jede Menge saftiger Punkte einbringen, könnten wir mehr über Jefferson Lamar herausfinden.

„Das ist ziemlich lange her." Fitzpatrick lief nicht sehr schnell, was auch kein Wunder war, zierte doch sein linkes Bein ein Zickzackmuster aus leuchtend roten Narben. „Über Jefferson Lamar gibt es auch nichts Neues herauszufinden. Alles, was Sie wissen müssen, steht in den alten Zeitungsartikeln über den Fall. Davon gibt es jede Menge: Jeffs Fall hat einen ziemlichen Medienaufruhr veranstaltet."

Fette Lügen kamen mir inzwischen problemlos über die Lippen, also legte ich sofort nach. „Die Zeitungsartikel habe ich gelesen, um Hintergrundinformationen geht es mir nicht, die habe ich wohl alle beisammen. Jetzt geht es mir um Informationen aus erster Hand. Von jemandem, der damals dabei war."

Fitzpatricks Miene wurde starr. „Ich war da, insofern es das Gefängnis betrifft", sagte er. „Nicht beim Mord."

„Natürlich nicht. Das habe ich doch auch gar nicht gemeint." Ich rückte ein wenig näher ans Laufband heran. Vielleicht half der Tropfen Marc Jacobs Pear Splash, den ich mir hinter das Ohr getupft hatte, ehe ich die Wohnung verließ und der gewiss eine nette Abwechslung zu der Mischung aus Schweiß und Krankenhausdesinfektionsmitteln im Raum darstellte: Fitzpatricks Schultern wirkten gleich viel weniger verkrampft.

„Dass Jefferson den Mord begangen hat, stand nie in Frage", sagte er.

Eine interessante Bemerkung! Bisher hatte ich die ominöse Notiz in den Friedhofsakten, der zufolge jemand Lamar den Mord in die Schuhe geschoben hatte, noch gar nicht ins Spiel gebracht.

„Ist es nicht merkwürdig, so etwas zu sagen, wenn es um einen Freund geht?", fragte ich.

„Wer sagt, dass wir Freunde waren?" Fitzpatrick griff nach der offenen Wasserflasche, die vorne am Handgriff des Laufbandes in einer Halterung hing, und trank einen Schluck. Er sah mich erst wieder an, als er die Flasche zurückgestellt hatte und sich wieder mit beiden Händen festhalten konnte. „Jeff und ich haben zusammen gearbeitet, wir waren nicht an der Hüfte zusammengewachsen oder so etwas in der Art!"

„Sie meinen, jemand, der so fest an unser Rechtssystem glaubte, sei in der Lage gewesen, einen Mord zu begehen?"

„Das haben Sie also schon herausgefunden, was?" Ein Lächeln brachte Leben in Fitzpatricks finstere Züge. „Das war Jeff, wie er leibte und lebte! Ständig diese Vorträge, was wir alles tun könnten, um unseren Insassen zu helfen. Pah!" Ich hatte das Gefühl, der Mann hätte am liebsten auf den Boden gespuckt, traute es sich unter den gegebenen Umständen nur nicht. „Er hat einem nie zugehört. Wie oft habe ich versucht, ihm zu erklären, dass ein Krimineller immer ein Krimineller bleiben wird, ganz gleich, was man für ihn tut, und dass auch er daran nichts ändern würde. Er kannte die Rückfallstatistiken genauso gut wie ich. Er wusste doch, dass unsere Insassen, kaum hatten sich ihnen die Gefängnistore geöffnet, einfach dort weitermachten, wo sie unterbrochen worden waren, und dass sie unweigerlich wieder hinter Gittern landen würden. Aber Jeff ..." Er schüttelte angewidert den Kopf. „Vielleicht hätte mich das stutzig machen müssen. Vielleicht hätte ich ahnen müssen, dass er selbst kriminelle Tendenzen hatte."

„Hatte er die? Kriminelle Tendenzen?"

„Er hat das Mädchen umgebracht."

„Wie war sie?"

„Vera Blaine?" Fitzpatrick hatte wahrscheinlich seit zwanzig Jahren nicht mehr an Vera Blaine gedacht. Er schwieg eine Weile. „Sie war jung", sagte er dann. „Besonders intelligent kam sie mir auch nicht vor. Ich hätte jemand anderen eingestellt. Aber ich ..."

„Gerüchteweise hatten Lamar und Vera ja eine Affäre", sagte ich, als er nicht weitersprach. „Das weiß ich schon. Sie brauchen also nicht zu befürchten, dass Sie irgendwelche Geheimnisse preisgeben."

Sein Lachen klang wie Schmirgelpapier auf Stein. „Ach, Sie glauben, darum ginge es mir? Sie glauben, ich möchte bestimmte Geheimnisse wahren, um Jeffs Andenken nicht zu beflecken? Ich bin nicht im Geheimnisgeschäft, Süße. Dazu habe ich gar keine

Zeit und selbst wenn ich sie hätte: In diesem Fall wäre es mir völlig egal. Was Jeff mit diesem Mädchen gemacht hat, war allein seine Sache. Zu meiner wurde es erst, als er sie umgebracht hat."

„Dann hielten Sie ihn also für schuldig? Sie haben gegen ihn ausgesagt?"

Er warf mir einen verschlagenen Blick zu. „Holla – da ziehen Sie aber etwas voreilig Ihre Schlüsse. Nein, ich habe nicht gegen Jeff ausgesagt. Ich habe ausgesagt. Ich habe die Wahrheit gesagt. Mehr nicht. Ich habe da im Gericht gesessen und die Wahrheit gesagt."

„Nämlich?"

Er trank noch einen Schluck Wasser und nutzte die Zeit, seine Gedanken zu sortieren. „Jeff Lamar war ein zäher Mann", sagte er. „Mit den Insassen allerdings nicht so hart, wie er hätte sein müssen. Er glaubte daran, sie erziehen zu können. Nein, Jeff war hart gegen uns, gegen die Leute, mit denen er arbeitete."

„Dann glauben Sie, einer von denen könnte ..." Mist! Da hatte ich viel zu schnell viel zu viel gesagt, aber nun war es zu spät, ich konnte die Worte nicht mehr zurücknehmen. Da mir kein anderer Weg offenstand, verlegte ich mich auf die Wahrheit. „Ich habe mit Helen Lamar gesprochen. Sie hält ihren Mann für unschuldig. Sie glaubt, jemand, der aus irgendeinem Grund wütend auf ihn war, habe ihm den Mord untergeschoben."

„Helen ist immer schon naiv gewesen. Ehrlich, wie kann sie immer noch an die Unschuld von diesem Schurken glauben! Bei der Beweislage gegen ihn! Niemand sonst hat geglaubt, dass Jeff unschuldig war. Na ja ..." Er schwieg einen Moment, dachte mit schräggelegtem Kopf nach. „Vielleicht noch Darcy Coleman. Aber ehrlich ..."

„Darcy Coleman?" Den Namen musste ich mir merken. „Das war ...?"

„Jeffs Sekretärin. Vor Vera Blaine. Darcys Ehemann war bei den Streitkräften, in welchem Truppenteil weiß ich nicht mehr genau. Auf jeden Fall war er im Ausland im Einsatz und in der Zeit hat Darcy im Gefängnis gearbeitet. Als er zurückkam und auf irgendeinen Stützpunkt in Kalifornien versetzt wurde, hat sie gekündigt und ist zu ihm gezogen. Jeff brauchte eine Sekretärin. Deshalb hat er Vera eingestellt."

„Wissen Sie, was aus dieser Darcy geworden ist?"

Er sah mich an, als hätte ich ihn gerade aufgefordert, das Alphabet rückwärts aufzusagen, aber laut Stoppuhr standen für ihn noch zwanzig Minuten Laufband auf dem Programm und Fitzpatrick langweilte sich. Anscheinend war selbst die Unterhaltung mit mir besser, als allein vor sich hin zu schwitzen. „Ich kriege von ihr jedes Jahr eine Weihnachtskarte. Ihr Mann verstarb vor ein paar Jahren, irgendein Unfall. Danach ist sie wieder nach Ohio gezogen, um in der Nähe ihrer Familie sein zu können. Sie hatte draußen in Kalifornien ihren Hochschulabschluss gemacht. Als ich zuletzt von ihr hörte, unterrichtete sie an der Kent State."

Das musste ich mir jetzt alles merken, hörte sich diese Darcy Coleman doch an wie jemand, mit dem ich mich dringend unterhalten musste. Aber ehe ich ihr die alles entscheidende Frage stellte, wollte ich sie erst einmal an Fitzpatrick ausprobieren, um zu sehen, wie er reagierte. „Darcy hielt Lamar also für unschuldig? Warum?"

„Warum? Weil sie ihn angebetet hat, darum. So einfach ist das. Nicht dass ich je gedacht hätte, zwischen den beiden könnte irgendetwas sein ..."

„Aber bei Lamar und Vera Blaine hielten Sie so etwas für möglich?"

Wieder musste er erst einmal nachdenken, ehe er den Kopf schüttelte. „Eigentlich nicht. Jeff hatte einen besseren Geschmack, und das meine ich jetzt nicht sexistisch oder so. Helen war eine sehr hübsche Frau. Sie war sanft und gebildet, sie arbeitete als Lehrerin. Vera war eines von diesen schrillen, lauten Mädchen, nichts als Haare und aufdringliches Benehmen." Als ihm klar wurde, was er da gerade gesagt hatte, und wie das in meinen Ohren klingen musste, zuckte er zusammen, aber ich gab ihm keine Gelegenheit, sich zu entschuldigen. Zum einen war ich einiges mehr als nur Haare und aufdringliches Benehmen, was der Typ wüsste, würde er mich besser kennen. Zum anderen fehlte mir jegliche Geduld, mich mit solchem Stuss zu befassen.

„Dann glauben Sie also nicht, dass die beiden eine Affäre hatten?“, fasste ich zusammen.

„Das habe ich nicht gesagt. Ich sagte, auf mich hätten Helen und Jeff einen glücklichen Eindruck gemacht. Ich wollte noch hinzufügen, dass Jeff mir nicht der Typ für Affären zu sein schien.“

„Was für ein Typ wäre das denn?“

„Sie wissen schon, lockere Moral. Jeff glaubte fest an Richtig und Falsch, er glaubte daran, dass man die richtigen Dinge tun muss. Er glaubte an Recht und Gesetz.“

„Ja, aber das Gesetz ließ ihn im Stich.“

Diesmal lag Mitleid in Fitzpatricks Lächeln. „Sie verstehen es einfach nicht, was?“, sagte er. „Das Gesetz hat Jeff nicht im Stich gelassen: Er hat das Gesetz im Stich gelassen. Er hat alles verraten, wofür er angeblich eintrat. Er hat dieses Mädchen umgebracht, so sicher wie ich hier stehe. Wie erklären Sie es sich denn sonst, dass seine Waffe benutzt wurde?“

„Jemand könnte sie gestohlen haben.“

„Das hat Jeff behauptet. Aber es ist wie mit den anderen Beweisen gegen ihn: einfach zu viele und zu eindeutige, als dass man sie ignorieren könnte. Er war in jener Nacht in Cleveland, müssen Sie wissen.“

Das war eine wichtige Information, die keiner der beiden Lamars für erwähnenswert gehalten hatte. „Was tat er dort?“

„Offensichtlich hat er Vera umgebracht.“

Ich verzog das Gesicht. „So meinte ich das nicht. Was hat Lamar gesagt? Weswegen war er an jenem Abend in Cleveland?“

„Jeff hat erzählt, sein Vater hätte ihn in Panik angerufen, und er wäre wie der Blitz nach Cleveland gefahren um nachzusehen, was los war. Der alte Mann litt an Alzheimer. Was immer ihn so in Panik versetzt haben mochte – als Jeff ankam, war davon nichts mehr vorhanden. Jeff blieb noch ein wenig im Haus seiner Eltern, hat er behauptet, und machte sich dann auf den Heimweg.“

„Haben seine Eltern die Geschichte bestätigt?“

Ja, ich machte Druck, vielleicht warf mir Fitzpatrick deswegen einen langen, wachsamen Blick zu. „Aufgrund seiner Krankheit war Mr. Lamar Senior nicht in der Lage auszusagen, ob Jeff an dem Abend bei ihm gewesen war oder nicht. Jeffs Mutter hatte ungefähr ein Jahr zuvor einen Schlaganfall erlitten. Sie war sehr schwach und lag viel im Bett. In der Zeit, in der Jeff seinen eigenen Angaben zufolge im Haus seiner Eltern gewesen sein will, schlief sie tief und fest. Sie sehen: Niemand kann sagen, ob dieser Teil von Jeffs Geschichte stimmt oder nicht."

Ja und ob das jemand sagen konnte! Ich würde ihn sofort fragen, wenn er das nächste Mal in meinem Leben auftauchte.

„Wenn Sie denken, diese Fragen brächten Sie irgendwie weiter, dann sind Sie auf dem Holzweg, junge Frau. Sie verschwenden nur Ihre Zeit." Fitzpatricks Worte schreckten mich aus meinen Gedanken. „Die Beweislage gegen Jeff war einfach unumstößlich. Er war schuldig, und wenn Helen das anders sieht, dann tut mir das sehr leid für sie. Sie lebt in einer Märchenwelt. Sie übrigens auch, wenn Sie auf sie hören. Niemand hat Jeff diesen Mord in die Schuhe geschoben. Es gab niemanden, der etwas davon gehabt hätte."

„Sie haben seine Stelle bekommen."

Der Blick, den Fitzpatrick mir zuwarf, war so wild, dass ich unwillkürlich einen Schritt zurücktrat. Vehement drückte er auf den Ausschaltknopf des Laufbands, um mich noch effektiver anfunkeln zu können. „Wollen Sie damit andeuten ..."

„Ich will gar nichts andeuten. Ich suche lediglich nach der Wahrheit."

„Die Sache liegt jetzt mehr als zwanzig Jahre zurück. Was hat sie heute noch zu bedeuten, wen interessiert das überhaupt?" Er drückte erneut auf den Knopf. Das Laufband setzte sich in Bewegung und Fitzpatrick ebenfalls, allerdings ohne dabei aufzuhören, mich mit Adlerblick zu mustern. „Warum sollte sich jemand nach all den Jahren noch für diesen Fall interessieren?"

Am selben Nachmittag beglückte uns Greer, ehe wir in den Feierabend aufbrechen durften, mit einer langen, leidenschaftlichen und, was mich betraf, abgrundtief langweiligen Rede über lange Schatten, Sonnenuntergänge und düstere Stimmungsbilder. Alles lief darauf hinaus, dass sie am nächsten Tag abends länger drehen wollte und den Drehbeginn entsprechend später ansetzte. Worüber ich bestimmt frohlockt hätte, hieß das doch, ich durfte morgens länger schlafen, wenn mir nicht schnell klargeworden wäre, dass diese Planänderung für mich Mehrarbeit bedeutete. Mein Team hatte Auflagen, was den Arbeitsbeginn betraf und würde morgen zur üblichen Zeit auf dem Friedhof auftauchen. Sammi hatte noch dazu zu einer bestimmten Zeit wieder zu Hause zu sein. Brauchte ich sie länger, dann musste ich Papiere ausfüllen, die mir die Behörde vorsorglich gleich zusammen mit ihrer Akte mitgeliefert hatte. In diesem Fall war ich auch dafür verantwortlich, sie nach Hause zu bringen.

Was nicht bedeutete, dass ich nicht auch ein bisschen schummeln konnte.

Ich teilte meinem Team mit, es möge bitte am nächsten Tag nicht wie gewohnt, sondern erst um zehn zur Arbeit erscheinen. Da ich so Zeit gewonnen hatte, und da ich einen Computer brauchte, um mein weiteres Vorgehen zu planen, steuerte ich am nächsten Morgen erst einmal den Garden-View-Friedhof an. Das war auch gut so, denn sonst hätte ich den Blumenstrauß auf meinem Schreibtisch wohl nicht gesehen.

Es war kein besonders prachtvolles Gebinde, und Gelb und Creme sind auch nicht gerade meine Lieblingsfarben, aber irgendwie strahlten die sommerlichen Gänseblümchen, ein paar weiße Rosen und das Schleierkraut auch einen ganz eigenen, eben im Supermarkt erhältlichen, Charme aus.

„Du warst das Beste an dieser Show“, stand auf der beiliegenden Karte. Igitt – hatte sich Quinn wirklich diese bescheuerte Sendung angesehen? Ein ekelhafter Gedanke! Allerdings war es lieb von ihm, mir daraufhin Blumen zu schicken. Ich rief ihn an, um ihm beides mitzuteilen.

„Morddezernat. Harrison“, meldete er sich auf die ihm eigene, schroffe Art.

„Du hast sie dir angesehen!“ Mehr brauchte ich ja wohl nicht zu sagen.

„Angesehen?“ Im Hintergrund hörte ich eine Computertastatur rattern. „Die Show? Klar habe ich sie mir angesehen. Ich hatte dir doch gesagt, dass ich sie mir ansehen will. Ich war allerdings zur Sendezeit nicht zu Hause. Ich musste sie mir aufzeichnen. Du warst ...“

„Das Beste an der ganzen Show.“ Ich grinste in meinen Telefonhörer. „Das war süß von dir, ehrlich!“ Das war es auch, denn Quinn mochte ja allerhand sein, süß war er normalerweise nicht.

„Du warst das Beste an der ganzen Show.“ Das Klacken hatte aufgehört, stattdessen hörte ich Quinns Stuhl quietschen, als er sich darin zurücklehnte. „Im Ganzen gesehen war das Ding eher daneben.“

„Aber Blumen bin ich trotzdem wert?“

„Aber sicher doch.“

Das war eine dieser taktvollen Bemerkungen, glatt und unverfänglich, wie nur Quinn sich äußern kann. Sofort fiel mir der Zwischenfall im vergangenen Frühjahr ein, als ein riesiger Blumenstrauß in meinem Büro abgegeben worden war und ich den Fehler begangen hatte, Quinn für den Absender zu halten. Dabei hatte ein FBI-Agent ihn mir geschickt, den ich bei meinem Aufenthalt in Chicago kennengelernt hatte. Aber dass mir das gleich zweimal passierte?

Ich nahm mir die schlichte, mit Hand geschriebene Karte noch einmal vor. Nirgendwo ein Hinweis darauf, wer die Blumen geschickt hatte oder wo sie gekauft worden waren.

„Der Strauß ist gar nicht von dir.“

„Sieht so aus, als hättest du einen heimlichen Verehrer.“ Wer außer Quinn kann so etwas sagen, ohne sich dabei auch nur ein klein bisschen eifersüchtig anzuhören?

Wobei ein bisschen Eifersucht eigentlich richtig nett gewesen wäre.

Aber solche Gedanken führten mich nirgendwohin. Ich drehte die Karte um, aber auch auf der Rückseite stand nichts. Seufzend warf ich sie auf den Schreibtisch.

„Führt dich dein heimlicher Verehrer zum Abendessen aus?", wollte Quinn wissen.

Ich war schwer versucht, ihm mitzuteilen, dass ich in der Tat heute Abend ausgehen würde. Der neue Blumenstrauß war noch mysteriöser als der, den Agent Baskins mir damals geschickt hatte und ich hätte zu gern gewusst, wer mein heimlicher Verehrer war. Aber Quinn irgendeine Geschichte über nicht existierende Konkurrenten aufzutischen, kam mir denn doch ein wenig kleinlich vor.

„Ich kann nicht. Heute Abend nicht, heute Abend drehen wir, und tagsüber ..." Ich setzte mich auf den Schreibtischstuhl und fuhr den Rechner hoch. „Tagsüber fahre ich mir Sträucher ansehen." Das leise Kichern am anderen Ende der Leitung gefiel mir gar nicht. Sofort ging ich in Verteidigungsstellung. „Was?"

„Ich kann mir nur einfach nicht vorstellen, wie du Sträucher kaufst. Ich kann mir noch nicht mal vorstellen, dass du weißt, wonach du Ausschau halten sollst, wenn du losziehst, um Sträucher zu kaufen. Aber drüben im Raubdezernat arbeitet ein Kollege, dessen Cousin in Rocky River eine Baumschule hat. Mit guten Preisen, hab ich läuten hören. Vielleicht kann er dir helfen."

„Eher nicht – ich fahre nach Kent, um mir Sträucher anzusehen." Ich hatte den entsprechenden Routenplaner bereits geöffnet und sah mir gerade auf dem Computerbildschirm an, wie ich am schnellsten in diese vierzig Kilometer entfernte Stadt kam. „In Kent wird es doch auch eine Baumschule geben, oder?" „Du willst dir in Kent Sträucher ansehen und weißt noch nicht einmal, ob es dort eine Baumschule gibt?"

„So was in der Art." Ich sah mir die Karte noch einmal an: Laut der Beschreibung würde ich genau achtundvierzig Minuten brauchen, um zur Kent University und zu Darcy Coleman zu gelangen. Was bedeutete, dass ich genau richtig gelegen hatte, als ich meine Leutchen für zehn Uhr auf den Friedhof bestellt hatte. Sie sollten nämlich mitkommen.

„Das mit dem Abendessen müssen wir auf später verschieben", teilte ich Quinn mit.

„Sicher." Besonders glücklich klang er allerdings nicht.

„Du bist nicht der einzige, der viel um die Ohren hat!", rief ich ihm ins Gedächtnis.

„Habe verstanden!", sagte er, was sich oberflächlich betrachtet wie ein Versöhnungsangebot anhören mag, aus Quinns Mund jedoch eher wie ein Ultimatum klang. „Wenn du mal nicht mit deinem heimlichen Verehrer beschäftigt bist ..."

„Rufe ich dich an, versprochen."

„Diese Woche noch?"

„Wolltest du diese Woche nicht Mörder jagen?"

„Mit Mördern ist das so eine Sache: Sie wollen einfach nicht nach meinem Zeitplan morden!"

Damit hatten Quinn und ich mehr gemeinsam, als er sich je würde vorstellen können.

Die Baumschule mit dem schönen Namen „Garten Eden" lag eingezwängt zwischen einem Taco-Imbiss und einer Bar in der Gegend von Kent, die die Einheimischen taktvollerweise als Innenstadt bezeichnen. In Wirklichkeit handelte es sich um eine Reihe von Etablissements (Restaurants, Bars, T-Shirt-Geschäfte und Läden, wo man sich piercen und tätowieren lassen konnte) in denen die Collegekids sich vergnügten, wenn sie eigentlich studieren sollten. Ein älterer Mann namens Walter, der mich und meine Gang ein wenig unsicher beäugte, als wir das Gelände betraten, aber sofort munter wurde, als das Wort Sträucher fiel, leitete die Baumschule. Sträucher waren, wie sich herausstellte, Walters Lebenselixier. Schon wenige Minuten nach unserem Eintreffen wusste ich mehr über breitblättrige Pflanzen, Koniferen und Halbsträucher, als ich je hatte wissen wollen.

Ich ließ mein Team in der Baumschule, um weitere Details und Preise zu erfragen und versprach, so bald wie möglich wieder bei ihnen zu sein. Außer Jake, der seine spontane Zuneigung zu Walter zeigte, indem er dem alten Mann überallhin folgte und Fotos von ihm schoss, schien keiner meiner Teamgefährten über die gestellte Aufgabe besonders glücklich zu sein. Vielleicht erinnerte es sie zu sehr an Hausaufgaben. Vergeblich versuchten sie, mir beizubringen, dass wir noch meilenweit von jeglichem Pflanzvorhaben entfernt waren. Solange meine Leutchen mit einem Projekt beschäftigt waren, das sich als halbwegs arbeitsrelevant verkaufen ließ, sollte sich jemand danach erkundigen, war ich frei und durfte nach Darcy Coleman fahnden.

Auf der Webseite der Universität hatte ich gelesen, dass Darcy an der philosophischen Fakultät Seminare über alternative Religionen abhielt. Was immer das sein mochte.

Es dauerte eine Weile, bis ich den Seminarraum gefunden hatte, in dem Darcy eigentlich unterrichten sollte. Als ich allerdings dort ankam, hing ein Zettel an der Tür: Der Unterricht war nach draußen verlegt worden, hinter die Sportanlagen der Universität.

Brav fuhr ich zu den Sportanlagen, parkte den Kleinbus, den ich mir vom Garden-View-Friedhof geliehen hatte, um mein Team durch die Gegen kutschieren zu können, und folgte neckischen bunten Wegweisern aus lila Luftballons an dünnen Stöckchen einen kleinen Pfad entlang. Dass die Luftballons mir den richtigen Weg wiesen, erkannte ich an den handgeschriebenen Notizzetteln, die an ihnen baumelten: „Prof. Colemans Seminar hier entlang“ stand darauf.

Gut, dass ich keine Studentin mehr war: Als ich endlich auf einer von hohen Eichen und dichten Fliederbüschen umstandenen Lichtung anlangte, strebte ein Großteil der Seminarteilnehmer bereits wieder in die andere Richtung. Nur ein paar Nachzügler oder Schleimer, die der gelehrten Dame Honig um den nicht vorhandenen Bart schmieren wollten, waren noch da. Aus einigem Abstand sah ich zu, wie sie mit einer Frau mittleren Alters plauderten, die sich die Arme mit Büchern volllud.

Eigentlich gab es an Darcy Coleman kaum etwas Besonderes, und wären wir uns unter anderen Umständen begegnet, hätte ich sie wohl gar nicht beachtet. Sie war durchschnittlich groß, mit einem dichten Schopf dunkler, mit einigen grauen Strähnen durchsetzter Haare. Diese fielen ihr bis auf die Schultern, eine Frisur, die ihrem dünnen, faltenübersäten Gesicht nicht gerade schmeichelte. Alles in allem eine eher unauffällige Frau.

Bis auf die Tatsache, dass sie eine lange Samtrobe trug. In Lila. Sie reichte ihr bis auf die nackten Füße.

„Professor Coleman?“ Kaum waren die letzten Studierenden verschwunden, trat ich an sie heran. „Hätten Sie kurz Zeit für mich?“

Sie warf einen Blick auf die Uhr, die zusammen mit gut einem Dutzend Armbändern ihren Arm zierte. „In etwa zwanzig Minuten kommt eine andere Gruppe. Sind Sie eine meiner Studentinnen? Dann steht es aber schlimm um Sie, denn ich habe Sie noch bei keinem meiner Seminare zu Gesicht bekommen und Anwesenheit ist eins meiner Kriterien für die Notenvergabe.“

„Ich bin keine Studentin.“ Worüber ich herzlich froh war, als die Professorin nun ihre Bücher ablegte, in eine große Stofftasche griff und ein Dutzend oder mehr hohe lila Kerzen herausholte, die sie an mich weiterreichte.

„Helfen Sie mir, das nächste Seminar vorzubereiten“, sagte sie. „Dabei können wir uns unterhalten.“

Diese Gelegenheit wollte ich mir auf keinen Fall entgehen lassen. Während Darcy in weitem Kreis um den Mittelpunkt der Lichtung schritt, folgte ich ihr gehorsam und reichte ihr je eine Kerze, wenn sie stehen blieb und mir ein Zeichen gab. Sie bohrte dann mit einem Stock ein Loch in den Boden, steckte die Kerze hinein und ging weiter.

Ich wartete, bis zwei Kerzen sicher im Boden steckten, ehe ich auf mein Thema zu sprechen kam. „Ich bin wegen Jefferson Lamar hier“, sagte ich.

Damit hatte sie offensichtlich nicht gerechnet. Ihre Augenbrauen zuckten hoch und sie warf mir über die Schulter hinweg einen erstaunten Blick zu. „Sie wissen aber schon, dass er tot ist?“

„Ja, natürlich. Aber seine Witwe ...“

„Helen.“

„Helen hält ihn für unschuldig.“

Darcy blieb stocksteif stehen, und glauben Sie mir, ich bin wirklich nicht übertrieben sensibel oder so, aber unter ihren musternden Blicken fühlte ich mich sofort, als müsste ich mich irgendwie verteidigen. „Helen hat Sie losgeschickt, um mehr über den Fall herauszufinden?“

Ihr Ton missfiel mir. Allerdings war ich auch von den modischen Entscheidungen, die die Professorin für ihr Leben getroffen hatte, nicht besonderes begeistert – Darcy Coleman und ich hatten wohl unter dem Strich nur wenig gemeinsam. Jetzt galt es, mich zusammenzureißen und nicht die Geduld zu verlieren. „Ich stelle ein paar Recherchen über Lamar an. Ich dachte, wenn ich mit jemandem rede, der ihn gut kannte ...“

„All die langen Jahre, und Helen lässt immer noch nicht locker. Sie will beweisen, dass Jeff unschuldig war, stimmt's?“

„Könnten Sie mir dabei helfen?“

Coleman schüttelte den Schock ab, der sie bei meiner ersten Frage überkommen hatte, und ging weiter. Unser nächster Halt fand erst wieder an der gegenüberliegenden Seite des Kreises statt. Sie gab mir ein Zeichen, ich überreichte ihr eine Kerze, sie bohrte und versenkte.

„Ich persönlich habe nie geglaubt, dass Direktor Lamar schuldig war“, sagte sie.

„Warum?“

Sie zuckte die Achseln. „Ich wusste, dass er unschuldig ist. Mehr nicht. Besser gesagt: Ich glaubte an seine Unschuld. Er war kein Mörder.“

„Aber es gibt eine Menge Beweise gegen ihn.“

„Damit meinen Sie die Waffe.“

„Ja, und sein Blut am Tatort.“

„An Veras Bluse. Ja, daran erinnere ich mich.“ Sie ging zum nächsten Punkt. „Dadurch stand er natürlich ganz schlecht da. Ich weiß noch, wie enttäuscht ich war. Ich wollte es einfach nicht wahrhaben.“

„Aber letztlich glaubten Sie, dass es so war, wie vor Gericht dargestellt?“

„Ich nehme an, dass die Geschworenen ihre Entscheidung auf der Grundlage von Fakten getroffen haben, und die Fakten waren ziemlich eindeutig.“

„Aber was, wenn er nicht schuldig war? Was, wenn ihm jemand die Sache in die Schuhe geschoben hat?“

Eigentlich hatte ich mit einer ähnlichen Reaktion gerechnet wie bei Fitzpatrick, aber Darcy steckte meine Bemerkung relativ gelassen weg. „Natürlich habe ich darüber nachgedacht“, sagte sie. „Ich lebte zu der Zeit in Kalifornien. Ich war schwanger und es ging mir nicht gut, also konnte ich nicht zum Prozess fahren. Aber ich habe eine schriftliche Stellungnahme abgegeben. Ich habe dem Gericht alles dargelegt, was ich wusste, und alles, was ich wusste, lief darauf hinaus, dass Jefferson Lamar ein guter und ehrenhafter Mann war.“

„Haben Sie denen gesagt, dass Sie glaubten, der Mord könnte Lamar untergeschoben worden sein?“

„Dafür gab es keine Beweise.“

„Aber möglich wäre es gewesen?“

Noch so ein Achselzucken.

„Falls ihm jemand den Mord untergeschoben hat: Könnten Sie sich vorstellen wer?“ Darcy verzog das Gesicht. Wenn ich mich jetzt nicht schnell näher erklärte, würde sie mir befehlen, die Biege zu machen. „Sie wissen doch bestimmt besser als irgendjemand sonst, was in diesem Gefängnis los war“, sagte ich rasch. „Sie kannten die Akte jedes einzelnen Insassen, habe ich recht? Sie wussten, wer Disziplinprobleme hatte, Sie wussten, wer nicht mit dem Gefängnisleiter auskam.“

Sie lachte ein leises, nicht sehr fröhlich klingendes Lachen. „Alle Gefangenen hatten Probleme mit dem Leiter. Das gehört nun mal dazu.“

„Aber einige waren vielleicht saurer auf ihn als andere?“ Das ließ sie stutzen. Wir hielten im Schatten der größten Eiche. „Ich war sechs Jahre lang Jeffs Sekretärin und eins kann ich Ihnen sagen: In dieser Zeit habe ich so einige Häftlinge mitbekommen, die Ärger machten. Es gab ein, zwei, die schlimmer waren als die anderen, das schon. Ja.“ Nachdenklich kniff sie die Augen zusammen. „Es gab zwei, die eine Menge Ärger gemacht haben.“

„Wäre einer von denen in der Lage gewesen, Lamar einen Mord in die Schuhe zu schieben?“

Als sie diesmal lachte, war nicht mehr die Spur von Fröhlichkeit zu hören. „Sie kennen sich mit Gefängnissen und Häftlingen nicht besonders aus, was? Oh ja, es gab ein paar Leute, die es sehr gern gesehen hätten, wäre Lamar in den Knast gewandert. Das habe ich auch dem Polizeibeamten gesagt, der bei mir anrief, um mich zu dem Fall zu befragen. Ob die Polizei dieser Information nachgegangen ist oder nicht, weiß ich nicht. Aber wenn sie es tat, dann wurde wohl nichts gefunden. Denn letztlich hat man Jeff verhaftet und verurteilt.“

„Es wäre doch aber möglich, dass sich die Sache heute anders darstellt, oder? Ich meine: Eine Menge Zeit ist vergangen. Wenn Sie mir ein paar Namen nennen könnten?“

Vielleicht wollte Darcy meiner Bitte gerade nachkommen, vielleicht aber auch nicht: Wir wurden von einer Gruppe von fünf Frauen unterbrochen, die die Lichtung betraten, allesamt mittleren Alters und wie Coleman in lange Roben gewandet. Bislang hatte ich nichts dazu gesagt, aber jetzt konnte ich meine Neugier nicht länger zügeln.

„Was um alles in der Welt ...“

Darcys Lächeln wurde strahlend. „Wir führen ein Ritual durch!“ Als ich sie verständnislos anstarrte, fügte sie hinzu: „Debbie da drüben ...“ Das war wahrscheinlich die übergewichtige Frau in der purpurroten Robe. „Debbie wird fünfzig, wir wollen die Weisheit und Lebenserfahrung würdigen, die sie im Laufe der Jahre erworben hat. Möchten Sie sich uns anschließen?“

„Kriege ich dann die Namen der Häftlinge, die Ihrer Meinung nach Jefferson Lamar einen Mord in die Schuhe geschoben haben könnten?“

Darcy antwortete nicht. Sie lächelte nur.

Kurz bevor sie und all die anderen Frauen sich ihrer Roben entledigten.

Darunter war jede einzelne von ihnen splitterfasernackt.

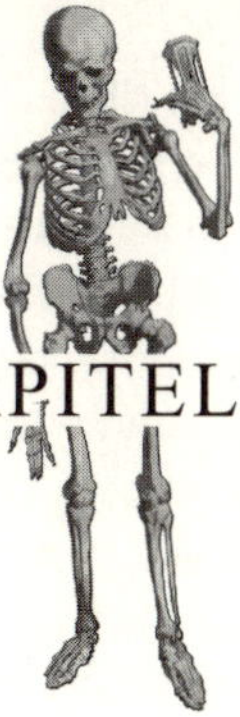

KAPITEL 8

MUSS ICH EXTRA BETONEN, wie schnell ich verschwunden war?

Natürlich nicht, oder? Auch die Tatsache, dass selbst ein Haufen nackter Damen mittleren Alters mich kaum so zu schrecken vermochte, dass ich die weitere Befragung von Frau Professor aufgegeben hätte, versteht sich doch hoffentlich von selbst. Immerhin wusste ich jetzt schon, dass einige Häftlinge mehr Probleme verursacht hatten als andere und dass ein paar von ihnen Jefferson Lamar unter Umständen so sehr gehasst hatten, dass sie bereit gewesen wären, ihm einen Mord in die Schuhe zu schieben.

Sorgsam darauf bedacht, nicht auch nur ein Fitzelchen dieser Frauen in ihrer ganzen fraulichen Pracht zu Gesicht zu bekommen, trieb ich mich am Rande der Sportanlagen herum, bis ich ein paar von ihnen wieder ihren Autos zustreben sah – Gott sei Dank sittsam in ihre Roben gehüllt. Ehe Darcy selbst den Parkplatz erreicht hatte, war ich schon bei ihr.

„War Ihnen unser Anblick unangenehm?“ Sie schloss den Kofferraum ihres meergrünen Prius auf und verstaute Kerzen und Bücher. „Das war nicht unsere Absicht. Wir haben einfach nur unsere Weiblichkeit gefeiert. Wenn man jung ist, nimmt man die als Selbstverständlichkeit hin.“ Sie warf mir einen Seitenblick zu. „Aber eines Tages werden Sie feststellen, dass zum Frausein mehr gehört als nur sexy und anbetungswürdig zu sein.“ Der Kofferraum ging mit einem Knall zu. „Weisheit ist eine gute Sache.“

„Genau! Deswegen möchte ich auch mehr über die Häftlinge erfahren, die es Ihrer Meinung nach damals auf Jefferson Lamar abgesehen haben könnten. Sobald ich deren Namen kenne, bin ich ein kluges Kind, nicht wahr, und Klugheit ...“

Darcy lachte. „Der Göttin sei Dank, dass Sie nicht eine meiner Studentinnen sind. Sie im Seminar – das würde ja nichts als Ärger bringen.“

„Das haben meine Dozenten an der Uni auch immer gesagt.“ Aber nicht, weil ich sie herausgefordert hatte, manche Dinge in einem anderen Licht zu betrachten – was ich allerdings an dieser Stelle wohlweislich verschwieg. „Sie haben doch gesagt, dass Sie mir Namen nennen könnten.“

„Das habe ich ganz bestimmt nie gesagt.“ Darcy schloss ihren Wagen auf und öffnete die Fahrertür, damit sich die Luft im Auto ein wenig abkühlen konnte, ehe sie losfuhr. „Aber ... na ja, vielleicht kann ich Ihnen wirklich helfen.“

Wunderbar: Genau diese Antwort hatte ich erhofft. Ich zückte mein Notizbuch und hielt den Kugelschreiber parat.

„Als erstes kommt mir natürlich Mack Raphael in den Sinn“, sagte Darcy. „Das liegt wohl daran, dass ich ihn ständig im Fernsehen sehe.“ Das ging mir nicht so, was man mir wohl offenbar ansah. „Bad Dog Raphael!“, fuhr Darcy fort. „Er betreibt irgendwo in Cleveland einen Gebrauchtwagenhandel und tritt in seinen eigenen Werbespots auf. Sie haben ihn doch bestimmt schon einmal gesehen! Mir kommt es so vor, als liefe so ein Spot jedes Mal, wenn ich den Fernseher einschalte.“

Jetzt, wo sie es sagte ... vielleicht hatte ich den Namen doch schon gehört. „Dieser Bad Dog saß früher im Knast?“

„Er war einer unserer übelsten Insassen. An Einzelheiten erinnere ich mich nicht mehr, aber ich glaube, er saß wegen schwerer Körperverletzung oder etwas Ähnlichem im Central State ein. Irgendetwas mit Gewalt war es auf jeden Fall, und es handelte sich auch nicht um sein erstes Vergehen. Ich muss jedenfalls immer, wenn ich einen seiner Spots sehe, an Direktor Lamar denken. Jeff hat sich stets vehement für den Resozialisierungsgedanken eingesetzt, er glaubte fest daran. Wenn Bad Dog inzwischen ein erfolgreicher Geschäftsmann ist ... vielleicht bestätigt das ja Jeffs Thesen. Vielleicht eröffnet ein Gefängnisaufenthalt wirklich Möglichkeiten, das Leben von Grund auf zu ändern, in andere Bahnen zu lenken. Vielleicht wirkt Direktor Lamars Einfluss noch aus dem Grab heraus ..." Sie lachte, als wünsche sie sich, dies möge der Fall sein. Eine winzige Sekunde lang war ich schwer versucht, ihr zu sagen, dass Lamar in der Tat weiterwirkte. Aber sie gab mir keine Gelegenheit dazu.

„Wie dem auch sei!", fuhr sie fort. „Als ich mich noch mit Mack Raphael herumzuschlagen hatte, war er ein ganz widerlicher Kerl mit einem unverschämten Benehmen. Einmal musste er wegen eines Disziplinverstoßes zu einer Besprechung im Büro erscheinen und da fragte er mich doch tatsächlich, ob ich nicht Lust hätte, mit ihm im Männerklo eine schnelle Nummer zu schieben! Können Sie sich das vorstellen?" Es war ihr anzusehen, wie sehr sie die Erinnerung selbst nach all den Jahren noch anwiderte.

„Raphael hatte Kontakte zur Mafia, im Gefängnis und draußen. Direktor Lamar konnte ihm nie eindeutig etwas nachweisen, war sich aber ziemlich sicher, dass Bad Dog vom Gefängnis aus seinen Drogenhandel draußen steuerte. Sie können sich vorstellen, wie das geht: Besucher leiten Befehle weiter, Bad Dog tätigte vom Gefängnis aus Anrufe, um Drogenankäufe zu organisieren, selbst ins Central State hat er das Zeug einschleusen und dort verteilen lassen. Bad Dog war schlau, aber Direktor Lamar war schlauer. Er legte Bad Dog die Daumenschrauben an, indem er Besuche und Telefonate überwachen ließ. Das hat dem Geschäft wohl geschadet, jedenfalls ist Bad Dog ausgeflippt. Das reichte Jeff, mehr Beweise brauchte er nicht. Er wusste, dass er Mack Raphael das Geschäft vermiest hatte."

„Weswegen Bad Dog wahrscheinlich fuchsteufelswild war."

„Aber hallo!"

„Dann glauben Sie, er könnte derjenige sein ..."

„Oh, er ist nicht der einzige, der in Frage kommt. Bei weitem nicht! Ich habe darüber nachgedacht – vorhin, als ich die Kerzen zusammensuchte und auf der Lichtung alles wieder in Ordnung brachte. Es gab auch andere Gefangene, die ihre Wut auf die Welt im Allgemeinen am liebsten am Gefängnisdirektor ausgelassen hätten. Teddy Johnson, zum Beispiel. Auch wenn ich nicht glaube, dass der Direktor Lamar etwas hätte in die Schuhe schieben können."

Teddy Johnson. Ich notierte mir den Namen direkt unter dem von Mack Raphael. „Erzählen Sie mir trotzdem alles über ihn", bat ich, und als Darcy mich daraufhin mit hochgezogenen Brauen musterte, zwinkerte ich ihr zu. „Weisheit! So gelange ich an Weisheit!"

Bestimmt tat es ihr inzwischen leid, das Wort ins Spiel gebracht zu haben. Sie seufzte. „Teddy war aufbrausend. Ständig wurde er ins Büro der Gefängnisleitung zitiert, und einmal hat er sich bei so einer Gelegenheit über den Tisch hinweg auf Direktor Lamar gestürzt. Vier Wachen waren nötig, um ihn wieder loszueisen."

„Dann glauben Sie, Teddy könnte ...?"

Sie schüttelte den Kopf. „Nein, wie ich schon sagte, er könnte es nicht getan haben. Er wurde eines Tages in der Warteschlange vor der Essensausgabe niedergestochen und verstarb an Ort und Stelle. Lange bevor man Direktor Lamar des Mordes beschuldigte. Es muss vorher gewesen sein, denn zu der Zeit arbeitete ich noch im Gefängnis. Nein, Teddy war schon tot, als Direktor Lamar verhaftet wurde. Er hat ihm die Sache nicht in die Schuhe schieben können." Sie klang so überzeugt, dass ich Teddys Namen wieder von meiner Liste strich.

„Ich hatte auch an Rodney Beers gedacht, aber ..." Wieder schüttelte sie den Kopf und erneut fiel die Hoffnung, die sich gerade in meinem Herzen breitmachen wollte, in sich zusammen. „Nein, Rodney kann es auch nicht gewesen sein. Auf keinen Fall. So sehe ich es jedenfalls. Er saß zwar im Central State ein, als der Direktor verhaftet wurde, das schon. Ich hörte, dass er einer der Männer war, die bei der Nachricht von Jeffs Verhaftung am lautesten gejubelt haben. Aber einer der Wärter, mit denen ich noch Kontakt halte, hat mir erzählt, dass Rodney später religiös geworden ist. Er hat sich mit Haut und Haaren der Religion verschrieben und sich selbst Bußen auferlegt. Unter anderem hat er alle von ihm begangene Verbrechen gestanden, darunter zwei Morde."

„Aber er hat nie erwähnt, Jefferson Lamar ein Verbrechen untergeschoben zu haben."

„Sie sind eine Schnelldenkerin." Sie lächelte. „Vielleicht sind Sie gar nicht mehr so weit von Weisheit entfernt."

Schön wär's!

Nachdenklich klopfte ich mit dem Kuli auf meinen Notizblock. „Wenn wir also Teddy und diesen Rodney ausschließen können, dann bleibt noch Bad Dog ..."

„Ja, und Reno Bob Oates!" Darcys Augen leuchteten auf. „Den hatte ich ja vollkommen vergessen. Der gute alte Reno! Einmal hat er eine Bank überfallen und gesagt, er hätte eine Bombe dabei. Die Polizei hat später nie eine gefunden, aber zunächst hatte Bob die Leute echt überzeugt. Hielt die Leute in der Bank allesamt tagelang als Geiseln gefangen. Bob war eine schillernde Persönlichkeit und sein Strafregister war länger als mein Arm. Er hatte etwas gegen das Gefängnissystem, er hatte sowieso ständig etwas gegen irgendwas oder irgendwen. Wie dem auch sei: Der Banküberfall entwickelte sich zum veritablen Medienspektakel, und Bob brachte es bei den Gefängnisgroupies zu einigem Ansehen. Eine Menge Leute hielten ihn für äußerst charmant. Ich nicht – ich kannte auch Bobs bösartige Seite. Gerüchten zufolge hatte er einem Typen draußen in Nevada wegen eines Kartenspiels die Kehle aufgeschlitzt. Daher auch sein Spitzname."

Nachdenklich senkte sie den Kopf. „Bob stand liebend gern im Rampenlicht und ob Sie es nun glauben oder nicht: Eine ganze Reihe von Reportern von diversen Tageszeitungen und Zeitschriften kamen, um ihn im Central State zu interviewen. Aber Hut ab vor Direktor Lamar: Er erkannte, dass die ganze Publicity um Bob nur dazu führte, sein Leben als Krimineller in einem glamourösen Licht zu zeigen. Sehr schlecht für Jugendliche, die sich davon vielleicht beeindrucken lassen und auf falsche Gedanken kommen könnten. Jeff setzte dem ganzen Rummel ein Ende. Keine

Interviews mehr, auch keine Anrufe von begeisterten Fans. Bob versprach, sich zu rächen. Ich war da, als er das sagte. Er schwor, Direktor Lamar würde bis ans Ende seiner Tage bereuen, was er ihm angetan hatte. Ich kann nicht sagen, ob der Direktor bis ans Ende seiner Tage bereut hat oder nicht, aber Bob ist, wie ich neulich hörte, aus dem Gefängnis entlassen worden und lebt jetzt irgendwo in Cleveland."

„Dann meinen Sie, Reno könnte ..."

„Ich kann es nicht mit Bestimmtheit sagen." Darcy zog die Autoschlüssel aus der Tasche ihres lila Gewandes. „Vielleicht habe ich einfach nur laut nachgedacht. Außerdem ist es alles schon so lange her, vielleicht kriege ich die Einzelheiten noch nicht einmal mehr richtig zusammen. Jedenfalls beweist nichts, von dem was ich sage, irgendetwas."

„Nein. Natürlich nicht. Aber zumindest weiß ich jetzt, wo ich anfangen kann."

„Anfangen? Sie werden doch nicht etwa ..." Coleman trug keine Schuhe und war auch so schon kleiner als ich, sie musste ein paar Schritte zurücktreten, um mich mit nachdenklichem Blick mustern zu können. „Sie kennen diese Leute nicht", sagte sie. „Erzählen Sie mir jetzt nicht, es würde Ihnen zu Weisheit verhelfen, sie kennenzulernen! Nach so einer Weisheit sucht niemand, der bei klarem Verstand ist. Ja, ich glaube daran, dass man Straftäter resozialisieren kann. In dieser Frage denke ich wie Direktor Lamar. Ich hoffe, dass jeder einzelne der Männer, die ich damals kennenlernte, inzwischen ein erfülltes, produktives Leben führt. Aber ich bin nicht dumm und unser kleines Gespräch heute zeigt mir, dass Sie es auch nicht sind. Wenn Sie Ihre Nase in Sachen stecken, wo sie nicht hingehört, wenn Sie anfangen, Fragen über diese Männer, ihr Leben und ihre Verbrechen zu stellen, dann ist es sehr wahrscheinlich, dass sich jemand auf den Schlips getreten fühlt. Diese Leute können gefährlich sein."

„Aus diesem Grund werde ich mich auch von ihnen allen fernhalten." Ich strahlte Darcy an, damit sie mir meine faustdicke Lüge eher abnahm, und um die Furcht zu ignorieren, die mich bei all dem Gerede über Bomben und Drogenhandel beschlichen hatte – und über Typen mit Strafregistern, gegen die das meines Vaters komplett harmlos wirkte. „Ich bin lediglich auf der Suche nach der Wahrheit."

„Die Wahrheit?" Darcy lachte. „Die einzige Wahrheit, die Sie je finden werden, finden Sie hier." Sie legte die Hand auf ihr Herz. „Wenn Sie die gefunden haben ... dann brauchen Sie auch nicht weiter nach Weisheit zu suchen. Dann besitzen Sie alle Weisheit, die Sie je brauchen werden."

Was immer das bedeuten mochte.

Quinn war ein begnadeter Küsser, das muss ich mal festhalten. Nicht, dass ich auf Vergleiche aus wäre oder so, aber ich bin im Laufe der Jahre von einigen Typen geküsst worden. Ich kenne mich aus, wenn es um „gut" geht, um „nicht sooo gut" und „hilf Himmel, da werden mir doch glatt die Knie zu Butter".

Quinn rangiert ganz oben, an der Spitze der Besten. Was mir in diesem Moment gerade wieder einmal drastisch klar wurde, denn ich lag in seinen Armen, sein Mund lag auf dem meinen und in meinen Zehen kribbelte es. Von butterweichen Knien ganz zu schweigen.

Ach, mein ganzer Körper ging mit, und wäre zu gern auch noch viel weiter gegangen – nur dass da etwas hinter Quinns Schulter meine Aufmerksamkeit erregte.

„Böser Hund ...", dröhnte eine raue, verwegene Stimme durch das Zimmer, untermalt von dramatischer Musik. „Gute Autos!" Zu Letzterem sanfte, glückliche Streicher.

Ich schoss hoch. „Das ist die Bad-Dog-Werbung für Gebrauchtwagen!"

Quinn hatte sich eng und behaglich an mich gekuschelt, seine nackte Brust dicht an meiner. Als ich mich aufsetzte, sah er sich gezwungen, sich auf die Seite zu drehen. Er warf über die Schulter einen Blick auf den Fernseher, den wir beim Betreten des Schlafzimmers eingeschaltet hatten, weil er den Spielstand der Indians verfolgen wollte. „Du siehst dir einen Werbespot für Gebrauchtwagen an? Wir liegen hier um ...“

„Psst!“ Ich legte ihm die Hand auf den Mund. Mack Raphael ließ nicht lange auf sich warten, ein gutaussehender Mann mittleren Alters mit dichtem, schwarzem Haar und einer Narbe über dem linken Auge, die ihn interessant und gleichzeitig gefährlich wirken ließ. Er trug einen teuren Anzug, darunter ein schwarzes T-Shirt.

„Sie brauchen ein Auto, aber niemand will Ihnen Kredit gaben? Davon lässt sich Bad Dog nicht abhalten! Sie haben ein Anrecht auf ein verlässliches Transportmittel – ich sorge dafür, dass Sie es auch bekommen. Begleiten Sie mich durch Bad Dogs Big Car Nation!“

Das nächste Bild zeigte Raphael auf seinem Gelände, wo er den Zuschauern zuwinkte, in perfektem Gleichklang mit einem mechanischen Hund, der hoch oben auf einem sechs Meter hohen Pfeiler in einem Auto saß. Bei dem Hund handelte es sich um eine große, hässliche, lachende Bulldogge mit schwerem Überbiss. „Wir besorgen Ihnen das Auto, das Sie brauchen. Zu einem Preis, den Sie aufbringen können. Denn ich mag ein böser Hund sein ...“, knurrte Raphael, „... aber ich habe gute Autos.“

Als nächstes sah man wieder das Baseballspiel. Natürlich hätte ich dort weitermachen können, wo ich vor der Unterbrechung durch den Werbespot gewesen war. Aber ehrlich gesagt konnte ich mich nicht beherrschen: Hier bei mir im Bett lag mein ganz privater Experte für Kriminelle. Die Gelegenheit war einfach zu günstig, um sie ungenutzt verstreichen zu lassen.

Ich ließ mich in meine Kopfkissen zurücksinken. „Meinst du, die Leute wissen, dass er mal gesessen hat?“, fragte ich.

Ehe sich Quinn in die Kissen neben mir fallen ließ, zuckte ein Muskel an seinem Kiefer. „Tut mir leid, dass ich dich gelangweilt habe.“

Ich hatte mich nicht gelangweilt und es war wirklich unfair von ihm, so etwas zu behaupten. Ich setzte mich auf, schob meine

Kissen zurecht und lehnte mich erneut gegen sie. „Du wolltest doch sehen, wie das Spiel steht."

„Das weiß ich ja nun, und da die Indians zur Abwechslung mal zu gewinnen scheinen, könnten wir, wenn es nach mir geht, den Fernseher ruhig ausschalten."

„Gut!" Ich schnappte mir die Fernbedienung und machte den Fernseher aus. „Bist du jetzt zufrieden?"

„Zufriedener als du, wenn mich nicht alles täuscht."

Ich rollte mich auf die linke Seite, um ihn besser anfunkeln zu können. „Was soll das denn heißen?"

„Nichts."

„Gut." Mir gefiel seine griesgrämige Miene nicht, und wäre er irgendein anderer Typ gewesen, hätte ich ihm das auch deutlich gesagt. Aber das hier war nicht irgendein anderer Typ, dies hier war Quinn und erinnern Sie sich noch an das, was ich gerade über sein Wahnsinnstalent zum Küssen gesagt habe? Was beileibe nicht sein einziges Talent war. Nur ungern wollte ich die Gelegenheit vergeuden, ihn unter Beweis stellen zu lassen, was er sonst noch alles fantastisch beherrscht. Ich rutschte näher an ihn heran, strich ihm sanft mit dem Zeigefinger über das Schlüsselbein, und sagte: „Wenn wir beide zufrieden sind, könnten wir dann weitermachen, wo wir eben aufgehört haben?"

Er drehte sich auf die rechte Seite und stützte den Kopf auf der Hand ab. „Klar doch, sobald du mir erklärt hast, was an diesem Bad Dog Raphael so Besonderes ist. Und wenn du schon mal dabei bist, könntest du mir vielleicht auch gleich noch erklären, woher du weißt, dass er mal im Gefängnis war."

Nur für den Fall, dass sich Quinns Talente auch auf das Durchschauen von Lügen erstreckten (wovon ich ausgehen musste, verdiente er damit doch seinen Lebensunterhalt), ließ ich mich wieder in meine Kissen sinken. „Ich interessiere mich nicht für Bad Dog."

„Dann willst du dir wohl ein Auto kaufen."

„Vielleicht."

„Klar, und ein Auto zu kaufen ist wichtiger als ..."

„Natürlich nicht!" Um meinen Worten Nachdruck zu verleihen, versetzte ich meinem obersten Kissen einen deftigen Hieb. „Ich dachte nur ... wenn ich nach Informationen suchen würde – über Autos, meine ich – dann wäre jemand wie Bad Dog doch bestimmt in der Lage, mir weiterzuhelfen und ..."

„Nichts da! Du gehst mir noch nicht einmal in die Nähe von diesem Typen."

Bitte? Quinn, als Höhlenmensch? Das war mir neu. Auf etwas, das nach Ultimatum klang, war ich nicht vorbereitet. „Warum nicht?" Ich reckte das Kinn. „Bad Dog sagt, er verfügt über verlässliche Transportmittel. Gute Autos zu guten Preisen. Er muss wissen, wovon er redet. Er macht jede Menge Werbung."

„Ja, und eine Strafakte hat er auch – wie du eben selbst erwähnt hast."

„Was ihn nicht automatisch zu einem schlechten Menschen macht. Es gibt Leute, die glauben, dass man Kriminelle resozialisieren kann. Sogar welche, die schon im Gefängnis gesessen haben."

Quinn lachte – ein Wie-kann-man-nur-so-blöd-sein-Lachen. „Du bist naiv."

„Du urteilst vorschnell."

Er setzte sich auf und schob eine pechschwarze Haarsträhne aus der Stirn. „Dann streiten wir uns jetzt über einen Mistkerl, der früher mal im Knast gesessen hat? Das ist doch absurd."

„Wir streiten doch gar nicht. Absurd ist auch, dass du so viel Wind um eine simple Frage nach einem Typen machst, den ich im Fernsehen gesehen habe! Ich hatte mich bloß gefragt, ob die Leute wohl wissen, dass er gesessen hat. Ich habe mich gefragt, ob er nicht trotzdem ein guter Geschäftsmann sein kann und wenn er das ist, ob er mir etwas über ..."

„Ein Typ wie der kann dir gar nichts erzählen, über gar nichts, und wenn du so gescheit wärst, wie du immer behauptest, würdest du gar nicht erst auf so eine Idee kommen."

„Damit willst du wohl sagen, dass ich deiner Meinung nach alles andere als klug bin!" Das reichte, einen weiteren Vorwand brauchte ich nicht, um aus dem Bett zu schlüpfen. Die Nacht war heiß und stickig, aber mein Morgenmantel aus smaragdgrünem Satin hing in Reichweite und ich warf ihn mir über. „Vielleicht ist Mack Raphael ein übler Kerl. Aber weißt du was: Das ist mir egal! Sogar total egal. Aber ich muss hier nicht rumsitzen und mir anhören, wie du mir sagst, mit wem ich reden darf und mit wem nicht, und ich muss mir auch nicht anhören, dass du mich für dumm hältst!"

„Raphael ist gefährlich. Raffst du es nicht?" Mir fiel auf, dass Quinn sich auf diesen Teil unserer Unterhaltung konzentrierte und den Teil, in dem es um meine Klugheit – oder den Mangel daran – ging, komplett ignorierte. „Wir sind uns sicher, dass er über seinen Autohandel Drogen verkauft, aber niemand kann es beweisen. Das treibt den gesamten Polizeiapparat dieser Stadt schier in den Wahnsinn. Denn wenn wir es beweisen könnten, käme der Scheiß, den er in Umlauf bringt, von der Straße!"

So leidenschaftlich hatte ich Quinn noch selten erlebt – wenn es um seinen Job ging, meine ich. Trotz meiner Wut verspürte ich auch so etwas wie Bewunderung. Ob es mir leid tat, Raphaels Namen ins Spiel gebracht zu haben? Nein, im Gegenteil: Ich erkannte die perfekte Gelegenheit, mich wieder an mein eigentliches Thema heranzutasten.

Ich hockte mich aufs Bett, ein Bein unter das andere gezogen. „Das wusste ich nicht", gestand ich ein. „Er scheint ja wirklich ziemlich bösartig zu sein. Wie jemand, der glatt einen Mord begehen könnte."

Quinn setzte sich auf, schwang die Beine aus dem Bett, angelte nach seinen Boxershorts und zog sie sich an. „Anscheinend hast du ja andere Sachen als mich im Kopf. Vielleicht schreiben wir die heutige Nacht einfach ab. Sie hat nicht sollen sein."

Was war mir wichtiger: Sex oder Informationen?

Sicher war ich mir nicht. Aber eins war klar: wenn ich nicht rasch etwas unternahm, konnte ich sowohl das eine, als auch das andere abhaken. Ich stand auf und ging um das Bett herum, um näher bei Quinn zu sein. „Du ziehst voreilige Schlüsse", sagte ich, streng bemüht, nur nicht streitsüchtig zu klingen. Denn natürlich zog mein Liebster voreilige Schlüsse und natürlich wurmte es ihn, wenn ich ihm das unter die Nase rieb. „Ich habe lediglich total normale Neugier zum Ausdruck gebracht. Ich habe mich lediglich gefragt, ob ein Mistkerl wie Bad Dog wohl einen Mord begehen und den dann jemand anderem in die Schuhe schieben könnte."

Quinns Blick glitt hinüber zur Ankleidekommode, wo ich den dicken Aktenordner, der sämtliche ursprünglichen Ermittlungen im Fall Lamar enthielt, abgelegt hatte. Er hatte mir diesen Ordner beim Abendessen überreicht und ich war bisher noch nicht dazu gekommen, einen Blick hineinzuwerfen. Anders als Quinn, wie mir rasch klar wurde.

„Mit dieser Lamarsache hat Raphael nichts zu tun", sagte er. „Wie kommst du überhaupt auf die Idee? Raphaels Name wird in der Akte nicht erwähnt."

„Was nicht bedeutet ..."

„Es bedeutet allerhand." Quinn hatte seine Hose nach dem Ausziehen über einen Stuhl gehängt. Jetzt holte er sie sich, streifte sie über und schlang sich den Gürtel um. „Jefferson Lamar wurde 1985 verurteilt. Raphael war damals allerhöchstens ein jugendlicher Straftäter."

„Auch jugendliche Straftäter haben schon Leute umgebracht."

„Was leider nur allzu wahr ist." Quinn schlüpfte in sein Hemd. „Aber ich habe mich zufällig gerade heute mit einem Kollegen aus dem Drogendezernat unterhalten, wobei auch der Name Raphael fiel. Wir haben über den Typen gesprochen und über das, was da in seinem Gebrauchtwagenladen abgeht. Ich kenne Bad Dogs Hintergrund, Pepper. Wenn der Mann Vera Blaine getötet hat, ist er so eine Art Houdini. Er saß zu der Zeit nämlich im Central-State-Gefängnis. Bist du jetzt zufrieden?"

Meinte er das auf den Fall Lamar bezogen? Oder auf die Tatsache, dass er wieder angezogen war, womit klar auf der Hand lag, dass unsere gemeinsame Nacht früh enden würde und gewiss nicht so, wie wir es beide wohl ursprünglich erwartet hatten? Als Quinn mein Schlafzimmer verließ, heftete ich mich an seine

Fersen. Die Stimmung war sowieso dahin, da konnte ich genauso gut aufs Ganze gehen.

„Raphael könnte es so arrangiert haben, dass jemand anderes für ihn Vera Blaine umbringt", sagte ich. Inzwischen hatten wir das Wohnzimmer erreicht. „Du weißt schon: einen Auftragsmörder, einen Berufskiller, oder wie sie das im Fernsehen immer nennen. Er saß im Central State, hast du doch gesagt, oder? Das war das Gefängnis, das Jefferson Lamar leitete."

Quinn hatte sich gerade sein Schulterhalfter umhängen wollen, als er erstarrte. „Hörst du dir eigentlich manchmal selbst zu?", fragte er, und der Blick, den er mir dabei zuwarf, war so stahlhart, dass ich beinahe zurückgewichen wäre. Beinahe! „Du kannst doch nicht ernsthaft vorhaben, dich mit Typen wie Mack Raphael einzulassen, nur weil du für diesen blöden Fernsehwettbewerb irgendwelche Informationen brauchst! Wenn du das wirklich vorhast, dann bist du verrückt!"

„Ich lasse mich doch gar nicht mit diesem Typen ein! Ich lasse mich mit niemandem ein! Ich suche bloß nach Informationen und wenn Raphael mir die liefern kann ..."

„Selbst wenn Mack Raphael dir sämtliche Informationen liefern könnte, die du brauchst und selbst wenn er sie dir auf einem Silbertablett servieren würde: Ich bleibe bei dem, was ich vorhin sagte. Sprich nicht mit ihm ... und wenn ich schon mal dabei bin, dir ein klein bisschen Verstand einzubläuen, sollte ich wohl noch hinzufügen: Geh nicht in die Nähe dieses Typen! Halt dich von ihm fern. Denk noch nicht mal über ihn nach."

„Warum? Weil er so gut aussieht?"

Quinns Kinnmuskeln erstarrten. „Wie wäre es mit: weil er ein hartgesottener Krimineller ist?"

„Aber wenn er etwas darüber weiß, wie Vera Blaine gestorben ist ..."

„Was er weiß oder nicht, spielt überhaupt keine Rolle! Erstens: Weil es dich nichts angeht. Zweitens: Weil du es sowieso nicht aus ihm rausbekommen würdest."

„Weil du mich nicht für schlau genug hältst."

„Weil ich weiß, dass Leute, die Mack Raphael in die Quere kommen, dazu neigen, tot aufgefunden zu werden."

„Oha." Das war mal etwas anderes. Ich nagte an meiner Unterlippe. Wie konnte ich noch mehr aus Quinn herauslocken, ohne dass er gleich wieder in die Luft ging? An diesem Abend ergründete ich das nicht mehr, denn Quinn stand bereits an der Tür und zog sie auf.

Aber ehe er in den Hausflur trat, wandte er sich noch einmal zu mir um. „Kümmere dich um deine eigenen Angelegenheiten!", sagte er.

„Das sind meine Angelegenheiten. Irgendwie jedenfalls."

Er hatte die Hand schon auf der Klinke, als er mir noch eine letzte Chance gab, ihm alles zu erklären. „Red Klartext."

Aber das konnte ich nicht – oder?

Ich suchte immer noch nach den richtigen Worten, als Quinn sich umdrehte und ging.

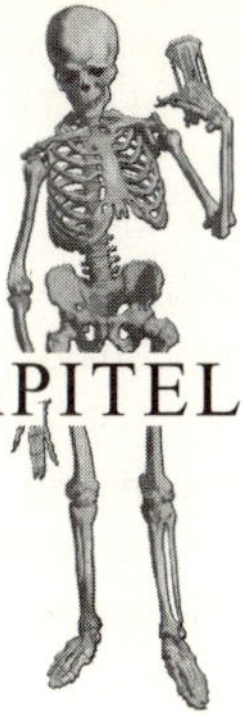

KAPITEL 9

MEIN LIEBESLEBEN ging den Bach runter, aber glücklicherweise nicht meine berufliche Existenz – und damit meine ich nicht meine Arbeit auf dem Friedhof: Der leitende Ermittler im Mordfall Lamar war ein pedantischer Verfechter von Sorgfalt und Ordnung gewesen, mit einer überdurchschnittlichen Liebe zum Detail. Die Akte, die Quinn mir überlassen hatte, ehe er aus meiner Wohnung stürmte (gut, vielleicht war er nicht gestürmt, aber unschön war sein Abgang trotzdem gewesen) enthielt nicht nur die Aufzeichnungen dieses Detectives zum Fall, sondern auch sämtliche Vernehmungsprotokolle, Fotos vom Tatort, den Autopsiebericht und bestimmt jeden einzelnen Zeitungsartikel, der je über Jefferson Lamar und Vera Blaine geschrieben worden war.

Ich nahm die Akte am nächsten Tag mit auf den Friedhof. Dort durfte ich feststellen, dass sich in meinem Team eine Wandlung vollzogen hatte, die ich höchstwahrscheinlich Absalom zu verdanken hatte. Irgendwie hatte er seine Teamkollegen entweder eingeschüchtert, überredet, offen bedroht oder war mit einer Mischung aus all dem vorgegangen – jedenfalls schienen sie zur Abwechslung einmal arbeiten zu wollen. Sie hatten sogar schon angefangen: Als ich eintraf, waren sie gerade eifrig dabei, Hecken zu schneiden und tonnenweise Unkraut zu jäten. Das war dann also geregelt. Mein Team schien im Moment gut ohne mich auszukommen, also gab ich vor, mich den Öffentlichkeitsaspekten unserer Arbeit widmen zu wollen und tauchte ins Mausoleum ab. Dort schlug ich einen großen Bogen um das Loch im Fußboden, holte mir den Klappstuhl, den einer meiner Leutchen hier deponiert hatte und nahm mir die Akte vor.

„Frauenleiche in Motel gefunden"

„Gefängnisleiter zum gewaltsamen Tod einer jungen Sekretärin befragt"

„Überraschende Verhaftung im Fall Vera Blaine"

„Tragisches Ende eines Arbeitsverhältnisses?"

„Aussage des Gefängnisleiters zweifelhaft, Beweislage eindeutig."

Die Schlagzeilen wurden kühner und reißerischer, je weiter der Prozess voranschritt.

„Schuldig!", hieß es über einem der letzten Artikel. „Liebesnest wird zum Mordschauplatz!", schrie es über einem anderen, der auch ein Foto des Lake View Motels enthielt. Besonders einladend wirkte es nicht mit seinem nur teilweise beleuchteten Neonschild über dem Eingang und dem leeren, asphaltierten Parkplatz.

„Ich hatte keine Chance."

Um das gleich festzuhalten: Ich schrie nicht auf, als ich entdeckte, dass Jefferson Lamar direkt hinter mir stand und über meine Schulter hinweg mitlas. Ich zuckte allerdings zusammen, woraus mir wohl niemand einen Vorwurf machen kann. Ich drehte mich um und warf ihm einen wütenden Blick zu. „Vielleicht hätte die Jury es mit der Verurteilung nicht so eilig gehabt, wären Sie nicht so ein Schleicher!"

Lamar schien nicht zu verstehen, worauf ich hinauswollte. Warum es ihm groß erklären, es hätte sich wahrscheinlich doch nicht gelohnt.

Stattdessen breitete ich die Zeitungsartikel aus. „Das klingt alles ziemlich herbe."

„Natürlich. Ich bin ja auch verurteilt worden." „Vielleicht aus gutem Grund?" Wieder einmal gab ich ihm die Gelegenheit, mir die Wahrheit und nichts als die Wahrheit zu sagen. Wieder einmal erschütterte ihn das nicht im Geringsten.

„Ich habe es nicht getan", sagte er nur, jedes einzelne Wort klar und präzise.

„Ihre Aussagen waren ziemlich schwammig." Genau das behauptete auch eine der Schlagzeilen: Ich wedelte ihm mit dem entsprechenden Artikel vor der Nase herum. „Sie hatten kein besonders überzeugendes Alibi."

„Ich war in Cleveland, das gebe ich zu. Ich habe meine Eltern besucht. Helen war an jenem Abend ausgegangen. Als ich nach Hause kam, lag sie bereits im Bett und schlief."

„Bei den Befragungen zu Vera haben Sie Ihre Geschichte ein paarmal geändert. Zuerst sagten Sie aus, Sie hätten sich am Morgen des Tages, an dem sie ermordet wurde, in den Finger geschnitten. In Ihrem Büro. Vera hätte Ihnen beim Verbinden der Wunde geholfen. Bei der Befragung durch den Staatsanwalt sagten Sie allerdings ..." Ich konsultierte noch einmal den entsprechenden Zeitungsartikel, um sicher zu gehen, dass ich ihn richtig verstanden hatte. „Vor dem Staatsanwalt sagten Sie aus, es sei nachmittags gewesen, nach dem Mittagessen."

„Morgens! Mittags! Vera ist ermordet worden, welche Rolle spielt da so eine dumme kleine Sache wie eine Handverletzung! Ich war nervös."

„So wie Sie nervös waren, als man Sie zu den Motelquittungen befragte?" Das stand in einem anderen Artikel, den ich mir auch noch einmal kurz durchlas. „Hier steht, die Polizei fand in Ihrem Büro vier Quittungen des Lake View Motels. Alle an Tagen ausgestellt, an denen Sie zufällig nicht in Ihrem Büro im Central State anwesend waren."

„Auf keiner davon stand mein Name." Lamar warf mir einen strengen Blick zu, Zähne zusammengebissen, ohne ein Blinzeln. So mochte er auch den Staatsanwalt angesehen haben, als der ihm dieselbe Frage stellte. „Wenn es meine gewesen wären, warum hätte ich so dumm sein sollen, sie aufzubewahren? Noch dazu in meinem Büro? Es liegt doch auf der Hand, dass die Quittungen von jemand anderem dort hingelegt wurden. Um mich zu belasten."

„Aber das konnten Sie nie beweisen. Ebenso wenig, wie Sie beweisen konnten, dass Sie Vera nicht umgebracht haben."

„Das hat jemand anderes getan und anschließend mir in die Schuhe geschoben!"

Ich dachte an meine Unterhaltung mit Darcy Coleman. „Mack Raphael – hätte der so etwas tun können?"

„Ach, der Name ist Ihnen untergekommen, ja?" Lamar warf mir einen prüfenden Blick zu und nickte, offensichtlich beeindruckt von meinem detektivischen Geschick. Das wurde aber auch verflucht noch mal Zeit! „Ich habe mich schon gefragt, wie lange Sie wohl brauchen würden, um diese Information auszugraben. Also haben Sie mit jemandem über meinen Fall gesprochen und dieser jemand ... glaubt dieser Jemand, Bad Dog könnte mir den Mord untergeschoben haben?"

„Dieser Jemand war Ihre ehemalige Sekretärin, Darcy Coleman. Sie hat es nicht direkt gesagt, aber ich glaube, sie würde nur zu gern erfahren, dass Bad Dog die ganze Sache inszeniert hat. Bad Dog oder jemand anderes. Eigentlich ist ihr egal, wer. Sie fühlte sich verraten, als Sie verurteilt wurden."

Lamars Miene wurde weicher. „Darcy war ein gutes Mädchen. Auch klug, was Ihnen aber wohl kaum entgangen sein dürfte. Sie muss klug sein, wenn ihr klar ist, dass ich die Tat nicht begangen habe."

Sollte das ein Wink mit dem Zaunpfahl gewesen sein? Weil ich nicht bereit war, einfach so auf sein Wort hin an seine Unschuld zu glauben? Da konnte ich kontern, schließlich war er nicht der einzige, dem es nicht gefiel, wie sein Fall gehandhabt wurde! „Sie hätten mir viel Zeit ersparen können, wenn Sie mir selbst von Bad Dog erzählt hätten." Nicht nur Zeit hätte er mir ersparen können, sondern auch den psychologischen Schaden, den der Anblick von Darcy und ihrem Altweiberclan im Evaskostüm bei mir hinterlassen hatte, aber dieses Detail verkniff ich mir lieber. „Reno Bob haben Sie auch nie erwähnt."

„Ich wollte, dass Sie diese Namen aus einer unabhängigen Quelle erfahren. Hätte ich sie Ihnen genannt, hätten Sie vielleicht nicht genau hingehört, denn immerhin bin ich ja voreingenommen. Aber jetzt wissen Sie, dass auch andere an meine Unschuld glauben. Hat Darcy Ihnen auch von Rodney Beers berichtet?"

Richtig, von Rodneys Bekehrung konnte er nichts wissen, die war erst nach seinem Tod passiert. Ich brachte Lamar auf Stand und berichtete von den Geständnissen, die sein Exhäftling als neugeborener Christ abgegeben hatte, um Buße zu tun. „Würden Sie mir jetzt vielleicht weiterhelfen und mich aufklären, ob wir irgendjemanden vergessen haben?"

„Das könnten Hunderte sein. Sind die Verhöre der Verdächtigen denn nicht in der Akte dokumentiert?"

Doch, die Verhörprotokolle waren gänzlich vorhanden. Lamar und ich lasen sie durch. Quinn hatte recht gehabt: Mack Raphael wurde nirgendwo erwähnt, ebenso wenig Reno Bob.

„Die beiden saßen zu der Zeit im Gefängnis", meinte Lamar. „Natürlich kam die Polizei nicht auf die Idee, sie zu verdächtigen."

„Aber Sie schon?" Nachdenklich schüttelte ich den Kopf. „Halten Sie mich ruhig für blöd, aber ich kann mir nur schwer vorstellen, wie ein Mann, der im Gefängnis sitzt, draußen jemanden töten kann."

„Sie waren noch nie in einem Gefängnis." Er musterte mich mit Adlerblick, ehe wir uns wieder an die Lektüre machten.

Der Rest der Vernehmungsprotokolle erwies sich als wenig informativ. Die Polizei hatte sich mit vielen Leuten unterhalten, die etwas mit dem Fall zu tun hatten, aber aus dem einen oder anderen Grund war wohl keiner von ihnen als Verdächtiger in Frage gekommen.

Mit einem frustrierten Seufzer schob ich die entsprechenden Seiten wieder zurück in die Akte und zog die Fotos vom Tatort heraus.

Nun bin ich ja Privatdetektivin und habe seit dem Tag, an dem ich mir den Kopf aufschlug und empfing, was meine geisterhaften Kunden so gern als meine „Gabe" bezeichnen, schon eine Reihe von Mordfällen aufgeklärt. Aber meine Kunden sind bereits tot, wenn ich sie kennenlerne und weil sie Geister sind, sehen sie so aus, wie sie zu Lebzeiten auch ausgesehen haben. Sie tragen sogar die Kleidung, die sie zu Lebzeiten gern trugen. Selbst Didi Bowman, meine zweite Kundin, die man ermordet hatte, indem man sie von einer Brücke warf, sah noch genauso aus, wie sie ausgesehen hatte, ehe ihr Körper aus sechzig Meter Höhe auf eine Uferböschung aus Beton schlug.

Wofür ich dem Schicksal ewig dankbar sein werde.

Insgesamt kann ich den oben genannten Zustand nur begrüßen, denn mir wird beim Anblick von Blut und Eingeweiden schnell übel. Auch bin ich kein besonders großer Fan von Gewalt. Immerhin ist bereits auf mich geschossen worden, ich darf wohl nervös sein, wenn es um solche Dinge geht. Auch ich wäre fast einmal von einer Brücke geworfen worden, im Eriesee bin ich tatsächlich einmal gelandet und ...

Na ja, wollen wir es dabei belassen. Es ging mir hier lediglich darum, Ihnen ins Gedächtnis zu rufen, dass das Leben einer Privatdetektivin nicht immer das reine Zuckerschlecken ist.

Vielleicht sollte auch noch erwähnt werden, dass ich einen allzu genauen und persönlichen Blick auf die Folgen eines Verbrechens nicht gewöhnt bin.

Die Akte enthielt ein gutes Dutzend Schwarzweißfotos vom Tatort, 20 mal 25 Zentimeter groß. Ein paar Minuten lang ging ich sie schweigend durch, sah mir das jeweils obere an, schob es unter die anderen und ging weiter zum nächsten. Auf Details achtete ich hierbei noch nicht. Ehrlich gesagt sah ich gar nicht allzu genau hin, wollte ich mir doch erst einmal einen generellen Eindruck verschaffen, um ein Gefühl für den Ort und den Zeitpunkt zu bekommen. Außerdem hoffte ich, mich so gegen den Horror zu wappnen, der mich beim Anblick der Bilder unwillkürlich überkam.

Denn die Fotos ließen mir das Blut in den Adern gefrieren.

Nach dem ersten Durchgang fing ich wieder von vorn an, wobei ich mich diesmal zwang, langsamer vorzugehen und genauer hinzusehen. Das erste Bild zeigte eine Außenaufnahme des Motels und ähnelte dem Foto, das ich bereits in einem der Zeitungsartikel gefunden hatte. Es folgte eine Nahaufnahme der Tür von Zimmer 12. Beim nächsten Bild stockte mir der Atem. Nicht, weil es Veras Leiche zeigte – nach der musste ich erst suchen, so klein und zusammengerollt lag sie zwischen Ankleidekommode und Bett.

Die Leiche war es nicht, was mich scharf Luft holen ließ.

Auch nicht die Tatsache, dass das Lake View Motel so aussah wie der Prototyp aller Motels dieser Preisklasse: billige Möbel, ein Standardbett, Ankleidekommode, Nachttisch, Stuhl, Lampe.

Was meine Aufmerksamkeit erregte und meinen Magen zum Revoltieren brachte, war die unglaubliche Gewalt, die in diesem Raum entfesselt worden war.

Eine der Lampen lag in tausend Stücke zerschlagen, überall auf dem Teppich glitzerten ihre Scherben, der Lampenschirm lag zusammengequetscht auf dem Bett. Die Ankleidekommode war verrückt worden und stand mindestens einen Meter von ihrem ursprünglichen Standort entfernt. Das erkannte ich daran, dass die netten Leute vom Lake View Motel bei der letzten Renovierung des Zimmers offenbar nicht hinter der Kommode gestrichen hatten: dort, wo sie gestanden hatte, war die Wand um einige Schattierungen dunkler als im übrigen Zimmer. Der Spiegel, der eigentlich über der Kommode hätte hängen sollen, lag auf dem Boden, sein Glas ein Spinnwebenpuzzle aus Scherben. Die Laken auf dem Bett waren zurückgeworfen und zerknüllt, und wenn mir ein Farbfoto vorgelegen hätte, dann wären die auf der Bettwäsche verteilten kleinen Punkte unter Garantie alle rot gewesen.

„Wow." Unwillkürlich waren mir Tränen in die Augen geschossen. Ich blinzelte sie fort und versuchte, nicht über all das Schreckliche nachzudenken, das sich in diesem Zimmer abgespielt hatte. „Das ist ja ein kompletter Trümmerhaufen. Es muss doch jede Menge Lärm gegeben haben. Hat den denn niemand gehört und die Polizei verständigt?"

„Wahrscheinlich erst, nachdem die Schüsse gefallen waren", sagte Lamar. „Vorher ... In solchen Motels kümmert sich jeder um die eigenen Angelegenheiten. Ein leicht anrüchiger Ort mit rosa Flamingos auf der Badezimmertapete, Sie wissen schon." Er beugte sich weiter vor, um besser sehen zu können – ich lehnte mich so zur Seite, dass ich nicht in den Bann seines Gefrierradius kam. „Ich habe die Bilder damals nur kurz bei der polizeilichen Vernehmung gesehen und dann noch einmal, ebenso kurz, beim Prozess. Das arme Kind." Lamars Finger schwebte über dem Bild von Vera. „Für sie muss es schrecklich gewesen sein."

Da ich dringend eine Pause von den Fotos brauchte, nahm ich mir den Autopsiebericht vor. „Hier steht, sie wurde geschlagen, ehe man sie erschoss. Das erklärt dann wohl auch den Zustand, in dem sich das Zimmer befindet." Die Liste der aufgeführten Prellungen, Schürfwunden und gebrochenen Knochen war nervenaufreibend (von magenumdrehend ganz zu schweigen), also huschte mein Blick gleich zur letzten Berichtszeile. „Hier steht, dass sie mit einer .38 Smith & Wesson Special erschossen wurde."

„Meine Pistole." Lamar versuchte gar nicht erst, dies zu leugnen, es hätte auch wenig Sinn gehabt.

„Eine Kugel streifte ihren Arm. Das nennen sie hier eine Defensivwunde. Eine weitere hat ihre Lunge durchbohrt. Der dritte Schuss wurde aus nächster Nähe abgegeben und traf sie genau ins Herz."

Ich legte den Autopsiebericht beiseite und nahm mir das nächste Foto des Stapels vor.

Als sie starb, hatte Vera Blaine einen dunklen Rock, eine Nylonstrumpfhose und Halbschuhe getragen. Ihre weiße Bluse aus Oxfordstoff stand am Hals offen und war voller dunkler Flecken. Die Bluse war ihr aus dem Rockbund gerutscht, um die Schultern schlang sich immer noch ein Pullover – modisch, wenigstens nach den Maßstäben der damaligen Zeit. Auf der gesamten Kleidung befanden sich Blutspritzer.

Die meisten Zeitungsartikel, die ich gerade gelesen hatte, hatten dasselbe Bild einer lebenden Vera veröffentlicht, eine Aufnahme, die höchstwahrscheinlich für das Jahrbuch zu ihrem High-School-Abschluss entstanden war. Die achtziger Jahre waren vom Standpunkt der Mode her keine schöne Zeit gewesen: Vera ähnelte auf ihrem Klassenfoto einem lächelnden Cockerspaniel, der zu viel

Augen-Make-up aufgelegt hatte. Die Haare hatte sie so lange mit Gel bearbeitet, und über Kopf trockengefönt, dass sie wie eine Wolke um ihren Kopf standen.

In der Nahaufnahme ihrer zerschundenen Leiche sah Vera blass aus, die Haare ein wildes Gestrüpp. Die dunklen Augen standen offen. Ihre Unterlippe war geschwollen, auf ihrer linken Wange zeichnete sich ein Streifen Blut ab. Am linken Arm trug sie ungefähr ein Dutzend Armbänder aus grellbunten Plastikperlen.

„Die hatte ich als Kind auch!“, sagte ich mit einem Blick auf den Armschmuck. Zum ersten Mal verspürte ich über die Jahre hinweg eine Verbindung zu Vera. Vielleicht wurden meine Augen deswegen erneut feucht – eine Ablenkung musste her und zwar schnell. Lamar hatte gerade erst herausgefunden, welch kompetente Privatermittlerin ich war, ich durfte ihm unmöglich den Eindruck vermitteln, ich sei gleichzeitig auch eine Heulsuse. Ablenkung war schnell gefunden: eine Liste mit den persönlichen Gegenständen des Opfers, die man am Tatort gefunden hatte.

Nachdem ich mich geräuspert hatte, las ich die Aufstellung vor: „Handtasche, darin eine Geldbörse mit sechzehn Dollar und siebenundvierzig Cent. Make-up. Lippenstift. Eine Packung Trojan-Kondome. Hm.“ Über die Kondome dachte ich kurz nach, ehe ich weiterlas: „Eine schwarze Tragetasche, darin eine Netzstrumpfhose, ein Spitzen-T-Shirt, eine Jeansjacke mit aufgenähten Perlen und Spitzen, ein schwarzer Minirock.“ Das mit den Kondomen schien mir relativ normal, aber der Rest? Die Erkenntnis dämmerte mir erst, als ich eine ganze Weile nachgedacht hatte. Ich stieß einen leisen Pfiff aus. „Das ist doch komisch, oder? Den Zeitungsberichten zufolge hat sich Vera erst kurz nach sieben Uhr abends im Motel eingetragen. Ihre Leiche wurde kurz nach zwei Uhr morgens gefunden. Sie selbst haben ausgesagt …“ Ich wühlte mich durch den Stapel mit Zeitungsartikeln, bis ich den gesuchten gefunden hatte. „Hier!“ Ich hielt ihn hoch, damit Lamar ihn sehen konnte. „Hier steht, Sie hätten ausgesagt, dass Vera Sie nicht um einen freien Tag gebeten hatte. Das heißt, sie hatte nicht vor über Nacht im Lake View Motel zu bleiben.“ Während Lamar das noch verarbeitete, dachte ich laut nach: „Dann hätte sie eigentlich auch keine Kleider zum Wechseln gebraucht. Es sei denn ..." Ich dachte weiter nach: über die Kondome und die Netzstrümpfe und all die anderen Sachen, die selbst aus einem Cockerspaniel mit süßem Gesichtchen einen heißen französischen Pudel gemacht hätten. „Vera war eindeutig mit einem verheirateten Mann verabredet, warum hätte sie sich sonst in einem Motel herumtreiben sollen? Aber vielleicht steckt hinter der Sache auch noch mehr: vielleicht hatte sie einen kleinen Nebenjob laufen? Vielleicht ist sie auf den Strich gegangen?"

„Seien Sie nicht albern!" Lamars tiefe, zornige Stimme hätte die Fenster des Mausoleums erzittern lassen, hätten diese Fenster noch Scheiben besessen. „So eine war sie nicht." „Ihre Garderobe spricht da eine andere Sprache." Ich las mir die Liste noch einmal durch, ehe ich einen Blick auf Veras Gesicht warf. „Sie kam in ihren Büroklamotten, und so wollte sie auch wieder gehen. In einer Bluse, die sie an diesem Tag getragen hatte und an der immer noch ein bisschen Blut von Ihrer Handverletzung klebte. Das erklärt auch, warum sie die Bluse nicht ausgezogen hat, ehe sie losfuhr. Das war nicht nötig. Sie wollte ihre Partyklamotten anziehen, ehe ihr Date kam, und als sie gehen wollte, wechselte sie die Kleidung erneut, um genauso nach Hause zu kommen, wie sie morgens zur Arbeit aufgebrochen war."

Ich kniff die Augen zusammen und versuchte, mir Vera als Vamp vorzustellen. „Das kleine Fräulein Zugeknöpft hier hatte vor, eine Party zu feiern. Ich tippe mal, ihr Typ hatte einen Fetisch und stand auf Mädels, die noch keine zweiundzwanzig waren. Das würde dann auch die Plastikarmbänder erklären."

Lamar verstand nur Bahnhof – sein Blick sprach Bände.

„Diese grellbunten Armbänder waren eine Sache für Kinder und Teenies. Ich sagte Ihnen doch schon: Ich hatte damals auch welche, da war ich vielleicht fünf. Ich glaube nicht, dass diese Armbänder zur normalen Garderobe der jungen berufstätigen Frau gehörten. Jedenfalls nicht zur Garderobe von einer, die ansonsten so aussah wie frisch dem Handbuch für Schulabgänger entstiegen."

Meine Ausführungen schienen Lamar peinlich zu sein, woraus ich ihm keinen Vorwurf machen konnte. Immerhin wurde er gerade mit der Tatsache konfrontiert, dass seine brave kleine Sekretärin unter Umständen ein Doppelleben geführt haben könnte. So etwas kann einen schon umhauen. Seine Brauen sackten in den Keller, seine Schultern zuckten. „Da liegt ein Fehler vor. So ist sie im Büro nie rumgelaufen."

„Der Mörder wird die Sachen ja wohl kaum mitgebracht haben." Ich hatte die Liste mit Veras persönlichen Dingen durchgesehen, steckte sie wieder in den Ordner und trommelte mit den Fingern auf der Aluminiumlehne des Klappstuhls herum. Meine nächste Frage hätte ich eigentlich gar nicht zu stellen brauchen, ich hatte mir ja gerade die Zeitungsartikel durchgelesen und wusste Bescheid. Trotzdem stellte ich sie, um Lamars Reaktion beobachten zu können. „Das mit dem Fehler ist Ihre Version, nicht wahr? Aber laut Polizeitheorie haben Sie sich mit Vera im Lake View Motel zu einem Stelldichein getroffen, das weder in Veras noch in Ihre Arbeitsplatzbeschreibung gehörte. Dann ist Ihnen die Sache irgendwie aus der Hand geraten und Peng!" Ich schlug mit der flachen Hand auf die Armlehne. So laut, dass Lamar zusammenzuckte.

Wäre er nicht sowieso schon tot gewesen, wäre er jetzt bleich geworden wie ein Gespenst.

Erregt fuhr er sich mit der Zunge über die Lippen. „Genau das wurde behauptet. Aber es gab nie einen Beweis, dass es auch so war. Sie können keinen Beweis gehabt haben."

„Weil es keinen Beweis gab."

„Genau." Er reckte das Kinn und nahm die Schultern zurück. „Ich habe Ihnen ja schon gesagt ..."

„Ich weiß." Um weitere Unschuldsbeteuerungen zu verhindern, hob ich die Hand. „Ich versuche gerade, mich in das Denkmuster der Polizei hineinzuversetzen und die Polizei hat genau das gedacht, was ich eben auch gedacht habe: An dieser Vera war auf jeden Fall mehr dran, als man es dem ersten Anschein nach für möglich gehalten hätte. Haben Sie im Büro nie irgendetwas mitbekommen? Vera hat Sie nie angemacht, es gab nie irgendwelche Avancen?"

Lamar richtete sich kerzengerade auf. „Lassen Sie diese Scherze."

„Ich mache keine Scherze, ich bin lediglich objektiv. Zumindest versuche ich, objektiv zu sein, und wenn ich objektiv bin ..." Ich stand auf und drehte eine Runde durch das Mausoleum, auch diesmal sorgsam darauf bedacht, dem Loch im Boden nicht zu nahe zu kommen. „Ich sage Ihnen jetzt, was mir in den Kopf kommt, wenn ich versuche, objektiv zu sein: Es gibt zwei denkbare Szenarien. Erstens: Veras Date war schon weg, als der Mörder kam. Vera hatte sich schon umgezogen, trug nicht mehr ihre Spielklamotten, sondern ihre normale Arbeitskleidung, und wollte nach Hause aufbrechen. Als es an der Tür klopfte, dachte sie natürlich, es sei ihr Liebhaber. Der war ja noch nicht so lange fort."

Lamars Brauen hoben sich. Ich ahnte die Frage, die ihm auf den Lippen lag.

„Die Armbänder!" Ich spielte an meinen Handgelenken herum, als würde ich selbst welche tragen. „Vera hatte sich umgezogen, hatte aber noch keine Gelegenheit gehabt, die Armbänder abzustreifen."

Diese Logik konnte Lamar wohl nachvollziehen. Er nickte. „Die zweite Möglichkeit ..." Ich schritt zur anderen Seite des Mausoleums, machte kehrt und kam wieder zurück. „Veras Date war noch gar nicht aufgetaucht. Obwohl ..." Ich eilte zum Ordner und blätterte die Tatortfotos durch, um ganz sicher sein zu können. „Nein, ich glaube, er war schon da gewesen. Sehen Sie? Das Bettzeug ist zerwühlt. Dieses Bett ist eindeutig benutzt worden und zwar nicht zum Schlafen." „Ach ja?" Es zuckte um Lamars Lippen. „Die Presse hat Veras Ruf gründlich in den Schmutz gezogen, reicht das noch nicht? Müssen Sie jetzt noch in die gleiche Kerbe schlagen?"

„Ich muss die Wahrheit herausfinden!" Ich sah ihm in die Augen. „Sie sind derjenige, der mich gebeten hat, mich der Sache anzunehmen."

„Ja, natürlich. Es ist doch nur, dass ..."

„Welchen Unterschied macht Veras Ruf an diesem Punkt? Das Mädchen ist seit mehr als zwanzig Jahren tot."

„Ja, ist sie, aber ..."

„Sie können nicht leugnen, dass sie in diesem Motel war, um sich mit einem Liebhaber zum Schäferstündchen zu treffen. Warum hätte sie sich sonst in so einer Kaschemme herumtreiben sollen? In einer Stadt, die so weit von ihrem Wohnort entfernt lag, dass sie dort kaum Gefahr lief, Bekannten zu begegnen? Daraus schließe ich im Übrigen, dass sie mit jemandem gevögelt hat, der in der Nähe des Central State erkannt worden wäre."

Meine drastische Wortwahl ließ Lamar zusammenzucken, aber er widersprach mir nicht. Wie hätte er das denn auch tun können?

„Außerdem müssen Sie zugeben, dass die Sache etwas Abartiges hat. Dieser Liebhaber, wer immer es gewesen sein mag, stand offensichtlich auf junge Mädchen. In dem billigen Fummel aus ihrer Tragetasche sah Vera bestimmt wie ein Teenager aus."

„Sie irren! Ich weiß genau, dass Sie sich irren!" Lamar fuhr sich mit der Hand über das kurzgeschnittene Haar. „Irgendetwas entgeht uns hier", sagte er. „Irgendetwas sehen wir nicht. Zeigen Sie mir noch einmal dieses Bild, die Nahaufnahme von Vera."

Ich fand das Bild und hielt es so, dass er es sich genau ansehen konnte.

„Was?", fragte ich, als er die Augen fast unmerklich zusammenkniff. „Was haben Sie gesehen?"

„Sie trägt es nicht. Ihr Medaillon." Wenn Lamar auf das Foto hätte tippen können, das Veras nackten Hals zeigte, hätte er es getan. „Sie trug immer ein kleines goldenes Medaillon. Ein Familienerbstück, hatte sie mir erzählt, ich glaube, es hatte ihrer Großmutter gehört. In dem Medaillon befand sich ein Bild ihrer Großmutter, mit einem Baby auf dem Arm, Veras Mutter. Zeigen Sie mir das Schulabschlussfoto noch einmal."

Ich kramte einen der Zeitungsartikel hervor: Er zeigte ein Bild von Vera mit Medaillon.

„Das ist ein Hinweis! Das muss ein Hinweis sein!“ Lamar war freudetrunken.

„Omas kleines goldenes Medaillon passt nicht gerade zum Image des wilden Teenietramps“, erklärte ich ihm. „Sie hat es wahrscheinlich abgenommen, als ...“

„Lesen Sie die Liste der persönlichen Gegenstände noch einmal vor.“

Ich tat es. Ein Medaillon wurde dort nicht erwähnt.

„Was bedeutet das?“, fragte ich.

Ehe Lamar antworten konnte, erklang von draußen ein unverwechselbares: „Hallöchen!“

Schon steckte Ella ihren Kopf ins Mausoleum, während sich Lamar in Luft auflöste und verschwand. Meine Chefin war bestimmt gekommen, weil sie mich sprechen wollte, aber Ella war nun einmal Ella und ließ sich gern ablenken. Nichts lenkt einen echten Friedhofsfanatiker so gut ab wie ein altes, modriges Mausoleum.

„Mein Gott, ist das schön!“ Verzückt sah Ella sich um, ein strahlendes Lächeln auf den Lippen. „Neoklassizistisch, mit einer Sockelblende und vertäfelten Eckpfeilern! Eine zweischalige gusseiserne Tür und draußen ein Zahnschnittsims! Es ist wunderschön! Hallo, Pepper!“

Ich erwiderte den Gruß, schickte aber gleichzeitig ein Stoßgebet gen Himmel: Möge mich das Schicksal davor bewahren, so zu werden wie Ella! „Was liegt an?“

„Ach, ich musste doch einfach hier sein, wenn die große Ankündigung gemacht wird!“

Wenn sie solche Sachen sagte, wurde ich unweigerlich nervös. „Große Ankündigung?“

„Pepper, das erfährst du noch früh genug, und wenn es so weit ist, darfst du eins nicht vergessen: Ich bin immer für dich da, ich unterstütze dich auf jede nur denkbare Weise.“ Mit glitzernden Augen packte sie meine Hand, um mich aus dem Mausoleum zu schleppen, und dass sie es so eilig hatte, war nur gut: so bekam sie den Ordner nicht mit, den ich rasch hinter Jakes Kühltasche schob, als wir daran vorbeiflitzten.

Draußen im gleißenden Nachmittagslicht warteten schon Greer und ihr getreuer Kameramann auf uns. Ebenso sämtliche Damen von Team eins.

„Hier rüber." Greer winkte den Kameramann hinüber zum Abschnitt, auf dem mein Team vor sich hin schuftete. „Mach ein paar Aufnahmen davon, wie dreckig und verschwitzt sie sind, dann kriegen die Zuschauer mit, wie hart die Arbeit hier ist. Ms. Martin? Gehen Sie doch bitte hinüber zu Ihren Leuten und packen mit an, ja? Wenn Team eins dann mit der Challenge anrückt ..." Greer kicherte, ein unangenehmes Geräusch. „Los!" Aufmunternd klatschte sie in die Hände und als ich ihrer Aufforderung nicht schnell genug nachkam, bohrte sie mir den Zeigefinger in den Rücken. „Auf, auf! An die Arbeit!"

Mae Tannager sauste hinüber zu einem kleinen Stück Land, das wir gerade gesäubert hatten. „Wir fordern Team zwei heraus, es wird eine Challenge geben!" Offenbar hatte man ihr genau eingebläut, was sie zu sagen hatte und sie erfüllte ihre Aufgabe mit so viel Schwung, wie eine flauschige rosa Dame eben aufbringen kann. „Wir, die Mitglieder von Team eins ..." Hier folgte eine Handbewegung, die mich unwillkürlich an den Wetterfrosch vor seiner Karte denken ließ, und ihr Team baute sich, eine nach der anderen, neben ihr auf, wie es wohl abgesprochen war. Mae räusperte sich und konsultierte ein zerdrücktes Stückchen Papier, das sie in der Hand hielt. „Wir alle wissen ja, dass unsere Arbeit hier auf dem Monroe-Street-Friedhof in wenigen Wochen beendet sein wird. Aber es gibt bereits eine engagierte Gruppe Freiwilliger, die fortsetzen will, was wir begonnen haben, die wie wir diesem Friedhof wieder zu neuem Leben verhelfen will. Es wäre nicht fair, würden wir an diese Leute übergeben, ohne ihnen gleichzeitig die nötigen Geldmittel zur Vervollständigung der Restaurierungsarbeiten zu hinterlassen. Wir müssen ihnen unter die Arme greifen, und zwar, indem wir ihnen genügend Geld verschaffen, um die von uns begonnene Arbeit zu vollenden. Team eins ..." Wieder eine Handbewegung und die Damen von Team eins strahlten in die Kamera. „Team eins gibt hiermit bekannt, dass wir Team zwei zu einem Zweikampf im Spendensammeln herausfordern. Das Team, das am meisten Geld auftreiben kann, bekommt im Wettbewerb zehn Extrapunkte gutgeschrieben."

Sämtliche Damen behielten das Lächeln, das sie sich auf die Lippen gezaubert hatten, eine Sekunde, dann zwei, dann drei Sekunden bei – solange wie die Kamera lief. Sobald das nicht mehr der Fall war, gingen Bianca, Lucinda und Gretchen wortlos von dannen. Mae strahlte weiter, aber soweit ich beurteilen konnte, strahlte Mae sowieso immer – und Katherine Lamb?

Sie kniff die Augen zusammen und warf mir und meinem Team einen herausfordernden Blick zu.

„Wir werden zu einer Teegesellschaft einladen", sagte sie. „Das könnt ihr also schon mal vergessen. Die beste Idee für jede Spendengala, und die ist bereits vergeben!"

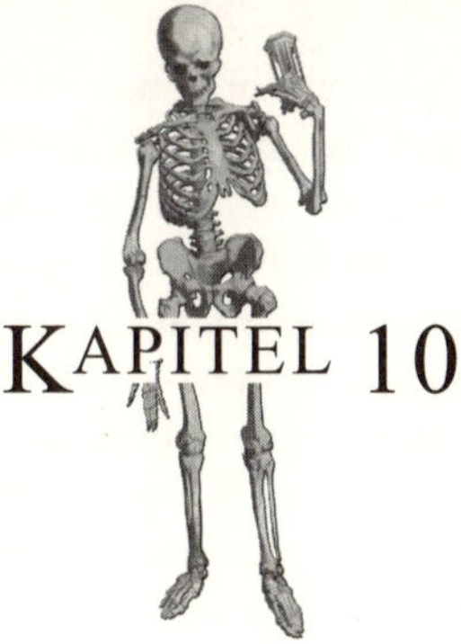

KAPITEL 10

EINE VERANSTALTUNG zur Spendenbeschaffung – wie sollte ich die denn auf die Beine stellen? Die Frage hielt mich fast die halbe Nacht wach. Meine Gedanken schlugen die wildesten Kapriolen, blieben aber immer wieder an den folgenden, mir einzig realistisch erscheinenden Möglichkeiten hängen:

Wir konnten geklaute Autoteile verkaufen oder unglaublich hässliche Kleidung; wir konnten Jake als Hochzeitsfotografen vermieten oder Delmar und Reggie stundenweise als Sie wissen schon was. Tag für Tag warteten inzwischen Groupies am Eingang des Monroe-Street-Friedhofs auf die beiden, da bot sich bestimmt eine Einkommensquelle.

Die Lösung fiel mir um drei Uhr morgens ein, wie Lösungen es nun mal zu tun pflegen. Danach blieben mir noch ein paar Stunden, um mich meinem anderen Problem zu widmen, dem mit der toten Sekretärin und ihrem ebenso toten aber beileibe nicht von uns gegangenen Chef.

Natürlich hatte ich Lamar und Vera trotz der Herausforderung Spendenkampagne nicht vergessen. Mir war in ihrem Fall sogar etwas eingefallen. Als ich am nächsten Morgen in der Monroe Street eintraf, ein wenig groggy zwar, aber dank einer Lage Abdeckstift unter den Augen und einer goldfarbenen Tunika aus reiner Biobaumwolle, die die feurigen Glanzlichtern in meinem Haar zur Geltung brachte und zu der ich eine Khakihose trug hübsch wie eh und je, hatte ich einen Busfahrplan dabei.

Ich konnte schließlich schlecht in meinem Mustang auftauchen, wenn ich nach einem Gebrauchtwagen suchte.

Als erstes trommelte ich mein Team zu einer Arbeitsbesprechung im Mausoleum zusammen, wo Greer sich nicht unbemerkt an uns heranschleichen konnte und die Fans draußen am Zaun nichts von unseren Plänen mitbekommen würden. Während ich darauf wartete, dass alle zur Ruhe kamen, sah ich mich um. Absalom war mit dem Treffen im Mausoleum einverstanden gewesen – Respekt! Obwohl er sich offensichtlich unwohl fühlte, denn er stand dicht neben der Tür und hatte sich Verstärkung in Form einer neuen kleinen Voodoopuppe mitgebracht. Die Puppe trug Leder, und ihr Haar sah aus wie Popcorn: buttergelb, leicht und flauschig.

Delmar hatte seinen Zeichenblock vor sich auf den Knien liegen und zeichnete gerade eines der architektonischen Highlights des Mausoleums ab. Soweit ich das beurteilen konnte, handelte es sich um das Zahndingsbums, das Ella am Vortag erwähnt hatte. Reggie lehnte an einer Wand. Sammi wirkte gelangweilt und ein wenig klebrig, in weißem Latextop, weißen Latexshorts und einem glitzernden Reif im Haar, der bestimmt einen Heiligenschein darstellen sollte. Das Ganze war für meinen Geschmack einen Tick zu exzentrisch, aber Crazy Jake schien es zu gefallen: Er schoss ein Foto von Sammi.

Ich strahlte in die Runde, aus ganzem Herzen hoffend, wenigstens einen Hauch Begeisterung rüberzubringen. Aber ich hatte eine zähe Truppe vor mir, die man so leicht nicht zum Narren hielt.

„Wir machen eine Kunstausstellung!“, verkündete ich.

Um mich herum nichts als eisernes Schweigen. Dabei war mein Vorschlag brillant. „Kommt schon, Leute, ein bisschen mehr Begeisterung, wenn ich bitten darf.“

„Wieso begeistert – mir ist das alles völlig egal.“ Sammi hatte ein Nageletui aus ihrer Handtasche gezogen, bei der es sich heute um ein Modell auf der Basis einer Cheerio Schachtel handelte, und schickte sich an, in aller Ruhe ihre Nägel zu bearbeiten.

„Keiner von uns hat Ahnung von Kunst." Das kam von Reggie. „Es sei denn, Sie meinten Pornos?" Er wackelte mit den Brauen – ich tat so, als würde ich es nicht sehen.

„Wir sollen uns unter die eingebildeten Schnösel mischen, die angeblich auf Kunst stehen?" Delmar rutschte unglücklich auf seinem Stuhl hin und her. „Sie erwarten von uns, dass wir Wein nippen und in irgendeiner blöden Kunstgalerie herum flanieren und ..."

„Aber, aber!" Absalom gebot den Protesten Einhalt, indem er beide Arme hob. „Lasst Pepper ausreden. Wahrscheinlich ist sie jetzt komplett durchgedreht, aber man kann ja nie wissen." Zum Dank warf ich ihm und der Voodoopuppe ein Lächeln zu. „Ich kenne mich mit Spendenaktionen aus, meine Mom hat ständig welche organisiert. Für meine Tanzschule, als wir eine Reise nach New York planten, um die Rockettes zu sehen, oder für die Ärztevereinigung, der mein Vater angehörte, oder ..." Eigentlich hatte ich noch weiter ausholen wollen, aber das sparte ich mir, schienen meine Ausführungen hier doch niemanden zu interessieren. Trotz Absalom als Stütze würde ich Ärger kriegen, käme ich nicht bald zum Kern der Sache.

„Ich erinnere mich an ein paar Spendenaktionen in Kunstgalerien, die Mom organisiert hat. Sie brachten eine Menge Leute auf den Plan und ziemlich viel Geld zusammen. Ihr habt Mae doch gehört: das Team, das am meisten Geld auftreibt, bekommt Extrapunkte. Aber Sie haben recht, Delmar: die Leute, die normalerweise zu Ausstellungen in Kunstgalerien gehen, sind ein ziemlich langweiliger Haufen. Aber wir gehen es anders an, wir stellen nicht einfach irgendeinen unbekannten Künstler aus, von dem noch nie jemand gehört hat oder dessen Bilder niemand leiden kann. Unsere Kunstausstellung wird auf jeden Fall interessanter als jede Teeparty, die Team eins auf die Beine stellen könnte. Wir stellen euch aus. Euch alle."

Na? Wo blieben die begeisterten Zurufe? Wann versicherte man mir endlich, wie genial ich war?

Weiterhin nichts als verständnislose Blicke. Ich tat, als wäre mir das egal und fuhr munter fort: „Absalom? Ihre Voodoopuppen sind aus alten Autoteilen, nicht wahr?“

Liebevoll betrachtete er die Puppe in seiner Hand. „Die Autos sind nicht immer alt. Manchmal, wenn wir ein richtig schickes auseinandernehmen, einen Hummer vielleicht oder einen Lexus, dann mache ich etwas Besonderes. Die Puppe hier, das sind Teile der Lederpolsterung von einem BMW 335i.“ Er hielt die Puppe hoch. „Das Haar stammt aus der Füllung der Vordersitze eines Audi Q7“, fuhr er fort, „und der Körper ...“

Rasch brachte ich ihn mit einem Blick zum Schweigen – wahrscheinlich war es besser, wenn ich nicht alle Einzelheiten kannte. „Sammi, Sie haben Ihre originellen Kleiderentwürfe, die wir ausstellen können, und Delmar, Sie haben Ihre Zeichnungen.“

„Ich habe Fotos!“ Jake schoss gleich noch eins, nur damit wir das nicht vergaßen.

„Was ist mit mir?“ Reggie hatte die Arme vor der Brust verschränkt und reckte das Kinn vor. Eine deutliche Herausforderung, aber ich war vorbereitet.

„Sie wollte ich bitten, unser Kurator zu sein“, sagte ich, wobei ich eins der Worte aus meinem Collegeabschluss in Kunstgeschichte aus dem Hut zauberte, für den meine Eltern ein kleines Vermögen ausgegeben hatten und mit dem ich nie etwas angefangen hatte. „Sie sind für Planung und Organisation zuständig. Sie überlegen sich die richtige Anordnung der Ausstellungsstücke und sorgen dafür, dass alles zusammenpasst.“

Absolutes Schweigen.

Bis Absalom laut ausatmete. „Echt irre.“

Somit hatte mein Projekt seine Zustimmung, und der Rest des Teams stieg voll ein.

„Können wir unsere Sachen verkaufen?“, fragte Sammi. „Ich meine, wenn etwas ausgestellt ist und jemand fragt ...“

„Warum nicht? Ich wüsste nicht, was dagegen spräche. Das so eingenommene Geld können Sie dann ganz für sich behalten.“ Wahrscheinlich wurde das bei richtigen Kunstausstellungen anders gehandhabt, aber bei meiner Gang musste ich Zugeständnisse machen, sonst wäre es mit der Kooperationsbereitschaft schnell aus. „Die Spendengelder kommen durch den Verkauf der Eintrittskarten an die Leute zusammen, die sich die Ausstellung ansehen wollen. Ich bin mir sicher, dass Ella uns erlaubt, Räumlichkeiten im Garden-View-Friedhof zu nutzen und Ella kennt jede Menge einflussreiche Leute. Wein, Käse und Obst lassen wir uns spenden. Die Idee ist perfekt!"

Anscheinend sahen das alle so: Als meine Leutchen loszogen, um sich den an diesem Tag anfallenden Arbeiten zu widmen – sie sollten sich die im Laufe der Jahre umgestürzten Grabsteine vornehmen, eventuell entstandene Schäden einschätzen, die Grabsteine wieder aufrichten und neu im Boden verankern – diskutierten sie doch tatsächlich angeregt über die Ausstellung und darüber, was jeder von ihnen zur Vorbereitung beitragen könnte.

Ob mir die ungewöhnliche Kooperationsbereitschaft und generell gute Stimmung zu einem Gefühl der Selbstzufriedenheit verhalfen? Aber holla!

Weswegen mich die Schreie, die ich nur wenige Minuten später zu hören bekam und die mir die Nackenhaare zu Berge stehen ließen, völlig unvorbereitet trafen.

Wie der Blitz schoss ich hinüber zu unserer Sektion, aber Absalom, Reggie und Delmar kamen noch vor mir am Zaun an. Jake fotografierte schon, was das Zeug hielt. Sein Objekt war Sammi, die sich dicht am Zaun aufgebaut hatte, Auge in Auge mit dem elenden Schweinehund namens Virgil.

Die Schreie, die mich aufgeschreckt hatten, drangen aus Virgils Mund. Ich hatte seine Stimme nicht wiedererkannt, weil sie eine ganze Oktave höher lag, als eine Männerstimme eigentlich liegen sollte. Allerdings nicht ohne guten Grund: Sammi hatte wohl abgewartet, bis Virgil dicht am Zaun stand, um durch das Gitter zu fassen und ihn bei den Eiern zu packen. Offenbar hatte sie nicht vor, so schnell wieder loszulassen. Je lauter Virgil schrie, desto fester drückte sie zu.

Das Ganze verursachte einen ziemlichen Aufruhr. Virgil kreischte, Sammi stieß, angefeuert vom restlichen Team, ein Triumphgeheul aus, und unsere Fans auf der anderen Zaunseite führten sich auf wie bei einem Footballspiel. Kein Wunder, dass Greer und ihr getreuer Kameramann nun auch wie aus dem Nichts auftauchten.

Kaum hatte Greer Sammis wutverzerrtes Gesicht und die Mordlust in ihren Augen erkannt, als der Kameramann auch schon Order bekam und anfing, zu drehen. „Du hast vielleicht Nerven!“, schrie Sammi. „Läufst hier auf und erzählst mir, dass Carmela schwanger ist! Du weißt nicht zufällig, wer der Vater des Balgs sein könnte, oder, Virgil?“

Trotz seiner Schmerzen brachte Virgil ein höhnisches Grinsen zustande. Nicht gerade die angemessene Strategie.

Sammi wurde weiß, aber schon wenige Sekunden später schoss ihr feuerrote Farbe den Hals hinauf bis in die Wangen. Glauben Sie mir: Sammis Kopf sah aus, als würde er jeden Moment explodieren.

Weswegen ich vortrat und ihr vorsichtig die Hand auf den Arm legte. „Sammi ...“

„Fassen Sie mich nicht an! Fassen Sie mich bloß nicht an!“ Sie hatte so schnell von Virgil abgelassen und sich mir zugewandt, dass ich überhaupt nicht dazu kam, zu reagieren. Klar, sie war kleiner als ich, aber Sammi bestand praktisch nur aus Muskeln und hatte sich voll in ihre Raserei hineingesteigert. Wahrscheinlich hätte ich mich wohl gewehrt, wäre ich nicht völlig überrumpelt worden, aber so lag ich unversehens rücklings auf dem Boden. Sammi kniete auf mir, hatte die Hände um meinen Hals geschlungen, und drückte mir die Luft aus den Lungen.

Absaloms gesamte Muskelkraft war vonnöten, um sie wieder von mir loszueisen. Sobald ich frei war, hockte sich Delmar neben mich, legte mir den Arm um die Schulter und half mir beim Aufsetzen. „Alles klar?“, erkundigte er sich besorgt.

Wie gern hätte ich seine Frage beantwortet. Nur konnte ich nicht sprechen oder atmen.

Reggie kauerte sich auf der anderen Seite neben mich und hielt mir eine Wasserflasche an die Lippen.

Ich nippte. Ich spuckte. Die Starre in meinem Hals lockerte sich. Ich keuchte, holte Luft, hustete und musste erkennen, dass ich von oben bis unten dreckig geworden war. Mein Gott, ich hatte an mein Image zu denken! Ehe ich irgendetwas anderes tat, klopfte ich mir erst einmal den Staub von der Khakihose.

„Versuchen Sie nicht zu reden!“, riet Reggie, während Greer mir ihr Mikrofon unter die Nase hielt.

„Wir haben alles im Kasten!“, sagte sie mindestens ebenso atemlos wie ich, nur ohne meine guten Gründe – soweit ich das beurteilen konnte. „Das gibt erstklassiges Beweismaterial. Sie werden doch Anzeige erstatten, oder?“

Sammi wurde immer noch von Absalom festgehalten. Sie war auch immer noch rot im Gesicht und atmete schwer. Jetzt warf sie einen Blick hinüber zum Bürgersteig hinter dem Zaun. Ich tat es ihr nach. Virgil war verschwunden. Sofort wich die Starre aus Sammis Schultern. Sie schloss die Augen, ließ sich gegen Absalom sinken, und eine einzelne Träne rann ihr über die Wange.

Tja, und ich?

Nicht, dass Sie jetzt einen falschen Eindruck bekommen. Ich war keineswegs erpicht darauf, hier einen auf Gandhi zu machen oder so. Liebend gern hätte ich Sammi aus meinem Leben verschwinden sehen und irgendwo eingesperrt, wo sie mir und meiner Kleidung nicht mehr gefährlich werden konnte. Aber Greer und ihre Kamera als Zeugen für meinen Rachefeldzug? Die Genugtuung wollte ich der Regisseurin nicht geben.

Ich schüttelte den Kopf: Nein, ich hatte nicht vor, Anzeige zu erstatten.

Da sich die Aufregung gelegt hatte, hielt es die enttäuschte Greer nur noch so lange bei uns aus, bis sie hatte filmen können, wie Delmar und Reggie mir auf die Beine halfen. Ich wischte mir den Hosenboden ab. Sammi tat den Mund auf – hoffentlich, um sich bei mir zu entschuldigen – aber ich brachte sie mit einer Handbewegung zum Schweigen.

„Wir unterhalten uns später." Jedes einzelne Wort tat weh, jedes einzelne Wort klang wie heiseres Krächzen. Ich warf einen verzweifelten Blick auf meine ruinierte Kleidung. „Erst einmal gehe ich mich sauber machen. Ich muss ... ich muss noch wo hin."

Gott helfe mir: Ich floh ins Dixieklo.

Immerhin hatte ich vor, einen Gebrauchtwagenhändler aufzusuchen und wenn ich dabei auf keinen Fall reich aussehen wollte, dann doch auch nicht gerade so, wie ich im Moment aussah.

Einen Trost gab es ja bei der ganzen Sache: jetzt, wo ich mich mit Sammi im Dreck gewälzt hatte, würde mir das Gespräch mit Bad Dog Raphael wie das reinste Kinderspiel vorkommen. Da war ich mir sicher.

Ich hasste öffentliche Verkehrsmittel, das muss an dieser Stelle einmal gesagt werden. Öffentliche Verkehrsmittel waren dreckig. Sie stanken. Sie fuhren nie so, wie es mir am besten passen würde, und natürlich platzierte mich das Schicksal an diesem Tag neben einen alten Mann, der nach abgestandenem Zigarrenqualm roch und Selbstgespräche führte.

Aber eins musste man den Öffentlichen lassen: Der Bus, den ich in der Nähe des Friedhofs bestieg, spuckte mich direkt vor Bad Dogs Big Car Nation aus.

Zur Sicherheit hatte ich mir die Adresse notiert, aber auch sonst wäre ich hier wohl kaum nichtsahnend vorbeigefahren: es ist nicht einfach, einen auf einem sechs Meter hohen Pfeiler thronenden Wagen zu übersehen. Schon gar nicht, wenn er von einer riesigen mechanischen Bulldogge gelenkt wird, die mit einer Pfote Käufer herbeiwinkt.

Da ich hier war, um mir einen ersten Eindruck von der Big Car Nation und ihrem Besitzer zu verschaffen, blieb ich zunächst ein paar Minuten auf dem Bürgersteig stehen und sah mich um. Nach der knapp zehnminütigen Busfahrt befand ich mich immer noch innerhalb der Stadtgrenzen von Cleveland und zwar in einer Gegend, in der sich der McDonald's auf der anderen Straßenseite um das Aussehen einer Hazienda in einem Zorro-Film bemühte. Rechts vom Gebrauchtwagenhandel versprach ein Schild in einem Ladenfenster, hier könne man innerhalb eines Tages seine Schecks in Bargeld verwandeln, links von der Car Nation befand sich ein Supermarkt mit Gittern vor den Fenstern und einer Wache vor dem Eingang.

Bad Dogs Gebrauchtwagenhandlung nahm den größten Teil eines ganzen Straßenblocks ein und war, abgesehen von der monströsen Fastfood-Hazienda, der einzige Lichtblick inmitten allgemeiner innerstädtischer Heruntergekommenheit. Die Autos auf Bad Dogs Gelände standen dicht an dicht, jedes einzelne gewaschen und bis zur Perfektion blankpoliert. Leuchtende blaue und rote Buchstaben an den Windschutzscheiben verkündeten unübersehbar die jeweiligen Vorzüge der Fahrzeuge: „Automatik! Sparsam im Verbrauch! Neue Reifen!“

Etwas zurückgebaut lag ein Bürogebäude aus Schlackebetonblöcken. Über der Eingangstür hieß ein Neonlicht Besucher willkommen, ein weiteres Schild klärte darüber auf, dass hier auch Spanisch gesprochen wurde. Durch das große Fenster links von der Tür konnte ich drinnen im Haus ein paar Leute herumlaufen sehen. Keiner von ihnen war Bad Dog.

Kaum hatte ich einen Fuß über die Grundstücksgrenze gesetzt, als ich von einem Mann mittleren Alters mit dicker Brille und beginnender Glatze abgefangen wurde. Er trug Jeans und eine rauchblaue Sportjacke, die schon bessere Tage gesehen hatte. Ich trug eine Khakihose mit fleckigem Hinterteil und eine Bluse, die am Ärmel ein Loch hatte – wer war ich, mich über die Kleidung anderer aufzuregen? Wenn mein Abstecher auf die eher wilde Seite des Lebens auf unseren Friedhöfen mich eins gelehrt hatte, dann doch wohl dies: eine gewisse Toleranz modischen Desastern gegenüber.

Der Mann, der auf mich zugesteuert kam, hieß Bud. So stand es zumindest auf seinem Namensschild. Er streckte mir die Hand hin. „Sie sehen aus wie ein kleines Fräuleinchen, das Hilfe gebrauchen könnte.“

Gut, seine Brille war dick, aber so dick nun auch nicht: er hätte schon mitbekommen können, dass ich auf jeden Fall nicht in die Kategorie „klein“ fiel. Ich war nett, ich wies den Mann nicht auf seinen Fauxpas hin, sondern kam gleich zur Sache.

„Ich brauche einen Wagen!“ Zur Sicherheit fügte ich gleich noch hinzu: „Einen guten!“

„Welche Preisklasse?“

Ich zuckte die Achseln. „Verlässlich soll er sein“, sagte ich. „Ich habe nicht viel Geld.“

„Verlässlichkeit ist kein Problem.“ Buds Lächeln ließ schiefe, gelbliche Zähne aufblitzen. „Kommen Sie doch einfach mit ins Büro, und wir füllen den Kreditantrag aus.“

„Sollten wir uns nicht erst einmal Autos ansehen?“

Buds Grinsen wurde breiter. „Sehen Sie: Den Fehler machen alle, und prompt verliebt man sich in ein Auto und muss feststellen, dass man es sich nicht leisten kann. Das soll Ihnen doch nicht passieren, kleines Fräulein, oder?“

Nein, das sollte mir nicht passieren, also folgte ich Bud in das Bürogebäude, wo ich auf einem Metallstuhl Platz nahm und mit dem Kugelschreiber, den mein Helfer für mich aus seiner Hemdtasche gezogen hatte, einen Kreditantrag ausfüllte. Der Kuli leckte. Kaum war ich fertig, als Bud sich auch schon wieder zu mir gesellte. „Wissen Sie, Bud ...“ Ich warf dem Mann ein schüchternes Lächeln zu. „Eigentlich hatte ich ja gehofft, Bad Dog persönlich kennenzulernen.“

Nach einem raschen Blick zu einer mit der Aufschrift „Privat“ gekennzeichneten Tür am anderen Ende des großen Verwaltungsraumes schüttelte mein Verkäufer bedauernd den Kopf. „Bad Dog ist ein vielbeschäftigter Mann. Ich kann Ihnen genauso gut weiterhelfen.“

Ich schaffte es, mein Lächeln auch dann noch beizubehalten, als Bud einen Schritt näherrückte. „Das können Sie bestimmt! Es ist doch nur ... ich habe Bad Dog so oft in diesen Werbespots gesehen, und nun kommt es mir fast vor, als würde ich ihn kennen, verstehen Sie? Deswegen bin ich zu Ihnen gekommen, und als ich das heute auf der Arbeit erwähnte ..." Ich nahm all meinen Mut zusammen und beugte mich näher zu Bud – er roch nach alten Socken. Bemüht, nicht allzu viel von diesem Duft einzuatmen, flüsterte ich: „... da hat doch jemand behauptet, Bad Dog hätte mal im Gefängnis gesessen!"

Ehe Bud antworten konnte, geschah etwas sehr Seltsames: direkt vor meiner Nase tauchte eine rosa Nelke auf. Überrascht zuckte ich zurück und warf einen hastigen Blick in Richtung Privatbüro. Dessen Tür stand offen. Bad Dog persönlich hing am anderen Ende der Blume vor meinem Gesicht. Nah genug, um ihn anfassen zu können und bestimmt so nah, dass er den letzten Teil meiner Unterhaltung mit seinem Angestellten mitbekommen hatte.

Ich stand auf, trat einen Schritt zurück und sah mir den Mann genau an, denn darum war es bei meiner Busfahrt und der ganzen Geschichte mit dem vorgetäuschten Autowunsch doch nur gegangen. Bad Dog würde mir wohl kaum so direkt verraten, ob er Vera Blaine umgebracht hatte – selbst wenn ich mich zu so einer Frage durchringen konnte. Aber das hieß noch lange nicht, dass ich nicht ein wenig nachbohren und mir die Reaktionen des Mannes ansehen konnte.

Auch an diesem Tag trug Bad Dog wieder, ganz wie in seinen Werbespots, einen teuren Anzug, dazu ein Lächeln, das Fältchen um seine dunklen Augen zauberte. Die Narbe über seiner rechten Braue hätte grotesk wirken können, unterstrich aber nur sein dunkles und gefährliches Image. Sein Haar war dunkel wie starker Kaffee, seine Stimme tief und satt wie Dove Zartbitterschokolade. Oh ja, Bad Dog war ein höflicher, wohlerzogener Mann!

Ich durfte auf keinen Fall vergessen, was Quinn gesagt hatte, denn wenn es stimmte, dann war mein Gegenüber keineswegs resozialisiert und ziemlich gefährlich.

„Vielen Dank, Bud, ich mache hier weiter." Bad Dog entließ den Verkäufer mit einem knappen Nicken, um sich mir zuzuwenden, mit einem Lächeln, das so glatt und glänzend schien wie der

Porsche, den mein Dad einst zu fahren pflegte. „Rote Nelken – Red Carnation! Sie verstehen? Bad Dogs Big Car Nation!"

Ich lächelte, als würde ich den Spruch echt witzig finden, und als er mir die Blume erneut anbot, blieb mir gar nichts anderes übrig, als sie zu nehmen.

„Die spare ich mir für besonders hübsche Kundinnen auf", sagte er. „Für Sie ..." Er trat zurück und musterte mich so aufmerksam wie ich vorher ihn. „Für Sie hätte ich vielleicht gleich ein ganzes Dutzend mitbringen sollen!"

„Wie lieb von Ihnen!" Ich schnupperte an der Blume, weil das wohl von mir erwartet wurde. „Ich wusste doch, Sie würden genauso sein wie in den Werbespots! So ..."

„Gut aussehend?" Bad Dog lachte.

Jahrelanges Daten hatte mich auf jeden Fall gelehrt, wie man auf Anhieb rot werden kann. „Ich hatte freundlich sagen wollen."

„Dennoch machen Sie sich Sorgen. Meines Rufes wegen. Nein, lassen Sie – ich konnte nicht vermeiden, mit anzuhören, was Sie zu Bud sagten. Sie wissen schon, das über meine Vergangenheit. Spielt die denn eine Rolle, wenn es um einen Autokauf geht?"

„Wenn ich Ihnen nicht vertrauen kann ..." Mit den Wimpern klimperte ich wie kaum eine andere – das tat ich nun auf Teufel komm raus. „Dann kann ich auch Ihren Autos nicht vertrauen."

Bad Dog lachte. „Wir werden uns prima verstehen!"

„Aber nur, wenn Ihre Preise gut und wenn Ihre Wagen verlässlich sind. Das bedeutet, ich muss wirklich mehr über ..."

„Über meine Zeit im Gefängnis wissen? Natürlich!" Mit einer weiten Handbewegung lud Bad Dog mich ein, mit ihm zu kommen. Er führte mich nach draußen. „Limousine oder Geländewagen?", wollte er wissen, womit das Thema wohl ganz offiziell als gewechselt gelten konnte. „Farbe? Ist die Farbe wichtig? Natürlich, Frauen ist die Farbe ja immer wichtig. Je schöner die Frau, desto größeren Wert legt sie auf Farbe und Form, das sind meine Erfahrungen. Das bedeutet in Ihrem Fall: großen Wert, sehr großen Wert."

Nun sollte ich mich wohl geschmeichelt fühlen. Hätte ich mich vielleicht auch, wäre da nicht diese ganze Drogenimperium-Mord-Gefängnisaufenthalt-Sache gewesen. So schnell würde ich mit Mack Raphael nicht weiterkommen, das war schon mal klar. Nicht, wenn ich mich nicht ganz schlau anstellte und äußerst vorsichtig vorging.

„Limousine", sagte ich. „Rot, wenn Sie etwas in meiner Preislage dahaben. Ich hätte am liebsten einen amerikanischen Wagen, Ledersitze, ein Schiebedach, und mir wäre einer lieber, der nicht zu viel Benzin schluckt. Ich bin sehr dafür, die Umwelt zu retten."

„Natürlich." Er führte mich zu einem kastanienbraunen Ford, ohne Schiebedach und mit mehr als hunderttausend Meilen auf dem Tacho, und öffnete die Fahrertür. „Steigen Sie doch ein! Probieren Sie ihn aus. Wir könnten eine kleine Probefahrt unternehmen."

Das könnten wir wohl, aber allein mit Mack Raphael im Auto zu sitzen, gehörte nicht zu meinem Plan.

Ich glitt hinter das Steuerrad. „Es war Central State, nicht?", fragte ich ihn.

„Wenn Sie so viel wissen, warum müssen Sie es sich dann noch von mir bestätigen lassen?"

„Die Frage ist berechtigt. Aber wie ich schon sagte ..." Ich strich mit der Hand über das Armaturenbrett. Es war blitzsauber. „Ich kann mir einen Wagen auch so schon kaum leisten und wenn er nicht lange hält, kann ich ihn mir gar nicht leisten. Wenn Sie nicht ehrlich sind ..."

„So ehrlich, wie der Tag lang ist!" Er hielt die Hand hoch. „Pfadfinderehrenwort."

Ich lächelte, als sei ich nun ganz zufrieden. Um gleich eine Frage nachzulegen: „Wie lange ist es jetzt her?"

Raphael hatte sich wohl schon aus dem Schneider gewähnt. Seine Miene verfinsterte sich um einige wenige Nuancen. „Das war vor Ihrer Geburt."

„Ich bin älter, als ich aussehe."

„Ich saß dort von 1982 bis 1990."

Vera Blaine war 1984 ermordet worden. Jetzt galt es, nicht den Mut zu verlieren. Wenn Bad Dog vom Gefängnis aus mit Drogen hatte handeln können, dann konnte es für ihn wohl auch kaum schwer gewesen sein, einen Auftragsmord zu arrangieren, um ihn dem Gefängnisleiter in die Schuhe zu schieben, den er so hasste.

„Damals war ich ein Kind." Ich strich mit der Hand unter der Kante des Vordersitzes entlang, bis ich einen kleinen Hebel gefunden hatte und ließ den Sitz nach hinten gleiten. „Das muss furchtbar gewesen sein."

Bad Dog wusste, worauf sich meine Frage bezog – gewiss nicht auf die Größe der Person, die zuletzt diesen Wagen gefahren hatte. „Es war lehrreich. Das ist so ein Gefängnisaufenthalt immer, jedenfalls für Leute, die klug genug sind, das zu kapieren. Glauben Sie mir, ich habe eine wichtige Lektion gelernt. Deswegen bin ich heute ehrbarer Geschäftsmann."

Er lächelte auf mich herab.

Ich lächelte zu ihm hinauf. Wie konnte ich es schaffen, mich sozusagen auf Zehenspitzen erneut einem so delikaten Thema wie einer langen Gefängnisstrafe zu nähern? Machen Sie sich keine Sorgen, mir wäre schon etwas eingefallen.

Nur dass ausgerechnet in diesem Moment Absalom auftauchen musste.

„Hier steckst du also!" Mein großer, schwarzer Teamkollege schritt durch die Fahrzeugreihen, als sei das die selbstverständlichste Sache der Welt. Beim braunen Ford angekommen, musterte er mich finster. „Ich hab dir doch gesagt, Frau, wir brauchen kein neues Auto. Das, was du fährst, ist gut genug für dich."

„Familienstreitigkeiten?" Bad Dog schien bekümmert darüber, dass es offenbar einen Mann in meinem Leben gab. „Soll ich Sie beide einen Moment allein lassen? Damit Sie alles in Ruhe besprechen können?"

„Wir brauchen nichts zu besprechen." Absalom langte ins Auto, packte mich beim Arm und zerrte mich aus dem Wagen. „Wir kaufen kein Auto. Jedenfalls nicht heute."

Ich schüttelte ihn ab. „Das heißt noch lange nicht, dass ich mich nicht umsehen darf!"

„Das heißt, du verschwendest hier die Zeit dieses guten Mannes, und auf der Monroe Street wartet eine Menge Arbeit auf dich. Die Verrückte arbeitet auf einem Friedhof!", teilte Absalom Bad Dog mit. „Was wohl beweist, wie verrückt sie ist."

Anscheinend blieb mir nichts anderes übrig, als auf Absaloms Spiel einzugehen, wie hätte ich sonst herausfinden sollen, was er damit bezweckte, und warum er überhaupt hier war? Also machte ich Anstalten zu gehen. Aber Bad Dog hielt mich auf, indem er mir die Hand auf den Arm legte. „Monroe Street? Das ist kein x-beliebiger Friedhof. Liegt dort nicht Jefferson Lamar?"

Ich blinzelte unschuldig – eigentlich klimperte ich mit den Wimpern. „Wer?"

Bad Dogs Hand wanderte auf meinen Rücken. „Ach, unwichtig! Nur so ein Name aus meiner Vergangenheit. Ich hoffe doch, Sie beide kommen wieder, wenn Sie sich über einen neuen Wagen einig sind. Dann wenden Sie sich direkt an mich, versprochen?"

Natürlich versprach ich ihm das. Noch dazu, ohne die Miene zu verziehen.

Ebenfalls ohne eine Miene zu verziehen folgte ich Absalom über die Straße zum McDonald's-Parkplatz. Aber dort hielt ich es nicht mehr aus.

„Verraten Sie mir mal, was das da eben sollte?", fragte ich.

„Heute stellen Sie mal nicht die Fragen, heute stelle ich sie", knurrte Absalom. „Ich fange auch gleich damit an: Was zum Teufel haben Sie mit einem Typen wie Bad Dog zu schaffen?"

„Gar nichts. Ich habe mich nur mit ihm unterhalten. Über einen Autokauf."

„Bloß, dass Sie kein Auto brauchen."

„Was ist mit Ihnen ...?" Inzwischen standen wir vor meinem Mustang. Ich war erschüttert. „Wie ...?"

Absalom öffnete die Fahrertür und setzte sich hinter das Steuer. Ich stieg auf der Beifahrerseite ein. „Was ...?"

„Mir war klar, dass Sie irgendetwas nicht ganz Koscheres laufen haben. Da ist die dicke Akte, die Sie mit sich rumschleppen, und dann verschwinden Sie einfach zu den unmöglichsten Zeiten. Ich musste Ihnen folgen. Per Bus war das ja wohl schlecht möglich."

„Aber ..." Ich öffnete meine Handtasche, zog meine Autoschlüssel heraus und hielt sie ihm unter die Nase. „Meine Schlüssel sind hier! Wie haben Sie ..."

Absalom lachte, tief und vergnügt. „Meinen Sie wirklich, ich brauche Schlüssel, um ein Auto zu fahren? Dann sind Sie noch verrückter, als ich Bad Dog gegenüber behauptet habe." Geschickt lenkte er den Mustang vom Parkplatz, und schon bald donnerten wir die Lorain Avenue hinab Richtung Friedhof. Bei der nächsten Ampel, an der er halten musste, klappte er mein Handschuhfach auf, langte hinein und überreichte mir die Voodoopuppe, die ich am Vormittag auf dem Friedhof hatte bewundern dürfen. Die mit dem Lederkostüm und dem flauschigen Haar.

„Das ist eine Juju-Wächterin", sagte er. „Sie schützt vor Bösem."

Ehe ich noch irgendwelche Fragen stellen konnte, redete er nahtlos weiter: „Ich weiß nicht, was Sie vorhaben, Pepper, aber wenn Sie sich mit Leuten wie Bad Dog Raphael anlegen wollen, brauchen Sie jede Menge Schutz. So viel Sie nur kriegen können!"

KAPITEL 11

IN DER FOLGENDEN WOCHE passierten ein paar merkwürdige Dinge.

Zum einen wurde die nächste Episode von Friedhofscamp ausgestrahlt und wir durften erleben, dass unser Team vom Punktestand her mit Team eins gleichzog, trotz der beiden niederschmetternden Zusammenstöße von Sammi und Virgil. Das allein war schon seltsam genug. Noch seltsamer schien es mir, dass wir nach der Sendung mehr Fans hatten als zuvor. Das erklären Sie mir mal. Anscheinend sahen sich eine Menge Leute die Show an und je mehr Anrufe der Sender bekam und je mehr Leute sich vor den Toren von Monroe Street zeigten, desto mehr stieg diese ganze Sache mit dem Superstardasein sämtlichen Beteiligten zu Kopf. Greer war sich sicher, dass ihr ein Karrieresprung bevorstand, der sie schnurstracks in die Nachrichtenredaktion eines großen Privatsenders befördern würde. Mae und ihre Damen gaben sich bescheiden, was wohl wieder mal typisch war: Angeblich waren sie einfach nur dankbar, ihre guten Taten einem breiteren Publikum präsentieren zu dürfen. Meine Leutchen fühlten sich wie Rockstars, was sie aus vollem Herzen genossen.

Ich hing irgendwo dazwischen. Ich hatte mir sagen lassen, die letzte Folge habe mit einer Großaufnahme von Sammi und mir begonnen, ich auf dem Boden, Sammi rittlings auf mir, wild entschlossen, mir Luft und Leben aus dem Leib zu pressen. Woher ich das wusste, wo ich selbst doch gar nicht ferngesehen hatte?

Ganz einfach: Meine beiden Tanten hatten meine Mom angerufen, und meine Mom hatte sich umgehend mit meinem Dad in Verbindung gesetzt. Dad hatte ja nun keinen uneingeschränkten Zugang zum Telefon, aber das hatte ihn nicht davon abgehalten, mir einen Haufen Nachrichten zu hinterlassen. Mom schickte mir ungefähr alle zehn Minuten eine SMS, ob ich nicht doch lieber einen Arzt aufsuchen wollte, und ob es denn noch wehtäte, ob die blauen Flecken noch zu sehen wären und ob ich bei ihr in Florida, weit weg von Friedhöfen und gefährlichen Verbrechern, nicht besser aufgehoben wäre?

Ich konnte dem Rummel nur wenig abgewinnen und wäre, ehrlich gesagt, sehr froh, wenn alles endlich vorbei war. Wenn ich mir keine Sorgen um Fernsehkameras und Landschaftsgestaltung und Grabsteine mehr zu machen brauchte. Wenn ich endlich wieder in mein Büro auf dem Garden-View-Friedhof zurückkehren konnte, wo meine größte Sorge darin bestand, Ella aus dem Weg zu gehen, um mich in Ruhe den Ermittlungen für meine Geister widmen zu können.

Als hätte ich nicht schon genug um die Ohren, kam am Dienstag nach der Ausstrahlung der zweiten Episode schon wieder ein Blumenstrauß für mich. Diesmal direkt zum Monroe-Street-Friedhof. Genau wie beim letzten Strauß lag auch diesmal wieder eine Karte dabei, genau wie beim letzten Mal nicht unterschrieben. „Ich habe Sie gesehen", mehr stand da nicht. Aber anders als beim letzten Strauß war ich diesmal nicht so blöd, bei Quinn anzurufen, um mich zu erkundigen, ob er etwas mit diesen Blumen zu tun haben könnte. Seit Quinn an jenem Abend aus meiner Wohnung gestürmt war, hatte ich nichts mehr von ihm gehört. Auch ich hatte mich nicht bei ihm gemeldet – warum auch? Ich hatte nicht vor, als erste einzulenken. Außerdem kannte ich Quinn gut genug, um zu wissen, dass er mich gut genug kannte, um zu wissen, dass ich für ein Sträußchen Gänseblümchen mit Schleierkraut nicht zu kaufen war. Sein Vergehen schrie nach Rosen, roten Rosen. Das wusste Quinn – und ich wusste, dass er es wusste.

Was diese Blumen anging ...

Resolut warf ich Strauß, Karte und Problem einfach beiseite. Ich hatte heißere Eisen im Feuer, wichtigere Dinge, über die ich mir den Kopf zerbrechen musste. Mein Treffen mit Reno Bob Oates an diesem Abend zum Beispiel. Falls der immer noch so übel drauf war, wie Darcy Coleman ihn mir geschildert hatte, dann hatte er sich das nicht anmerken lassen, als ich mit ihm telefonierte. Andererseits hatte ich auch nicht erwähnt, dass ich ihn sprechen wollte, um herauszufinden, ob er sich für den Mord an Vera Blaine verantwortlich zeichnete.

„Sieht so aus, als hätten Sie alles beisammen. Das Tagwerk kann beginnen, was?" Da ich Biancas silbernen Jaguar kurz zuvor auf das Friedhofsgelände hatte rollen sehen, war ich nicht zu sehr überrascht, als sie das Bürozelt betrat, wo ich mir gerade zusammensuchte, was wir den Tag über brauchen würden. Bianca musterte mich von oben bis unten, ehe sie mir wohlwollend zunickte. Da bei uns an diesem Tag allerhand Schleppen und Graben anstand, trug ich Jeans und ein T-Shirt, aber beides war stilvoll und sauber und ich war aufs Sorgfältigste zurechtgemacht, was allerdings ja wohl auch selbstverständlich ist. „Arbeiten Sie gern auf einem Friedhof?", wollte Bianca wissen.

So plötzlich Auge in Auge mit meinem Idol zu stehen, das mir noch dazu die Frage stellte, die ich in meinen Träumen so oft aus seinem Mund gehört hatte, verschlug mir einen Moment lang die Sprache. Um meine Unsicherheit zu überspielen, lachte ich kurz. „Ich könnte mir tausend Orte vorstellen, wo ich lieber arbeiten würde."

„Zum Beispiel La Mode?"

Das Herz schlug mir bis in den Hals. „Soll das heißen ...?"

„Oh, ich fühle nur mal vor!" Sie lachte in einer Art, die deutlich besagte, dass sie sich nicht festlegen wollte. „Ich halte immer Ausschau nach vielversprechenden jungen Talenten. Ich glaube, Sie könnten die hiesige Modeszene durchaus beeinflussen, Sie haben ein gutes Gefühl für Stil und ganz offensichtlich ja auch den passenden Geschmack. Eins kann ich Ihnen jetzt schon sagen:

Sie würden in unseren Sachen fantastisch aussehen! Sie würden sie perfekt zur Geltung bringen und bestimmt jede Menge davon verkaufen. Falls also bei uns mal eine Stelle als Einkaufsberaterin frei wird ..."

„Dann rufen Sie mich an?", platze es aus mir heraus. Mein Gott, wie peinlich, wie konnte ich diesen Eindruck wieder wettmachen? Auf keinen Fall wollte ich komplett Gesicht verlieren. „Übereifer hat noch keinem geschadet, was?" Ich lachte nervös.

Bianca schien mir nichts weiter nachzutragen. „Warum soll man denn seinen Eifer nicht zeigen dürfen?", sagte sie. „Ich persönlich finde einen gewissen Enthusiasmus bewundernswert. Er zeigt, dass Sie bereit sind zu tun, was vonnöten ist, um zu bekommen, was Sie wollen."

„Bin ich auch! Wirklich, ich bin bereit!" Mein strahlendes Lächeln wurde bestimmt jeder Einkaufsberaterin bei La Mode gerecht.

„Gut, dann unterhalten wir uns irgendwann einmal weiter." Bianca verabschiedete sich mit einem Nicken, ging zu ihrem Wagen, holte einen Picknickkorb heraus und eilte hinüber in die Sektion, für die Team eins verantwortlich war.

Meine Leutchen und ich schleppten und buddelten, was das Zeug hielt. Trotzdem weilte mein Kopf immer noch hoch oben in anderen Sphären, als Greer uns am Nachmittag zusammenrief. Natürlich hatte sie uns die ganze vergangene Woche kaum aus den Augen gelassen, war uns mit ihrem verdammten Kameramann, der alles tat, was ihm befohlen wurde, ohne ein Wort von sich zu geben, ständig auf den Fersen gewesen. Aber dies war das erste Treffen, das sie einberief, seit die letzte Folge ausgestrahlt worden war. Mein Team und ich wussten durchaus, wie rasch die Einschaltquoten hochgeschnellt waren und welche Spenden seit Beginn unserer Show beim Sender eingingen. Alles wegen uns. Ich war bestimmt nicht die einzige, die sich an diesem Tag ein paar dicke Komplimente und das eine oder andere aufmunternde Schulterklopfen erhoffte.

Stattdessen bekamen wir die übliche hektische Greer in einem grauen, unansehnlichen Kostüm, die nicht vorhatte, sich mit irgendwelchen Vorreden aufzuhalten. „Gut, wir haben die Leutchen so weit, dass sie uns zusehen", kam sie gleich zur Sache. „Jetzt ist es an der Zeit, sie zu bilden, ein bisschen Kultur in ihr Leben zu bringen."

„Wer sieht sich die Show denn wegen Kultur an?" Wir waren in die Sektion von Team eins zitiert worden – Absalom thronte neben einem Engel hoch oben auf einem Grabstein. „Die Leute schalten ein, weil sie Reggie und Delmar sehen wollen." „Jawohl", grinste Delmar. „und sie wollen sehen, wie Sammi Pepper in den Arsch tritt."

Hätte er bei diesem blöden Spruch nicht gegrinst, hätte ich es übel genommen. So, wie die Dinge lagen, verblassten die roten Würgemale an meinem Hals gerade und ich durfte großzügig sein.

„Diese Woche werden sie einschalten, weil wir zu unserer Teeparty einladen!" Mae bedachte die ganze Runde mit einem strahlenden Lächeln, das allerdings an den Rändern ein wenig steif wirkte. „Sie sind natürlich auch alle herzlich eingeladen!"

„Wir brauchen euren blöden Tee nicht." Sammi warf den Kopf zurück. „Wir lassen alle aus den Latschen kippen. Mit unserer ..."

Es gelang mir gerade noch rechtzeitig, sie abzuwürgen. Die Kunstausstellung war bislang unser Geheimnis und ich wollte auf keinen Fall, dass Sammi etwas ausplauderte. Schon gar nicht, ehe Team eins seine Teeparty abgehalten hatte. Denn Mae mochte zwar alt, flauschig und rosa sein, aber irgendetwas sagte mir, dass sie es nicht unter ihrer Würde finden würde, bei ihrem Tee ebenfalls Kunst zu präsentieren, um uns so die Idee vor der Nase wegzuschnappen.

„Das war gut!" Natürlich hätte ich mir denken können, dass Greer die Szene filmen ließ, aber inzwischen war ich so an sie und ihren Kameraschatten gewöhnt, dass ich sie im Moment nicht weiter beachtet hatte. „Wie Sie Sammi da eben zum Schweigen gebracht haben, Pepper, da lag ja richtig Dynamik drin!" Greer warf Sammi einen Seitenblick zu. „Was ist, Sammi? Wollen Sie sich mit einem Fausthieb revanchieren?“

Sammi verdrehte die Augen und ging.

„Wie dem auch sei ...“ Greer kam wieder auf ihr eigentliches Anliegen zu sprechen. „Heute Nachmittag müssen wir ein paar richtig schöne Aufnahmen hinbekommen, um eine ansprechende Atmosphäre für die Ankündigung der Teegesellschaft zu schaffen. Ich dachte an eine Aufnahme von Team eins bei der Arbeit, im Vordergrund all die hübschen Picknickkörbe?“ Offenbar war das nicht als Frage gemeint gewesen, denn sie gab ihrem Kameramann ein Signal, der sich daraufhin sofort daranmachte, die Picknickkörbe anmutig zu arrangieren.

Ein paar standen schon dort, wo er sie hin haben wollte, als er es mit einem zu tun bekam, der wohl schwerer war als die anderen. Er hob ihn hoch. „Das Teil wiegt ja allerhand! Was schleppen denn kleine alte Damen in ihren Picknickkörben herum?“

Eine interessante Bemerkung und nicht nur, weil ich Charlie, den Kameramann, zum ersten Mal reden hörte.

Nein, ich musste unwillkürlich an die Kiste denken, die wir bei Jefferson Lamars Grab gefunden hatten. Wäre die Kamera nicht gelaufen, dann hätte ich mich an die Stirn gefasst.

Ich hatte mich so darauf versteift, meinem eigenen Team Diebstahl zu unterstellen, dass mir gar nicht in den Sinn gekommen war, jemand anderen zu verdächtigen.

Was schleppten kleine alte Damen in ihren Picknickkörben herum?

Das wusste ich nicht, aber ich hatte fest vor, es bei der ersten sich bietenden Gelegenheit herauszufinden.

„Wie sollen wir das verstehen: Sie dachten, einer von uns hätte die Münze?“ Absalom, der wieder mal als Sprecher der Gruppe fungierte, hatte sich bedrohlich nah vor mir aufgebaut. Fast bedauerte ich schon, meine Theorie über Team eins und natürlich meine ursprüngliche These über das Verschwinden der Kiste vor den anderen ausgebreitet zu haben. Absalom spuckte aus. „Sie dachten wirklich, einer von uns könnte etwas stehlen?“

Die Frage konnte er doch nicht ernst meinen, oder? Aber anscheinend war Absalom die Ironie seiner Bemerkung gar nicht aufgegangen. Ich verdrehte die Augen, um ihm ein wenig auf die Sprünge zu helfen. „Sie würden nie etwas stehlen? Ich frag mal zurück: Wie soll ich das verstehen? Soweit ich weiß, haben ein paar von Ihnen durchaus schon gestohlen!“ Damit Absalom sich nicht persönlich auf den Schlips getreten fühlte, gab ich mir Mühe, sämtliche Teammitglieder ins Visier zu nehmen. „Sogar allerhand!“

Ärgerlich öffnete Absalom den Mund, um zu widersprechen.

Da endlich schien die Logik meiner Worte zu ihm durchzudringen.

Woraufhin er den Mund zuklappte, einen Schritt zurücktrat und laut und schallend lachte.

„Da haben Sie mich kalt erwischt!“ Auf meiner Schulter landete etwas, das bestimmt als freundschaftlicher Klaps gedacht war, mir aber eher wie ein Donnerschlag vorkam. Leicht schwankend stimmte ich in sein Gelächter ein.

Auch Delmar grinste breit. „Wir beklauen doch niemanden aus der Familie!“, sagte er, um prompt knallrot anzulaufen. „Ich meine – das klingt jetzt voll kitschig und so, aber irgendwie sind wir doch so was wie Familie, oder? Keiner von uns würde je ...“

„Sie haben recht, und es tut mir sehr leid.“ Heilfroh, keine erstklassige Meuterei am Halse zu haben, die ich rein theoretisch betrachtet ja wohl verdient hatte, entschuldigte ich mich bei meinen Leutchen und bat sie um Nachsicht. „Ich hätte Sie nicht verdächtigen dürfen, keinen einzigen von Ihnen. Heute würde ich das auch nicht mehr tun. Aber damals, als wir die Münze fanden und sie gleich wieder fort war, kannte ich Sie alle noch nicht so gut. Es tut mir ehrlich leid.“

„Meinen Sie wirklich, eine der reichen Damen hat sie geklaut?“ Die Vorstellung ließ Reggies Augen lodern.

„Es wäre doch zumindest eine Möglichkeit. Nehmen wir an, die Damen haben mitbekommen, dass wir bei Jefferson Lamars Grab etwas Außergewöhnliches gefunden haben – vielleicht verstecken sie es einfach. Damit wir es während der Show nicht vorzeigen können. Denn ein solcher Fund macht unsere Sektion natürlich interessanter."

„Die Damen wollen bestimmt auf keinen Fall, dass wir als die Schlauen dastehen!" Sammi verschränkte die Arme vor der Brust. „Mann, die sind ja ganz schön dreist!"

„Noch wissen wir nicht, ob sie es waren!", warnte ich. „Aber ich würde zu gern mal einen Blick in diese Picknickkörbe werfen. Die schleppen sie jeden Tag hier an, gut möglich, dass sich die Münze noch in einem der Körbe befindet. Ich glaube nicht, dass sie es wagen würden, sie dauerhaft zu verschleppen oder zu verkaufen. Sie wollen sie nur von uns fernhalten."

Absalom rieb sich die fleischigen Hände. „Was nun?"

„Wir sorgen für Ablenkung." Einen besseren Plan hatte ich erst einmal nicht auf Lager. „Wenn wir sie aus ihrer Sektion locken könnten, dann könnte einer von uns zu ihnen schleichen, und einen Blick in diese Körbe werfen."

„Ablenkung? Prima! Da fällt mir doch gleich etwas ein." Sammi baute sich vor mir auf und hob die Stimme – was sich leicht nach dem schrillen Pfiff einer Lokomotive anhörte und in der Nachmittagsstille weithin zu hören war. Dazu stemmte sie die Hände in die Hüften. „Was sagen Sie? Was soll ich machen? Ich sag Ihnen mal, wo Sie sich Ihre verdammten Karten hinstecken können!" Ganz in der Nähe lag auf einem Grabstein ein Stapel unserer Sektionskarten. Den schnappte sich Sammi und wartete auf die passende Gelegenheit. Die auch umgehend kam: Sobald Greer mit ihrem Kameramann aufgetaucht war, dicht gefolgt von Team eins, das den Aufruhr auch nicht verpassen wollte, schleuderte sie die Karten mit Schwung in die Gegend. Der Auftritt war erste Sahne, und ich stieg voll darauf ein. Worüber wir uns stritten?

Daran erinnerte ich mich nicht mehr, und es spielte ohnehin keine Rolle.

Sammi brüllte, ich kreischte. Sie schrie, ich schrie noch lauter. Wir fuchtelten jeweils mit den Fingern vor dem Gesicht der anderen herum. Wir zischten und knurrten und gebärdeten uns wie die Furien und hielten ein ziemliches Lautstärkeniveau durch, bis Delmar, der sich hatte davonstehlen können, mit einem breiten Grinsen im Gesicht wieder zu uns stieß. Wie ich gehofft hatte, verkrümelte sich unser Publikum, sobald Sammi und ich das Kreischen einstellten. Delmar hatte die Kiste genau dort gefunden, wo wir sie vermutet hatten: in einem der Picknickkörbe von Team eins. Mit großer Geste überreichte er sie mir, ich prüfte, ob sich die Münze noch darin befand, und verstaute die Kiste in meiner Handtasche. Nachdem wir uns reihum abgeklatscht hatten, ging mein Team für den Abend nach Hause.

Erst als sie gegangen waren, und ich noch ein bisschen aufräumte und die verstreuten Karten einsammelte, ging mir auf, wie gut mir das Schreien und Kreischen getan hatte.

Wahrscheinlich war ich schon ziemlich lange ziemlich sauer und hatte es noch nicht einmal richtig gemerkt.

Warum ich sauer war?

Ich werde es Ihnen aufzählen!

Ich war sauer auf Sammi, weil sie eine totale Nervensäge war, besonders aber deswegen, weil sie mir meine neue goldene Biobaumwolltunika zerrissen und mich so gewürgt hatte, dass immer noch blaue Flecken meinen Hals zierten.

Ich war sauer auf Quinn, weil er nicht angerufen hatte und ich war sauer auf meine Eltern, weil sie ständig anriefen. Besonders sauer war ich auf meinen Vater, der eine Nachricht hinterlassen hatte, in der er sich besorgt nach meinem Wohlbefinden erkundigte und eine andere, in der es hieß, er würde mich die Tage wirklich gern mal zu Gesicht bekommen.

Ich war sauer darüber, weil ich so viel Zeit hier auf dem Friedhof verbringen musste, wo ich doch eigentlich nachzuweisen hatte, dass ein aufrechter Mann wie Jefferson Lamar nicht im Gefängnis hätte sterben dürfen, während der Schurke, der dafür gesorgt hatte, dass er verurteilt wurde, sich draußen einen Ast lachte.

Wenn ich schon mal dabei bin, darf ich wohl auch gleich noch erwähnen, dass ich auch auf das Universum verdammt sauer war. Weil es zugelassen hatte, dass ein junges Mädchen wie Vera Blaine in einem heruntergekommenen Motel starb, während Dutzende von grellbunten Plastikarmbändern seinen Arm zierten.

Robert Oates war in seiner Jugend ein kleiner Rowdy mit einer großen Klappe gewesen, der sich auf den Straßen Clevelands einen Namen gemacht hatte, indem er Autos stahl und mit anderen zusammen ein paar kleinere Raubüberfälle organisierte. Den Großteil seiner prägenden Jahre hatte er in Jugendheimen, Erziehungsanstalten und Jugendgefängnissen verbracht, und als er vierundzwanzig wurde, hatte er sich zu Höherem berufen gefühlt. Er war nach Nevada gegangen, wo er sich den Spitznamen Reno verdient und als Schläger bei einer Reihe von Großkriminellen gearbeitet hatte. Ebenfalls dort unten hatte er die Daten in seinem Lebenslauf noch um exzessives Trinken, Glücksspiel und Leben auf großem Fuß ergänzt. Gerüchteweise konnte er außerdem eine richtig gemeine kleine Ratte sein – kein Wunder also, dass er sich im Westen eine Menge Feinde gemacht hatte und es ihm dort irgendwann einmal zu heiß geworden war, sodass er sich gezwungen sah, in die Stadt seiner Geburt zurückzukehren.

Er war beileibe kein junger Mann mehr, eher schon mittleren Alters und verzweifelt auf der Suche nach dem großen Coup, als er den Banküberfall ausheckte, der ihn letztendlich ins Central-State-Gefängnis brachte. Dass er bei dem Überfall vorgab, eine Bombe dabei zu haben, fand er wohl witzig. Aber außer ihm lachte niemand darüber.

All diese Informationen über Reno Bob, die ich mir im Internet zusammengesucht hatte, gingen mir durch den Kopf, als ich durch die westlichen Vororte von Cleveland fuhr und nach der Adresse suchte, die er mir am Telefon genannt hatte. Ich fand sein Haus in einer ruhigen Seitenstraße in Parma, einem Arbeiterstadtteil voller Tante-Emma-Läden, Kirchen, Bars und winziger Häuser.

Renos Haus war ein solch winziges Haus, ein kleiner, sauberer Bungalow mit weißer Aluminiumverkleidung, blauen Fensterläden und einem schattenspendenden Baum im Vorgarten. Er hatte mir gesagt, wenn er auf mein Läuten nicht reagierte, wäre er im Park auf der anderen Straßenseite. Ich läutete, wartete auf eine Reaktion, und als keine kam, fuhr ich meinen Wagen zu einem frisch asphaltierten Parkplatz neben dem Parkeingang und machte mich auf die Suche – vorbei an einer hölzernen Schaukel und einem Sandkasten, in dem jemand einen platten Ersatzreifen deponiert hatte.

Ich würde Ihnen jetzt gern vormachen, ich sei kein Stück nervös gewesen, aber wir wollen doch ehrlich bleiben. Nach all den schlimmen Dingen, die mir inzwischen über Reno und seine Launen bekannt waren, zitterten mir die Knie. Sie hörten erst auf zu zittern, als ich sah, dass sich außer mir nur noch ein einziger Mensch im Park aufhielt: ein winziger alter Mann in ausgebeulten Jeansshorts, einem Hawaiihemd mit grünen und gelben Blumen darauf und einer riesigen Schildpattbrille. Aufbrausendes Temperament hin oder her, wenn das hier Reno Bob war, dann konnte ich es durchaus mit ihm aufnehmen.

Reno schien mich gar nicht wahrzunehmen, als ich näher kam. Er war viel zu sehr mit der Leinwand auf der Staffelei beschäftigt, die er vor sich aufgebaut hatte.

Er malte einen Ahornbaum, der in etwa zwanzig Meter Entfernung stand, aber das Gemälde umschloss auch noch einen kleinen Teich und ein paar vorüberfliegende Enten und Kanadagänse. Trotz meines Kunstgeschichtsstudiums bin ich beileibe keine Kunstexpertin, aber selbst ich konnte sehen, dass dieses Bild außergewöhnlich gut war. Obwohl dem Künstler bei jedem Pinselstrich die Hände zitterten.

Ich wartete, bis er die letzten Blätter des Baumes mit Grüntönen versehen hatte, ehe ich ihn ansprach. „Reno? Ich bin Pepper."

„Reno hat mich schon lange niemand mehr genannt." Er wandte sich zu mir um. Sein Gesicht war zerknittert wie ein altes Bettlaken, seine Arme streichholzdünn, die Knie knochig. An den Füßen trug er nagelneue Nikes, so weiß, dass mir bei ihrem Anblick die Augen wehtaten. „Sie sagten, Sie wollten mich sprechen, aber Sie haben nicht gesagt, was Sie von mir wollen."

Natürlich hatte ich mit dieser Frage gerechnet, war sie doch schließlich die entscheidende, aber ich zuckte die Achseln, als sei ich mir meines Anliegens gar nicht so sicher. „Bestimmt wollen doch eine Menge Leute Sie sehen und mit Ihnen sprechen."

„Über die alten Zeiten?" Reno wischte sich die Hände an einem Lappen ab, den er aus der Hosentasche zog, ehe er sich daranmachte, seine Malutensilien zu reinigen. „So viele sind das inzwischen nicht mehr. Früher hatte ich mal einen richtigen Fanclub."

Das war meine Gelegenheit – ich griff mit beiden Händen zu. „Nachdem Sie versucht hatten, die Bank zu überfallen. Die Geschichte mit der Bombe." Ich nickte. „Damals waren Sie eine Art Superheld, habe ich mir sagen lassen."

Die Augen hinter den Schildpattgläsern leuchteten auf. „Sie haben mich alle interviewen wollen: Dan Rather und Mike Wallace und sogar dieser andere Typ, dieser Geraldo. Oh ja!" Vorsichtig hob er die Leinwand von der Staffelei. Die war fast so groß wie er selbst, aber er hatte keine Probleme damit, sie auf ein hölzernes Wägelchen zu verfrachten. „Ich war jemand. Sie sind alle ins Central State gekommen, um sich mit mir zu unterhalten. Einmal sogar ein paar Typen aus Hollywood. Sie wollten einen Film über mich drehen."

„Bis Jefferson Lamar dafür sorgte, dass solche Besuche unterblieben und Sie wie jeder andere Gefangene behandelt wurden."

Renos Hände, die mit den Malsachen beschäftigt gewesen waren, hielten still. Er selbst schoss mir über die Schulter hinweg einen Blick zu. „Sie sind zu jung, um das alles zu wissen."

„Nicht zu jung, um mir vorstellen zu können, dass Sie verdammt wütend gewesen sein müssen."

„Ach ja?" Achselzuckend verstaute er Pinsel und Farbtuben in einer Tragetasche aus Plastik. „Das alles ist schon ziemlich lange her."

„Sie nehmen es Direktor Lamar nicht mehr übel?"

Reno kratzte sich mit dem Finger hinter dem Ohr. „Der Direktor ist schon viele Jahre tot. Was mit ihm passiert ist, spielt keine Rolle mehr."

„Oder doch. Für seine Frau könnte es eine Rolle spielen. Sie glaubt, dass er unschuldig war."

„Sie ist seine Frau, was soll sie denn sonst sagen? Sie hat doch gehört, was beim Prozess ausgesagt wurde, sie hat die Beweise gesehen, die vorgelegt wurden. Das hat sie genauso mitbekommen wie alle anderen auch. Sie weiß genau, dass er schuldig ist. Sie kann es sich nur nicht eingestehen."

„Was wäre, wenn man dem Direktor den Mord in die Schuhe geschoben hat?"

Reno hatte seine Malsachen verstaut, konnte mir also seine volle Aufmerksamkeit widmen. „Sagt das die Witwe? Hat sie Sie gebeten, hierher zu kommen und mit mir zu reden? Oder ist diese Theorie auf Ihrem eigenen Mist gewachsen?"

„Genau genommen ist es keine Theorie. Ich weiß, dass es so war."

„Ach ja?" Reno lachte, ein Lachen, aus dem schnell ein Husten wurde. Er zog eine Schachtel Zigaretten aus seiner Hosentasche, nahm eine Zigarette heraus und zündete sie sich an. „Damals im Central State, da habe ich noch alle möglichen Leute gehasst." Die Worte traten ihm gepaart mit einem hässlichen Rauchschwall aus dem Mund – hastig trat ich zurück, um nicht zu viel davon abzubekommen. „Damals war ich die ganze Zeit wütend, nur wütend. Ich habe inzwischen gelernt, meine Energie in andere Bahnen zu lenken. Ich male. Ich nehme mir die Zeit, stehen zu bleiben und an Blumen zu schnuppern."

„Aber damals ..."

„Damals ..." Er hustete erneut und spuckte auf den Boden. „Damals habe ich niemanden so sehr gehasst wie Lamar. Der hat gedacht, er könnte aus dem Central State so etwas wie ein Rekrutenausbildungslager machen. Er wollte uns alle verändern, bessere Menschen aus uns machen. Aber er hat seine Lektion erhalten, was?"

„Weil ihm jemand einen Mord in die Schuhe geschoben hat und er am eigenen Leib erfahren durfte, wie es ist, im Gefängnis zu sitzen?“

„Wenn Sie das glauben.“ Reno zog das Wägelchen mit der Leinwand zu einem himmelblauen Primus, der drei Schritte von meinem Mustang entfernt stand. Ich hätte ja nett sein und ihm mit dem Rest der Utensilien helfen können, hatte aber Angst, er könnte die Gelegenheit ergreifen und sich verabschieden. Also wartete ich, bis er die Leinwand im Auto verstaut hatte und wieder zurückkam.

Inzwischen atmete er schwer – und ich war bereit für ihn.

„Wenn jemand Lamar den Mord an Vera Blaine in die Schuhe geschoben hat, wer könnte das Ihrer Meinung nach gewesen sein?“, fragte ich.

Er zündete sich eine weitere Zigarette an, stieß wieder Rauschwaden aus. „Sie glauben, ich hatte etwas damit zu tun?“

„Ich unterhalte mich mit allen, die ich zu fassen kriege. Sie gehören zu den Leuten, die es getan haben könnten.“ „Sie haben recht – ich hätte es tun können.“ Reno nahm die Tragetasche auf, seine Miene so heiter und gelassen wie das Bild von dem Baum und dem Teich und den Enten. „Aber wenn ich es getan hätte, dann wäre es ziemlich gewagt, hierherzukommen und mit mir darüber zu reden.“ Er wandte sich wieder dem Parkplatz zu. „Das könnte ganz schön gefährlich werden.“

War das eine nette, freundliche Warnung?

Oder eine Drohung?

Auf jeden Fall war es das Letzte, was Reno Bob zu mir sagte und ich dachte während des ganzen Nachhausewegs darüber nach. Als ich aus dem Auto stieg, mir die Handtasche über die Schulter warf und meiner Wohnung zustrebte, war ich mir immer noch nicht sicher, wie ich die Worte interpretieren sollte.

Ich grübelte immer noch, als kurz vor meiner Haustür ein Mann aus einer Seitengasse sprang, mich packte und mir ein Messer an die Kehle setzte.

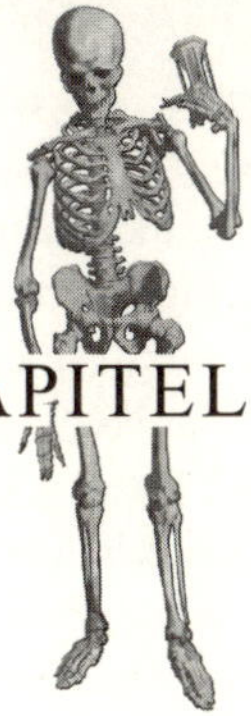

KAPITEL 12

„DU STECKST DEINE NASE in Sachen, die dich nichts angehen, Schlampe!"

Die Worte kratzten an meinem Ohr, die Messerklinge ritzte mir die Haut auf. Schon spürte ich einen feuchten, warmen Tropfen auf dem Hals und musste nicht lange darüber nachdenken, was das sein könnte.

Blut.

Mein Blut.

Schlucken ging nicht, ich hatte Angst meine Kehle dadurch der scharfen Klinge noch näher zu bringen.

Mein Angreifer hatte den Arm um mich geschlungen. Jetzt riss er mich so heftig nach hinten, dass mein Kopf zurückflog. „Halt dich da raus!", zischte er.

Was also tat ich? Nun, das war eine ganz merkwürdige Sache, und ich kann meine Reaktion nur so erklären, dass ich wohl schon zu lange als Privatermittlerin unterwegs war. Statt vor Angst wie von Sinnen zu sein, wie wohl jeder normale Mensch es gewesen wäre, dachte ich angestrengt darüber nach, ob mir die Stimme bekannt vorkam. Wo hatte ich sie schon einmal gehört?

Nein – ich konnte sie niemandem zuordnen und schon bald war mir klar, dass das eigentlich auch keine Rolle spielte.

Momentan zählte nur eins: lebend aus diesem Desaster herauszukommen.

Soweit ich beurteilen konnte, gab es für mich nur einen Weg: Ich musste die Sache in die eigenen Hände nehmen.

Besonders sportlich bin ich nicht, aber Sie dürfen nicht vergessen, dass ich als Kind und Jugendliche jahrelang Tanzunterricht genommen hatte. Mit Begeisterung: ich liebte die Kostüme und stand leidenschaftlich gern im Rampenlicht, nur bekam ich die Abläufe nie richtig hin und hasste das Üben. Was meine Tanzlehrerin, die arme Mademoiselle Adrienne, schier in den Wahnsinn trieb. Aber jetzt, in diesem unwahrscheinlichsten aller Momente, kam mir alles, was ich je bei ihr gelernt hatte, wieder in den Sinn. In einer einzigen Vorwärtsbewegung (nicht gerade ein en avant, aber es reichte), verschaffte ich mir ein wenig Schwung, um mit dem kleinen Ballonhüpfer, den Mademoiselle sich so oft von mir gewünscht hatte, ohne ihn je zu bekommen, rückwärts zu schnellen und den hüpfenden Fuß mit Wucht auf dem Spann meines Angreifers zu platzieren. Für den kam die Attacke völlig unerwartet: sein Arm ließ eine Sekunde lang locker. Das reichte mir. Ich schoss vor, wirbelte herum, als stünde ein Allegro auf dem Plan, ließ noch in der Drehung die Handtasche von meiner Schulter rutschen und schlug zu.

Dem Himmel sei Dank für diese Kiste, die wir Team eins aus dem Picknickkorb hatten entwenden können! Die war schön hart und zeigte an der Seite, die nicht weggefault war, eine hübsche, spitze Kante. Mein Angreifer trug eine Skimaske, sodass ich sein Gesicht nicht erkennen konnte. Nur die Augen: Die drehten sich nach hinten, als ich ihm die Kiste seitlich an den Schädel haute.

Ein unterdrückter Fluch und schon war ich weg, wie die Fledermausballerina aus der Hölle. Ich bin nicht so dumm, stehen zu bleiben um meine Haustür aufzuschließen! Schnell wie der Blitz rannte ich auf die Straßenecke zu, wo meine Straße auf die Mayfield Road, das Herz von Clevelands Little Italy, traf. An einem wunderschönen Donnerstagabend wie diesem, mitten im Sommer, würden sich in und vor den Restaurants und Bars der Mayfield Street Touristen und Einheimische drängen, dort konnte ich auf den Schutz der Masse zählen. Erst als ich mich zwischen

Bistrotischen und gemütlich plaudernden Menschen auf dem Bürgersteig ein wenig sicherer fühlte, blieb ich kurz stehen und warf einen Blick über meine Schulter.

Nirgends ein Mann mit einem Messer.

Ich durfte meine kleine Vorstellung als beendet betrachten.

Mademoiselle Adrienne wäre stolz auf mich gewesen.

Am nächsten Morgen war ich mit Ella auf dem Garden-View-Friedhof verabredet, um die Vorbereitungen für die Kunstausstellung zu besprechen, kam aber bewusst schon ein wenig früher, als mit ihr abgemacht. Ich hatte hier etwas vor, wollte aber erst noch eine Weile in Ruhe an meinem Schreibtisch sitzen und nachdenken. Genau das tat ich dann auch. Seit letzter Nacht stand natürlich zunächst eine zentrale Frage im Raum: Wem war ich auf die Füße getreten? So sehr, dass er einen tätlichen Angriff auf mich als notwendig erachtete? Da ich methodisch vorgehen wollte, nahm ich mir einen gelben Notizblock vor und schrieb meine Theorien auf, während ich an dem kleinen Pflaster an meinem Hals herumspielte, das die Messerwunde verbergen sollte. Erst Sammi, dann dieser Typ: langsam sah ich so aus, als wäre ich mit einer weiblichen Ringertruppe auf Tournee.

„Hat Bad Dog Raphael mir den Mann mit dem Messer geschickt?"

Das schrieb ich ganz oben auf die erste Seite des Notizblocks.

„Oder war Reno Bob nach meiner Fragerei etwas nervös?"

Das kam oben auf Seite zwei.

„Könnte der Angriff vor meiner Haustür etwas mit der Münzkiste darin zu tun haben, die ich gleich beim Nachhausekommen aus der Handtasche geholt und unter meinem Bett versteckt hatte?"

Das schrieb ich oben auf Seite drei, strich dann aber die Zeile, in der das Versteck der Kiste genannt wurde, schnell wieder durch. Nur für den Fall, dass jemand, der hinter der Münze her war, einen Blick auf meine Notizen warf.

„Hat Team eins einen Killer an Bord und die Frechheit besessen, ihn auf mich zu hetzen? Sollte er mir das Licht auspusten, weil wir ihre kostbaren Picknickkörbe durchsucht haben?“

Wohl eher nicht.

Blatt vier, auf dem ich die Damen verdächtigte, riss ich gleich wieder aus dem Block, knüllte es zusammen und warf es in den Papierkorb. Gleichzeitig unterdrückte ich ein Gähnen. Trotz meines heroischen und doch ja auch künstlerischen Umgangs mit dem messerschwingenden Irren hatte ich den Großteil der Nacht aufgedreht und schlaflos im Bett gelegen, und mich wie ein Opfer gefühlt. Was mir kein Stück gefiel, glauben Sie mir. Hilflosigkeit und Angst stehen mir einfach nicht. Aber Tatsachen sind nun mal Tatsachen und in diesem Fall war die Tatsache die, dass ich zu Hause dreimal nachsah, ob ich die Wohnungstür auch hinter mir abgeschlossen hatte. Dann hatte ich meine Couch vor die verschlossene Tür geschoben, damit niemand sie eintreten und sich auf mich stürzen konnte. Ich hatte sozusagen mit offenen Augen geschlafen. Mit Licht in allen Räumen. Hinter verriegelten Fensterläden und zugezogenen Vorhängen.

Aber offensichtlich kann man wirklich allem eine positive Seite abgewinnen: Mich als Opfer zu fühlen, brachte mich dazu, wie ein Opfer zu denken. Was wiederum ganz logisch dazu führte, dass ich über Vera Blaine nachdachte.

„Was, wenn Veras Tod gar nichts mit Jefferson Lamar zu tun hatte?“

Das schrieb ich ganz oben auf eine neue Seite.

Was, wenn Lamar nur der Unglücksrabe war, dem man die Schuld in die Schuhe schieben konnte? Wenn es anfangs gar nicht darum gegangen war, ihm die Schuld in die Schuhe zu schieben? Wenn ...

Nachdenklich kaute ich an meinem Kuli. Wie sollte ich die Frage formulieren, damit sie in meinem Kopf ganz klar blieb?

Was, wenn jemand in Wirklichkeit einfach nur wollte, dass Vera Blaine starb?

Dieser Gedanke war mir nicht erst jetzt gekommen, sondern zum ersten Mal im Laufe der langen, ruhelosen Nacht. Irgendwann einmal hatte ich es aufgegeben, noch einschlafen zu wollen. Ich war in die Küche gegangen und hatte mir eine Familienpackung Ben & Jerrys Cherry Garcia aus dem Gefrierfach geholt. Eigentlich war das Quinns Lieblingseis, aber da es nicht so aussah, als würde er in nächster Zeit vorbeikommen und es aufessen, konnte ich das genauso gut selbst tun. Während ich schlemmte, war ich noch einmal die Polizeiakte über Vera Blaines Tod durchgegangen.

Diesmal las ich mir Veras Nachruf sorgsam durch, was ich bisher noch nicht getan hatte: Ihre Eltern hießen George und Natalie Blaine, sie hatte keine Geschwister, war als Kind bei den Pfadfindern gewesen und lag – für mich die wichtigste Information – auf dem Garden-View-Friedhof begraben.

Was unter anderem erklärte, warum ich schon anderthalb Stunden vor meiner Verabredung mit Ella auf dem Friedhof war.

Ich fuhr meinen Computer hoch, sah mir die Begräbnisinformationen zu Vera an, fand ihre Abteilung und Grabnummer, druckte beides aus, um es nicht zu vergessen und eilte nach draußen. So früh an einem Freitagmorgen waren noch keine Besucher auf dem Gelände, aber in der Ferne hörte ich die Motoren brummen, die anzeigten, dass die Gärtner bereits den Rasen mähten.

Die Gärtner arbeiteten hinten im ältesten Areal des Friedhofs, ich strebte in die entgegengesetzte Richtung. Veras Grab lag etwas versteckt zwischen zwei Reihen Wacholder und einer Wand aus verblühten Rhododendren. Ein einfacher, flacher rosa Granitstein mit der Aufschrift „Unsere Tochter Vera Blaine, 1962-1984“ markierte die Stelle. Dass Vera ermordet worden war, wurde nicht erwähnt.

Es konnte losgehen! Ich rieb mir die Hände an der Hose ab, holte tief Luft, schloss die Augen und flüsterte: „Vera?“ Ja, ich kam mir blöd vor! Immerhin stand ich auf einem Grab und rief nach einer Toten! Aber wer, wenn nicht ich, hatte das Recht dazu? Ich trug die Last dieser bescheuerten Gabe, ständig genervt von den

Toten. Demnach konnte sie sich doch wenigstens blicken lassen, wenn ich sie brauchte.

Aber Vera tat mir den Gefallen nicht.

Obwohl mich das ärgerte, versuchte ich, ruhig zu bleiben. „Vera? Ich bin es, Pepper Martin. Vielleicht hast du schon von mir gehört. Ich muss mit dir reden."

Keine Antwort.

Was nun? Unversehens ertappte ich mich bei dem Wunsch, Dan Callahan möge hier sein.

Wo kam das denn her? Streng befahl ich mir, mich zusammenzureißen.

Was? Ich habe Dan bisher noch nicht erwähnt? Na ja, das ist eigentlich gar nicht so verwunderlich. Streng genommen war Dan der Grund dafür, dass man mich in Chicago angeschossen hatte. Also durfte ich wohl auch Probleme haben, wenn es um Dan ging. Gleichzeitig war Dan aber auch ...

Ehrlich, ich kann nicht sagen, was Dan ist! Ein Freund – fast hätte auch ein Liebespaar aus uns werden können. Dan hatte mich von Anbeginn unserer Bekanntschaft genervt, weil er mich ständig belog, wenn es darum ging, wer – und was – er wirklich war ...

So sehr ich mich bemühte, rational zu bleiben, wenn ich über Dan nachdachte: sobald es um ihn ging, tendierte sämtliche Logik dazu, sich in Luft aufzulösen.

Eine Zeitlang hatte ich gedacht, Dan hätte mich wirklich gern. Später fand ich heraus, dass er sich nur an meine Fersen geheftet hatte, weil er vermutete, ich könnte in Kontakt zu diversen lieben, nicht ganz von uns Gegangenen stehen. Noch später wurde klar, dass er mich doch gern hatte und zwar sogar sehr. Nur, dass ich da eigentlich schon nicht mehr ich gewesen war, er also nicht mich gemocht hatte, sondern jemanden, von dem er annahm, ich sei es ...

Wie dem auch sei: Die Sache war jedenfalls ziemlich kompliziert. Momentan war mir in diesem Zusammenhang eigentlich nur eins wichtig: Dan kennt sich mit der Geisterwelt aus. Wäre er bei mir gewesen, hätte er mir vielleicht beim Aufspüren von Vera helfen können. Aber Dan war nicht da. Er war nach all diesen schrecklichen Ereignissen in Chicago verschwunden. Nachdem ich ihm endlich das mit meiner Gabe eingestanden hatte, fest davon ausgehend, dass er sich vor Begeisterung überschlagen und mich nicht mehr aus den Fingern lassen würde, dass er sich liebend gern all meine speziellen Talente zunutze machen würde.

Nur, er tat es nicht.

Im Gegenteil: er sagte, er verstünde durchaus, wenn ich jetzt etwas Abstand bräuchte. Abstand und Zeit, um mich von allem zu erholen, was ich durchgemacht hatte. Nach dieser Erklärung hatte er das Land verlassen.

Auf so einen empfindsamen Mann sollte ich sauer sein?

Von allen sentimentalen Gefühlen einmal abgesehen, hätte Dan, wäre er jetzt hier gewesen, bestimmt gewusst, wie ich mich mit Vera in Verbindung setzen konnte. Was ich aktuell dringend brauchte, waren Informationen aus erster Hand. Vera musste mir sagen, warum sie ums Leben gekommen war.

Ich hatte mich bereits damit abgefunden, sämtliche Hoffnungen aufgeben zu müssen, als ein Wagen heranfuhr und hinter meinem Mustang hielt. Ein Mann und eine Frau stiegen aus, der Mann groß und mit beginnender Glatze, in karierter Hose und Polohemd. Die Frau trug einen sommerlich bedruckten Rock und ein T-Shirt, das so weiß war wie ihre Haare und wirkte so klein und zerbrechlich, dass ich Angst hatte, die nächste etwas steifere Brise könnte sie fortwehen. Das Paar kam in meine Richtung.

Sollte das die Antwort auf meine Gebete sein? Höchst unwahrscheinlich, aber ich wartete das Näherkommen der beiden trotzdem ab. Anscheinend sollte heute mein Glückstag sein: die Frau trug einen Strauß Tausendschönchen und eine Flasche Wasser bei sich. Das Wasser goss sie in die Vase neben Veras Grabstein, den Strauß stellte sie ins Wasser.

Ich trat vor. „Sind Sie Veras Eltern?“

Die Frau nickte. „Ich bin Natalie. Das ist George.“ Sie sah den Mann an ihrer Seite an. Natalie musterte mich aus altersblassen

Augen. „Sie sind keine von Veras Freundinnen, dafür sind Sie zu jung."

„Ich arbeite hier auf dem Friedhof. Ich recherchiere ein wenig über Vera. Über ihre Ermordung."

Das Wort reichte, um George zusammenzucken und Natalie noch älter aussehen zu lassen. Plötzlich wirkte sie so zerbrechlich wie die Blumen in der Vase zu ihren Füßen. Georges Miene wurde starr und undurchdringlich. Natalie blinzelte eine Träne fort. „Sie war ein wunderbares Mädchen", sagte sie. „Alle haben sie geliebt."

„Nicht alle." Meine Bemerkung gefiel George nicht, was an den zuckenden Muskeln an seinem Kiefer zu erkennen war. Natalie fuhr sich mit der Hand über die Wangen. Aber ich durfte mich nicht beirren lassen. „Sie ist ermordet worden", ergänzte ich. „Das deutet darauf hin, dass zumindest ein Mensch sie nicht mochte."

Natalie schüttelte die Erinnerungen ab und ging mit Georges Hilfe in die Knie, um ein paar Grasbüschel auszuzupfen, die über Veras Grabstein gewuchert waren. „Dafür ist jemand ins Gefängnis gegangen."

„Jemand, sagen Sie? Nicht ‚der Mörder'?"

Ihr Kopf fuhr hoch. „Er wurde vor Gericht gestellt und verurteilt."

„Aber Sie glauben nicht, dass er es getan hat."

Das war keine Frage, aber ich hoffte, Natalie würde sie trotzdem beantworten.

„Wir hatten der Polizei von Steve erzählt", sagte George, den Blick in die Unendlichkeit gerichtet. „Sie haben uns wohl nicht zugehört."

„Steve. Steve Ganley?" Den Namen hatte ich auf der Liste der Personen gesehen, die nach Veras Ermordung vernommen worden waren. „Er war ...?"

„Sie nannte ihn ihren Freund." Natalie gab ein verdrießliches Schnaufen von sich, das ich nur zu gut kannte, hatte ich es doch oft genug von meiner Mutter zu hören bekommen, wenn ein Junge, mit dem ich ausging, ihr missfiel.

„Sie mochten ihn nicht?", fragte ich, mein Blick zwischen George und Natalie hin und her schweifend, weil es mir gleich war, wer von den beiden antwortete.

„Er war ziemlich jähzornig." George klingelte mit dem Kleingeld in seiner Hosentasche. „Das haben wir der Polizei auch erzählt. Wir dachten, als sie aus Cleveland wegzog und diesen Job im Central State annahm ..."

„Wir dachten, die beiden würden sich nicht mehr treffen. Aber Vera ..." Natalie schüttelte den Kopf, als könne sie es immer noch nicht verstehen. „Über Geschmack lässt sich nun einmal nicht streiten. Das habe ich George immer gesagt. Ich habe gesagt, vielleicht hatte Steve etwas an sich, was wir einfach nicht sahen. Vielleicht hatte Vera gute Seiten an ihm entdeckt, die uns verborgen blieben."

„Denn Sie sahen diese guten Seiten nie?"

Das Klingeln in Georges Hosentasche wurde lauter. „Wir haben überhaupt nie viel von ihm gesehen", sagte er. „Nachdem wir an Veras Armen zum ersten Mal blaue Flecken entdeckt hatten, hat er sich bei uns nicht mehr blicken lassen."

„Er hat sie geschlagen?"

Natalie kaute hilflos an ihrer Unterlippe, weswegen es George überlassen blieb, die Geschichte zu Ende zu erzählen. „Vera sagte, es sei ein Unfall gewesen, er hätte es nicht so gemeint. Aber ich glaube ..."

„Wir haben ihr gesagt, sie solle nicht immer wieder zurück nach Cleveland kommen, um sich mit ihm zu treffen." Natalie hatte Mühe, wieder auf die Beine zu kommen, darum streckte ich ihr die Hand hin. „Wir haben sie angefleht, ihn nicht in ihre Wohnung in der Nähe des Central State zu lassen. Aber ich glaube nicht, dass sie auf uns gehört hat."

„Dann glauben Sie, Vera hat sich in jener Nacht mit ihm im Lake View Motel getroffen?" Eine knifflige Frage, aber ich konnte es mir nicht leisten, sie nicht zu stellen. „Haben Sie das auch der Polizei mitgeteilt?"

„Wir haben der Polizei alles gesagt. Sie meinten ..." George zuckte die Achseln. „Sie meinten, er sei es nicht gewesen." Er rümpfte die Nase. „Ist jetzt ja auch egal. Alles ist egal."

Da hatte er unrecht, aber ich mochte ihm nicht widersprechen. Für mich zählte allein die Tatsache, dass sich ein weiteres Teilchen in dem Puzzle, das die Ermordung von Vera Blaine darstellte, gefunden hatte. Es gab einen weiteren Namen, den ich anhand der Akte bei mir zu Hause nachprüfen konnte.

Aber erst mal ging ich zurück ins Büro, fuhr erneut meinen Computer hoch und loggte mich ins Internet ein. Wenig später hatte ich im Telefonbuch von Cleveland einen Steve Ganley gefunden – ob es der war, der Vera Blaines Armen zu blauen Flecken verholfen hatte, vermochte ich jetzt noch nicht zu sagen, aber ich hatte fest vor, es herauszufinden. Ich notierte mir seine Geschäftsadresse auf einem Zettel, den ich in die Handtasche steckte, ehe ich zu Ella ins Konferenzzimmer ging, um die Einzelheiten der Kunstausstellung zu besprechen.

Wie nicht anders zu erwarten gewesen war, versetzte die Idee meine Chefin in einen wahren Begeisterungstaumel. Als sie versprach, alles in ihrer Macht Stehende zu unternehmen, um das Ereignis gebührlich publik zu machen, gab ich ihr keine Widerworte.

Denn ich hatte andere Dinge auf der Liste.

Ich verließ Garden View und schaute kurz auf der Monroe Street vorbei, um meine Leute wissen zu lassen, dass ich dringend noch woanders hin musste und in ungefähr einer Stunde wieder zurück sein würde. Alles wäre auch nach Plan verlaufen, hätte mein Team nicht gerade ein paar Sträucher gepflanzt. Die Erde war frisch umgegraben, die Sprinkleranlage weit aufgedreht, ich passte nicht auf und prompt zog es die Füße unter mir weg. Meine Handtasche flog in die eine Richtung, ich in die andere. Direkt in einen Schlammhaufen hinein.

Absalom stand ganz in der Nähe. Er packte mich beim Arm und zog mich mit einer Hand aus dem Matsch.

Prüfend sah ich an mir hinunter: Schlamm auf meiner Khakihose, Schlamm auf der einst blütenfrischen smaragdgrünen Bluse, die ich dazu an diesem Tag angezogen hatte. Ich stöhnte.

„Sie sagten, Sie müssten heute Morgen noch wo hin?" Sammi schauderte sichtlich beim Anblick des Schmutzes, mit dem ich überzogen war. „Vielleicht habe ich im Auto etwas zum Anziehen für Sie."

Eigentlich hätte ich es besser wissen müssen, aber wie lautete der Spruch mit den verzweifelten Zeiten noch gleich, die verzweifelte Maßnahmen erforderlich machen?

Innerhalb von zehn Minuten trug ich einen Jeansrock, der bei Sami zu kurz gewesen wäre. Bei mir war er praktisch nicht vorhanden. An Sammis magerem Körper hätte das lila T-Shirt mit dem heiligen Jakob eng angelegen, an mir wirkte es obszön.

Verlegen drehte ich mich hin und her. „So kann ich doch nicht unter die Leute!"

„Och, ich weiß nicht." Das kam von Reggie, gepaart mit einem anerkennenden Blick, bei dem sich mir alles zusammenzog. „Sie sehen ziemlich abgefahren aus."

„Ziemlich irgendwas unter Garantie, aber bestimmt nicht abgefahren!" Ich zupfte an dem Rock.

„Lassen Sie mal, das geht schon in Ordnung." Absalom hatte meine Handtasche gerettet und rieb sie gerade mit einem feuchten Papiertuch sauber. Dabei ging der Verschluss auf und der Zettel, den ich im Garden-View-Friedhof hineingesteckt hatte, flatterte heraus. Absalom hob ihn auf und sah ihn sich an. „Steve Ganley?"

„Steve, der Stripperkönig?" Reggie riss Absalom den Zettel aus den Fingern. „Sie gehen zu Steve, dem Stripperkönig?"

Gut, mir gefiel der Namen auch nicht, aber ich hatte nicht vor, deswegen klein beizugeben. Noch nicht einmal, als Reggie mich von oben bis unten musterte und einen leisen, anerkennenden Pfiff ausstieß. „Na, dann sind Sie ja goldrichtig angezogen!"

Halb hatte ich noch gehofft, Steve der Stripperkönig würde Möbel restaurieren oder Autos anmalen und das Strippen bezöge sich auf Lackschichten. Ein Blick auf das Neonschild, das an dem Haus prangte, dessen Adresse ich mir notiert hatte, belehrte mich eines Besseren. „Zum donnernden Hengst", stand dort. „Herrenclub."

Mit einem lauten Stöhnen ließ ich meinen Kopf auf das Lenkrad sinken.

Es war noch früh, aber laut Aussage des Neonschildes donnerte der Hengst sieben Tage die Woche, rund um die Uhr. Als ich hineinging, saßen ein paar Männer an der Bar, und auf der Bühne tanzte ein Mädchen in einem String-Tanga, paillettenbesetzter Strumpfhose und so hohen Stöckelschuhen, dass noch nicht einmal ich sie getragen hätte. Sie sah aus, als würde sie sich langweilen und wirkte kaum alt genug, um sich hier überhaupt aufhalten zu dürfen. Was die etwas ein Dutzend Kerle im Publikum nicht zu interessieren schien.

Der stämmige Türsteher wies mich in die richtige Richtung. So fand ich Steve Ganley an einem Ecktisch, wo er über einem Stapel Papiere brütete. Er war ein Typ mittleren Alters mit einem Bäuchlein und spärlichen Haaren, die er sich über die Glatze gekämmt hatte. Vor ihm auf dem Tisch stand eine geöffnete Flasche Scotch.

Er sah kurz hoch, als ich näher kam. „Vortanzen nur Dienstags", knurrte er.

Ich zupfte an meinem Rock. „Ich bin nicht hier, um vorzutanzen."

Offenbar glaubte er mir nicht, was ich ihm vermutlich noch nicht einmal krummnehmen durfte. Er nippte an seinem Drink und sah mich prüfend an, diesmal genauer. Ein Blick, der jeden einzelnen Zentimeter von Sammis Garderobe und meinem Körper umarmte und streichelte, wie kein fremder Körper umarmt und gestreichelt werden dürfte, es sei denn, der fragliche Körper gehörte einer Person, die ihn verkaufen will. „Sind Sie sicher?"

Wenn ich mich setzte, war weniger von mir vorhanden, das angestarrt werden konnte. Also glitt ich auf den Stuhl, der Ganley gegenüberstand. „Ich bin hier, weil ich mit Ihnen über Vera Blaine reden will."

Ganleys Brauen, buschig und über der Nase zusammengewachsen, senkten sich fragend. „Hat die mal hier getanzt?"

„Sie sind mal mit ihr ausgegangen."

Trotz der in lebhaften Farben gedruckten Warnung direkt über seinem Kopf, die verkündete, der Staat Ohio untersage das Anzünden von Zigaretten in öffentlich zugänglichen Räumen, holte sich Steve eine Zigarette und ein silbernes Feuerzeug aus der Tasche. Er zündete sich den Glimmstängel an, nahm einen tiefen Zug und blies Rauchschwaden über den Tisch. „Sie ist tot."

„Das weiß ich. Deswegen bin ich hier. Ich versuche herauszufinden, wer sie umgebracht hat."

Jeder andere hätte an dieser Stelle erwähnt, dass Jefferson Lamar für diese Tat verurteilt worden war und gefragt, was zum Teufel mich die ganze Sache anginge. Nicht so Ganley. Er sagte lediglich: „Ich war es nicht."

„Das habe ich auch gar nicht behauptet."

„Warum wären Sie denn sonst hier?" Er goss sich einen weiteren Fingerbreit Whiskey ins Glas, kippte ihn sich hinter die Binde und knallte das leere Glas auf den Tisch. „Ich habe ein wasserdichtes Alibi."

„Weil ..."

„Weil Vera und ich uns seit Monaten nicht mehr gesehen hatten. Sie war sauer auf mich. Sie sagte, ich sei verantwortungslos und aus mir würde nie etwas werden." Er blickte sich um. „Wenn sie mich jetzt sehen könnte, was?"

Ich hielt es für das Beste, nicht zu antworten.

„Allerdings ..." Er zog erneut an seiner Zigarette. „Ich habe an jenem Morgen mit ihr gesprochen. Sie wissen schon, an dem Morgen des Tages, an dem sie umgebracht wurde. Das habe ich auch den Bullen erzählt. Vera und ich, wir dachten daran, wieder zusammenzukommen."

Ich warf ihm einen ruhigen Blick zu. „Was, damit Sie sie wieder schlagen konnten?"

Er drückte seine Zigarette aus. „Ich weiß nicht, woher Sie das haben. Es stimmt nicht."

„Stimmt es denn, dass sie beide sich unterhalten haben?"

„An diesem Morgen?" Er grinste. „Das ist die reine Wahrheit und nichts als die Wahrheit."

„Sie wollte Sie am folgenden Tag sehen? Sie hat nicht erwähnt, dass sie am selben Abend in Cleveland sein würde?"

„Sagte, sie hätte etwas vor. Könnte mich an diesem Abend nicht treffen. Dass sie bereits eine andere Verabredung getroffen hätte." So, wie er das betonte, ging ich davon aus, dass er Vera zitierte.

„Glauben Sie, sie war in der Stadt, um sich mit einem Mann zu treffen?"

Er schob den Gedanken mit einem Achselzucken beiseite. „Natürlich bin ich davon ausgegangen, dass sie sich mit jemand anderem trifft. Warum hätte sie sich sonst von mir trennen sollen? Aber, wie ich schon sagte: wir redeten miteinander. Sie sagte, sie hätte es sich anders überlegt. Ich schwöre bei Gott, das sind genau die Worte, die sie benutzt hat."

„Hat sie erklärt, was sie damit meinte?"

„Keinen blassen Schimmer!" Er ließ die Eiswürfel in seinem Glas kreisen. „Ich habe es so verstanden, dass sie sich von dem Mann trennen wollte, mit dem sie gerade zusammen war. Dass ihr klargeworden war, was ihr entgeht. Also ..." Ganley goss sich noch einen Fingerbreit Whiskey ins Glas und leerte es mit einem Zug. „Ich hatte keinen Grund, Vera umzubringen."

„Nicht einmal, weil Sie eifersüchtig auf den anderen Mann waren?"

Er zuckte die Achseln, als sei das weiter keine große Sache, und ich fragte mich, ob er die Angelegenheit auch schon vor zwanzig Jahren derart auf die leichte Schulter genommen hatte. „Offenbar war sie zur Vernunft gekommen. Schade nur, dass man sie umgelegt hat, ehe ich wieder mit ihr in die Federn steigen konnte."

„Wie romantisch." Das meinte ich sarkastisch und ich ging eigentlich auch davon aus, dass er mich verstand. Aber Ganleys Augen glitzerten im Licht der Bühnenbeleuchtung – es war schwer zu sagen, was der Mann dachte. Die junge Tänzerin hatte die Bühne verlassen und drehte gerade eine Runde durch den Saal, um sich Trinkgeld in den String-Tanga stecken zu lassen. Ganley sah ihr zu. Ich musste ihn bei der Stange halten, sonst fing er noch an, das Trinkgeld im Kopf mitzuzählen, damit das Mädchen ihn bloß nicht um seinen Anteil betrog. „Wollen Sie damit sagen, Ihr wasserdichtes Alibi bestand in der Tatsache, dass Sie Vera liebten?“

Sein Blick glitt zu mir herüber. Oder soll ich lieber sagen, zur Vorderseite meines lila T-Shirts? Als er lachte, bildete sich auf meinem Rücken eine Gänsehaut. „Zur Hölle mit Liebe! Ich kann Vera nicht umgebracht haben, weil sie mich drei Stunden, nachdem ich mit ihr telefoniert hatte, wegen Trunkenheit am Steuer hopsgenommen haben. Ich hatte damals gerade ein wenig Pech gehabt und konnte mir die Kaution nicht leisten. Sie sehen also: In der Nacht, in der Vera starb, hockte ich im Bezirksgefängnis, fest hinter Schloss und Riegel.“ Er hob die Scotchflasche, kippte sie fragend in meine Richtung, und goss sich, als ich ablehnend den Kopf schüttelte, selbst noch einen Whiskey ein. „Zufrieden?“

Ja, ich war zufrieden. Etwas enttäuscht, aber zufrieden.

Ich war schon aufgestanden und hatte mich umgedreht, als er mir noch etwas nachrief.

„Sie würden Hunderte einsacken, Kleine. Wenn Sie sich das mit dem Vortanzen noch mal anders überlegen, rufen Sie mich an.“

In meiner süßesten Stimme versprach ich ihm, genau das zu tun.

Den anrufen?

Wenn die Hölle zufror, ich in ein Kloster ging oder dumm genug war, mich ein zweites Mal mit einem Sammi-Santiago-Original in der Öffentlichkeit blicken zu lassen!

KAPITEL 13

Am nächsten Tag suchte ich einen Münzhändler auf, der mich darüber aufklärte, dass sich der von uns bei Jefferson Lamars Grab gefundene Silberdollar nicht in einem erstklassigen Zustand befand. Besonders selten war unser Geldstück auch nicht. Ebenso mangelte es ihm an einer seltenen Fehlprägung, die es wertvoll und berühmt gemacht hätten: ein falsch herum geprägtes Datum zum Beispiel. Unser Fund war genau siebenunddreißig Dollar wert.

Nicht gerade ein Vermögen.

Deswegen war ich also nicht überfallen worden.

Wieder hatte ein Mosaiksteinchen seinen Platz gefunden. Die Münze konnte nichts mit dem Überfall auf mich zu tun haben, und somit musste ich über sie erst mal nicht weiter nachdenken. Weiter nachdenken musste ich allerdings über den Angriff selbst und darüber, in welchem Zusammenhang zu meinen Ermittlungen er stehen mochte. Aber eine Sache war schon mal abgehakt, was mich sehr freute. Ich saß zu Hause auf meinem Sofa, die Münze in der Hand, den Notizblock auf dem Schoß, riss Seite drei aus dem Block, knüllte sie zu einem Ball zusammen und warf sie auf den Couchtisch. Damit waren die Ermittlungen in diese Richtung offiziell abgeschlossen.

Bestimmt kann man als junge Frau den Sonntagabend aufregender verbringen, als mutterseelenallein zu Hause. Aber im meinem Fall war das Alleinsein und das Nachdenken über Hinweise,

Mord und einen (Gott sei Dank) schiefgelaufenen Überfall an diesem Abend nicht das Schlechteste. Wenn ich mich ganz in meine Ermittlung vertiefte, durfte ich getrost mein Telefon ignorieren.

Das bestimmt bald anfangen würde zu läuten.

Woher ich das wusste?

Nun, zum einen stand in fünf Minuten die Ausstrahlung der nächsten Folge von Friedhofscamp an, und sobald die lief, würde unweigerlich Ella anrufen, um mir zu sagen, wie niedlich/klug/hart arbeitend ich auf dem Bildschirm rüberkam. Meine beiden Tantchen würden sich noch ein bisschen Zeit lassen. Die hatten die ganze Show über eine Ringschaltung mit meiner Mom laufen, der sie die Sendung detailgetreu am Telefon nacherzählten. Erst nach dem Abspann stand ich auf dem Anrufplan. Bei allen dreien.

Wollte ich mir die Sendung ansehen?

Die Khakihose und die smaragdgrüne Bluse, die ich am Freitag zur Arbeit getragen hatte, waren bereits im Müll gelandet. Ich wollte die üble Episode mit meiner Rückwärtslandung im Dreck auf keinen Fall noch einmal durchleben müssen.

Deswegen saß ich hier, ohne dass der Fernseher lief, hatte Zeit und eine Menge Fragen im Kopf. Ich fragte mich, warum sich jemand die Mühe gemacht hatte, eine so relativ gewöhnliche Münze bei Jeffersons Grab zu verbuddeln. Fast gegen meinen Willen fragte ich mich immer noch – oder immer wieder – ob es zwischen dieser Münze und Vera Blaines Ermordung irgendeinen Bezug geben könnte.

Vielleicht lag es daran, dass ich einfach nur so dasaß und vor mich hin starrte, vielleicht beherrschte ich aber auch meine Gabe, die nicht aufhören wollte zu geben, immer besser: Plötzlich nahm ich über dem leeren Platz neben mir auf dem Sofa in der Luft eine leichte Bewegung wahr. Sie erinnerte mich an das Zittern um eine Kerzenflamme herum. Gleich darauf tauchte Jefferson Lamar auf.

Dass ich dieses Zittern bemerkt hatte, mag erklären, warum ich bei seinem Anblick nicht aufschrie. „Was Sie da in der Hand haben, ist ein Morgan-Silberdollar“, erklärte Lamar. „George T. Morgan hat die Bildseite und die Rückseite der Münze entworfen

– so nennen wir Münzsammler das. Morgan Dollar wurden in der Zeit zwischen 1878 und 1904 geprägt, und dann noch einmal im Jahre 1921. Das Silber für diese Münzen stammte aus der Comstock-Ader, dem großen Silbervorkommen, das in den fünfziger Jahren des neunzehnten Jahrhunderts in Nevada entdeckt wurde."

Nevada – was wusste ich schon von Nevada! Nur dass Las Vegas und Reno dort lagen, und was wusste ich über die fünfziger Jahre des neunzehnten Jahrhunderts? Nichts Gutes – ich war froh, damals noch nicht auf der Welt gewesen zu sein. Ich bitte Sie: kein fließendes Wasser und in Modefragen kaum Auswahl ...

Da ich nichts Relevantes zum Thema beisteuern konnte, streckte ich einfach nur die Hand aus, damit Lamar die Münze besser sehen konnte. „Sie ist kaum etwas wert, habe ich mir sagen lassen. Anders als andere Münzen, die wohl ziemlich wertvoll sein können. Warum hat sich jemand die Mühe gemacht, dieses Geldstück neben Ihrem Grab zu verscharren? Vielleicht schuldete Ihnen jemand Geld? Oder das Silber hat eine Bedeutung? Diese ganze Sache mit der Kompost-Ader?"

„Comstock." Lamar schob sich die dicke Plastikbrille auf der Nase zurecht. „Wie ich schon sagte: Münzen zu sammeln war ein Hobby von mir. Viele wussten davon. Wir hatten im Central State sogar eine kleine Gruppe: Gefangene, ein paar Wärter und ich. Für die Insassen war das etwas, worauf sie sich freuen und woran sie zwischen den Treffen arbeiten konnten. Wozu sie Bücher lesen und sich Informationen besorgen konnten. Außerdem gehörte ich zur Münzsammlergruppe der Kirche, die Helen und ich besuchten. Die habe ich sogar ein paar Jahre lang geleitet. Aber wenn mir jemand aus der numismatischen Gemeinschaft diese Münze als Geschenk hinterlassen hat, dann wüsste ich nicht, weswegen. Als Geschenk wäre doch sicherlich etwas Ungewöhnlicheres eher in Frage gekommen."

„Oder etwas Wertvolleres." Ich warf die Münze in die Luft und fing sie wieder auf. „Warum also Zeit und Mühe aufwenden, um neben Ihrem Grab ein Loch zu buddeln und die Münze darin zu versenken?"

„Das werden wir wohl nie erfahren.“ Lamar seufzte. „Ich bezweifele auch, dass es etwas mit Vera zu tun hat. Wie denn?“

Natürlich hatte er recht: Ich verschwendete meine Zeit mit einem Geheimnis, das nicht das Geheimnis war, das aufzuklären ich mir vorgenommen hatte. Sobald mir das wieder klargeworden war, riet ich mir streng, mich auf mein eigentliches Thema zu konzentrieren, und langte nach dem Stoff, den wir bei dem Dollar gefunden hatten, um das Geldstück wieder darin einzuwickeln und es fortzulegen.

„Was ist das?“ Lamar wies auf den Stoff.

Ich verzog angewidert das Gesicht. „Ein ekliger alter Fetzen. Die Münze war darin eingewickelt.“

Er beugte sich vor – hätte er mir das Stoffstück aus der Hand nehmen können, hätte er es gewiss getan. So musste er sich darauf beschränken, sich dicht darüber zu beugen. „Das ist nicht irgendein alter Fetzen!“, sagte er. „Das ist ein Stück aus einer Gefängnisuniform des Central State.“

„Ach, ja?“ Bisher hatte ich dem kleinen orangefarbenen Rechteck wenig Beachtung geschenkt. Jetzt legte ich es zwischen Lamar und mich auf die Couch und strich es glatt. Wenn man genau hinsah, konnte man in dem Orange noch verblasste schwarze Zahlen erkennen.

Lamars Augen glitzerten hinter den Brillengläsern so groß wie U-Boote. „Das ist ein Morgan-Silberdollar und Dale Morgan war Insasse im Central State. Er war in der Münzgruppe.“

„Also könnte er die Münze für Sie vergraben haben?“

Lamar strich sich nachdenklich über das Kinn. „Es wäre wohl möglich. Dale war ein kleiner Spieler, der sich übernommen hatte und deswegen große Probleme bekam. So landete er schließlich bei uns. Aber im Grunde hatte er ein gutes Herz. Bei ihm hielt ich eine Resozialisierung für sehr aussichtsreich. Vielleicht hat er es nach seinem Gefängnisaufenthalt geschafft, sein Leben in die richtigen Bahnen zu lenken. Vielleicht hat er die Münze vergraben, um sich bei mir für das ihm entgegengebrachte Vertrauen zu bedanken.“

„Denkbar wäre es.“ Ich warf die Münze in die Luft. „Wissen Sie zufällig, was aus diesem Dale geworden ist?“

Er schüttelte den Kopf. „Nein, leider nicht.“

„Könnte ich das irgendwie nachprüfen? Ich meine, wenn er nicht resozialisiert wurde, wenn er immer noch irgendwo im Gefängnis sitzt?“

Die Vorstellung schien Lamar nicht zu behagen. „Was ist mit diesem Interdingsbums, von dem ich die Leute habe reden hören? Interweb? Inter...“

„Internet! Perfekt!“ Ich hüpfte von der Couch und schnappte mir meine Handtasche. Ich besitze keinen Computer, dafür aber die Schlüssel zum Verwaltungsgebäude des Garden-View-Friedhofs und den Code, mit dem die Angestellten den Seiteneingang öffnen können, wenn die Haupttore geschlossen sind.

Wunderbar: Am Sonntagabend unterwegs zu sein, lieferte mir die perfekte Entschuldigung dafür, nicht ans Telefon gehen zu müssen. Ich war sehr beschäftigt, würde ich Ella, meinen Tanten und meiner Mutter erklären, wenn sie mich dann irgendwann mal an die Strippe bekamen. Als hätte das Universum mitgehört, fing prompt in diesem Moment mein Telefon an zu klingeln.

Es war Ella, aber ich ging nicht an den Apparat.

Ich hatte zu tun!

Die gute Nachricht: Dank des Internets fiel es mir nicht schwer, Dale Morgan zu finden.

Die schlechte Nachricht: Jefferson Lamar hatte leider falsch gelegen, was Dales Resozialisierung betraf.

Morgan saß in einem Gefängnis nicht weit von Cleveland, aber als ich ihn am nächsten Tag anrief, weigerte er sich, ans Telefon zu kommen.

Die gute Nachricht: Als ich nicht locker ließ, bequemte er sich bei meinem dritten Anruf schließlich doch dazu, ihn entgegenzunehmen.

Und die schlechte Nachricht?

„Mich besucht nie jemand!“, jammerte Morgan. „Wenn Sie mit mir reden wollen, dann müssen Sie sich schon hierher bewegen.“

Gut – ich versprach, ihn zu besuchen.

Dann fand ich tausend Wege, diesen Besuch hinauszuschieben. Wundert das irgendwen? Wie konnte ich Dale Morgan im Gefängnis besuchen, wenn ich meinen eigenen Dad nicht besuchte, und wie hätte ich Dad besuchen können? Wie sollte ich es je schaffen, zu ihm zu fahren? Wenn ich das tat, dann musste ich mich allem stellen, was er unserer Familie angetan hatte. Das ging nicht, ich hatte viel zu viel Energie auf das Erlernen der feinen Kunst des Verdrängens verwendet.

Glücklicherweise gab es reichlich Dinge, die mich vom Grübeln über dieses spezielle Thema abhielten. Zum Beispiel der Punktestand bei Friedhofscamp. Der wurde für mich zu einer richtigen Obsession. Eine Woche lagen wir mit zehn Punkten im Vorsprung, in der nächsten fielen wir wieder zurück, und obwohl ich mir immer wieder vorbetete, das sei doch alles überhaupt nicht wichtig, war es mir wichtig. Ich hatte es so satt, von den Greers dieser Welt übers Ohr gehauen und vorgeführt zu werden. Ich hatte es satt, von den Mrs. Lambs mit Verachtung gestraft zu werden. Ich wollte gewinnen. Von ganzem Herzen wünschte ich mir und meinem Team, aus diesem Wettstreit als Sieger hervorzugehen.

Außerdem musste ich mich mit der ständig wachsenden Zahl der Fans befassen, die sich immer in unserer Nähe am Friedhofszaun herumdrückten, und mit den Geschenken, die für mich eintrudelten: Jetzt waren es keine Blumen mehr, sondern an einem Tag eine Schachtel billiger Pralinen, an einem anderen ein Fläschchen No-Name-Parfüm und dann wieder ein aufdringlicher, so gar nicht zu meinem Hauttyp passender rosa Lippenstift. Mein heimlicher Verehrer hatte einen erschütternd schlechten Geschmack, worüber ich mich vielleicht sogar aufgeregt hätte, hätte ich Muße dazu gehabt. Da ich keine Zeit hatte, warf ich jedes Geschenk einfach in den nächsten Friedhofsmülleimer und sah zu, dass ich mit meinem Leben weiterkam. Zu diesem Leben gehörten unter anderem schier endlose Stunden bei den Restaurationsarbeiten auf dem Monroe-Street-Friedhof. Wir bestellten bei der Regierung Grabsteine für alle Veteranen, die einen Anspruch darauf hatten. Wir pflanzten Rasen. Wir schleppten und wir luden, wir entwarfen Blumenbeete (das überließen wir Delmar), und wässerten und zwischendurch arbeiteten wir immer wieder an unserem Spendenspektakel, der Kunstausstellung.

Ich stieß entzückte Schreie aus, wenn Sammi uns die absolut scheußlichen Kleidungsstücke vorlegte, die sie bei der Show ausstellen wollte. Ich bewunderte die Voodoopuppen, die Absalom bastelte (sie waren wirklich ziemlich niedlich), und ermunterte Delmar zum Malen. Ich saß mit starrem Blick und fast schon hirntot dabei, als Crazy Jake uns mit Tausenden seiner Fotos langweilte. Reggie und ich spielten mit diversen Ideen, wie wir die Kunst der anderen am besten ausstellen könnten und sicherten uns mit Ellas Hilfe einen Ausstellungsort, der Team eins mit Sicherheit aus den Latschen kippen lassen würde.

Unsere Kunstausstellung würde im Garfield Memorial auf dem Garden-View-Friedhof stattfinden.

Richtig, Garfield! Wie in Präsident James A. Garfield, und wenn Sie über den nicht viel wissen, dann lassen Sie sich deswegen keine grauen Haare wachsen. Das ging mir auch so – bis ich anfing, auf dem Garden-View-Friedhof zu arbeiten. Garfield war der zwanzigste Präsident der Vereinigten Staaten von Amerika und wurde im Jahre 1881 ermordet. Er und seine Frau liegen in der Krypta eines riesengroßen, beeindruckenden Mausoleums mitten auf dem Gelände des Garden-View-Friedhofs begraben. Krypta? Richtig: das heißt, dass die beiden nicht begraben wurden. Ihre Särge stehen so, dass jeder sie sehen kann.

Ja, Sie haben recht: Das ist gruselig.

Das Memorial selbst war ein großes Gebäude, bei dessen Erbauung jede Menge Marmor und Buntglas zum Einsatz gekommen war. Mosaiken zieren das Innere, in Flachreliefs wird das Leben des Präsidenten dargestellt. (Wer nicht weiß, was ein Flachrelief ist, sollte sich auch darüber keine grauen Haare wachsen lassen: das sind im Grunde nichts anderes als Skulpturen, die aus der

Wand ragen.) Da das Gebäude selbst schon so reich verziert war, beschlossen wir, die Präsentation unserer Werke eher schlicht zu gestalten. In jedem Quadranten der Rotunde auf der oberen Ebene des Monuments würde einer unserer Leute die von ihm ausgewählten Kunstwerke präsentieren, und zwar auf ein Meter achtzig hohen und ein Meter zwanzig breiten Paneelen, die Reggie gerade zusammenbaute. Anfangs hatte Jake unbedingt zwanzig dieser Bretter für seine Fotos haben wollen, aber wir konnten ihn davon überzeugen, dass Minimalismus gerade groß in Mode war. So hatte er sich umstimmen lassen und würde sich nun, wie die anderen auch, mit fünf begnügen.

Das Ganze war perfekt und ein solcher Coup, dass es Team eins bestimmt die Sprache verschlagen würde. Kaum hatten wir unsere Spendenaktion bei Friedhofscamp angekündigt, als beim Sender die Telefonleitungen heißliefen. Die Karten gingen weg wie warme Semmeln. Jawohl, wir würden ein hübsches Sümmchen für die Monroe-Street-Helfer einspielen und bei der Gelegenheit noch dafür sorgen, dass die Damen von Team eins wie die letzten Loser dastanden.

Aber daran versuchte ich nicht zu denken, als ich mich an jenem Samstagnachmittag in Mae Tannagers Shaker-Heights-Heim zur Teegesellschaft einfand, dem Spendenhighlight von Team eins. Schließlich wollte ich nicht überheblich wirken.

Sagte ich, die Gesellschaft fand in Mae Tannagers Heim statt? Ich Dummchen: Herrenhaus hätte ich sagen sollen!

Die Tannagers lebten in einer um 1900 erbauten Monstrosität von einem Haus – voller elegant eingerichteter Räume mit hohen Decken und Dienstbotenzimmern im zweiten Stock, die bestimmt immer noch als Dienstbotenzimmer dienten, worauf ich jede Wette eingegangen wäre. Die rosa Wände, weißen Möbel und goldenen Verzierungen überall waren nicht ganz nach meinem Geschmack, aber beeindruckt war ich trotzdem. Genauso ging es meinen Teamkameraden.

„Heilige Mutter Gottes!“ Absalom, in frisch gebügelter schwarzer Hose und einem elfenbeinfarbenen seidenen Camp Shirt, das die beeindruckende Breite seiner Schultern betonte, stieß beim Betreten der edlen Hallen einen leisen Pfiff aus. „Das ist kein Haus, das ist ein …“

„Palast!“ Sammi hatte sich zur Feier des Tages in ein sommerlich trägerfreies Kleid aus Wonderbread-Tüten geworfen. Die gelben, blauen und roten Punkte darauf wackelten, als sie sich mit einem bewundernden Seufzer umsah.

Viele von unseren Fans tummelten sich bereits im Haus, tranken Tee und verputzten winzige Sandwichs. Sie begrüßten uns mit einigem Hallo.

„Pepper, du siehst fantastisch aus!“, rief eine Dame mir zu, und obwohl ich nicht eitel war, musste ich ihr recht geben. Sämtliche Register wollte ich aber erst bei unserer eigenen Spendenaktion ziehen, hatte mich an diesem Tag also noch ein wenig zurückgehalten, was aber beileibe nicht hieß, dass ich herumlief wie die letzte Vogelscheuche. Unter anderem hatte ich ja bei der Auswahl meiner Kleidung berücksichtigen müssen, dass ich heute auf jeden Fall Bianca über den Weg laufen würde. Ich trug ein Taftkleid mit großen Mohnblumen darauf, jede Blume mit einer goldenen Mitte, das Kleid selbst mit V-Ausschnitt, einem tief ausgeschnittenen Rückenteil und einem weiten, gekräuselten Rock, der mir beim Gehen anmutig um die Beine schwang.

Ich drehte mich schwungvoll im Kreis, um unseren Fans zuzuwinken.

Mein Rock drehte sich mit mir.

„Aber Pepper …“ Um mich und mein Team drängten sich die Fans. Ich sah nicht, wer mich da eben angesprochen hatte, erkannte jedoch, dass die Stimme einem Mann gehörte. Jetzt streckte sich aus der Menge eine Hand nach mir aus. „Pepper, was ist mit …“

Als die Hand mich am Arm packte, schüttelte ich sie überrascht wieder ab. Wem sie gehörte, fand ich nie heraus, denn noch während ich mich suchend umsah, drängten die Fans mich, Sammi und Absalom sanft, aber bestimmt zur Rückseite des Hauses, wo man von einem eleganten Wintergarten aus einen wundervollen Blick auf den liebevoll gepflegten Garten des Hauses genoss. Auch draußen auf den steinernen Pfaden zwischen Teichen, auf denen Seerosen in der Nachmittagssonne schwammen, und Büschen, die man zu geometrischen Formen zurechtgestutzt hatte, wanderten Partygäste herum. (Gilt eine Teegesellschaft eigentlich als Party?) Im Wintergarten selbst, der an drei Seiten Glaswände aufwies, saßen die Gäste auf bequemen Korbstühlen oder hatten sich diszipliniert in die Schlangen vor den Tischen eingereiht, auf denen sich Fingerfood türmte.

„Na, hier geht es ja endlich zur Sache!“ Absalom stürzte sich auf den Lachs und die Bagels, Sammi verschwand in die entgegengesetzte Richtung. Delmar und Reggie fand ich in der Nähe einer Bowleschüssel, sie unterhielten sich mit der Gastgeberin. Reggie trug Jeans (blitzsauber!) und ein T-Shirt mit der Aufschrift: „Hunnies play me close like Butter plays Toast“. Dem leicht entrückten Blick in Maes Augen konnte ich entnehmen, dass es ihr noch nicht gelungen war, diese Botschaft zu entschlüsseln.

Bianca unterhielt sich einige Meter und Gäste von mir entfernt angeregt mit einigen Besuchern, warf mir aber einen anerkennenden Blick zu. Hoffentlich hatte Greer den mitbekommen und würde eine Großaufnahme von mir ordern – Regisseurin und Kameramann waren natürlich auch hier, um die ganze Affäre für die Nachwelt festzuhalten. Greer hatte sich zur Feier des Tages sogar in ein Kleid gezwängt, nur hätte eine gute Freundin ihr sagen müssen, dass grauer Polyester nicht gerade ein Stoff ist, der auf Teepartys gern gesehen wird.

Aber ich war nicht hier, um mir den Kopf über Greers ungeschickte Kleiderwahl zu zerbrechen, ich hatte Wichtigeres im Sinn. Hatte ich doch, wie jeder andere hier auch, zwanzig Dollar hingeblättert, um überhaupt eingelassen zu werden. Dafür wollte ich jetzt einen Gegenwert. Schon waren meine begehrlichen Blicke auf einen Tisch voller wunderschöner Brownies gefallen, die aussahen, wie von einem Foodstylisten entworfen, schon hatte ich mir einen Teller besorgt und wollte ihn füllen, um meinen knurrenden Magen zu beruhigen, als ich unversehens Jefferson Lamar neben mir stehen sah.

„Machen Sie doch so was nicht!" Ich presste mir die Hand ans Herz. „Können Sie nicht eine Glocke läuten oder so, wenn Sie auftauchen? Damit ich weiß, dass Sie hier sind?"

Den Sarkasmus hätte ich mir sparen können. „Sie wissen genau, dass ich nichts anfassen kann, wie soll ich da eine Glocke läuten? Ich musste Sie einfach sehen! Was ist bei Ihrem Gespräch mit Morgan herausgekommen?"

Wie stellte er sich das vor – sollte ich ihm hier, vor allen Leuten, einen Bericht über meine Fortschritte abliefern? Oder vielmehr: ihm den Mangel an Fortschritten eingestehen? Ich versuchte, meinen Geist mit Blicken zu verscheuchen, aber er blieb stur. Ihm konnte es ja auch egal sein, denn außer mir hörte ihn hier niemand.

„Es könnte wichtig sein!", drängte er.

Mit einem letzten, sehnsuchtsvollen Blick auf die Brownies machte ich kehrt und marschierte aus dem Wintergarten. Wo um alles in der Welt konnten wir uns hier ungestört und unbeobachtet unterhalten? Das Haus mochte so groß sein wie ein Schiff, aber überall liefen Leute herum: im Arbeitszimmer, im Esszimmer, in sämtlichen Fluren. Zahlen sind nichts für mich, von denen lasse ich mich nie einschüchtern, wenn ich es vermeiden kann, also versuchte ich gar nicht erst, mir auszurechnen, wie viele Menschen hier sein mochten, was das konkret an Eintrittsgeldern bedeutete und wie viele Zuschauer mehr wir anlocken mussten, um Team eins bei der Spendenaktion zu übertrumpfen. Endlich entdeckte ich die Küche, in der sich wundersamerweise niemand aufhielt. Lamar und ich hatten den Raum für uns und – noch ein Wunder – auf dem Tresen stand ein Teller mit zerbrochenen Brownies. Konnte das etwas anderes sein, als eine Belohnung für meinen guten Willen? Ich holte mir einen Brownie und steckte mir ein Stück davon in den Mund. Lecker: Schokokaramell.

„Also!" Der einstige Gefängnisleiter nagelte mich mit einem durchdringenden Blick fest. „Was hatte Morgan zu sagen?"

Ich schluckte und hielt nach einem Chocolate Chips Brownie Ausschau. Gefunden, und richtig, die Schokostückchen schmeckten köstlich nach Zartbitterschokolade.

„Für ein intimes Gespräch ist das hier wirklich nicht der richtige Ort", sagte ich, um Lamars Frage auszuweichen und gleich mit einem Tadel in die Offensive zu gehen. „Sie hätten doch gut auch woanders auftauchen können, irgendwo, nur nicht ausgerechnet hier. Vorzugsweise irgendwo, wo außer uns niemand ist."

Er entschuldigte sich weder, noch erklärte er sein Verhalten. „Jetzt bin ich hier", sagte er. „Wenn ich es nicht besser wüsste, würde ich sagen, dass Sie meiner Frage ausweichen."

„Nicht ausweichen." Schokolade an meinen Fingern lieferte mir die perfekte Entschuldigung dafür, eine konkrete Antwort noch ein wenig länger hinauszuzögern. Ich wusch mir die Hände, konnte aber kein Handtuch entdecken, weswegen ich sämtliche in der Küche herumstehenden Kisten des Catering Service absuchen musste. Endlich hatte ich eine Serviette gefunden, an der ich mir die Hände abtrocknen konnte. „Ich hatte viel zu tun", sagte ich, nachdem ich die Serviette in den Mülleimer geworfen hatte.

„Dann haben Sie noch gar nicht mit Morgan geredet?"

„Natürlich habe ich mit ihm geredet!" Das war nichts als die Wahrheit, ich durfte sie getrost mit einigem Schwung verkünden. „Sie lagen übrigens nicht ganz richtig mit Ihrer Annahme, er könnte in seinem Leben eine andere Richtung eingeschlagen haben. Morgan sitzt im Gefängnis."

„Das ist sehr schade." Lamar seufzte, ließ sich von seiner Enttäuschung allerdings nicht allzu lange ablenken. „Haben Sie ihn nach dem Silberdollar gefragt? Nach mir? Nach ..."

Es half ja alles nichts. Genug der Spielchen. „Er ist ein einziges Mal ans Telefon gekommen, weigerte sich aber, über konkrete Fragen zu reden. Das tut er nur, wenn ich ihn besuche."

„Das haben Sie aber nicht getan?"

Die Frage war klar auf den Punkt gebracht und unter dem Strich auch nur logisch. Mir blieb keine andere Wahl, als wütend zu werden. „Wie ich schon sagte: Ich hatte viel zu tun!"

„So viel ja nun offensichtlich auch nicht, dass Ihnen die Zeit zum Einkaufen gefehlt hätte." Lamars Blick streifte mein Taftkleid. „Sie sagten, mein Fall sei Ihnen wichtig."

„Ist er ja auch. Das wissen Sie. Aber wer sagt denn, dass die Münze etwas mit Vera zu tun hat? Eigentlich ist ein Zusammenhang mit dem Mord doch höchst unwahrscheinlich. Womöglich ist dieser Dollar einfach ein falsche ... ein falsches Dingsda."

„Eine falsche Fährte?"

„Genau!" Lamar hatte mich aus der Fassung gebracht. Nun weiß ja jedes Mädchen, wie schnell einen die Endorphinausschüttung durch gute Schokolade wieder beruhigen, also schnappte ich mir einen Brownie und redete mit vollem Mund weiter. „Hatte Morgan etwas gegen Sie? Nein, ich glaube nicht. Und außerdem: saß er nicht im Gefängnis, als Vera ermordet wurde? Sie sagten, er sei nur ein kleiner Gauner gewesen – trauen Sie ihm zu, aus dem Knast heraus einen Mord in Auftrag zu geben? Weswegen? Lief da eine Vendetta? Hattet ihr Typen euch über den Wert von Wheat-Pennies gestritten?"

Ich starrte ihn an, lange und hart, wartete auf Antworten. Als keine kamen, drehte ich mich mit einem triumphierenden „Aha!" einmal um meine eigene Achse. Mein Rock brauchte eine Weile, bis er sich wieder beruhigt hatte.

„Dieser Morgan ist eine Sackgasse!", sagte ich. „Geben Sie es doch zu. Mit Morgan zu reden bringt uns kein Stück weiter, ich würde mit einem Besuch bei ihm nur meine Zeit verschwenden. Von der ich im Moment nicht allzu viel habe, falls Ihnen das entgangen sein sollte."

„Sie wollen nicht mit ihm reden, weil Sie Angst davor haben, einen Fuß in ein Gefängnis zu setzen!"

Wie bitte? Ich wollte vehement widersprechen und Lamar ins Gedächtnis rufen, dass ich vor überhaupt nichts Angst hatte, noch nicht einmal vor Gespenstern, aber er hob die Hand wie ein Verkehrspolizist, der vorübergehend eine rote Ampel ersetzen muss. „Mut haben Sie, das weiß ich, und daran brauchen Sie mich nicht zu erinnern. Wenn Sie keinen Mut hätten, wären Sie nicht zu Bad

Dog gegangen. Oder zu Reno Bob. Von Mut rede ich hier nicht, und das wissen Sie ganz genau, Pepper. Sie mögen keine Gefängnisse betreten, weil Gefängnisse Sie an Ihren Vater erinnern und diese Erinnerung zu sehr schmerzt."

Auch hier hätte ich widersprechen können, wäre mir denn eine Erwiderung eingefallen. Schweigend nahm ich noch einen Brownie, ohne ihn jedoch zu essen. Denn mit einem Mal war ich überhaupt nicht mehr hungrig.

„Für solche Gefühle braucht man sich nicht zu schämen." Lamar kam einen Schritt näher. „Es ist Ihnen peinlich, dass Ihr Vater im Gefängnis sitzt. Sie fühlen sich im Stich gelassen. Glauben Sie mir, das habe ich bei den Familien der Männer, die zu mir ins Gefängnis kamen, oft erlebt. Sie haben Ihrem Vater vertraut, und Ihr Vater hat dieses Vertrauen verraten."

Hilflos zuckte ich die Achseln – was hätte ich ihm denn auch antworten sollen? Ich warf den Brownie weg, wusch mir die Hände und goss mir ein Glas Wasser ein. Die viele Schokolade hatte sich hinten in meinem Hals zu einem Klumpen zusammengeballt.

„Ich könnte mitgehen, wenn Ihnen das hilft." Ich stand immer noch mit dem Gesicht zum Spülbecken, als Lamars Stimme hinter mir ertönte.

„Dale Morgan besuchen?" Ich drehte mich zu ihm um. „Oder meinen Vater?"

„Auch beide. Obwohl ich meine, wir sollten uns erst einmal auf Morgan konzentrieren. Wenn er etwas weiß ..."

„Halten Sie das denn wirklich für möglich?"

Er breitete die Hände aus. „Ich würde es gern herausfinden."

Ja, ich auch.

Die Frage war nur: wie viel lag mir daran, es herauszufinden?

Sehen Sie: Auf diese Frage wusste ich keine Antwort und konnte auch schlecht so tun als ob. Als ich schwieg, meinte Lamar wohl, mich noch weiter überzeugen zu müssen.

„Vielleicht kann er uns ja irgendetwas erzählen!"

„Vielleicht." Das zumindest wollte ich ihm zugestehen.

„Sie sind die Einzige, die mit ihm reden kann."

Nein, das war nicht ganz korrekt – zumindest rein technisch gesehen nicht. Natürlich war ich nicht die Einzige, die Morgan besuchen und mit ihm reden konnte. Allerdings vermochte niemand außer mir einen Bericht über diese Unterhaltung an Jefferson Lamar weiterzugeben.

„Pepper? Mir liegt sehr viel daran, ich wüsste es wirklich zu schätzen." Es fiel Lamar nicht leicht, um etwas zu bitten, das war mir klar. Das würde auch den leicht gequälten Ausdruck in seinem Gesicht erklären. „Wenn es jemand anderen gäbe ..."

„Aber es gibt niemanden." Warum ich das noch extra betonen musste, war mir selbst nicht ganz klar. „Ich weiß ja, dass ich die Einzige bin. Es ist doch nur, dass ..."

Lamar verschluckte sich fast an seinem Stolz, was ich an seinem Adamsapfel ablesen konnte, der wild auf und ab hüpfte. „Pepper, bitte. Ich bin es ihr schuldig."

Natürlich sprach er von Helen, der Frau, die nie aufgehört hatte, an ihn zu glauben. Oder? Das ließ sich nicht mehr klären, da in diesem Moment Reggie und Delmar in die Küche stürmten und Lamar sich in Luft auflöste.

„Hier sind Sie!" Delmar war knallrot im Gesicht. „Wir haben ein Problem!"

Eigentlich wollte ich nichts weiter wissen, aber wieder einmal befand ich mich in einer Situation, in der ich keine Wahl hatte. „Was für eins?", erkundigte ich mich seufzend.

Reggie atmete schwer. „Wir sind durch das ganze Haus gerannt und haben nach Ihnen gesucht. Absalom sucht draußen. Jake ist irgendwo und fotografiert ..." Eine wegwerfende Handbewegung stellte klar, dass Reggie von Jake unter diesen Umständen keine große Hilfe erwartete. „Wir brauchen Sie! Sofort!"

Sammis Name war bisher nicht gefallen! Das Herz schlug mir bis zum Hals, um gleich darauf auf dem Grunde meines fast leeren Magens zu landen.

Delmar holte tief Luft. „Vor ungefähr zehn Minuten kam Virgil hier anspaziert. Sammi und er sind zusammen losgezogen, wir wissen nicht, wohin, und können sie nirgendwo finden. Diese

Greer hat ihn auch gesehen. Sie sucht jetzt überall nach den beiden und ihr läuft praktisch der Geifer aus dem Mund, so geil ist sie drauf, die beiden mal wieder bei einer Prügelei zu filmen!"

„Scheiße!" Etwas Passenderes fiel mir nicht ein. „Wo habt ihr bis jetzt nachgesehen?", wollte ich wissen, während ich mit den beiden Männern aus der Küche rannte.

„Draußen, hinten in diesem Wintergarten und in der Bibliothek." Reggie verdrehte die Augen – eine Bibliothek in einem Privathaus kam ihm wohl ziemlich skurril vor. „Auf jeden Fall schnippelt sie ihn nicht in der Küche in kleine Stückchen, das ist doch schon mal was. Das hätten Sie ja wohl mitgekriegt."

Ich warf einen Blick auf die gewundene Treppe, die in den ersten Stock hinaufführte. „Hat schon wer oben nachgesehen?"

Sie schüttelten die Köpfe, woraufhin ich die Treppe hinaufeilte, immer zwei Stufen auf einmal nehmend.

Der erste Stock des Tannager-Heims war nicht minder beeindruckend als das Erdgeschoss. Von einem breiten Flur führten diverse offenstehende Türen in Räumlichkeiten, die in den schicken Hochglanzzeitschriften über Heimgestaltung als Boudoirs bezeichnet werden. Keine simplen Schlafzimmer: Jede einzelne dieser Türen führte in eine aus Schlafzimmer, Ankleidezimmer und Wohnzimmer bestehende Suite, und all diese Suiten waren in Weiß und Gold möbliert. In keinem fand sich auch nur ein Hinweis auf Sammi und Virgil.

Aber auch keine Blutspuren, was mich ein wenig aufmunterte.

Die Laune verging mir schlagartig wieder, als ich vom hinteren Ende des Flurs her Geräusche hörte.

„Scheiße, Scheiße, Scheiße!" Dieses Allzweckwort passte doch wirklich bei vielen Gelegenheiten! Ich rannte zur letzten Tür ganz am Ende des Flurs, die verschlossen war. Je näher ich ihr kam, desto lauter wurden die Geräusche: Stöhnen, eine Art Grunzen, leise Schreie. Voll böser Vorahnungen stieß ich die Tür auf.

Was an sich wohl kein Problem gewesen wäre, hätte ein auf dem Boden liegendes Wonderbreadkleid nicht den Weg versperrt.

„Oh!“ Wie angewurzelt blieb ich in der halb offenen Tür stehen, eher von meiner eigenen Naivität peinlich berührt, als von dem Anblick, der sich mir im Bett auf der gegenüberliegenden Zimmerseite bot. Gnädigerweise waren Sammi und Virgil viel zu sehr miteinander beschäftigt, als dass sie meine Anwesenheit mitbekommen hätten. Das sollte tunlichst auch so bleiben! Leise zog ich mich wieder in den Flur zurück und ließ die Tür einschnappen.

Inzwischen hatte Delmar mit mir aufgeschlossen. „Sind die beiden da drin?“

„Oh ja!“ Ich warf einen Blick über seine Schulter. „Was ist mit Greer ...?“

„Kein Problem!“ Reggie kam den Flut entlang gerannt. „Der hat Absalom gesagt, er hätte gesehen, wie Sammi Virgil in den Garten nachlief. Uns bleibt noch genug Zeit, die beiden auseinander zu kriegen!“

„Oder auch nicht.“

Verdatterte Blicke Reggies und Delmars. „Anscheinend verbindet Sammi und Virgil eine Hassliebe“, erklärte ich, „und momentan befinden sie sich in einer Liebesphase.“

KAPITEL 14

JEFFERSON LAMAR hatte recht!

Natürlich hatte er recht, wenn er mir unterstellte, Dale Morgan aus dem Weg zu gehen. Er hatte recht mit seiner Unterstellung, das täte ich, weil es für mich einfach zu schmerzhaft war, ein Gefängnis zu betreten. Er hatte recht, was meinen Vater betraf. Natürlich hatte er recht.

Aber das würde ich um keinen Preis zugeben. Weder Lamar noch mir selbst gegenüber.

Also verbrachte ich die Tage nach dem Spendentee damit, mir zu beweisen, dass ich nicht mit Dale Morgan zu reden bräuchte, um den Fall zu lösen. Das tat ich zwar nicht bewusst, da ich es tunlichst vermied, über diesen Gedankenstrang überhaupt nachzudenken, aber ich tat es trotzdem.

Ich fuhr noch einmal zum Park, in dem ich Reno Bob getroffen hatte, saß in meinem Auto und beobachtete, ob der Mann irgendetwas Verdächtiges tat. Er tat nie etwas Verdächtiges.

Ich fuhr noch einmal zu Bad Dogs Big Car Nation und trieb mich unauffällig vor dem Laden nebenan herum, in dem man Schecks einlösen konnte. Unauffällig? Na ja, so gut es unter dem riesigen, rosa-orange gestreiften Schirm ging, den ich mir von Ella geliehen hatte, weil es an dem Nachmittag regnete. Bei Bad Dog war ich mir nicht einmal sicher, was ich zu sehen hoffte. Vielleicht ja gar nichts, vielleicht wollte ich auch nur ein paar Schwingungen oder Eindrücke auffangen. Aber abgesehen von diesem skurrilen mechanischen Hund, der in seinem Auto auf dem Pfeiler hockte und winkte und winkte und winkte, entdeckte ich nichts Ungewöhnliches. Jedenfalls nichts, was mich weitergebracht hätte.

Noch einmal sah ich mir die Fotos vom Tatort an und las mir sämtliche Vernehmungsprotokolle durch. Das brachte mich zu der Erkenntnis, dass ich mir den Besuch beim Stripperkönig hätte sparen können, hätte ich beim ersten Durchlesen der Akte besser aufgepasst: das Protokoll seiner Aussage zierte ein Rostfleck, der darauf schließen ließ, dass dort einmal eine Büroklammer befestigt gewesen war. Die entsprechende rostige Klammer fand sich dann auch folgerichtig an einer handgeschriebenen Notiz, die frei in der Akte herumflog. „Kommt als Verdächtiger nicht in Frage", stand dort. „War zur fraglichen Zeit inhaftiert."

Genau wie Reno und Bad Dog zum Zeitpunkt von Veras Ermordung – nur nicht im Central State.

Und was hatte das zu besagen? Nichts, wenn es bei diesem Mord eigentlich um Vera gegangen war, und Jefferson Lamar sich nur zufällig als Sündenbock angeboten hatte.

All diese Fragen wirbelten wieder einmal in meinem Kopf herum. Da ich die Akte gerade vorliegen hatte, las ich mir auch die Zeitungsartikel darin noch einmal durch, obwohl ich sämtliche Einzelheiten inzwischen auswendig kannte. Dafür achtete ich zum ersten Mal darauf, wer die Artikel geschrieben hatte.

Ein Name tauchte immer wieder auf: Mike Kowalski.

Der Name kam mir bekannt vor. Nur um sicherzugehen, nahm ich mir eine aktuelle Ausgabe des *Plain Dealer* vor und blätterte sie durch. Richtig: Mike Kowalski schrieb immer noch. In der Metro-Sektion der Zeitung stand sogar ein langer Artikel *über* ihn. Der Mann schien ziemlich berühmt zu sein und hatte gerade einen wichtigen Journalistenpreis verliehen bekommen. Die Zeitung brachte ein Bild des Reporters, der etwas linkisch auf einem Podium stand, die schicke Plakette in der Hand, ganz so, als sei es ihm peinlich, im Rampenlicht zu stehen. Ich las mir den dazugehörenden Artikel durch, in dem besonders Kowalskis Herausgeber ausführlich zitiert wurde. Kowalski schien etwas zu besitzen, worüber außer ihm kein Journalist unserer Stadt verfügte: Zugang zu unglaublich reichhaltigen (und streng geheimen) Quellen. Die so gewonnenen Informationen hatte er benutzt, um sozusagen auf eigene Faust einen örtlichen Drogenbaron aus dem Geschäft zu bugsieren. So etwas hörte die Polizei bestimmt gerne.

Oh ja, Kowalski war ein Superheld unter den Journalisten, aber ich rief ihn trotzdem an, darauf vorbereitet, wieder einmal meine Geschichte von den Restaurierungsarbeiten und der Recherche vorbeten zu müssen. Aber wie es sich herausstellte, war das gar nicht notwendig: Kowalski war ein Fan von Friedhofscamp. Mehr noch: Er fand, ich sei eine ganze heiße Kleine und sowieso das Beste an der ganzen Show.

Wollen Sie wissen, wie verzweifelt ich einem Besuch bei Dale Morgan im Gefängnis aus dem Weg gehen wollte?

So verzweifelt, dass ich mich trotz dieser Sprüche mit Kowalski zum Kaffeetrinken verabredete.

Dank des Fotos, das den Zeitungsartikel über ihn begleitet hatte, erkannte ich den Mann sofort, als ich die Eckkneipe mit dem schönen Namen *Sullivans* betrat, in der wir verabredet waren. Auch wenn er, anders als ich erwartet hatte, weder rote Strumpfhosen noch ein dunkles Cape trug.

Das war auch gut so, beides hätte ihm nicht gestanden. Kowalski war ein Mann mittleren Alters mit beginnender Glatze und Dreifachkinn. Er trug eine Khakihose, ein blaues Oxford Hemd und eine hellblaue Krawatte mit gelben Punkten, die der Krawattendesigner vorgesehen hatte, sowie Spuren von Essensresten, die ursprünglich bestimmt nicht geplant gewesen waren. Im Gesicht über der Krawatte zwei Knopfaugen, die aufleuchteten, sobald sie meiner ansichtig wurden.

Ekelhaft! Bemüht, mir meine Gefühle nicht anmerken zu lassen, glitt ich auf die Sitzbank gegenüber von Kowalski und bestellte mir einen Kaffee. Der Reporter hatte einen fettigen Hamburger und eine doppelte Portion Fritten vor sich stehen, die er gerade in einer Ladung Ketchup ertränkte, während er mich von oben bis unten musterte.

Keine Sorge, die Sache mir der „heißen Kleinen“ klang mir noch in den Ohren. Ich hatte mich entsprechend zurechtgemacht. Schwarze Hose, eine locker sitzende, langärmlige, bis zum letzten Knopf zugeknöpfte Bluse und vernünftige Schuhe. Von mir ging nicht ein einziges verführerisches Signal aus.

Was der Typ allerdings so was von nicht zu kapieren schien.

„Recherche, was?“ Er grinste das Grinsen, mit dem ältere Männer immer versuchen, bei jüngeren Frauen Eindruck zu schinden. „War das nicht vielleicht doch eher eine Ausrede? Eigentlich wollten Sie mich doch nur kennenlernen, geben Sie es ruhig zu!“

Meiner Meinung nach gab es nur einen sicheren Weg ins Herz eines Journalisten und den wollte ich beschreiten, ohne mich durch irgendetwas ablenken zu lassen. Deswegen war ich extra morgens beim Garden-View-Friedhof vorbeigefahren und hatte sämtliche in der Polizeiakte enthaltene Zeitungsartikel kopiert. Die zog ich nun aus meiner Handtasche und legte sie auf den Tisch. „Ich habe Ihre Artikel gelesen. Sie wissen wahrscheinlich mehr über den Mord an Vera Blaine als sonst irgendwer.“

Kowalski kaute Fritten und spülte mit Kaffee nach. „Ich trage mich mit dem Gedanken, ein Buch über die Sache zu schreiben. Hey! Wenn daraus sogar ein Film wird, wollen Sie mitwirken?“

Das meinte er nicht ernst und ich war nicht interessiert. Ich zwinkerte ihm zu. „Das wäre wunderbar! Nur wird das ja nicht gleich morgen sein, oder? Es dauert seine Zeit, bis so ein Filmprojekt steht. Bis dahin bin ich viel zu alt, um die Vera zu spielen.“

Kowalski packte seinen Burger mit beiden Händen und biss zu. Ketchup, Senf und Zwiebeln rannen aus dem Brötchen, klatschten auf den Teller und spritzten hoch bis zur Krawatte, wo sie das Pünktchenensemble durch eine neue Farbgebung ergänzten. „Wir würden eine Ausnahme machen!“, versicherte er mir mit vollem Mund. „Für Sie, Süße, würde ich alles tun.“

Ohne auf ihn einzugehen, gab ich mir Süßstoff in den Kaffee und trank einen Schluck. „Lassen Sie uns bei Ihren Artikeln anfangen.“ Ich breitete die Kopien auf dem Tisch aus. „Sie haben damals eine Menge über den Fall geschrieben, Sie scheinen erstklassige Verbindungen gehabt zu haben."

„Ich war ein Affe." So, wie es sich anhörte, war ihm das nicht peinlich, tat ihm aber leid. „Ich kam frisch von der Journalistenschule und habe jeden Auftrag angenommen, den mein Herausgeber mir anbot. Ich habe mir den Arsch aufgerissen, wollte mir um jeden Preis einen Namen machen. Ich dachte, der Fall Blaine könnte für mich den Durchbruch bringen."

„Hat er?"

Kowalski legte seinen Burger ab, um sich erneut den Fritten widmen zu können. „Würde ich dann hier sitzen?"

Bitte? Wie sollte ich das verstehen? Ich dachte an den Artikel, den ich im *Plain Dealer* gelesen hatte. Glauben Sie mir, ich wollte keine Extrapunkte einheimsen, ich wollte einfach nur kapieren, was Sache war. „Sie sind doch so eine Art Gott des investigativen Journalismus! Man hat Ihnen diesen ..."

„Den Großen Preis, ja, ja. Bla, bla, bla." Statt sich erfreut und begeistert zu zeigen, wie man es wohl von jemandem erwarten darf, dem gerade eine wichtige Auszeichnung verliehen worden ist, tat Kowalski die Sache mit einer verächtlichen Handbewegung ab. „Sie sind noch jung", sagte er. „Irgendwann werden sie es auch noch kapieren." Er lachte leise vor sich hin, nur verstand ich echt nicht, was so witzig sein sollte. „Oder auch nicht."

Inzwischen war mir nicht mehr ganz klar, worüber wir sprachen, also versuchte ich, die Unterhaltung wieder auf die ursprüngliche Bahn zu lenken.

Ich blätterte die Artikel durch, bis ich den gefunden hatte, nach dem ich suchte. „Ich habe ein paar Fragen", sagte ich. „Zu diesem Portier des Lake View Motels, diesem Aaron Burton."

Kowalski schoss mir einen Blick zu, der ebenso leicht zu durchschauen war wie seine lahme Anmache zu Beginn unserer Unterhaltung: Mein Gegenüber fragte sich gerade, ob an mir noch mehr dran sein mochte als ein fantastischer Körper und ein hübsches Gesicht.

War das jetzt gut oder schlecht?

Egal – warum sich darüber den Kopf zerbrechen? Lieber konzentrierte ich mich auf mein Anliegen. Ich deutete auf eine meiner Kopien, und da der entsprechende Artikel für Kowalski falsch herum lag, las ich ihn laut vor. „Sie zitieren hier den Portier ... ‚Die waren oft hier', sagte Aaron Burton, ein Angestellter des Lake View Motels. ‚Ich habe sie schon vorher gesehen, viele Male'."

Ich legte den Artikel ab, stützte meine Ellbogen auf den Tisch und warf Kowalski einen gelassenen Blick zu. „Warum lügt der Portier eines heruntergekommenen Motels bei einer solchen Sache?"

Kowalski trank seinen Kaffee aus und winkte der Kellnerin, sie sollte nachschenken. Erst als sie ihm die Tasse vollgegossen und er sich drei Päckchen Zucker und vier von diesen kleinen Sahnebehältern hinein gekippt hatte, machte er sich die Mühe, mir zu antworten. „Wieso glauben Sie, dass er lügt?"

„Das ist schwer zu erklären." Das war nichts als die Wahrheit, da ich mich in dieser Frage auf die Aussage eines Toten verließ, der Stein und Bein schwor, seine Beziehung zu Vera sei eine ganz normale zwischen Chef und Sekretärin gewesen, nie mehr. „Ich glaube nicht, dass Vera und Lamar eine Affäre hatten."

Kowalski deutete mit dem Kinn auf den Artikel, den ich ihm gerade vorgelesen hatte. „Das sagt der Typ aber anders, oder – und er war schließlich da. Sie dagegen ..." Ein rascher, musternder Blick, „Sie waren damals, wenn ich richtig liege, in der Vorschule."

Ich lächelte, weil Kowalskis Stimme angespannt geklungen hatte und der Blick seiner Knopfaugen in einer Art auf mir ruhte, die mir sagte, dass der Mann langsam sauer wurde. Weswegen, das wusste ich nicht, aber mir war klar, dass Kowalski mich fortscheuchen würde, steuerte ich unsere Unterhaltung jetzt nicht sofort in ruhigeres Fahrwasser. Wenn er mich wegjagte, entging mir alles, was er mir vielleicht verraten konnte. „Warten Sie – jetzt kommt die Sache, die mich wirklich interessiert: Aaron Burton hat nie im Prozess ausgesagt!" Das wusste ich genau, hatte ich mir die Akte doch immer wieder durchgelesen und meine Vermutung doppelt und dreifach überprüft, um ganz sicher sein zu können, dass mir nichts entgangen war. „Er ist ja nach dem Mord noch nicht einmal von der Polizei vernommen worden. Wenn seine Aussage so wichtig war ...“

„Anscheinend war sie es dann wohl doch nicht. Sie konnten Jefferson Lamar auch so verurteilen.“

„Aber warum? Wie?“ Kowalski war Reporter – warum sah er nicht, was für mich so klar auf der Hand lag? „Die Zitate aus Ihrem Artikel können doch wohl nicht als Beweismittel herangezogen worden sein!“

Kowalski ließ die Fritte, die er sich gerade in den Mund schieben wollte, auf den Teller zurückfallen, wo sie in einem Meer aus Ketchup landete. Prompt zierten neue rote Flecken seinen Schlips. Selbst das Hemd hatte etwas abbekommen. „Wollen Sie mir unterstellen, ich hätte Lügen verbreitet?“

„Um Gottes willen, nein, natürlich nicht.“ Kowalski entglitt mir, und das im Eiltempo. Ich musste mich konzentrieren, wollte ich weiterhin Fragen stellen, ohne seinem Ego allzu nahe zu treten. „Haben Sie Nachsicht mit mir, ich bin kein Profi. Anders als Sie. Ich bin nur jemand, der auf einem Friedhof arbeitet und nach Mitteln und Wegen sucht, in einer blöden Fernsehshow gut dazustehen.“ Ich beugte mich vor. „Sie wollen mir doch helfen, oder?“

Er lehnte sich zurück. Sein Blick flackerte von meinem Gesicht zur Vorderseite meiner Bluse.

Am liebsten wäre ich geflüchtet, widerstand der Versuchung jedoch.

Das war auch gut so, denn in der nächsten Sekunde lenkte Kowalski ein.

„Aaron Burton war Junkie“, erklärte er. „Er hat nicht ausgesagt, weil sie ihn bei Prozessbeginn nicht finden konnten.“

„Sie glauben ...?“

Er schob seinen Teller von sich. „Er hat nicht ausgesagt, weil die Bullen ihn schlichtweg nicht finden konnten. Wahrscheinlich hatte sich der Typ den goldenen Schuss gesetzt. Wahrscheinlich lag er irgendwo tot rum und niemand hat seine Leiche gefunden.“

„Ziemlich praktisch, finden Sie nicht?“

„Nicht für Burton. Nicht, wenn er tot war." Kowalski stemmte sich aus der Nische und warf einen Zwanziger auf den Tisch. „Ihr Kaffee geht auf mich", sagte er. „So kann ich den Leuten im Büro erzählen, ich hätte mit einer wunderschönen Frau zu Mittag gegessen. Das glaubt mir zwar keiner, aber was soll's."

Mit diesen Worten ging er. Einfach so.

Ich verbrachte einige Zeit mit Nachdenken über meine Unterhaltung mit Mike Kowalski. Zum einen fragte ich mich, was mir das Treffen gebracht hatte, noch wichtiger jedoch erschien mir die Frage, wie und warum Aaron Burton damals so passend von der Bildfläche verschwunden war. Sollte die Beziehung zwischen Lamar und Vera wirklich so gewesen sein, wie mein Geist sie beschrieb, dann hatte der Portier mit der Behauptung gelogen, die beiden oftmals zusammen im Lake View Motel gesehen zu haben. Wenn dies stimmte, so hatte ihn jemand sicherlich für diese Aussage bezahlt. Vielleicht genug, um loszuziehen und bis zur Überdosis zu feiern?

So genau würde ich das natürlich nie wissen, aber das Szenario schien faszinierend und bot diverse Interpretationsmöglichkeiten. Zwar kenne ich außer mir keine Privatdetektive und kann also auch nicht für andere Kollegen sprechen, aber ich wurde sehr neugierig und ich tippe darauf, das wäre jedem anderen Privatermittler der Welt auch so gegangen.

Hätte ich doch nur mehr Zeit gehabt, mich dem Geheimnis Aaron Burton zu widmen!

Die nächste Woche brach wie ein Wirbelsturm über uns herein. Jede Menge Arbeit auf dem Friedhof, so viel, dass es uns kaum gelang, den Kopf über Wasser zu halten. Gleichzeitig mussten wir unsere Spendenaktion vorbereiten und durften den Schwung nicht verlieren, trotz der ernüchternden Tatsache, dass Team eins für seinen Tee zwanzig Punkte eingeheimst hatte, weswegen wir nun mit dreißig Punkten im Rückstand lagen. Wir schufteten wie die armen Irren und wäre Ella nicht gewesen, dann hätten wir wahrscheinlich auch ausgesehen wie arme Irre.

Obwohl ich es lieber gesehen hätte, sie hätte sich auf ihre Rolle als allgemeine Cheerleaderin beschränkt und wäre nicht eine Stunde vor Beginn unserer großen Show mit einer schlechten Nachricht bei mir aufgetaucht.

„Fünftausend Dollar? Team eins hat mehr als fünftausend Dollar zusammengebracht?“ Die Nachricht, die Ella mir gerade überbracht hatte, erschütterte mich so, dass ich, völlig vor den Kopf geschlagen, hilflos auf der breiten, mit Steinplatten gepflasterten Veranda vor Präsident Garfields Memorial auf und ab tigerte. „Das heißt ja, sie hatten ...“ Mathematik ist, wie gesagt, nicht meine Stärke, trotzdem versuchte ich, schnell ein paar Berechnungen anzustellen, was ich mir aber getrost hätte sparen können. Natürlich hatte Ella genaue Zahlen parat. Sie warf einen raschen Blick auf das entsprechende Blatt in dem Ordner, den sie bei sich trug.

„Zweihundertfünfundsechzig“, sagte sie. „Sie haben zweihundertfünfundsechzig Eintrittskarten verkauft.“

„Auf wie viele sind wir denn bisher gekommen?“ Verzweifelt versuchte ich, mich auf die Informationen zu besinnen, aber wieder einmal ließen mich die Zahlen im Stich.

Auf Ella jedoch war Verlass. „Ihr habt bisher hundertfünfunddreißig Karten verkauft“, sagte sie. „Nur keine Sorge, das hat absolut nichts zu bedeuten. Ihr wisst, dass Team eins Karten an Leute verkauft hat, die gar nicht auf der Party aufgetaucht sind. Unter anderem der Bürgermeister, eine Menge Senatoren und ...“

„Ist doch egal, ob sie aufgetaucht sind oder nicht!“, stöhnte ich. „Das Geld haben die Damen trotzdem eingenommen, und das bedeutet, wenn hier heute nicht massenhaft Leute in letzter Sekunde auftauchen und Karten kaufen, dann streicht Teams eins auch noch die Bonuspunkte ein.“

Was für mich einer Tragödie gleichkäme. Wie konnte Ella da so grinsen?

„Was?“ Ich musste sie das fragen, es war die einzig logische Frage.

Ella grinste womöglich noch breiter. „Es liegt dir etwas daran!“, sagte sie.

Ich blieb stehen. „Mir liegt etwas daran? Woran?“

„An der Restaurierung. An deinem Team. An Monroe Street. An Friedhöfen!“ Mögen die Götter wissen, wo Ella diese Schwachsinnsidee hernahm, aber es machte sie so glücklich, dass sie auf und ab hüpfte wie eine Boje auf stürmischer See. Irgendwie sah sie an diesem Abend einer Boje auch ähnlich: in einem engen, roten Hosenanzug, der ihre üppigen Kurven zur Geltung brachte, und Kristallschmuck, der in der Abendsonne glitzerte.

„Genau damit hatte ich gerechnet!“, erklärte meine Chefin in dem liebevollen, mütterlichen Ton, den ich sie auch schon ihren drei Töchtern gegenüber hatte anschlagen hören. „Ich wusste, aus dir wird noch mal eine der führenden Friedhofsspezialisten des Landes. Das hier ist der erste Beweis. Du hast dir hohe Ziele gesteckt, du willst brillieren!“

„Gewinnen will ich!“, klärte ich sie auf, „und ich kann dir auch sagen, weswegen: Die Damen von Team eins ...“ Wie sollte ich das jetzt sagen, ohne die Sache mit der gestohlenen Münze zur Sprache zu bringen oder die mürrischen Blicke, mit denen die Ladies mich bedachten, seitdem klar war, dass ich sie mir zurückgestohlen hatte? „Die Damen von Team eins sind einfach schlimme Nervensägen! Bis auf Bianca, die hält sich zurück.“ Die würde ich im Traum nicht beleidigen, auch wenn sie gar nicht da war und mich insofern auch nicht hören konnte.

„Das meinst du nicht so!“ Ella wusste genau, dass ich es so meinte, wie ich es gesagt hatte, musste jedoch ihre Missbilligung über eine so freche Äußerung zum Ausdruck bringen. „Gib es zu: du entwickelst deinem Team gegenüber Beschützerinstinkte. Friedhofscamp macht dir Spaß, und das liegt nur daran, dass du endlich, endlich richtige Zuneigung zu deiner Tätigkeit entwickelt hast. Trau dich doch: Gib es einfach zu. Du weißt doch, dass du mir immer die Wahrheit sagen kannst.“

„Gut, ich gebe es zu.“ Dabei gab es nun wirklich nichts zuzugeben, denn Ella lag mit ihrer Unterstellung komplett daneben.

Aber darüber konnte ich mir jetzt nicht auch noch den Kopf zerbrechen, und wenn es meine Chefin glücklich machte, dann bitte, warum nicht? Sollte sie ruhig glauben, ich hätte meine tiefe Liebe zu alten Friedhöfen entdeckt. „Ich freue mich, dass es mit der Restaurierung so gut läuft. Aber wenn wir hier heute Abend nicht jede Menge Leute herlocken ..." Mein Blick glitt zu den blaugrünen Türen des Mausoleums. Noch waren sie geschlossen, wir warteten auf einen der Hausmeister, der gleich kommen und uns einlassen sollte.

„Mach dir keine Sorgen." Ella tätschelte meinen Arm. „Wir waren gestern doch noch bis spät in die Puppen hier. Wie viel Uhr war es eigentlich genau? Dein Team und du, ihr wart eine große Hilfe. Alle haben so hart geschuftet. Es wird fantastisch laufen, warte es nur ab."

In diesem Fall hatte sie recht: Wir von Team zwei hatten geschuftet wie die Pferde, um dafür zu sorgen, dass unsere Ausstellung gut aussah. Jetzt war es an der Zeit, sich zurückzulehnen (natürlich rein bildlich gesprochen), und die Sache zu genießen.

Ich holte zur Beruhigung tief Luft und stellte mir vor, was unsere Gäste erwartete, hatten sie die Rotunde des Denkmals erstmal betreten. Rechts der Treppe kam als erstes Absalom. Er hatte für die Ausstellung extra ein paar neue Voodoopuppen gebastelt. Die wilden Farben ihrer Kleidung, die verrückten Frisuren und die blitzenden Perlen und Schmucksteine schufen genau die richtige Einstimmung, zumal Absaloms Präsentation der imponierenden Statue des Präsidenten in der Mitte des Memorials genau gegenüberlag. Als nächstes kamen Jakes Arbeiten, ein Mischmasch aus Schwarzweiß- und Farbfotos über unsere Arbeit auf dem Friedhof. Selbst der Bus, der Jake jeden Morgen in die Monroe Street brachte, fehlte nicht. Dann kamen Delmars Bilder, die meiner Meinung nach die größte Aufmerksamkeit erhalten würden, auch wenn ich das natürlich niemandem gegenüber erwähnt hatte. Der Bursche hatte Talent, so viel war schon mal sicher. Seine Visionen des Monroe-Street-Friedhofs der Zukunft würden bestimmt eine Menge Leute inspirieren, tief in die Tasche zu greifen, damit die weitere Arbeit finanziert und das, was wir begonnen hatten, zu einem guten Abschluss gebracht werden konnte.

Sammi (eine erheblich weicher gewordene Sammi, nach ihrer letzten Begegnung der körperlichen Art mit Virgil), hatte darauf bestanden, ihre Kollektion im letzten Quadrat der Rotunde auszustellen. Zu ihren extra für die Show gefertigten Kreationen gehörten ein paar Handtaschen (darunter eine aus einer Kaffeedose und eine aus rotem Samt mit einer Goldkordel, die aussah, als stamme das Material entweder aus einer Kirche oder einem Bordell), ein aus Zahnseide gehäkelter Bikini und ein paar mit Strass und Lametta bestickte Turnschuhe. Außerdem hatte sie ihre weißen Vinyl Shorts und das dazu passende Top ausgesucht und auch vom Wonderbread-Kleid war die Rede gewesen, bis Sammi hatte feststellen müssen, dass ihr Virgil in seiner Gier beim Teenachmittag ein hässliches Loch hineingerissen hatte. Früher wäre sie deswegen bestimmt ausgeflippt, aber nun hatten wir es mit einer liebenswerteren, sanfteren Sammi zu tun. Es schien ihr im Grunde nichts auszumachen.

Damit war mein mentaler Rundgang beendet. „Ich weiß, dass die Ausstellung richtig gut aussieht", sagte ich nicht nur zu Ella, sondern auch, um mir selbst Mut zu machen.

„Dieser Reichtum an Kreativität wird einen ziemlichen Wirbel verursachen." Ella grinste verschmitzt. „Ich habe mich heute Morgen mit den Kunstkritiker vom *Plain Dealer* unterhalten. Sie planen eine Fotodokumentation."

„Das ist gut. Alles ist gut." Es war gut. Ich wusste es. Was meine Nerven nicht daran hinderte, in das wohlvertraute Flattern zu verfallen. „Aber wir brauchen unbedingt mehr Besucher, als sich bisher angekündigt haben! Vielleicht lieben unsere Fans uns nicht mehr!"

„Vielleicht gehören eure Fans nicht zu den Menschen, die sich im Vorfeld einer Veranstaltung Eintrittskarten besorgen. Die kommen schon, Pepper, verlass dich drauf. Und wenn sie nur kommen, um Reggie und Delmar zu sehen. Dieser Reggie, ich muss schon sagen ..." Ein zartes Rot schlich sich in Ellas Wangen.

Es passte hervorragend zum Hosenanzug. „Mein Typ ist er natürlich nicht! Er ist schließlich ein Krimineller und hat derart viele Ecken und Kanten ..."

Lachend fiel ich ihr ins Wort. „Du brauchst dich wirklich nicht zu entschuldigen. Reggie ist ein rauer Kerl. Viele Frauen fühlen sich zu solchen Männern hingezogen."

Ella zuckte zusammen. „Das mag sein. Viele Frauen, mein Gott, aber doch nicht ich! Normalerweise stehe ich nicht auf diese harten Typen. Was würden meine Mädchen sagen, wenn sie wüssten ... Bei der Episode letzte Woche, als Reggie das Loch für den Brunnen aushob, nur in seiner Jeansshorts ... und er war so heiß und verschwitzt, der Schweiß hat jeden einzelnen Muskel seines Körpers nachgezeichnet ... als ich das sah, stieg so eine Hitze in mir auf. Wirklich! Eins der Mädchen, ich weiß nicht mehr welches, erkundigte sich besorgt, ob ich schon Hitzewallungen bekäme, was ich nicht klarstellen und zugeben mochte ..."

Tony, der Hausmeister, befreite mich glücklicherweise von einer Diskussion über Ellas feuchte Träume in Bezug auf böse Buben. Während er die Treppe zum Eingang des Memorials erstieg, tauchte Absalom in einem silbernen Jeep auf. Er hatte Sammi bei sich. Die beiden stiegen aus, winkten uns zu und kletterten ebenfalls die Treppe hinauf.

Wissen Sie noch, was ich über die Register gesagt hatte, die ich anlässlich unserer Ausstellung allesamt zu ziehen gedachte? Nun, ich glaube, das hatte ich auch getan und mich dabei selbst noch übertroffen! Ich trug ein eng anliegendes, trägerloses Satinkleid im Empire Stil, mit einem V-Ausschnitt, der gerade genug Dekolleté sehen ließ. Den Stoff hatten sie im Geschäft als thailändischen Stammesdruck bezeichnet: die Farben darauf reichten von einem lebhaften Kanariengelb, über Limone, bis zu strahlendem Weiß, das haargenau zu meinen vorne abgerundeten Riemchensandalen und meiner Kette aus dicken Perlen passte. Zur Kette gab es noch ein passendes Armband.

Oh ja, ich sah gut aus! Absalom zollte dem mit einem Neigen des Kopfes Tribut. Er selbst trug einen Schwalbenschwanz und hatte sich wohl mit Sammi abgesprochen, was die Farbwahl betraf. Jedenfalls passte seine limonengrüne Brokatweste wunderbar zu ihrem Gewand mit durchsichtiger, spitzenbesetzter Taille und wehendem Saum. Ich erkannte Muster und Farben sofort: genau so einen Duschvorhang hatte ich unlängst bei Target gesehen.

„Heute Abend werden wir sie umhauen!" Absalom klatschte erst mich, dann Ella ab. Ella war nicht auf den Schwung gefasst gewesen, mit dem seine Fünf daherkam, und wäre fast umgekippt. Absalom schob fürsorglich seinen Arm unter den ihren. „Nach Ihnen!" Strahlend winkte er mich als erste in das Gebäude.

Gleich hinter der Tür des Memorials befindet sich ein Eingangsfoyer mit einer Wendeltreppe zur Linken, die hinunter in die Krypta führt, wo die Särge des Präsidenten und seiner Missis für alle Welt deutlich zu sehen ausgestellt sind. Rechts vom Eingang liegt ein winziges Büro, das auch als Andenkenladen fungiert und in dem zu Öffnungszeiten der (meistens allerdings die) zuständige Ehrenamtliche auf Besucher wartet. Direkt vor uns führten zwei flache Marmorstufen auf die Rotunde und selbst ich, die ich mich durch Monumente normalerweise nicht so leicht beeindrucken lasse, schon gar nicht, wenn sich diese Monumente auf Friedhöfen befinden, musste zugeben, dass dieser Ort etwas Besonderes war. Überall Marmorsäulen und Mosaike, um die Rotunde herum dreizehn Buntglasfenster, von denen jedes einen der ursprünglich dreizehn Staaten der Union symbolisierte. Und inmitten der ganzen künstlerischen Pracht die Statue von Präsident James A. Garfield – in all seiner präsidialen Pracht. Tony war uns gefolgt und legte die Hand auf einen Lichtschalter. Gleich darauf lagen Statue und Ausstellungsdisplays im Glanz der Flutlichter. Ich trat auf die Rotunde und ...

„Oh mein Gott!" Ich war wie erstarrt stehen geblieben, weswegen Ella, die direkt hinter mir ging, prompt mir mit zusammenstieß. Gut eine Minute lang konnte ich mich weder rühren, noch etwas sagen. Dann hatte ich mich so weit beruhigt, dass ich an der Spitze von Ella, Absalom und Sammi weitergehen konnte.

Einer nach dem anderen sah, was ich gesehen hatte.

„Was zum …“ Absaloms tiefe Stimme stieg bis hoch in die Kuppel über unseren Köpfen, um als Echo zu uns zurückzukehren.

„Ach du meine Güte!“, zwitscherte Ella.

Sammi warf einen Blick auf ihre Arbeiten, schrie und brach weinend zusammen.

„Was ist hier los?“ Delmar und Reggie, die gerade eingetroffen waren, stürzten nun auch herbei.

Irgendwie gelang es mir, meine Stimme zu finden. „Unsere Kunstausstellung …“ Als ich mich genauer umsah, drohte mir das Herz zu brechen. „Unsere Kunstschau ist mutwillig zerstört worden.“ Hilflos deutete ich mit der Hand auf etwas, was einmal, als wir es zuletzt gesehen hatten, ein wunderschönes Display gewesen war. Nun war es nur noch Müll. Alle Displays sahen so aus: Jemand hatte Absaloms Puppen heruntergerissen, um darauf herumzutrampeln. Jakes Fotos und Delmars Bilder waren in Stücke gerissen worden. Ein paar von Sammis Kreationen hatte der Vandale sogar verbrannt: Von ihnen waren nur noch kleine Aschehäufchen auf dem Boden vorhanden, und überall …

Ich stand so, dass ich alle vier Schautafeln sehen konnte: Sie waren alle mit verzerrten, kaum lesbaren Buchstaben bekritzelt. In einem Pink, das mir grauenhaft vertraut vorkam.

Ich drehte mich in alle Richtungen, versuchte, einen Überblick über das gesamte Ausmaß der Katastrophe zu gewinnen, und als mir das nicht gelang, verstieß ich gegen sämtliche Regeln des Garden-View-Friedhofs und trat auf die Marmorplattform, die die Statue des Präsidenten beherbergte. Von dort aus konnte ich genau das sehen, was auch James A. Garfield zu sehen vermochte. Schade nur, dass seine Statue nicht reden konnte, denn sonst hätte sie uns sagen können, wer die Botschaft geschrieben hatte, die bei Sammis Display anfing und bei Absaloms endete. Geschrieben mit dem abstoßenden rosa Lippenstift, den ich gleich nach dem Erhalt in den Müllcontainer des Monroe-Street-Friedhofs geworfen hatte.

Die Botschaft lautete …

In meinem Mund hatte sich ein saurer Geschmack bemerkbar gemacht. Ich schluckte ihn hinunter und las die Worte laut vor: „Ignorier mich nicht, Pepper!“

„Ach du meine Güte!“ Ella fingerte nervös an ihren Perlen herum.

Sammi lag auf dem Boden neben ihren Objekten und sammelte weinend Asche ein.

Delmar war viel zu schockiert, um sich rühren zu können, und Absalom schlug sich mit der Faust der einen in die offene Handfläche der anderen Hand. Ich konnte den Rauch förmlich sehen, der ihm zu den Ohren herauskam.

So fand Crazy Jake uns vor, als er herbei geschlurft kam. Sofort schoss er ein paar Fotos.

„Sie sehen hübsch aus, Pepper“, sagte er. „Sie stehen beim Präsidenten, Sie sind die First Lady!“ Jake fand das ziemlich witzig, aber man brauchte kein Genie zu sein, um zu wissen, dass ihm das Lachen vergehen würde, sobald er sah, dass seine Bilder vernichtet worden waren. Vielleicht erkannten Delmar und Reggie das auch: sie schnappten sich Jake und führten ihn hinaus, ehe er etwas von dem angerichteten Schaden hatte mitbekommen können.

Ich stieg wieder hinunter zu meinen Teamkameraden. „Was heißt das jetzt?“, fragte ich Absalom. „Wer macht denn so etwas?“

„Das weiß ich nicht!“, donnerte er. „Aber wenn ich den Typen finde, dann breche ich ihm den verdammten Hals.“

Ich bin eigentlich keine gewalttätige Person, fand aber, das sei ein guter Plan.

„Pepper.“ Ella berührte mich am Arm. „Pepper, ich weiß, wie schrecklich das alles für euch sein muss. All eure harte Arbeit.“ Sie hatte Tränen in den Augen und schniefte. „Und ich weiß, du möchtest jetzt bestimmt nicht über etwas anderes nachdenken, aber Pepper ...“

„Die Caterer sind da!“, rief Delmar von draußen.

„Gleich werden dann auch eure Gäste kommen!“, drängte Ella. „Pepper, was willst du jetzt tun?“

Ich wusste es ehrlich nicht. Es war einfach zu schwer, über etwas anderes nachzudenken als über die Verwüstung, die mir hier ins Gesicht starrte.

Nicht nur die Verwüstung starrte mir entgegen, auch die nackte Realität. Sie kroch mir durch den ganzen Körper und ließ das Blut in meinen Adern zu Eiswasser erstarren.

Ich hatte jemanden wütend gemacht. Total wütend.

Nennen Sie mich ruhig Little Miss Sunshine, aber ich hatte so ein Gefühl, als sei das unter dem Strich auch eine gute Nachricht. Es bedeutete, dass ich der Antwort auf die Frage, wer Vera Blaine umgebracht hatte, immer näherkam.

KAPITEL 15

SCHWER ANGESÄUERTER MORDVERDÄCHTIGER hin oder her – ich hatte jetzt andere Sorgen. Beachten Sie bitte, dass ich nicht „größere" Sorgen sage, nur „andere". Andere wichtige Dinge, über die ich mir den Kopf zerbrechen musste. Zum Beispiel unsere Gäste, von denen die ersten eintrafen, als ich aus dem Memorial trat, immer noch ganz benommen von dem Schock, den wir alle dort erlitten hatten. Und unsere Gäste erwarteten als Gegenleistung für ihre zwanzig Dollar Eintritt mehr als Obst, winzige Gläser Wein und Knabberzeug. Bei Mae hatten sie schicke Brownies und einen Einblick in das Leben der oberen Zehntausend bekommen. Bei uns ...

Ein Plan B musste her, und zwar umgehend.

Glücklicherweise gehöre ich zu den Schnelldenkern und bin unter dem Strich ziemlich belastbar und flexibel. Seit ich als Privatdetektivin für die Toten fungierte, hatte ich schon schlimmere Probleme bewältigen müssen als eine mutwillig zerstörte Kunstausstellung. Bisher hatte keins dieser Probleme mich langfristig umhauen können.

Das machte ich mir zur Beruhigung noch einmal klar, damit mich die Panik nicht überwältigte, während ich mein mentales Rolodex auf der Suche nach Modellen zur Geldbeschaffung durchging. Ich warf einen Blick auf mein Team, dachte gerührt, wie fein sie doch alle an diesem Abend aussahen und ...

Bingo!

Jawohl, ich bin ein Genie! Ella würde vor Freude in die Luft springen, wenn sie von meinem Plan erfuhr! Aufgeregt erklärte ich ihr, was mir eingefallen war, aber ihre Reaktion fiel recht enttäuschend aus. Sie starrte mich einige Sekunden lang mit halb offenem Mund an, ehe sie sagte: „Ich weiß nicht genau, ob wir das machen können."

Fünfzehn Minuten später versuchte ich immer noch, sie von meiner und meines Plans Brillanz zu überzeugen. Wir befanden uns draußen vor dem Memorial, auf den Steinfliesen der Veranda, und diesmal tigerte Ella erregt auf und ab. Mehr noch: sie rang die Hände. Ich war nicht minder nervös, ließ es mir aber nicht anmerken.

Stattdessen versuchte ich, meine Chefin zu beruhigen. „Mach dir nicht solche Sorgen, Ella! Wir tun doch nichts Unschickliches, es ist doch nicht so, als würden wir die Ruhestätte des Präsidenten entweihen oder so. Wir sind ja nicht im Mausoleum."

„Nein ..." Ellas Blick glitt über die Verandatreppe und weiter zur großen Rasenfläche, die das Denkmal umgab. Wir hatten Glück: der Sommerabend war zauberhaft. Warm, ohne dass es stickig gewesen wäre, über uns wölbte sich ein strahlend blauer Himmel. Sonnenlicht spielte im Gras und setzte den Grabsteinen und Grabstätten in der Nähe kleine goldene Lichter auf. Von Norden her wehte eine leichte, angenehme Brise. Alles war perfekt – obwohl wir die Caterer auf der Suche nach einem Platz für das Essen herum scheuchen mussten und unsere Gäste leicht verunsichert wirkten, weil wir sie nicht ins Denkmal ließen. „Wenn das den Kuratoren zu Ohren kommt!", quietschte Ella.

„Bis es ihnen zu Ohren kommt, ist alles vorbei!" Seltsam prophetische Worte, die da aus meinem Mund gedrungen waren. Was meinte ich mit „alles vorbei"? Die Spendenaktion? Oder meinen Job auf dem Garden-View-Friedhof?

Egal: Bianca würde am Abend auch kommen, ich sah aus wie frisch dem Schaufenster von La Mode entsprungen, und ich arbeitete sowieso nicht gern auf einem Friedhof.

Unter dem Strich hatte ich also nichts zu verlieren.

Bis auf den Wettbewerb natürlich, und das durfte auf gar keinen Fall geschehen.

„Alles wird gut!“ Seit mir eingefallen war, wie wir die Leute trotz demolierter Kunstausstellung gut unterhalten könnten, betete ich das nun bestimmt schon zum hundertsten Mal daher. „Die anderen habe ich gefragt, das hast du selbst gesehen. Ich bin zu ihnen hinübergegangen und habe sie gefragt.“ Ich warf einen Blick auf Absalom, Sammi, Reggie, Delmar und Crazy Jake, die in einiger Entfernung auf Ellas Entscheidung warteten. „Mein Team ist voll dafür! Die Sache wird uns tonnenweise Spenden einbringen, wer würde uns das zum Vorwurf machen wollen? Deswegen sind wir doch hier, nicht? Wir sollen Geld für den Restaurierungsfond des Monroe-Street-Friedhofs aufbringen und genau das werden wir auch tun. Was könnten die Kuratoren denn dagegen haben? Wir sammeln Geld und zwar mit Stil, unsere Aktion hat Klasse und wird ganz nebenbei nicht nur dem Projekt in der Monroe Street zusätzliche Werbung bringen, sondern noch Garden View gleich dazu. Die Idee ist perfekt, Ella, wir hätten schon viel früher darauf kommen sollen. Das gibt eine Sensation.“

„Genau, eine Sensation.“ Ella war bleicher als je ein Geist, dem ich begegnet war, ihre Stimme kaum mehr als ein angstvolles Flüstern. Gerade kam ein Kellner mit einem Tablett voller Weingläser vorbei. Sie schnappte sich eins und leerte es in einem Zug, woraufhin ihre Wangen sich passend zum Hosenanzug in einem hektischen Rot färbten. Sie richtete sich kerzengerade auf. „Wir machen es!“

Ehe ich mir selbst wieder ausreden konnte, was ich Ella gerade mühsam eingeredet hatte, eilte ich zu den Treppenstufen beim Haupteingang des Monuments hinüber.

Lange Vorreden konnten wir uns wohl sparen. Wie erklärt man denn auch, dass ein einzelner Irrer mit einem billigen Lippenstift die tagelange harte Arbeit so vieler ruiniert hatte? Warum sollten wir diesem Irren auch noch zu Ruhm verhelfen? Dabei dachte ich schon noch an ihn. Von Zeit zu Zeit brachen meine Gedanken zu einem kleinen Amoklauf auf und mein Blick huschte ängstlich über die Menge der versammelten Gäste.

Wer von ihnen war für die Verwüstung verantwortlich?

Als ich wieder einmal meinen Blick so schweifen ließ, blieb er an einem bestimmten Besucher hängen und mein Herz kam mit einem Satz zum Stehen. Gleich in der vordersten Reihe stand der Gebrauchtwagenhändler Bad Dog Raphael, in einem Smoking, ganz der aalglatte, freundliche Geschäftsmann. Grüßend hob er mir sein Weinglas entgegen und als er mir zulächelte, glitzerten seine Zähne im Abendlicht.

Nervös erwiderte ich den Gruß mit einem kurzen Nicken. Direkt hinter Bad Dog trieb sich der Reporter Mike Kowalski herum! Das überraschte mich nun doch. Er begaffte mich wie ein Hungernder in der Warteschlange vor der Suppenküche.

Da mein Magen ohnehin schon munter Purzelbäume schlug, wollte ich diese hungrigen Blicke nicht weiter interpretieren. Was interessierte mich der Dreck in Kowalskis Kopf? Mein Blick wanderte weiter – und fiel auf Reno Bob Oates. Dessen Augen wurden schmal, als sie meinen Blick auffingen. Reno Bob zog die Brauen hoch und biss herausfordernd in ein winziges Sandwich, das er in der Hand hielt.

Nein, nach weiteren Bekannten mochte ich nicht suchen. Ich hatte einen Plan, war überzeugt davon, dass es der richtige war, und würde mich nicht davon abbringen lassen. Ich heftete mir ein strahlendes Lächeln auf die Lippen. Die Gespräche verstummten. Die Menge wurde ruhig, aller Augen richteten sich auf mich.

„Meine Damen und Herren!“ Ich winkte fröhlich. „Herzlich willkommen zum Spendenereignis von Team zwei. Wir haben unsere Pläne ein wenig geändert, also treten Sie näher, schnappen Sie sich ein Glas Wein und zücken Sie auch gleich Ihre Scheckhefte – ich hoffe doch sehr, Sie haben sie mitgebracht! Sie werden sie brauchen! Denn gleich beginnt hier ...“ Ich legte eine Kunstpause ein, damit die Spannung noch weiter steigen konnte, „... die allererste Friedhofscamp-Jungesellinnen- und Junggesellen-Versteigerung!“

Um mich herum nichts als schockierte Stille und offene Münder. Hatte ich gerade den größten Fehler meines Lebens begangen? Schon wollte ich Entschuldigungen stammeln, erklären, es sei alles nur ein Witz gewesen, als Reggie mit kokettem Hüftschwung zu mir heraufgeklettert kam und sich neben mich stellte – und die Damen in der Menge wild wurden.

Ein dickes Lob für Reggie: Er trug an diesem Abend einen schwarzen Anzug (geborgt, erbettelt oder gestohlen, so genau wollte ich das wirklich nicht wissen). Dazu eine Krawatte mit aufgemaltem Pitbull (eine exakte Kopie des Hundes auf seiner Stirn), was ihn wie einen auf die komplett schiefe Bahn geratenen Wall-Street-Banker aussehen ließ. Wie ich gerade vorhin erst Ella erklärt hatte, stehen eine Menge Frauen auf so etwas, was sie umgehend unter Beweis stellten. Absalom trat vor. Er sollte den Auktionator geben, erklärte aber vorher noch schnell die Spielregeln, auf die wir uns geeinigt hatten. (Jeder Teilnehmer bezahlte für den Rest des Abends in der Begleitung des ersteigerten Teammitglieds, weiter ging die Sache nicht.) Die Aktion konnte starten.

„Einhundert Dollar!", rief eine Frau vom hinteren Rand der Menge her.

„Hundertfünfzig", meldete sich gleich darauf eine zweite.

„Zweihundert Dollar!" Die Stimme kam mir bekannt vor. Kein Wunder: Ella sprang ganz vorne auf und ab und wedelte mit ihrem Scheckheft, als gäbe es kein Morgen mehr.

Was konnte es schaden – schließlich taten wir das für einen guten Zweck! Ich zog mich ein wenig zurück, um mir in Ruhe ein Glas Wein zu genehmigen.

Aber so weit sollte es nicht kommen. Kaum war ich um die Ecke des Monuments gebogen, als ich auf Jefferson Lamar traf, der schon auf mich wartete. Sein Anblick überraschte mich eigentlich nicht besonders.

„Das nennen Sie eine Ermittlung durchführen." Verächtlich deutete Lamar mit dem Kinn zum Eingang des Mausoleums, wo Reggie sich prima amüsierte: Er stolzierte auf und ab, er posierte, er zog einen Schmollmund. Und als er dann auch noch die Anzugjacke ablegte und sich über die Schulter warf, kletterten die Angebote innerhalb weniger Sekunden von dreihundertfünfzig auf vierhundertfünfzig. „Ich nenne das albernen Unfug."

„Ach, und wenn schon! Ich hatte nicht gerade viel Zeit, mir Alternativen einfallen zu lassen. Und außerdem scheint die Aktion niemanden zu stören." Gespannt hörte ich zu, wie die Angebote für Reggie auf siebenhundert Dollar kletterten. „Zum ersten", rief Absalom. „Zum zweiten ... Zum dritten!"

War ich überrascht, als Ella nach vorn stürzte und Reggies Hand ergriff?

„Ich kann mich nicht nur mit Ihrem Fall befassen", erklärte ich nun wieder an Lamar gewandt. „Ich habe außerdem noch einen richtigen Job, mit richtigen Kollegen und Chefs, die Fragen stellen, wenn ich ihn nicht erledige."

„Ich weiß, ich weiß." Heute schienen alle unbedingt auf und ab tigern zu müssen – Lamar marschierte einmal die Veranda entlang und wieder zurück. „Trotzdem hätten Sie genug Zeit gehabt. Sie waren ja noch nicht einmal bei Dale Morgan."

„Ich habe sieben Tage lang rund um die Uhr an der Kunstausstellung gearbeitet!" Ich funkelte Lamar wütend an, die Arme vor der Brust verschränkt. „Ich kann ja wohl schlecht zwei Sachen auf einmal machen."

„Sie müssen sich konzentrieren! Was ist mit dieser Polizeiakte? Mit den Beweismitteln? Den Zeitungsartikeln?"

Gut, in dieser Frage konnte ich auftrumpfen, was ich auch ohne zu zögern tat. „Ich habe mit Mike Kowalski gesprochen. An den werden Sie sich doch erinnern. Er hat Sie ungefähr eine Million Mal interviewt."

Lamar erinnerte sich an den Mann. Das erkannte ich an der Art, wie er die Brauen zusammenzog. „Skandalöse Lügen. Schmierenjournalismus."

„Der Mann ist inzwischen so etwas wie ein Held", sagte ich. „Er hat einen fantastischen Ruf und bekommt andauernd Preise. Nicht gerade der Typ, der sich Sachen ausdenkt, würde ich meinen. Nur dass ..."

Lamar kam näher. „Nur dass ...“

„Nur dass ich ihn irgendwie gruselig finde. Nicht nur, weil er ein unangenehmer Widerling ist, aufdringlich bis zum Gehtnichtmehr, was eigentlich schon gruselig genug ist. Aber außerdem ist er auch noch ...“ Ich zuckte die Achseln. „Ich weiß selbst nicht recht. Für einen Mann, der so was wie die zweite Wiedergeburt von Geraldo sein soll, kommt er mir vor wie eine dicke, fette Null. Und das meine ich wortwörtlich.“ Ich musste an Kowalskis Bauch denken, und wie der ihm über die Hose gehangen hatte.

„Was hat dieser Kowalski zu sagen?“

„Nichts Neues, also nichts, was Sie hören möchten.“ Lamar bekam den Wink mit dem Zaunpfahl nicht mit. Erwartungsvoll stand er da und wartete. Auch er schien mit dem, was er sich wünschte, nicht vorsichtig sein zu wollen – nun gut, da würde er gleich die Quittung bekommen.

„Kowalski sagt genau das, was er damals auch gesagt hat: der Portier im Lake View Motel hätte geschworen, er habe Sie und Vera oft im Motel gesehen.“

Lamars Wangen wurden rosig. „Daran erinnere ich mich, es stand in der Zeitung. Es ist natürlich absurd. Das habe ich der Polizei auch gesagt. Warum hat dieser Mann gelogen?“

„Genau das wüsste ich auch gern. Nur ...“

Lautstarker Beifall: Sammis Versteigerung kam zum Ende. Der Mann, der die Treppe hinaufrannte, um sie in Besitz zu nehmen, sah aus wie Virgil, das bildete ich mir bestimmt nicht nur ein. Außer ihm hatte wohl niemand groß Mut gehabt, auf sie zu bieten, dazu waren die handfesten Streitereien der beiden in der Show zu ausführlich und öffentlich dokumentiert worden. Virgil bekam sie für ein Butterbrot und ein Ei: dreihundert Dollar. „Der Portier ist nie von der Polizei vernommen worden. Er hat nie ausgesagt. Er scheint spurlos verschwunden zu sein.“

„Das heißt ...?“

„Wie zum Teufel soll ich das wissen?“ Als nächstes stand Crazy Jake auf dem Podest. Auch er amüsierte sich prächtig und knipste jede Menge Bilder von der Menge, brachte allerdings nur siebzig

Dollar ein, von einer Frau, die ihm sehr ähnlich sah. Höchstwahrscheinlich seine Mutter, die gewusst hatte, dass außer ihr niemand auf ihn bieten würde.

Delmar spielte da schon mehr ein: weitere achthundert Dollar.

Ich stellte rasch ein paar Berechnungen an, in der Hoffnung, mein Zahlenhirn würde mich zur Abwechslung mal nicht im Stich lassen. Soweit ich das sah, lagen wir immer noch weit hinter der Gesamtsumme von fünftausendeinhundertundzwanzig Dollar, die Team eins eingespielt hatte. Hoffentlich hatte Absalom Fans!

Das würden wir nur allzu bald erfahren – bis dahin wollte ich mich lieber wieder auf Lamar und seinen Fall konzentrieren. „Ich wüsste gern, wer hier lügt", sagte ich. Extrapunkte für meinen Toten: er kapierte sofort, worauf ich hinauswollte.

„Sie meinen, Kowalski könnte sich die Aussage des Jungen ausgedacht haben?" Lamar ließ den Blick über die Menge schweifen – wahrscheinlich hatte er, genau wie ich, Kowalski vorher schon entdeckt. Auch ich riskierte einen Blick. Die meisten Besucher sahen aus, als würden sie sich amüsieren, auch die, die sich nicht an der Versteigerung beteiligten. Reno Bob konnte ich nicht entdecken, aber Kowalski lud sich gerade am Tisch mit dem Essen einen Teller voll. War es Zufall, dass Bad Dog direkt hinter ihm stand?

Zufall oder nicht, die beiden plauderten miteinander. Superkräfte wären jetzt etwas Feines gewesen, besonders Superohren zum Superhören. „Sie könnten wohl nicht schnell mal da rüber hüpfen?", erkundigte ich mich bei Lamar. „Ich wüsste zu gern, was die beiden sich zu sagen haben."

„Zu viele Menschen, zu dicht gedrängt." Lamar schüttelte den Kopf. „Für mich ist da nicht genug Platz. Wenn ich nah genug rangehe, um die beiden hören zu können, erstarrt jemand zum Eisblock."

Dieses Risiko wäre ich ja unter Umständen noch eingegangen, nur stand leider auch Bianca in der Schlange vor dem Essenstisch, und vom Garfield Memorial her rief man nach mir.

„Was ist mit Pepper?" Das kam von Absalom. Offenbar war er bereits versteigert worden – ich hatte gar nicht mitbekommen, für welche Summe! Unsere Gäste reagierten nicht so, wie er wollte, also stellte er seine Frage noch einmal, lauter und lauter. „Was ist mit Pepper? Holen wir Pepper hier hoch!“ Jetzt tobte die Menge. Mir wurde ganz kalt im Bauch. „Nein, bitte nicht!“ Lamar war der einzige, bei dem ich mich beschweren konnte und wohl so ungefähr der letzte, den meine Bedenken interessierten. „Ich habe denen von Anfang an gesagt, dass ich nicht zur Disposition stehe! Ich werde nicht versteigert, habe ich gesagt!“

„Es ist doch für einen guten Zweck.“ Lamar wollte sich wohl nicht anhören, was ich zu seiner Bemerkung zu sagen hatte, denn er verpuffte.

Ich war kurz davor, über die Mauer zu steigen, die die Veranda umgab, um seitlich am Mausoleum herunterzuklettern und mich zu verdrücken, aber leider tauchte Absalom auf und packte mich bei der Hand. Als er mich nach vorn schleppte, brach die Menge in Begeisterungsrufe aus.

„Hier haben wir eine echte Klassefrau!“ Absalom drehte mich einmal im Kreis, damit alle mich bewundern konnten. „Unsere Teamchefin Pepper! Wer bietet?“

„Fünfzig Dollar!“ Eine leise, zaghafte, mir unbekannte Männerstimme meldete sich vom hinteren Rand der Menge. Nun stand ich zwar höher als unsere Zuschauer, konnte den Mann, dem sie gehörte, aber trotzdem nicht erkennen. Was mich nicht daran hinderte, einen vernichtenden Blick in seine Richtung zu werfen. Fünfzig Piepen? Ich musste doch sehr bitten!

Aber keine Sorge, das war erst der Anfang. Danach wurde es lebhaft. „Einhundert!“, rief jemand.

„Zweihundert!“, kam prompt das nächste Gebot.

„Sechshundert!“ Bad Dog hatte sich wieder ganz nach vorne gedrängt und grinste, als er sein Gebot abgab.

Das Spektakel diente einem guten Zweck, das durfte ich jetzt nur nicht vergessen.

„Siebenhundert!“, meldete sich Mike Kowalski.

Ich warf Absalom einen panischen Blick zu, aber der amüsierte sich viel zu gut, um auf mich zu achten. „Nur siebenhundert

Dollar für diese umwerfende Dame?", feuerte er die Menge an. „Kommt schon, Leute! Wie wäre es mit achthundert?"

„Eintausend Dollar!", rief Bad Dog.

Ja, ja, nur für den Rest des Abends, nur als Begleitung, mehr nicht. Damit der Friedhof fertig instandgesetzt werden konnte. Egal, wie oft ich mir das vorbetete, ich wollte keinen Abend mit dem Exknacki Bad Dog Raphael verbringen! Obwohl er um Längen besser aussah als Mike Kowalski! Aber der Mann gehörte zu meinen Verdächtigen, und traditionell waren Jungs, die vom Knast aus Auftragsmorde an Mädchen mit bunten Plastikarmbändern arrangierten, als Date nicht zu empfehlen.

Ich bemühte mich um Ruhe, sandte gleichzeitig aber verzweifelte kleine Signale an Absalom, er möge bitte, bitte noch nicht Schluss machen. „Dreitausend!", ertönte es da vom hinteren Rand der Menge her.

Oh, ja, Quinn wusste, wie man einen dramatischen Auftritt hinlegte! Wie ein Gott kam er daher, in seinem dunkelblauen Anzug, dem blütenweißen Hemd und der pflaumenblauen Krawatte mit dunkelblauen Wirbeln darin, und er schritt durch die Menge, als würde alles hier ihm gehören. Den bereits ausgeschriebenen Scheck in der Hand spazierte er die Treppe hinauf.

Normalerweise reicht eine einzelne romantische Geste nicht aus, mich nach einem Streit zum Einlenken zu bewegen, aber trotzdem konnte ich ein Lächeln nicht unterdrücken. Mehr brauchte Absalom nicht zu sehen. Er nahm Quinn den Scheck ab. „Zum ersten, zum zweiten und zum dritten!" Hastig erledigte er die Formalitäten, ehe er meine Hand ganz offiziell in die von Quinn legte. Das Lächeln, mit dem Quinn mich betrachtete, brannte heißer als sämtliche Feuer sämtlicher Höllen.

„Heute Abend gehörst du mir!", verkündete er.

Ich lächelte gesittet. „Schön, dass du hier bist, damit hatte ich gar nicht gerechnet. Wir haben uns ja ein Weilchen nicht gesehen."

„Zu lange." Quinn führte mich die Stufen hinab. Jetzt, wo die Auktion vorbei war, verteilten sich unsere Gäste auf dem Rasen, plauderten und standen um Essen an. Quinn dachte wohl, sein Status als Mann mit den dicksten Spendierhosen verleihe ihm gewisse Privilegien, jedenfalls ging er einfach an der Warteschlange vorbei an den Tisch, nahm ein Glas Wein und reichte es mir. „Würdest du mir glauben, wenn ich dir sage, dass du mir gefehlt hast?"

Wie gern hätte ich ihm das geglaubt! Leider nur ging gerade Ella vorbei und ich kam nicht umhin, das kurze Nicken zu sehen, das Quinn ihr zuwarf. Ich packte mein Weinglas mit beiden Händen. „Ella hat dich angerufen! Woher hättest du denn sonst auch von unserer Spendenaktion gewusst?"

„Machst du Witze? Ich hab jede einzelne Folge von Friedhofscamp gesehen!" In Quinns Augen lag dieses gewisse Funkeln – äußerst sexy, aber mich machte es gerade nur noch wütender. „Ich bin ein absoluter Fan! Ich liebe die Folge, wo du dich mit Sammi über weiß Gott was streitest. Habt ihr eigentlich wenigstens gewusst, worum es ging? Klasse war auch dein Ausrutscher im Schlamm. Ich wusste ja nicht, dass du auf Schlammcatchen stehst, sonst hätte ich ..."

„Was?"

Quinn beugte sich vor, mit einem aalglatten Lächeln im Gesicht und so wunderbar nach Flavio duftend. Der Mann war zu heiß zum Anfassen, wenigstens in der Öffentlichkeit. Ich musste vernünftig bleiben und Greers Radar aus dem Weg gehen, es sei denn, um zu lächeln, zu winken und gut auszusehen. Also verließ ich den Tisch und ging weiter hinaus auf den Rasen, wo sich die Menschen nicht mehr ganz so dicht drängten und mehr Platz für Sicherheitsabstand vorhanden war. „Ella hat dich angerufen und dir gesagt, was unserer Ausstellung widerfahren ist, stimmt's?"

„Was nicht bedeutet, dass ich dich nicht vermisst habe."

„Was du mir hundertmal hättest beweisen können! Ein Griff zum Telefon hätte gereicht."

„Zu viel um die Ohren." Quinn hatte auch sich ein Glas Wein besorgt, von dem er jetzt einen Schluck trank.

„Verärgert warst du!" Ich lächelte süß.

„Es ist doch immer schön, die unangenehmen Dinge gleich aus der Welt zu schaffen!“ Er bot mir seinen Arm. Ich hängte mich bei ihm ein. „Du musst wohl noch bleiben, oder?“, fragte er. „Die Runde machen, allen hübsch guten Tag sagen?“

„Natürlich.“ Gemeinsam drehten wir eine Runde um den Rasen. Ich lächelte und nickte den Fans um uns freundlich zu. „Willst du noch mehr über das traurige Ende unserer Kunstshow wissen?“

„Dir ist doch hoffentlich klar, dass das eine ernst zu nehmende Angelegenheit ist. Ella sagt, sie kann sich einfach nicht vorstellen, wer so was getan haben könnte. Aber sie macht sich Sorgen. Sie glaubt, du könntest einen Stalker an den Hacken haben und ...“

„Wusste ich's doch: du bist nur deswegen hier!“ Ich hatte nicht verhindern können, dass man mir meine Enttäuschung anhörte. „Oder sollte dein Auftauchen etwas mit der Tatsache zu tun haben, dass Bad Dog ebenfalls hier ist?“

Quinn sah sich um, entdeckte Raphael in der Menge und musterte ihn verstohlen. „Schon seltsam, was? Den einen Tag fragst du mich Löcher in den Bauch, was diesen Mann betrifft, und bei der nächsten Gelegenheit ist er gleich live anwesend.“ „Vielleicht ist er ein Friedhofscamp-Fan. Genau wie du.“

„Vielleicht.“ Quinn ließ meinen Arm fallen und baute sich vor mir auf, sodass ich ihn ansehen musste. Sein Blick wanderte einmal über meine ganze Person, ehe er mir direkt in die Augen sah. „Vielleicht wollte ich dich sehen. Vielleicht hast du mir wirklich gefehlt.“

Welch fast schon direkte, gradlinige Aussage von einem Mann, der für gewöhnlich alles andere als unkompliziert und gradlinig war. Wundert es jemanden, dass ich ihm nicht so ohne Weiteres glaubte?

„Du bist hier, weil du mehr über die Geschenke herausfinden willst, die auf dem Friedhof für mich abgegeben wurden!“ Mist, warum hatte ich das denn jetzt erwähnt? Ich hätte mich umgehend selbst in den Hintern beißen können. Denn natürlich blitzte es in Quinns Augen jetzt auf: einmal Bulle, immer Bulle, selbst auf einer Spendenveranstaltung. Ich konnte praktisch mitansehen, wie seine Gedanken rasten. Gerade noch hatte ihn die Geschichte eher am Rande interessiert, nun war er bereits ziemlich besorgt. „Geschenke? Davon hat Ella nichts gesagt."

„Ella weiß auch nichts davon."

„Passt du auf dich auf?"

Ich lachte. „Ich trage, wo immer ich auch hingehe, eine Voodoopuppe bei mir. Zählt das?"

„Ich meinte das nicht als Witz."

„Ich auch nicht." Meine Handtasche lag noch bei Präsident Garfield, also konnte ich ihm die Puppe nicht vorzeigen. „Bis heute war mir nicht klar, dass ich ein Problem habe. Ich werde vorsichtig sein."

„Gut." Er nickte. „Hör mal, wenn du später nichts vorhast ..."

Jetzt bewegten wir uns schon wieder auf halbwegs sicherem Terrain. Hätten wir wenigstens, wenn ich gewusst hätte, worauf Quinn aus war. „Darauf hast du nicht geboten, das ist dir hoffentlich klar."

So einfach ließ er sich nicht abwimmeln. „Dreitausend Dollar sind eine Menge Geld!"

„Ich bin jeden Penny wert."

Quinn wich ein paar Schritte zurück. „Du musst dich wahrscheinlich noch mit allerhand Leuten unterhalten."

„Was hast du vor?"

Er schürzte die Lippen. „Ach, ich glaube, ich gehe rüber und plaudere mal ein bisschen mit Bad Dog, und wo ich schon mal hier bin, kann ich auch gleich noch mit ein paar anderen Leuten reden und sehen, was ich über die mutwillige Zerstörung im Memorial herausfinden kann. Mein Wagen steht da hinten." Er deutete mit dem Kinn auf die lange Auffahrt, die sich durch diesen Teil des Friedhofs schlängelte. „Da treffe ich dich später."

Eine Frage war das nicht.

Aber er brauchte ja auch keine Antwort.

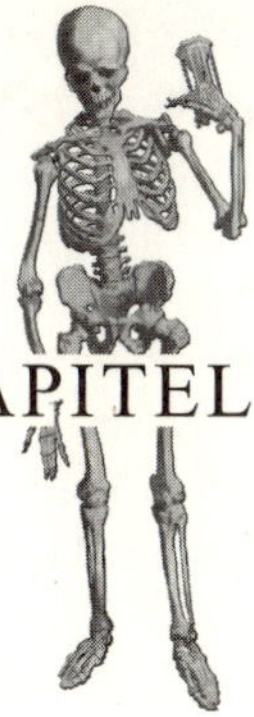

Kapitel 16

Ach, nach dieser Nacht verstand ich Sammi noch besser, die ja so viel sanfter geworden war, seitdem Virgil in ihrem Leben wieder eine positive Rolle spielte. Nicht, dass mir da Details bekannt gewesen wären! Um Gottes willen, nein! Die allzu nahe und fast schon persönliche Bekanntschaft, die ich beim Tee der Damen von Team eins mit dem Liebesleben der beiden hatte schließen dürfen, reichte mir vollkommen. Aber nachdem Quinn am nächsten Morgen meine Wohnung verlassen hatte, meinte es das Leben deutlich besser mit mir als zuvor, so meine ich das, wenn ich sagte: ich konnte Sammi verstehen.

Meine Stimmung war super. Unsere Auktion hatte eine Menge Geld eingebracht, das war auch nicht schlecht. Fünftausendsechshundertfünfundzwanzig Dollar, um genau zu sein, genug, um uns die Bonuspunkte einzufahren, die wir so dringend brauchten. Wer sagte jetzt noch, Tee verkaufe sich besser als Sex?

Außerdem hatte ich von Ella gehört, dass uns die Kuratoren vom Garden View unsere Aktion nicht besonders krumm nahmen. Sie waren eher hellauf begeistert von der Publicity, die wir ihnen beschert hatten, einschließlich eines Fotos auf der Titelseite des *Plain Dealer:* Reggie vorn rechts und Ella in der Mitte, wie sie gerade die Stufen hinaufläuft, um ihn in Besitz zu nehmen. Auch Greer hatte eine Menge erstklassiges Filmmaterial zusammenbekommen, was sie zur Abwechslung sogar mal zugab. Wenn wir Glück hatten, präsentierte die nächste Folge mich und meine

Leutchen bereits als Sieger, die wir hoffentlich bald auch amtlich sein würden. Oh ja, alles lief gut.

Abgesehen von Quinns Anteil an meiner guten Laune, war das Beste an der Sache, dass mein Team durch das Drama mit der Kunstausstellung, unsere Bewältigung desselben und die Auktion wirklich zu einem Team zusammengewachsen war. Plötzlich arbeiteten wir ohne Reibereien Hand in Hand und Mitte der Woche hatten wir unsere Planierungsaktion beendet, unsere Grünflächen gepflanzt und den Springbrunnen errichtet, der just in dem Moment, als die Jury vorbeikam, um einen Blick auf unsere Leistungen zu werfen, seine Tätigkeit aufnehmen konnte. Außerdem hatten wir die Stadtverwaltung davon überzeugen können, dass die kleine Allee, die zu unserer Sektion gehörte, neu gepflastert werden musste und dass sie das übernehmen würden.

Das Leben war schön. Quinn und ich planten, den nächsten Freitag und auch gleich noch den Samstag gemeinsam zu verbringen, auf dem Monroe-Street-Friedhof ging alles seinen geordneten Gang und ich durfte mich endlich wieder einmal ernsthaft in die Ermittlungsarbeit stürzen.

Plante ich also, Dale Morgan einen Besuch abzustatten? Dem Mann, der in der Lage sein mochte, mir etwas über die Münze zu verraten, die jemand bei Jeffersons Grab vergraben hatte? Den Mann, der im Gefängnis saß?

Mitnichten! Ich plante einen Besuch des Tatorts.

Ich hatte mir für die Fahrt zum Lake View Motel den Donnerstag ausgesucht und früh aufbrechen wollen, aber ausgerechnet am Donnerstag bekamen wir auf dem Friedhof Probleme mit einer gebrochenen Wasserleitung. Wir konnten das Wasser unmöglich die ganze Nacht laufen lassen, das hätte unseren frischgepflanzten Rasen vernichtet. Ich hätte auch allein auf die Leute vom Wasserwerk warten können, aber mein gesamtes Team erbot sich, mir Gesellschaft zu leisten. Es war sieben, als das Leck endlich entdeckt und der Schaden behoben worden war, viel später, als ich eigentlich hatte losfahren wollen. Aber es war Sommer, ich konnte also noch bis neun Uhr mit genügend Licht rechnen. Also verschob ich den Trip nicht, sondern fuhr vom Friedhof aus auf den Freeway, der sich durch Clevelands am Wasser gelegene Stadtteile hinzieht. Mein Ziel war, wie gesagt, das Lake View Motel.

Ich bin in den Vororten aufgewachsen, ein Mädchen der oberen Mittelschicht, aber selbst mir war bewusst, dass es in unserer Stadt Gegenden gab, die einst ehrbar und angesehen gewesen waren, nun aber von Armut und Verfall gekennzeichnet waren. In solch eine Gegend war ich nun unterwegs. Den Anweisungen meines Routenplaners folgend, fand ich mich schon bald von leerstehenden Baugrundstücken, Häusern mit verbarrikadierten Fenstern und kleinen Fabriken umgeben, die aussahen, als seien sie lange vor meiner Geburt aufgegeben worden.

Das Lake View Motel war auf einem Steilufer mit Blick auf den Eriesee erbaut. Die Aussicht allein war bestimmt eine Million Dollar wert: Blaues Wasser, blauer Himmel mit vereinzelten weißen Wölkchen. Ein paar Segelboote. Man sagt ja, dass man von einigen Stellen am Ufer des Sees bis hinüber nach Kanada sehen kann, aber für Cleveland gilt dies nicht. Hier sehen wir Wasser, wenn wir nach Norden blicken. Nichts als Wasser. Im Westen rutschte gerade langsam die Sonne den Himmel hinunter. Ihr grelles, blendendes Licht verhalf dem blauen See zu einigen Streifen in der Farbe meiner Haare.

Leider nur schien die Sonne nicht mehr grell genug, um all die Hässlichkeit auszublenden, die von dem schon vor längerer Zeit geschlossenen Motel Besitz ergriffen hatte.

Vorsichtig bog ich auf den mit Schlaglöchern übersäten Parkplatz ein. Das Motel erstreckte sich, von einer Tür mit der Aufschrift „Rezeption" ausgehend, L-förmig um zwei Seiten des Parkplatzes herum und war früher wohl einmal weiß, mit grün abgesetzten Fensterumrandungen gewesen. Was von der ursprünglichen Farbe geblieben war, präsentierte sich mir verblasst, abgeblättert und rissig. Die großen, auf den Parkplatz blickenden Fenster der Zimmer waren in der Mehrzahl mit Brettern vernagelt, von denen einige auch schon wieder fehlten, was den dahinter liegenden Löchern mit Resten zerbrochener Scheiben darin das Aussehen von Augenhöhlen verlieh.

Augenhöhlen – ging es denn noch dramatischer? Ich mahnte mich zu Nüchternheit, parkte in der Nähe der Rezeption und nahm mir die Akte vor, die ich von Quinn erhalten hatte. Dem Foto im Ordner zufolge war Vera im Zimmer mit der Nummer 12 umgebracht worden. Nach einem kurzen Blick in die Runde hatte ich mir eine Übersicht verschafft und machte mich auf den Weg. Durch die Tür ließ sich Zimmer 12 nicht betreten, die war entweder verschlossen oder so aufgequollen, dass man sie nicht mehr aufbekam. Glücklicherweise handelte es sich aber beim Fenster um eins von denen mit zerbrochener Scheibe, und lediglich ein paar vermoderten Holzresten davor. Und der Fensterrahmen befand sich nur etwa dreißig Zentimeter vom Ziegelsockel entfernt. Sorgfältig darauf bedacht, den scharfen Glasscherben am unteren Fensterrand nicht zu nahe zu kommen, stieg ich durch das Loch in den Raum, in dem fünfundzwanzig Jahre zuvor Vera Blaine erst verprügelt und dann erschossen worden war.

Eigentlich hätte mich meine Gabe auch Schwingungen und Atmosphären gegenüber sensibel machen müssen, das tat sie aber nicht. Zimmer zwölf des Lake View Motels vermittelte mir keine Schwingungen, sondern nur den dringenden Wunsch, ich möge hier bald fertig sein, damit ich mich verabschieden konnte. Was nichts mit irgendwelchen paranormalen Phänomenen zu tun hatte: Das Zimmer war einfach nur heruntergekommen, dreckig und unter dem Strich schlicht widerlich.

Das zerbrochene Fenster mit den fehlenden Brettern ließ genügend Licht ein, ich konnte mich in Ruhe umsehen. Möbel gab es hier keine mehr, auch der Teppich war verschwunden. Der Zementboden wies zahlreiche kleine Löcher auf und war stellenweise feucht. Die Wände waren wohl einmal beige gewesen, das ließ sich gerade noch so erkennen. Jetzt waren sie fleckig und voll von Graffiti. Die Kids der Nachbarschaft wussten anscheinend, wo man prima abhängen und high werden konnte: Ich fand reichliche leere Bierdosen, Reste einer alten Wolldecke und ein paar Stöcke, die darauf hinweisen, dass jemand wohl mal versucht hatte, in der Mitte des Zimmers ein Feuerchen zu entzünden.

Gegenwärtig schien hier aber außer mir glücklicherweise niemand zu sein. Um ganz sichergehen zu können, dass auch in den Ecken keine Kreaturen lauerten, die hinterrücks über mich herfallen könnten, klatschte ich in die Hände und stampfte mit dem Fuß auf. Keine trappelnden kleinen Füßchen, kein Quietschen, kein Quieken. Ich stieß einen Seufzer der Erleichterung aus.

In kluger Voraussicht hatte ich mir eine Taschenlampe eingesteckt, die ich jetzt hervorholte, um mir das Tatortfoto anzusehen, das ich der Polizeiakte entnommen hatte.

Ich baute mich in der Tür auf, wo auch der Polizeifotograf gestanden hatte, als er die Aufnahme des gesamten Raumes schoss, und verglich sein Foto mit dem leeren Zimmer, das vor mir lag. Was einfacher gewesen wäre, hätte mir besseres Licht zur Verfügung gestanden.

Direkt mir gegenüber lag die verschlossene Badezimmertür. Sollte das Badezimmer ein Fenster besitzen und sollte dieses nicht vernagelt sein, dann konnte ich mir von dort her mehr Licht erhoffen. Wie sich herausstellte, gab es im Bad hoch oben in der Wand durchaus ein Fenster, circa fünfzig Zentimeter im Quadrat, das zwar zerbrochene Scheiben aufwies, aber nicht mit Brettern vernagelt war. Perfekt – nur dass die Badezimmertür nicht offenbleiben mochte. Kaum hatte ich sie aufgestoßen, fiel sie auch schon wieder ins Schloss. Frustriert sah ich mich im Schlafzimmer nach etwas um, mit dem ich die Tür feststellen konnte. Einer der Stöcke aus dem Möchtegernfeuer erwies sich als hilfreich: Ich klemmte ihn zwischen Tür und Angel, wodurch die Tür offen blieb, genau wie ich es gewollt hatte. „Gute Arbeit, Pepper!“, lobte ich mich leise, während ich mir das Bad, wo ich nun schon einmal drinstand, genauer ansah.

Es machte auch nicht viel mehr her als der Rest der heruntergekommenen Bleibe. Toilette und Waschbecken waren verschwunden, in der Badewanne türmten sich Unrat und Schutt. Die Teile des Fußbodens, die nicht dem Zahn der Zeit zum Opfer gefallen waren, bestanden aus schwarzen und weißen Linoleumfliesen, an den Wänden klebte eine total kitschige Tapete mit rosa Flamingos und grünen Palmen. Auch hier waren die Farben verblasst, aber trotzdem wollte das verspielte Tropenmotiv nicht ganz zu dem Verfall passen, der vom Rest des Zimmers Besitz ergriffen hatte.

Was Vera wohl von diesen Flamingos gehalten hatte? Die Frage schoss mir ganz ohne mein Zutun durch den Kopf.

Ich zitterte.

So ging das nicht! Ich musste mich auf die Tatsachen konzentrieren, durfte mich weder durch anrührende Details ablenken noch in sentimentale Betrachtungen verstricken lassen. Nur um dies nicht zu vergessen, ging ich wieder ins andere Zimmer, fest entschlossen, mich an die Arbeit zu machen.

Was ich bestimmt auch getan hätte – wären auf der anderen Seite der Tür nicht plötzlich Schritte zu hören gewesen.

Ich blieb wie angewurzelt stehen und hielt die Luft an. Ein Schatten kroch unter der Tür durch. Die Klinke ging herunter. Was nun? Zurück ins Badezimmer und die Tür hinter mir zuschlagen? Aber nein: ein Blick über die Schulter auf das kleine Badezimmerfenster so hoch oben in der Wand ließ mich diesen Gedanken blitzschnell wieder ad acta legen. In diese Richtung war an Flucht nicht zu denken.

Nein, mir blieb nur das große Fenster, durch das ich auch gekommen war. Ich holte mir leise einen weiteren Stock von der Feuerstelle, schlich hinüber zur Tür, baute mich dicht davor auf, hob den Stock über den Kopf und wartete.

„Pepper?“ Draußen flüsterte jemand meinen Namen, was mich allerdings ganz und gar nicht beruhigte. Der Typ, der mich überfallen und mir fast die Luftröhre durchgesägt hatte, hatte gewusst, wo ich wohnte – da lag die Annahme wohl nahe, dass er auch meinen Namen kannte.

Ich umklammerte meinen Stock noch fester.

„Pepper?“ Wieder dieselbe Stimme. Als nächstes tauchten im Fenster ein Kopf und ein paar Schultern auf. „Sind Sie ...?“

Ich hatte weit ausgeholt und war nach vorn gesprungen, bereit, einen deftigen Schlag zu landen. Gut, dass ich mich gerade noch bremsen konnte, denn sonst hätte Absalom unsanfte Bekanntschaft mit ehemaligem Brennholz schließen dürfen.

„Was soll das, Weib!“ Absalom wich erschrocken zurück, eine Hand auf sein Herz gelegt. „Sie haben mich fast zu Tode erschreckt!“

Ich beugte mich vor: Konnte es denn nicht auch sein, dass meine Augen mich täuschten? Nein, sie täuschten sich nicht. Absalom war nicht allein: Crazy Jake, Sammi, Delmar und Reggie standen hinter ihm. „Was wollt ihr denn hier?“, fragte ich erschüttert.

„Das sollten wir wohl eher Sie fragen.“ Ohne weitere Umstände trat Absalom über die Fensterbank. Sammi war zu klein, um das Hindernis allein zu bewältigen, ohne sich dabei ernsthaften Schaden zuzufügen, also hob der große Mann sie hoch und zog sie nach drinnen. Der Rest meines Teams folgte ohne Hilfestellung.

Wie immer fungierte Absalom als Sprecher. Er schüttelte den Kopf. „Das scheint mir nicht gerade der Ort, wo eine Frau wie Sie sich rumtreiben sollte. Was führen Sie eigentlich im Schilde?“

Eine Gegenfrage schien angebracht. „Wie habt ihr mich gefunden? Und warum seid ihr mir gefolgt?“

Erneut schüttelte Absalom den Kopf, als fasse er nicht, wie dumm ich mich stellte. „Sie schleichen doch schon seit Wochen merkwürdig in der Gegend herum. Das ist uns allen aufgefallen und wir haben uns darüber unterhalten.“ Heftig nickend pflichteten seine Teamgefährten ihm bei. „Wenn Sie nicht vorsichtig sind, bringen Sie sich noch in Schwierigkeiten. Vor allem schützt Sie meine Voodoopuppe nicht, das kann ich jedenfalls nicht garantieren.“ Ein Zittern lief durch seine breiten Schultern. „Schon gar nicht an einem Ort wie diesem hier.“

„Hier ist nichts, was Sie interessieren sollte!“ Das kam von Reggie, der in dem heruntergekommenen Chaos gar nicht mal so fehl am Platz wirkte.

„Es sei denn, Sie hätten etwas Bestimmtes vor ..." Jetzt sprach wieder Absalom, langsam und bedeutungsvoll. Das Signal an mich, mit den Erklärungen loszulegen.

Vielleicht hätte ich durchgehalten und nichts gesagt, wäre es nur um Reggie gegangen. Crazy Jake hätte ich bestimmt irgendwie ignorieren können, der passte sowieso nicht richtig auf, sondern trieb sich im Zimmer herum und fotografierte. Mit Absalom hätte ich einen Streit darüber vom Zaun brechen können, wie schlau oder unschlau es war, hier im Lake View Motel herumzuhängen. Für Sammi und Delmar hätte ich mir irgendeine Geschichte einfallen lassen können.

Allen zusammen vermochte ich nicht zu widerstehen.

Also gab ich nach. Mit so viel Würde, wie ich gerade noch aufbringen konnte. „Ich ermittle in einem Mordfall", sagte ich.

„Cool!" Sammi streckte neugierig den Kopf vor. „Ein Mord? Hier?"

„Ja, vor fünfundzwanzig Jahren."

„Sie ermitteln in diesem Fall?" Absalom hörte sich nachdenklich an. „Warum?"

Ehrlich: Ich war schwer versucht, ihnen die Wahrheit zu sagen. Mein Team würde mir sogar glauben, wenn ich ihnen von den Toten erzählte, die mich besuchten, und von den Fällen, die ich für diese Toten schon übernommen hatte. So weit kannte ich meine Leute inzwischen.

Trotzdem beschloss ich, mich lieber bedeckt zu halten.

„Ihr kennt doch alle das Grab von Jefferson Lamar", setzte ich an.

„Wo wir die Münze gefunden haben." Delmar nickte.

„Richtig. Er ist der Typ, den man für den Mord an Vera verurteilt hat."

„Das Mädchen, das in diesem Zimmer starb."

Das kam von Sammi. Ich nickte ihr zu. „Lamars Frau glaubt, er sei es nicht gewesen."

„Sie versuchen, das zu beweisen?", fragte Absalom.

Ich richtete mich kerzengerade auf. „Ob ihr es nun glaubt oder nicht: Ich mache so etwas nicht zum ersten Mal. Ich bin kein Profi oder so, aber ich bin ziemlich gut."

„Das bezweifelt hier niemand", versicherte mir Absalom so glaubhaft, dass ich es fast schon bereute, so in die Defensive gegangen zu sein. „Aber warum ermitteln Sie hier?"

„Ich habe die Polizeiakte", erklärte ich. „Die Originalakte, mit allen Einzelheiten der ursprünglichen polizeilichen Ermittlungen. Unter anderem sind darin Fotos vom Tatort. Ich dachte, wenn ich herkäme und ..."

„Sie wollten ein Gefühl für den Ort und die Geschehnisse hier bekommen. Ja, das verstehe ich." Absalom verschränkte die Arme vor der Brust. „Also? Warum haben Sie uns nicht von Anfang an gebeten, Ihnen zu helfen?"

Ich zuckte die Achseln, was ja nun keine Antwort war. Aber ich wusste wirklich nicht, was ich sagen sollte. „Ich wollte euch nicht auch noch eure freie Zeit stehlen. Ich wollte euch nicht an etwas beteiligen, das ihr vielleicht dumm findet. Ich wollte nicht, dass ihr mich bekloppt findet, weil ich herumlaufe und versuche, etwas zu beweisen, was noch nicht einmal die Polizei beweisen konnte, noch nicht einmal damals, als es gerade erst passiert war. Ich wollte nicht ..."

„Sie wollten uns keiner Gefahr aussetzen?" So eine Bemerkung aus Sammis Mund bewies ein Verständnis für mich, meine Lage und die Realität, das mich aufmerken ließ – fast so, als wäre sie in einem alten Pullover und Halbschuhen bei der Arbeit aufgetaucht.

„Ihr habt doch sicher Besseres zu tun, als mit mir rumzuhängen, wenn ihr mit der Arbeit durch seid!", verteidigte ich mich. „Ihr habt doch sicher in eurer Freizeit was anderes vor, als nach Hinweisen in einem Mordfall zu suchen, der schon so lange zurückliegt, dass sich keiner von uns mehr daran erinnern kann."

Absalom schürzte die Lippen. „Ach ja? Meinen Sie wirklich?" Er warf einen Blick in die Runde. „Vielleicht haben wir unserer Teamchefin lange genug ihren Willen gelassen. Vielleicht wird es Zeit, dass es bei uns demokratischer zugeht. Was meint ihr? Lasst uns abstimmen: Wer dafür ist, dass Pepper mutterseelenallein an einem unappetitlichen Ort wie diesem hier ermittelt, hebt die Hand."

Nicht eine Hand ging hoch.

„Wer ist dafür, ihr zu helfen?"

Diesmal schossen alle Hände in die Höhe, sogar die Jakes.

Ich war von Natur aus keine besonders rührselige Person, aber nun wurden mir doch die Augen feucht. Ein Kloß bildete sich in meinem Hals.

„Lassen Sie sich deswegen keine grauen Haare wachsen, Pepper!" Sammi klopfte mir auf den Rücken. „Sie brauchen sich bei uns nicht zu bedanken. Im Gegenteil: Das ist unsere Art, uns bei Ihnen zu bedanken." Da hatte sie wohl mehr gesagt, als sie vorgehabt hatte: ihre Wangen färbten sich rosa, ihre Stimme wurde leiser. „Sie hätten mich aus dem Team werfen können. Sie wissen schon, als Virgil zum ersten Mal auftauchte und ich ihm den Arsch versohlt habe."

Ich lachte. Nicht weil ich die Geschichte im Nachhinein witzig fand, sondern weil ich hoffte, Sammi ein wenig aus ihrer Verlegenheit helfen zu können. „Was, und all die anderen Schlägereien verpassen?"

Absalom war ein Mann der Tat, aber auch ein Mann mit Feingefühl. Es entging ihm nicht, dass hier gerade zwischen zwei Frauen ein zartes, weibliches Band entstand und dass Sammi und ich, würde er es zulassen, innerhalb von fünf Minuten irgendwo in einer Ecke hocken, uns gegenseitig das Herz ausschütten, modische Alternativen erörtern und uns über unser Liebesleben austauschen würden. Wenn zwei Frauen einander in Freundschaft gefunden haben, muss man sehr darauf achten, dass das nicht außer Kontrolle gerät, solange man noch anderes erledigen will.

„Das wäre dann also geklärt!" Absalom grinste. „Ein Mord ist aufzuklären. Fangen wir an."

„Jake, Sie sind die Ankleidekommode. Sie stellen sich da drüben hin." Ich deutete auf die entsprechende Stelle, und da Jake wunderlich sein mochte, aber beileibe nicht unkooperativ, stellte er sich brav dorthin, wo die Ankleidekommode gestanden hatte. „Delmar, Sie sind der Spiegel. Auf dem Foto sieht es so aus, als sei die Kommode verrückt worden. Wahrscheinlich, als Vera versuchte, sich zu verteidigen. Stellen Sie sich also ein paar Schritte von Jake entfernt auf. Reggie ...“ Ich konsultierte zum x-ten Mal das Tatortfoto. „Sie gehören hierher, Sie sind das Bett.“

Reggie grinste.

Ich verdrehte die Augen.

„Sammi, Sie haben die Wahl. Entweder sind Sie die zerschmetterte Lampe, oder ...“

„Ach, kommen Sie! Ich möchte das Mordopfer sein. Bitte!“ Sammi stellte sich hinter mir auf die Zehenspitzen, um über meine Schulter hinweg das Foto betrachten zu können. Nicht um alles in der Welt hätte ich sie oder irgendjemand andern gebeten, Ganzkörperkontakt mit dem Fußboden hier herzustellen, aber Sammi hatte Mumm, das ließ sich nicht abstreiten. Sie war voll in die Nachstellung der Szene eingestiegen und legte sich bereitwillig genau dort auf den Boden, wo laut Foto Veras Leiche gelegen hatte.

„Soll ich der Mörder sein?“, fragte Absalom.

„Ich weiß nicht.“ Ich sah mir das alles an, einschließlich meiner Teamkameraden, die wiederum mich ansahen, als wüsste ich alle möglichen Antworten – bis auf Sammi, die starrte an die Decke, wie Vera auf dem Foto es tat. Mutlos ließ ich die Schultern sinken. „Ich weiß nicht, ob uns das weiterbringt.“

„Natürlich bringt es uns weiter. Es muss uns weiterbringen.“ Absalom nahm mir das Foto aus der Hand. „So hilft es uns zu verstehen, wie die Dinge aussahen, wie das Zimmer aufgebaut war.“

„Aber es sagt uns nicht, wer Vera umgebracht hat.“ Ich schüttelte den Kopf, vielleicht half mir das ja beim Denken. Leider nicht: In meinem Kopf herrschte immer noch Leere. „Es funktioniert nicht. Die Sache ist mir so unklar wie eh und je. Sie war hier, um sich mit jemandem zu treffen.“ Die anderen wussten natürlich nicht, dass ich mir diesen Teil der Geschichte bereits zusammengereimt hatte. „Sie kam in den Sachen, die sie bei der Arbeit trug, hatte aber ziemlich nuttige Ersatzklamotten dabei und ..."

„Nuttig? Richtig coole Nuttenklamotten?" Sammi schoss hoch. „Gibt es Fotos? Ich könnte Kopien anfertigen! Dann kommen wir noch einmal her, ich verkleide mich wie sie und ..."

„Es ist egal, was Sie anhaben!", stöhnte ich. „Diese Bilder spielen eigentlich keine Rolle, nicht eins von ihnen. Wichtig ist, was geschah, ehe die Fotos aufgenommen wurden. Und das wissen wir nicht. Das können wir nicht wissen."

„He – wie wäre es, wenn wir einen Hellseher herbrächten?" Reggie schien mächtig stolz auf die Idee. „Wie im Fernsehen! Dann könnten wir mit dem toten Mädchen kommunizieren. Sie kann uns erzählen, was passiert ist."

Das hatte ich bereits versucht und es hatte nicht funktioniert. Ich war nur nicht in der Stimmung, davon hier und jetzt zu sprechen.

Alle unsere Bemühungen schienen nichts zu bringen. Warum war ich überhaupt hierhergekommen? Zunehmend frustriert tigerte ich im Zimmer auf und ab. Vom Fenster bis zur Tür, und wieder zurück. Ein großer Fehler, wie sich rasch herausstellte.

Weil ich deshalb genau am Fenster stand, als die ersten Schüsse fielen.

Kapitel 17

Wissen Sie noch, was ich über den ekligen Fußboden sagte? Nun, dessen Zustand war mir in dem Moment so was von egal!

Hektisch warf ich mich mit dem Gesicht nach unten auf den Beton, wobei ich mein Team laut kreischend anwies, dasselbe zu tun. Was nicht notwendig gewesen wäre: Als ich kurz den Kopf zu heben wagte und mich umsah, lagen sie alle ebenfalls platt auf dem Boden.

So verharrten wir, ich weiß nicht wie lange, in Erwartung der nächsten Salve, die nie kam. Das einzige, was ich hörte, war mein eigener, rauer Atem. Und ein Klopfen in den Ohren, das nur von meinem Herzen herrühren konnte.

Ich schluckte und räusperte mich. „Hat niemand etwas abbekommen?“

Glücklicherweise war das der Fall.

Absalom kam zu mir herüber gerutscht, immer noch auf dem Bauch. „Dass man versucht, Sie umzubringen, haben Sie nicht erwähnt.“

„Als hätte ich gewusst, dass jemand mich als Zielscheibe nehmen will!“ Halb rollte ich, halb kroch ich vom Fenster weg, setzte mich auf, als ich mich halbwegs sicher fühlte und wühlte in meiner Handtasche nach meinem Handy, um die Polizei anzurufen. „Es ist ja nun nicht so, dass mir das jeden Tag passiert!“, sagte ich – obwohl es ja, wollte ich ehrlich sein, öfter passierte, als mir lieb war. „Ich habe doch gesagt, ich will euch nicht mit hineinziehen! Ich habe gesagt, dass es gefährlich werden könnte. Es tut mir leid."

„Ich bin nicht auf eine Entschuldigung aus." Absalom setzte sich auf. „Ich will wissen, worauf Sie sich hier eingelassen haben."

Was hätte ich darauf sagen sollen? Eine weitere Salve Schüsse enthob mich jeder Antwort und ehe ich noch 911 hatte wählen können, lag ich auch schon wieder der Länge nach auf dem Boden. Das Handy rutschte mir aus der Hand und schlidderte über den Beton.

Kaum zwanzig Zentimeter von mir entfernt schlug eine Kugel ein und schickte eine kleine Betonfontäne in die Luft. Eine weitere Kugel zischte an meinem Ohr vorbei. Obwohl ich wusste, wie wenig mir das im Ernstfall nützen würde, rollte ich mich zur Kugel zusammen und barg den Kopf in den Armen. Der Selbsterhaltungstrieb ist eben mächtig und nicht immer logisch.

Wieder warteten wir. Eine Minute. Zwei. Drei. Mit jeder Sekunde, die verstrich, war ich mehr davon überzeugt, dass der Schütze jeden Moment durch das Fenster springen und uns den Rest geben würde. Als das nicht geschah, wagte ich es, mich aufzurollen und einen Blick in die Runde zu werfen. „Vielleicht ist er fort."

„Vielleicht." Absalom zog die Knie an und robbte zum Fenster. Er bot seiner Größe wegen das perfekte Ziel, was er auch wusste. Also hielt er sich so dicht wie möglich am Boden, als er um die Bretterreste lugte, die einst das Loch in der Fensterscheibe verdeckt hatten. „Ich sehe niemanden."

„Ich auch nicht." Reggie war zu Absalom gekrochen, bewaffnet mit einem der Stöcke aus der Feuerstelle. Den warf er nun durch das Fensterloch. Klappernd fiel der Stock draußen zu Boden.

Keine Reaktion. Keine Schüsse. Eine weitere Minute lang war alles totenstill. Dann hörten wir draußen eine Wagentür zuschlagen.

„Verdammter Mistkerl!" Es war inzwischen dämmriger als bei meiner Ankunft im Lake View Motel, ich konnte Sammi kaum ausmachen, als sie nun aufsprang. „Der Schweinehund hat mein

Hemd ruiniert!“ Mit wütend verzogenem Mund strich sie mit der Hand über ihr T-Shirt und stampfte mit dem Fuß auf.

„Ist doch nur ein Hemd, Sammi, krieg dich wieder ein.“ Delmar achtete auf gebührenden Abstand, als er diesen weisen Rat von sich gab. „Besser dein Hemd geht dabei drauf als Pepper.“

Aber Sammi war nun einmal Sammi. Womit ich sagen will: der Moment, an dem man sie noch hätte beruhigen und zur Vernunft bringen können, war verstrichen. Vielleicht brachte die Tatsache, dass ich das erklärte Ziel des Schützen war, bei ihr das Fass zum Überlaufen, was ich gern denken würde. Genauso gut konnte es aber auch der Schaden sein, den ihr Hemd davongetragen hatte: ehe einer von uns auch nur auf die Idee kam, sie aufzuhalten, rannte sie zum Fenster, hüpfte über die Fensterbank und schoss, fluchend wie ein Bierkutscher, auf den Parkplatz.

„Nein!“ Ich hatte mich gerade aufgerappelt, als beim Wagen draußen der Motor aufheulte und die Reifen quietschten. Absalom und ich trafen gleichzeitig beim Fenster ein. Gut möglich, dass es ein kleines Handgemenge gegeben hätte, wer als erster durchsteigen durfte.

Nur dass uns das nächste Geräusch, das wir hörten, zu Salzsäulen erstarren ließ.

Ein einzelner Schuss.

Als wir wieder bei uns waren und uns am Fensterloch drängelten, weil jeder als erster draußen sein wollte, war Sammi schon tot.

„Du siehst aus, als könntest du eine Tasse Kaffee gebrauchen.“

Wie von Zauberhand bereitet, tauchte unter meiner Nase ein Pappbecher auf. Der Kaffee darin war heiß und dampfend und duftete himmlisch.

Aber ich konnte ihn nicht trinken. Schon wenn ich auch nur daran dachte, würgte mich ein Brechreiz.

Ich sah auf. Vermutlich hätte es mich überraschen sollen, dass es Quinn war, der mir den duftenden Kaffee unter die Nase hielt, aber ich war es nicht. Quinn glitt neben mich auf den Rücksitz des Streifenwagens. „Alles in Ordnung?", wollte er wissen.

Wie gern würde ich jetzt behaupten, ich hätte auf seine Frage hin leise und diskret geschnieft, aber an dem Geräusch, das ich von mir gab, war so gar nichts Diskretes. Ich schluchzte laut auf und als Quinn mir sein Taschentuch reichte, nahm ich es dankbar an, um mir Nase und Augen abzuwischen.

„Wir wollten doch nur recherchieren!" Das hatte ich auch den Polizisten erzählt, die auf meinen verzweifelten Notruf hin zum Motel geeilt kamen. Rein technisch gesehen war das ja nichts als die reine Wahrheit. „Wir haben uns den Schauplatz des Verbrechens angesehen und über den Mord geredet." Ich holte tief Luft. „Dann fielen die Schüsse."

„Diese Sammi Santiago ..." Quinn warf einen Blick auf sein winziges, ledergebundenes Notizbuch. „Die ist aus dem Zimmer gerannt?"

„Du kennst doch Sammi!" Wahrscheinlich kam ich mit meiner Geschichte wirklich durch. Quinn war ein Fan unserer Show, er wusste, wie aufbrausend Sammi sein konnte, er hatte sie schließlich in Aktion gesehen. „Sie war stocksauer wegen der Schießerei und weil ihr T-Shirt schmutzig geworden war ..." Ich musste daran denken, wie wütend Sammi geworden war, als sie dachte, ihr Hemd sei ruiniert. Draußen dann, auf dem Parkplatz, als ich endlich neben ihr auf die Knie fiel, konnte man das Gesicht des Heiligen Jakob auf ihrem Hemd nicht mehr erkennen, zu viel Blut war aus der Wunde in ihrer Brust geströmt. Dunkles, rotes Blut, das aus der Wunde rann ... ich versuchte, tief Luft zu holen, um mich wieder zu beruhigen, aber in meiner Kehle saß ein Kloß, der einfach nicht weichen wollte. „Sammi ist einfach losgerannt, wie eine Furie, und da ..." Ich schluckte. Es tat weh. „Dann hörten wir den Schuss."

„Das Auto?"

Ich schloss die Augen und versuchte, mir den Augenblick zu vergegenwärtigen, in dem ich durch das Fenster gesprungen war. „Das habe ich nur von hinten gesehen. Kein neuer Wagen, das konnte ich erkennen. Grau. Vielleicht auch weiß. Es wurde gerade dunkel, viel konnte man nicht mehr sehen."

„Ist irgendjemand auf die Idee gekommen, sich das Kennzeichen zu notieren?"

Ich zuckte die Achseln. Nachdem der erste Detective, der am Tatort angekommen war, mich befragt hatte, hatte mich ein netter Streifenbeamter hinten in seinen Streifenwagen gesetzt, eine Wolldecke aus seinem Kofferraum geholt und sie mir über die Schultern gelegt. Die rutschte nun herunter. Quinn zog sie mir nicht wieder zurecht. „Ich habe nicht viel gesehen", sagte ich leise. „Ich habe nur auf Sammi geachtet, und es ging alles so schnell." Meinte ich damit, wie schnell der Schütze entkommen war? Oder dachte ich an Sammi, die eben noch so lebendig gewesen war und im nächsten Moment einfach nicht mehr da? Wie ging das denn an? Erneut stiegen mir die Tränen in die Augen und meine Nase ließ kaum noch Luft durch. Nein, vom Schützen hatte ich eben nicht gesprochen.

„Schon gut", sagte Quinn. „Jetzt ist es vorbei. Du bist in Sicherheit."

Ja, ich war in Sicherheit, weswegen ich mich aber noch kein Stück besser fühlte. Als Quinn Anstalten machte, aus dem Auto zu stiegen, zupfte ich ihn am Ärmel. „Woher hast du gewusst, dass ich hier bin?"

„Ich habe den Funkverkehr mit angehört. Der Mann in der Zentrale erwähnte das Lake View Motel." Quinns Miene war undurchdringlich. „Mir fiel sofort die Akte ein, um die du mich gebeten hast, ich konnte mir also lebhaft vorstellen, dass du hier bist. Als sie dann sagten, es gäbe ein Opfer, eine Frau ..." Ohne den Satz zu beenden stieg er aus dem Wagen.

Ehe er ganz entschwinden konnte, beugte ich mich zur Seite, um ihn anzusehen. „Hast du Virgil angerufen?"

„Das überlasse ich den Streifenbeamten", entgegnete er mit einem ernsten Blick in meine Augen. „Erst einmal haben wir alles, was wir brauchen. Aber morgen kommt wahrscheinlich noch einmal jemand vorbei, um mit dir zu reden. Soll ich hinter dir herfahren, soll ich dich nach Hause bringen?"

„Ja. Nein. Ich weiß nicht." Wieder standen mir die Tränen in den Augen. Ich machte mir gar nicht erst die Mühe, sie abzuwischen. „Ich bin wohl ein wenig verwirrt."

Er nickte. „Das ist der Schock. Ich habe dir jede Menge Zucker in den Kaffee getan, das müsste helfen." Er warf einen Blick hinüber zu meinem Mustang. „Bleib ruhig noch ein paar Minuten sitzen. Sobald ich mich loseisen kann, sind wir weg."

Ehe ich mich mit allem einverstanden erklären konnte, war er schon fort. Ich hatte eine Million Fragen, die dringend eine Antwort verlangten und nicht die Energie, auch nur einen Muskel zu rühren. Ich hockte da einfach hinten in diesem Streifenwagen und nach einer Weile war mein Kaffeebecher leer, auch wenn ich mich nicht erinnern konnte, getrunken zu haben. Der Zucker half wirklich, darin hatte Quinn recht gehabt. Ich fühlte mich nicht mehr ganz so klapprig. Zwar wusste ich nicht, wo der Kaffee herstammte, aber ich schleppte mich aus dem Streifenwagen, um Nachschub aufzutreiben.

Meine Beziehung zu Quinn hatte mir wohl Privilegien verschafft: während ich hinten in einem Streifenwagen Kaffee getrunken hatte, standen Absalom, Reggie, Delmar und Jake, als ich sie endlich fand, zusammengetrieben an einer Seitenwand des Motels, wo sie von einem Bein auf das andere traten und darauf warteten, die offizielle Erlaubnis zum Heimgehen zu erhalten. Sie sahen so scheußlich aus, wie ich mich fühlte.

„Alles in Ordnung?" Die Wolldecke hing mir immer noch über den Schultern. Absalom zog sie fürsorglich zurecht. „Sie sehen fürchterlich aus."

„Ich kann es einfach nicht fassen. Glauben auch nicht." Als müsste ich das ausgerechnet ihnen sagen. „Die Polizisten haben wohl nichts gesagt, was? Ob sie etwas gefunden haben? Oder wer das getan haben könnte?"

„Das werden Sie wohl am ehesten beantworten können." Absalom hatte ja recht, aber er bohrte nicht weiter. Ich glaube nicht, dass er rücksichtsvoll sein und mich schonen wollte, bis ich mich erholt hatte. Er war einfach nur erschöpft. „Die Polizei hat nur gefragt, was wir hier zu suchen hatten.“ Reggies Achselzucken sprach Bände. „Wir haben denen gesagt, dass wir Ihnen gefolgt sind und dass Sie Recherchen anstellen wollten. Für die Restaurierung auf dem Friedhof.“

Vordergründig war das nichts als die reine Wahrheit, aber natürlich lange nicht die ganze Geschichte. Allmählich wurde es Zeit, dass mein Team auch den Rest erfuhr. „Was ich hier eigentlich getan habe, ist Zeit verschwenden“, sagte ich. „Ich glaube, ich weiß, wer die Münze bei Jeffersons Grab vergraben hat. Ein Mann namens Dale Morgan. Ich hätte mich schon längst mit ihm unterhalten müssen. Hätte ich auch, wenn ich nicht vor lauter Angst einfach verdrängt hätte, was eigentlich zu tun war.“

Delmars Augen waren rot, als hätte er geweint. Er ließ den Kopf hängen, damit ich es nicht mitbekam. „Sie haben doch vor nichts Angst“, sagte er. „Sie sind da raus gerannt, genau wie wir alle.“

„Vielleicht wäre ich gar nicht hier gewesen! Wenn ich mich zuerst mit Dale Morgan unterhalten hätte. Vielleicht – ich weiß es nicht. Wenn ich herausgefunden hätte, was der Mann weiß, vielleicht wäre Sammi dann nicht ...“

Ein Geräusch in meinem Rücken ließ mich schweigen. Ich drehte mich um: zwei Sanitäter hatten Sammis Leiche auf eine Bahre gelegt und rollten sie nun zum Krankenwagen.

Vielleicht war es diese Szene, die dem Schock in meinen Gliedern und meinem Kopf ein Ende setzte. Ich weiß nur eins: als der Krankenwagen abgefahren war, empfand ich nichts mehr als eine tiefe, tiefe Erschöpfung.

Meine Knie fühlten sich ganz weich an, meine Schultern hingen traurig herab. Ich hörte es kaum, als Absalom fragte: „Was haben Sie jetzt vor?“

„Das weiß ich nicht.“ Ich wusste es wirklich nicht. Wieder füllten sich meine Augen mit Tränen. „Ich weiß nur, dass ich nicht einfach tatenlos hier rumstehen kann, jetzt, wo Sammi tot ist und ...“ Ich schluckte. „Das hier ist kein Ort, wo Frauen umgebracht werden sollten. Es ist ein dämliches kleines Motel mit Flamingos an der Badezimmerwand."

Flamingos an der Badezimmerwand ... ich hörte meine eigenen Worte, und eine Berührung wie von der Hand eines Toten kroch mir die Beine hoch in den Leib. Meine Adern füllten sich mit Eiswasser.

Wie lange ich so dastand und nachdachte, weiß ich nicht mehr, aber es reichte, um Absalom ahnen zu lassen, dass irgendetwas nicht stimmte. Er fuchtelte mir mit der Hand vor dem Gesicht herum. „Pepper? Alles in Ordnung?"

Von wegen in Ordnung – im Gegenteil!

Ich warf die Decke ab, saß in meinem Wagen und war vom Parkplatz gefahren, ehe einer von ihnen noch fragen konnte, wo ich denn hinwollte.

Der Garden-View-Friedhof hatte ein Tor, das die Angestellten benutzen konnten, wenn sie früh kamen oder spät gingen. Es lag gut versteckt und nicht viele Leute wussten von seiner Existenz. Wer das Tor kannte, kannte auch den Code, mit dem es sich aufsperren ließ.

In der Monroe Street gab es solch einen Eingang nicht. Der Friedhof war zum einen viel kleiner als Garden View, zum anderen standen hier nur Leute auf der Lohnliste, die bei der Stadt angestellt waren und zu den offiziellen Arbeitszeiten kamen und gingen, von daher reichten die Haupttore, und für einen Nebeneingang gab es keine Notwendigkeit.

Natürlich wurde das Haupttor jeden Abend abgeschlossen.

Was ein Jammer war, denn als ich es endlich quer durch die Stadt geschafft und vor dem Friedhof geparkt hatte, war die Sonne längst untergegangen.

Was erklärt, warum ich über den Eisenzaun klettern musste.

Da ich beileibe kein sportlicher Mensch war, geriet ich bei der Aktion ins Schwitzen (was nie eine erfreuliche Sache ist) und brach mir zwei Fingernägel ab. Außerdem riss ich mir die Jeans auf. Aber ich schaffte es bis hoch auf den mannshohen Zaun, wo ich allerdings angesichts der Höhe und der möglicherweise anstehenden Desaster leicht in Panik geriet. Was stand mir nicht alles bevor? Knochenbrüche, Gehirnerschütterung, zerzaustes Haar ...

Aber darüber durfte ich jetzt nicht nachdenken! Statt mich negativen Gedanken hinzugeben, die mich unweigerlich noch mehr in Panik versetzt hätten, schloss ich meine Augen, ließ los und sprang. Es wäre ja nett, wenn ich behaupten könnte, anmutig gelandet zu sein, aber wollen wir doch bei der Wahrheit bleiben: Ich landete unsanft auf meinem Allerwertesten.

Dennoch ließ ich mich nicht mehr aufhalten.

Zwar humpelte ich ein wenig, dafür wurden meine Schritte von der Wut beflügelt, die sich seit dem Lake View Motel in mir aufgestaut hatte. Humpelnd, aber zielstrebig, eilte ich auf Jefferson Lamars Grab zu.

„Sie lassen sich jetzt sofort hier blicken, sofort!“ Es war mir total egal, wer mich hörte, also gab ich mir auch keine Mühe, leise zu sein. Wusste ich denn, wie laut man kreischen muss, um auf der anderen Seite gehört zu werden? „Lamar!“ Ich versuchte es noch einmal. „Ich muss auf der Stelle mit Ihnen reden!“

Keine drei Meter von mir entfernt fing die Luft zu schimmern an und als nächstes erblickte ich Jefferson Lamar, der sich die verdammte übergroße schwarze Brille auf der Nase zurechtrückte. „Es ist spät“, begrüßte er mich. „Sollten Sie nicht ...“

In drei Schritten war ich bei ihm. Wahrscheinlich hatte ich doch etwas von Sammi gelernt – außer, wie man sich nicht anzieht: Hätte ich nicht genau gewusst, dass meine Hand einfach durch Lamar hindurch gleiten würde, dann hätte ich mit Wonne zugeschlagen und dem Mann eine verpasst, bis er auf dem Hintern hockte. So wie ich es Sammi bei Virgil hatte tun sehen. Da mir diese Möglichkeit, meiner Wut Ausdruck zu verleihen, leider verwehrt war, richtete ich doch wenigstens anklagend meinen Finger auf Lamars Nase. „Sie haben mich verdammt noch mal angelogen, und jetzt versucht jemand, mich umzubringen! Bei Sammi hat der es nicht nur versucht, Sammi ist tot! Hören

Sie mich?“ Natürlich hörte er mich, ich schrie ja inzwischen so laut, wie ich nur konnte. „Haben Sie mich verstanden? Ich sagte: Sammi ist tot. Genau wie Vera, und an ihrem Tod sind allein Sie schuld. Genau wie bei Vera.“

„Nein!“ Er fuhr mit der Hand durch die Luft, so nah an meinem Gesicht, dass ich den eisigen Luftzug spürte. „Ich habe Vera nicht umgebracht. Ich habe Ihnen ...“

„Sie haben mir erzählt, Sie hätten nicht mit ihr geschlafen!“ Als ich in diese toten Augen blickte, wurde mein Kinn so starr, dass ich das Gefühl hatte, die Knochen würden mir gleich brechen. „Das haben Sie gesagt! Sie haben geschworen, es sei die Wahrheit! Dabei wussten Sie es doch, nicht wahr? Wie es in dem Motel aussah! Sie haben es mir selbst verraten! Sie sagten, das Lake View sei eins von diesen schäbigen Motels mit Flamingos auf der Badezimmertapete!“ „Oh.“ Lamar sackte vor meinen Augen in sich zusammen wie ein Origamistorch. Weitere Beweise brauchte ich nicht. Eigentlich hätte ich mich nun besser fühlen müssen.

Aber alles, was ich spürte, war diese unbändige Wut.

„Keins der Tatortfotos zeigt das Badezimmer im Lake View Motel!“, schrie ich, dabei wusste Lamar das doch selbst. Ich wollte sehen, wie er sich wand. „Das mit den Flamingos hätten Sie gar nicht wissen dürfen. Nicht, wenn Sie nie dort waren!“

Er wich zurück, weigerte sich, meinen Blick zu erwidern. „Das bedeutet nicht, dass ich sie umgebracht habe.“

„Es bedeutet, dass Sie lügen.“

Seine Schultern hoben und senkten sich. „Sie haben recht.“

„Ach ja? Verdammt noch mal!“ Ich lachte, aber glauben Sie mir, es lag keine Freude in diesem Lachen. Gäbe es Leute, die Sarkasmus in Flaschen abfüllen, dann hätte ich ihnen in diesem Moment als prima Quelle dienen können. „Da verkünden Sie die ganze Zeit lautstark Ihre Unschuld und ich war auch noch so blöd, Ihnen zu glauben, und nun erzählen Sie mir, dass Sie so unschuldig doch nicht sind. Dass Sie ein Mörder sind.“

„Nein, kein Mörder. Aber auch nicht unschuldig.“

Ich holte tief Luft, wusste ich doch nicht, wie ich mein wild rasendes Herz sonst hätte beruhigen sollen. „Sie geben es zu? Sie und Vera ...?"

Als er sich umdrehte und ging, folgte ich ihm auf dem Fuße. Das war nur gut so, denn wäre ich weiter weg gewesen, ich hätte nicht gehört, wie er flüsterte: „Sie war jung und hübsch und so lebendig. Ich war ein verheirateter Mann mittleren Alters und ich liebte Helen. Glauben Sie mir."

„Ja, was? So, wie ich Ihnen die ganze Zeit geglaubt habe?"

In der Nähe des heruntergekommenen Mausoleums blieb Lamar stehen. „Mit Vera zusammen zu sein hatte etwas Aufregendes. Etwas Gefährliches. Im Büro war sie so zugeknöpft und tüchtig, aber wenn wir allein zusammen waren, wurde sie ganz anders, ganz wild. Mit ihr zusammen habe ich mich wieder jung gefühlt. So sehr ..."

„So sehr wie der Lügner und Betrüger, der Sie waren?"

Er ließ die Schultern sinken. „Manchmal drohten die Schuldgefühle, mich zu überwältigen. Aber aufhören konnte ich nicht. Es gab Abende, an denen ich Helen erzählte, ich müsste länger arbeiten und dann fuhren Vera und ich irgendwohin, wo niemand uns erkennen würde. Weit weg vom Central State."

„Zum Lake View Motel?"

„Nein! Ich habe die Wahrheit gesagt. In der Nacht, als Vera ermordet wurde ..." Sein Adamsapfel hüpfte. „Das war unser erstes und einziges Mal in diesem Motel. Wie dieser Portier behaupten konnte, er habe uns gekannt ... warum er so gelogen hat ..."

Ich verschränkte die Arme vor der Brust. „Da war er ja wohl nicht der Einzige!"

„Es tut mir leid." So, wie er es sagte, hätte ich ihm fast geglaubt. „Ich wollte nicht, dass Sie es wissen. Ich wollte nicht, dass irgendjemand es weiß. Wenn Helen es herausfindet ..."

„Ist das ein kleines Stückchen Gewissen, das ich da reden höre?" Fast schien es mir möglich. Das dämpfte meine Wut, ein wenig zumindest. „Wie konnten Sie so herzlos sein? Ganz zu schweigen von dumm?"

„Ich hatte so etwas noch nie zuvor getan. Ich würde es nie wieder tun. Aber Vera hatte etwas an sich ..."

„Haben Sie nicht vor Gericht einen Eid geschworen und geleugnet, eine Affäre mit ihr gehabt zu haben?"

Er fuhr sich mit der Hand über das kurzgeschorene Haar. „Über diese Entscheidung habe ich all die Jahre nachgedacht." Er wagte es, mir in die Augen zu schauen. „Ich habe darüber nachgedacht", sagte er, „aber ich habe sie nie bereut. Gut, vielleicht hätte es mir genützt. Vielleicht hätte es mir genützt, wenn ich meine Sünden eingestanden hätte. Um zu erklären, was ich dort im Lake View Motel tat. Aber vielleicht hätte ich dadurch auch einfach nur schuldiger gewirkt. Und ganz sicherlich hätte es Helen das Herz gebrochen. Das konnte ich nicht tun. Ich hatte schon genug getan, um ihr weh zu tun."

Das alles nahm ich auf, um es langsam zu verarbeiten. „Als Sie Vera an jenem Abend verließen, lebte sie also noch?"

„Das ist die Wahrheit, ich schwöre bei Gott. Es war ..." Er räusperte sich. „Es hatte eine von unseren normalen Verabredungen werden sollen, aber an jenem Abend hat Vera mir gesagt, es sei Schluss. Sie wollte zu ihrem früheren Freund zurückgehen."

„Steve."

„Sie sagte, sie hätte gründlich darüber nachgedacht und ihr wäre klargeworden, dass es für uns keine Zukunft gab. Sie hätte die Versteckspiele satt. Sie wollte, dass ich mich von Helen scheiden ließ, damit wir zusammen sein konnten, aber ... das konnte ich nicht. Das sagte ich Vera. Ich sagte ihr, dass ich das nie tun könnte."

„Also hat sie Sie vor die Tür gesetzt und Sie ..."

„Ich habe sie nicht umgebracht!" Er sah zur Seite. „Wir haben uns gestritten. Ich weiß, das können Sie unmöglich verstehen, aber Vera ... sie hat mich ganz wahnsinnig gemacht vor Leidenschaft. Ich wollte sie. Ich konnte nicht mehr klar denken. Als sie mir mitteilte, sie wolle mich nicht mehr wiedersehen ..."

Ich stellte mir die Tatortfotos vor. „Sie haben ihr diese geschwollene Lippe verpasst!" Als er es nicht abstritt, kehrte meine Wut mit voller Wucht zurück. „Sie Widerling! Sie haben sie geschlagen!"

Er ließ den Kopf hängen. „Das habe ich so bereut! All die Jahre habe ich mir gewünscht, es wäre anders gelaufen, sie hätte ihre letzte Nacht auf Erden nicht so voller Schmerzen und Gewalt erlebt.“ Lamar hob den Kopf. „Sie glauben mir doch, oder?“

Ich erwiderte seinen Blick, ohne mit der Wimper zu zucken. „Was passierte, nachdem Sie sie geschlagen hatten?“

Er schluckte. „Sie weinte. Ich flehte sie an, mir zu verzeihen. Ich sagte ihr, wie viel sie mir bedeutete, dass ich ohne sie nicht leben könnte. Sie wollte nicht zuhören.“

„Also ...?“

„Also ging ich, das ist alles. Ich bin einfach nur gegangen. Ich schwöre, das ist die Wahrheit.“

Kaufte ich ihm die Geschichte ab? Nun ja, nicht mit allem Drum und Dran, aber ich wollte sie auch nicht einfach so von der Hand weisen. Auf jeden Fall nicht, ehe ich nicht mehr wusste.

„Als Sie gingen – was trug Vera da?“, fragte ich ihn.

Er räusperte sich. „Nichts. Nicht, als ich das Zimmer verließ. Als wir uns an jenem Abend trafen, trug sie die Sachen, die sie an diesem Tag bei der Arbeit getragen hatte.“

„Deswegen war es ihr auch egal, dass Ihr Blut an ihrer Bluse war. Sie brauchte die Kleider nicht zu wechseln, Sie wussten ja von dem Blutfleck und sie wusste, dass er Ihnen nichts ausmachen würde.“

„Die Polizei hat diesen Aspekt des Blutflecks nie hinterfragt.“ Wofür Lamar dankbar zu sein schien, er hörte sich jedenfalls so an. „Ich war so verzweifelt, als ich das Motel verließ ... weil Vera mich verlassen wollte ... darüber, dass ich die Kontrolle verloren und sie geschlagen hatte ... ich vermochte nicht mehr klar zu denken ... ich dachte ... ich dachte daran, mich umzubringen. Das hätte ich auch getan, wäre mir nicht klargeworden, dass Helen sich fragen würde, was falsch gelaufen war. Sie würde nie irgendwelche Antworten bekommen und diesen Gedanken vermochte ich nicht zu ertragen. Ich fuhr nach Hause, wie benommen, wie in einem Nebel. Als ich am nächsten Morgen ins Büro kam, wartete die Polizei schon auf mich, um mir mitzuteilen, Vera sei tot. Ich konnte es nicht glauben. Ich konnte ihnen nicht sagen, dass sie sich, als ich sie zuletzt sah, gerade anziehen wollte."

„Also hat auch sie sich fertiggemacht, um zu gehen. Als ihr Mörder an der Tür auftauchte, war sie bereits angezogen und ..."

„Vielleicht hat sie gedacht, ich sei es, als es an der Tür klopfte." In Lamars Stimme lag so viel Hoffnung, dass sich mir der Magen umdrehte. „Vielleicht hat sie die Tür aufgemacht, weil sie ihre Meinung geändert hatte und ..."

„Sie sind ein jämmerlicher Trottel, wissen Sie das eigentlich?" Mir war nicht danach, Lamars Gefühle zu schonen. „Wir haben es hier mit zwei toten Frauen zu tun, mit einer Ehe, die sozusagen ganz von allein in die Brüche gegangen ist und mit jemandem, der mich umlegen will, weil ich versuche herauszufinden, was damals wirklich geschah. Und alles, woran Sie denken können, ist Ihr kleines Betthäschen und ob es Sie vielleicht doch wieder zurücknehmen wollte?"

„Das frage ich mich jetzt schon all die Jahre, das ist der Fluch, der auf mir lastet. Ich konnte an nichts anderes denken, als an Vera. Eins weiß ich inzwischen genau: wenn ich nicht irgendetwas tue, um Helen ein wenig Seelenfrieden zu verschaffen, werde ich noch die gesamt Ewigkeit mit dieser Obsession zubringen. Ich bin ein Sünder, Pepper. Ich war ein schlechter Ehemann. Aber ein Mörder bin ich nicht."

Er sah so verzweifelt aus, dass ich ihm doch tatsächlich glaubte. Stellen Sie sich das mal vor.

KAPITEL 18

Ich war nicht gerade ein Fan von Gefängnisfilmen, aber den einen oder anderen hatte ich natürlich doch gesehen. Als ich Dale Morgan im Northern Ohio Correctional besuchte, konnte ich feststellen, dass diese Filme die Realität ziemlich akkurat wiedergaben. Genau wie in den Filmen saß ich auf der einen Seite einer Glaswand, er auf der anderen, und wir sprachen durch ein Telefon miteinander.

Genauer gesagt: Ich redete am Telefon, und er saß die meiste Zeit einfach da und sagte so gut wie nichts. Andererseits hatte er dafür wohl auch keine Zeit, war er doch viel zu sehr damit beschäftig, mich anzustarren und lüstern zu geifern.

„Sie erinnern sich doch an Direktor Lamar?“ Man hatte mich angewiesen, das Glas zwischen uns nicht zu berühren, aber jetzt warf ich rasch einen Blick über die Schulter, um nach dem Wärter zu sehen, der neben der Tür stand. Der schien gerade nicht auf uns zu achten, also ging ich das Risiko ein und klopfte gegen die Scheibe, um Morgans Aufmerksamkeit zu erregen. „Sie saßen im Central-State-Gefängnis ein, als er dort die Leitung hatte.“

„Er war ein guter Mann.“ Ein Fortschritt: So viel hatte ich noch nicht aus dem Mann herausgeleiert, seit er den Raum betreten und mich mit einem mürrischen: „Was wollen Sie?“ begrüßt hatte.

Ich stieß einen Seufzer der Erleichterung aus. Meine Handtasche hatte ich nicht mit in den Besucherraum bringen dürfen – die Wärterin, die sie mir abgenommen hatte, um sie in einem

Schließfach unterzubringen, sollte bloß vorsichtig damit umgehen, immerhin handelte es sich um eine Juicy Couture! – aber der Silberdollar steckte in meiner Hosentasche. Ich zog ihn heraus, damit Morgan ihn sich ansehen konnte. „Sie haben diese Münze beim Grab des Direktors vergraben."

Dale Morgan war ein stämmiger, untersetzter Mann unbestimmbaren Alters, mit Augen, die so stumpf schienen wie das Linoleum zu unseren Füßen. Seine dünnen Haare waren um einiges zu lang, den linken Arm zierte ein tätowierter Tiger und auf seinem Gesicht lag ein verzweifelter, hungriger Blick, den wohl viele Männer im Gefängnis wie eine zweite Haut tragen. Er hungerte nach allem, was auch nur ansatzweise mit dem Leben draußen zu tun hatte. Nur deswegen hatte er sich zu dem Treffen mit mir bereitgefunden, das wusste ich. Aber ich war schamlos genug, mich von diesem Wissen nicht beeinträchtigen zu lassen.

Morgan kniff die Augen zusammen, um die Münze besser sehen zu können. „Woher wollen Sie das denn wissen?", fragte er. „Es ist schon zehn Jahre her, dass ich die Münze vergraben habe. Nach meiner Zeit im Central State, ehe ich hierher kam. Was spielt es für eine Rolle?"

„Für Sie spielt diese Münze eine Rolle!" Das wusste ich zwar nicht genau, aber inzwischen war ich Meisterin im Köderauswerfen. „Sie hätten Blumen an sein Grab bringen können. Das haben Sie nicht getan. Sie vergruben diese Münze, weil Sie im Central State zur Münzsammlergruppe des Direktors gehörten. Es ist ein Morgan-Silberdollar – Ihre Art, Lamar wissen zu lassen, wer ihm die Münze verehrt hat. Für Sie hat der Dollar eine Bedeutung, und für Lamar auch. Für ihn hätte er eine Bedeutung!", fügte ich hastig hinzu, um irgendwelchen Fragen vorzubauen. „Wenn er noch lebte und davon wüsste. Ich glaube, Sie haben die Münze vergraben, weil Sie sich bei Lamar bedanken wollten. Für seine Hilfe, dafür, dass er Ihnen gezeigt hatte, wie Sie Ihr Leben wieder in die richtigen Bahnen lenken können."

Morgans Lächeln fiel matt und dünn aus. „Sieht nicht so aus, als hätte die Besserung vorgehalten, was?"

Was konnte ich dazu schon sagen? Zuzustimmen schien mir unhöflich, da hielt ich mich lieber an den Plan, den ich mir während der anderthalb Stunden Fahrt von Cleveland hierher zurechtgelegt hatte. „Sie können ihm immer noch beweisen, wie sehr Sie zu schätzen wissen, was er für Sie getan hat. Vielleicht können Sie Direktor Lamar immer noch helfen."

Morgan sah sich unruhig um. Es war Donnerstag, das Besuchszimmer relativ leer. Der nächste Gefangene saß drei Stühle von ihm entfernt und war zu sehr in sein Gespräch mit einer Frau mit schlechtsitzendem Haar, viel zu kurzem Minirock und viel zu enger Bluse vertieft, um uns zu beachten. Trotzdem senkte mein Gegenüber die Stimme.

„Wie denn?"

Zum ersten Mal, seit ich das Gefängnis betreten hatte, spürte ich, wie sich meine Anspannung ein wenig legte.

Ich beugte mich vor. „Ich glaube nicht, dass Direktor Lamar Vera Blaine umgebracht hat, und Sie glauben es vielleicht ja auch nicht. Haben Sie deswegen die Münze bei seinem Grab vergraben? Hatten Sie das Gefühl, ihm etwas schuldig zu sein? Wenn Sie eher etwas gesagt hätten ..."

Morgans Blick wurde so wild wie der des Tigers auf seinem Arm. „Wollen Sie mir etwas anhängen?"

„Nein. Nein, überhaupt nicht!" Ich versuchte mich an einem Lächeln, aber um ehrlich zu sein: an einem Ort, wo man beim Betreten als erstes gefilzt wird, vergeht einem das Lächeln so ziemlich. „Ich glaube nicht, dass Sie Vera Blaine umgebracht haben. Ich bin mir im Gegenteil sicher, dass Sie es nicht getan haben. Denn wenn Sie es getan hätten, dann hätten Sie Lamar nicht diese Münze hinterlassen. Aber ..."

Jetzt kam der spannende Moment, der, für den ich die ganze Reise unternommen, für den ich es gewagt hatte, meinen Fuß in ein Gefängnis zu setzen. Prompt verspürte ich Schmetterlinge im Bauch. Dabei konnte mir Morgan nichts anhaben, er konnte allerhöchstens wütend auf mich werden. Ein Kinderspiel, verglichen mit der Tatsache, dass jemand versuchte, mich umzubringen und Sammi tot war. Mit einem Wutanfall konnte ich umgehen.

„Ich hatte gehofft, Sie würden mir etwas über den Mord sagen können“, erklärte ich. „Zum Beispiel, wer ihn begangen hat.“

Morgan erstarrte zur Salzsäule – bis auf die Augen, die sich hektisch flatternd nach rechts und links umsahen. „Woher haben Sie das?“

„Dann stimmt es also? Sie wissen, was geschehen ist?“

„Ich habe nicht gesagt, dass es stimmt. Ich habe gefragt, wer Ihnen das gesagt hat.“

„Niemand.“ Das entsprach der Wahrheit und irgendwie schien Morgan mein Eingeständnis zu schätzen. Vielleicht bildete ich mir das aber auch nur ein: Oft ist ja der Wunsch der Vater des Gedankens. „Ich weiß, dass Sie Direktor Lamar schätzten und respektierten und dass Sie dafür sorgen wollen, dass die Gerechtigkeit siegt. Unter Umständen kann ich beweisen, dass Lamar unschuldig war. Wenn ich das könnte, hätte seine Witwe ihren Frieden und der Mörder käme hinter Gitter, wo er hingehört. Sollten Sie also wirklich etwas wissen ...“

Als ich Morgan den Wärter herbeiwinken sah, der ihn wieder zurück in die Zelle bringen sollte, geriet ich in Panik. Da war ich nun der Wahrheit so nahe und würde sie nicht erfahren, wenn Morgan nicht redete!

„Sie können nicht einfach gehen!“, platzte ich heraus.

Er lachte. „Sie haben recht, gehen kann ich nicht, nicht hier aus dem Gefängnis. Aber ich sage Ihnen eins: hier drin kann es verdammt einsam sein. Ich kriege kaum Besuch. Wissen Sie, was das bedeutet?“

Ja, das wusste ich. Ich schluckte, und nickte. „Sie wollen, dass ich wiederkomme.“

„Morgen.“ Morgan stand auf. „Sie könnten sich ein bisschen hübscher anziehen.“ Er warf einen Blick auf die Minirockfrau, die drei Stühle weiter saß. „Wie die Dame dort drüben“, sagte er und hängte ein.

Was wahrscheinlich nur gut war, denn ich hatte ihm gerade sagen wollen, er könnte mir den Buckel runterrutschen.

Aber ich war der Wahrheit zu nahe, um jetzt noch kleinbeizugeben, und so fragte ich mich, ob es hier in der Nähe wohl ein Fredericks of Hollywood gab.

Gut: Ich war verzweifelt, wild entschlossen und inzwischen so ziemlich ohne alle Skrupel, aber dennoch nicht ganz ohne Stolz. Ich entschied mich gegen Fredericks of Hollywood und suchte lieber einen Kmart auf. Was natürlich, auf eine eigene, ganz spezielle Art ebenso peinlich ist. Als ich am nächsten Tag im Knast auftauchte, fehlte meinem Outfit jeglicher Stil – von Klasse ganz zu schweigen – aber die Köpfe der Wärter fuhren bei meinem Anblick herum, was wohl hieß, dass die Klamotten ihren Zweck erfüllten.

Das hatte ich Sammi zu verdanken.

Was hatte ich an? Einen sehr kurzen roten Rock. Ein weißes T-Shirt, dessen V-Ausschnitt tiefer reichte als bei einer Frau von meiner Oberweite eigentlich schicklich. Noch dazu war es ärmellos und der Rücken bestand aus dünnen Riemchen, die im Zickzack verliefen und das Tragen eines BHs unmöglich machten. Aber darum ging es ja gerade, nicht wahr? Meine neuen Schuhe rühmten sich dünner Absätze und fetter Sohlen und machten mich noch ein paar Zentimeter größer, als ich ohnehin schon war.

Nicht ganz ein Straßenmädchen, aber nur haarscharf daran vorbei.

Dale Morgan zeigte sich nicht enttäuscht. Als er in den Besucherraum kam, blieb ich so lange stehen, bis er mich in aller Ruhe hatte betrachten können. Mit einem öligen Lächeln im Gesicht griff er nach dem Telefonhörer auf seiner Seite der Glaswand. „Was ziehen Sie an, wenn ich Sie bitte, morgen wiederzukommen? Eins kann ich Ihnen verraten, Süße: Ich könnte den Rest meiner Zeit hier drin nur noch davon träumen, welchen Anblick Sie beim nächsten Besuch wohl bieten!“

Auch wenn ich aussah wie ein sexy Dummchen, brauchte ich mich nicht auch noch wie eins zu benehmen. Ich setzte mich auf den Stuhl auf der anderen Seite der Glaswand und warf ihm einen Blick zu, der eins klarstellte: Bei dem, was ich gleich sagen würde, gab es keinerlei Verhandlungsspielraum. „Ein Morgen wird es nicht geben. Sie haben diese eine Chance, und nur diese, sich alles genau anzuschauen und den schäbigen kleinen Fummel zu genießen, den ich mir in der schäbigen kleinen Stadt zugelegt habe, in der ich gestern übernachten musste. Also: Entweder Sie reden Klartext, dann bleibe ich, bis die Besuchszeit vorüber ist, oder Sie reden nicht oder nur um den heißen Brei herum. Dann bin ich auf der Stelle weg. Habe ich mich klar genug ausgedrückt?"

Hatte ich, Morgan brauchte es mir nicht noch zu bestätigen. Er sah sich an, was er von mir im Sitzen sehen konnte. „Nachdem Sie gestern hier fortgingen, sind Sie losgezogen und haben sich diese Sachen besorgt?"

„Ja."

„Nur für mich?"

„Für mich selbst ganz sicher nicht! Reine Rottöne sind für Leute, die von Natur aus rote Haare haben, nicht das Gelbe vom Ei, aber der Rock hier war der kürzeste, den ich finden konnte, also habe ich das Opfer auf mich genommen, und das T-Shirt ist zwei Nummern zu klein."

Morgan schaute ganz verträumt drein. „Das T-Shirt ist perfekt!"

Ich nagelte ihn mit einem vernichtenden Blick fest. „Reden Sie."

Er lehnte sich zurück. „Was wollen Sie wissen?"

Jetzt durfte ich mir nur nicht anmerken lassen, wie erleichtert ich war. „Sie saßen im Central-State-Gefängnis, als Vera Blaine ermordet wurde. Ich will wissen, was die anderen Gefangenen zum Mord und zum Prozess gesagt haben, wie sie darüber dachten. Kursierten irgendwelche Theorien? Wurden Spekulationen über Lamars Verhaftung und Verurteilung angestellt?"

„Theorien?“ Er lachte, als sei ich doch das sexy Dummchen, als das mein Outfit mich auswies. „An einem Ort wie dem hat man keine Theorien. Man hat nur Geheimnisse.“

„Was ist Ihr Geheimnis, Mr. Morgan?“

„Meins?“ Er grinste. „Dass Sie mich an zwei Tagen hintereinander besucht haben, wird in null Komma nichts die Runde machen. Alle werden sich die Mäuler darüber zerreißen, was für eine scharfe Alte Sie sind. Alle werden sich fragen, wie Dale Morgan an so eine umwerfende Puppe kommt, es wird die wildesten Spekulationen geben, wer Sie sein könnten und was wir miteinander zu besprechen hatten und wann Sie wohl wiederkommen, und ich werde niemandem verraten, warum Sie in Wirklichkeit hier waren. Das ist mein Geheimnis. Dann gehen die Spekulationen ewig weiter und die anderen sehen zu mir auf wie zu einem der ganz Großen. Kapiert?“

„Was war das Geheimnis Direktor Lamars?“, fragte ich, wobei ich allerdings betete, er möge das eine Geheimnis, das hoffentlich nur mir bekannt war, jetzt nicht nennen. Ich war nicht hier, um zu tratschen und es brachte niemandem etwas, wenn es sich herumsprach, dass Lamar wirklich ein Verhältnis mit Vera gehabt hatte.

Morgan schürzte nachdenklich die Lippen. „Ich glaube nicht, dass der Direktor ein Mann für Geheimnisse war. Er war immer sehr direkt. Beherrscht, wissen Sie? Er hatte hohe Erwartungen an uns alle, und von denen wich er nicht ab, auch wenn wir nach unserer Entlassung immer, immer wiederkamen. Der Direktor war ein edler Mensch, und ich habe ihn im Stich gelassen.“

„Damit meinen Sie nicht nur, dass Sie ihn enttäuscht haben, indem Sie wieder im Gefängnis landeten, nicht wahr? Sie wussten etwas über den Mord an Vera Blaine und haben nichts gesagt.“ Er zögerte. „Wenn ein Mann etwas weiß, was er eigentlich nicht wissen dürfte, kann ihn das hier drin den Kopf kosten.“ Da ich daran nicht eine Sekunde zweifelte, bestand ich nicht auf der Beantwortung meiner Frage.

„Wenn Lamar keine Geheimnisse hatte, wer dann? Reno Bob Oates? Oder Bad Dog Raphael?”

Morgan riss die Augen auf. Obwohl wir an diesem Nachmittag den Besucherraum ganz für uns hatten, sah er sich vorsichtig um, ehe er antwortete. „Wie kommen Sie auf diese beiden?"

„Warum nicht diese beiden? Beide hassten Lamar, jeder von ihnen hätte ..."

„Nein, nicht jeder von ihnen. Nicht jeder hatte die entsprechenden Verbindungen. Hier drin braucht man Verbindungen nach draußen, um so eine große Sache durchzuziehen."

„Eine große Sache? Wie einen Auftragsmord? Und dafür Sorge tragen, dass er dem Direktor in die Schuhe geschoben wird?"

Er antwortete nicht, aber das war auch nicht notwendig.

Ich dachte über Reno Bob und Bad Dog nach. „Damit wollen Sie sagen, Reno Bob verfügte nicht über die nötigen Verbindungen. Er hat immer allein gearbeitet. Mack Raphael dagegen hatte Verbindungen zur Unterwelt. Sie wollten mir eben sagen, dass es Bad Dog gewesen sein muss."

„Das habe ich so nicht gesagt, würde ich auch nie tun!" Wieder sah er sich hektisch um. „Ein Mann wie Bad Dog hat überall Freunde. Das weiß ich genau, ich habe mir nämlich im Central State die Zelle mit ihm geteilt."

Das hatte ich nicht gewusst. Ich gab mir Mühe, nicht allzu interessiert zu wirken. „So könnten Sie etwas gehört haben. Oder etwas mit angehört. Wollten Sie das damit sagen?"

Er schüttelte den Kopf. „Ich sage überhaupt nichts in der Art. Wie ich schon sagte: Das geht nicht, dazu ist mir mein Leben viel zu lieb, und ich frage mich, warum Ihnen Ihr Leben nicht genauso lieb ist."

Keine unlogische Frage. Aber Morgan wusste ja nicht, dass Helen Lamar ihrem Mann all die Jahre hindurch die Stange gehalten, dass sie nie den Glauben an ihn verloren hatte. Er wusste nicht, dass dieser Glaube leider in Teilen ein Irrglaube gewesen war, dass sein verehrter Direktor seiner Ehefrau übel mitgespielt hatte. Nach all den Jahren verdiente Helen ihren Seelenfrieden. Morgan wusste auch nicht, dass jemand ganz konkret darauf aus war, mich umzulegen. Er ahnte nichts von Sammi, aber nun erzählte ich ihm von ihr. Ich erzählte, wie wir uns kennengelernt hatten, beide so verschieden, wie man es sich nur vorstellen kann, vom Modegeschmack bis hin zu unserem Verhältnis zu Recht und Gesetz. Wie wir uns langsam immer besser kennengelernt hatten, wie wir angefangen hatten, einander zu verstehen. Sammi und ich hätten Freundinnen werden können, wäre uns mehr Zeit geblieben.

„Sie sehen also, ich habe auch ein ganz persönliches Interesse an der Sache“, sagte ich, als ich fertig war. Vielleicht war das nur Wunschdenken, aber ich bildete mir ein, Morgan verstünde, was mich bewegte.

Nervös verlagerte er den Telefonhörer vom linken Ohr ans rechte. „Kann sein, dass ich mal was mit angehört habe. Kann sein, dass ein gewisser Zellengenosse mal damit angab, dass er bei Direktor Lamar Gleiches mit Gleichem vergolten hätte. Einzelheiten hat er nicht genannt, wohl aber behauptet, er hätte Beweise. Er sagte, Bad Dog sitze auf diesen Beweisen und würde sich schieflachen.“

„Was mag das heißen?“

Morgan verzog das Gesicht. „Woher soll ich das wissen? Ich erzähle Ihnen nur, was ich gehört habe. ‚Bad Dog sitzt auf den Beweisen und lacht sich kaputt‘. Ich habe es damals nicht verstanden, und heute verstehe ich es auch nicht. Vielleicht hat es auch gar nichts zu bedeuten.“

„Aber vielleicht doch und vielleicht fühlen Sie sich schuldig, weil Sie es nie weitergemeldet haben. Haben Sie versucht, es Lamar zu sagen, indem Sie die Münze neben seinem Grab vergruben?“

„Um das zu tun, hätte ich ein Gewissen haben müssen. Glauben Sie denn, ich habe eins?“

„Direktor Lamar hätte nicht so fest an Sie geglaubt, wenn Sie keins hätten. Das glaube ich.“

„Na ja. Wie dem auch sei.“ Morgan blickte zur Seite.

Ich wollte weder ihn noch den Faden unserer Unterhaltung verlieren, also rückte ich meinen Stuhl lautstark ein wenig hin und her, um ihn an meine Anwesenheit zu erinnern. „Es stimmt also? Bad Dog hat den Mord an Vera Blaine arrangiert?"

„Das habe ich nie gesagt!" Morgan warf einen Blick auf die Uhr, die hinter mir an der Wand hing. „Ich kann nur das sagen, was ich eben schon gesagt habe: Bad Dog hat Verbindungen. Alle möglichen Leute stehen bei ihm auf der Lohnliste. Das sollten Sie wissen. Damit Sie vorsichtig sind."

Seine Bemerkung ließ mich an etwas denken, was seit der Nacht der zerstörten Kunstausstellung und der erfolgreichen Auktion an mir nagte. „Was ist mit Reportern?", wollte ich wissen. „Hat Bad Dog auch welche von denen auf seiner Lohnliste?"

Mein Gegenüber pfiff leise durch die Zähne. „Das könnte ich nicht sagen, aber wundern würde es mich nicht. Denken Sie an jemand bestimmten?"

Natürlich, Mike Kowalski. Aber das würde ich wiederum nicht sagen. Denn wenn ich mit meiner ganzen Einschätzung falsch lag und Morgan irgendwie mit Bad Dog verbandelt war, dann handelte ich mit meinen Anschuldigungen Kowalski eine Menge Ärger ein, den er gar nicht verdient hatte. Falls ich recht hatte und Morgan mich verpfiff, unterschrieb ich mit jedem weiteren unnötigen Wort womöglich mein Todesurteil.

„Das war nur so eine Frage", wiegelte ich ab. „Ich weiß jede Hilfe von Ihnen zu schätzen."

„Ich habe Ihnen nicht geholfen." Morgan lehnte sich zurück, den rechten Arm lässig über die Rücklehne seines Stuhls geworfen. „Und wenn Sie irgendjemandem gegenüber behaupten, das hätte ich getan, streite ich alles ab. Wenn Sie Bullen herschicken, damit die sich von mir bestätigen lassen, was ich gesagt habe ..."

„Das werde ich nicht tun! Hand aufs Herz und nicht gelogen!" Ich legte die Hand auf mein Herz.

Was ihn prompt wieder auf das Thema brachte, das ihn ganz zu Beginn unseres Treffens beschäftigt hatte. „Noch fünfundvierzig Minuten, bis die Besuchszeit vorbei ist", knurrte er. „Da Sie ja bis zum Ende hierbleiben, könnten Sie doch ruhig den Rock ein bisschen höher ziehen und ..."

Ich warf ihm einen Blick zu, der kalt genug war, um das Glas zwischen uns zu spalten. Die Botschaft kam an.

„Na gut", seufzte Morgan. „Worüber sollen wir uns unterhalten?"

Worüber Dale Morgan und ich die nächsten fünfundvierzig Minuten sprachen, ist hier nicht von Bedeutung. Ebenso wenig wie die Tatsache, dass ich mich sofort nach dem Besuch im Hotel wieder in meine eigene Kleidung warf, die, in der ich am Tag zuvor ins nördliche Ohio gereist war. Die für den Besuch bei Morgan erstandenen Sachen landeten im nächsten Müllcontainer. Danach brach ich wieder Richtung Cleveland auf.

Ich hatte jede Menge zu tun. Die abschließende Folge von Friedhofscamp sollte gedreht werden, und wir mussten letzte Hand an unsere Sektion legen, ehe die Jury ihren Rundgang absolvierte. Nach diesem Rundgang und nach der Übergabe der gesammelten Spendengelder an die Ehrenamtlichen, die unsere Arbeit fortsetzen sollten, würden die Sieger der Show bekanntgegeben werden.

Noch zwei Wochen zuvor hatte mir etwas an dem Sieg gelegen. Sehr viel sogar. Aber jetzt, am Montag nach meinem Treffen mit Dale Morgan, hockte ich bei McDonald's an einem Tisch und trommelte ungeduldig auf die Tischplatte, in Gedanken weder mit dem Friedhof, noch mit der Show befasst. Ja, es war der Haziendaschuppen gegenüber von Bad Dogs Big Car Nation und nein, ich empfand keine Gewissensbisse dabei, dort zu sitzen, wo es doch in der Monroe Street noch so viel Arbeit gab. Ich hatte Absalom mit der Oberaufsicht über die Arbeiten betraut, da ich persönlich dringend über mein nächstes Vorgehen nachdenken musste.

Fünf Minuten später – ich war der Lösung meines Problems noch keinen Schritt nähergekommen – setzten sich Absalom und Reggie mir gegenüber an den Tisch. Delmar und Crazy Jake hatten sie auch mitgebracht, die hockten einen Tisch weiter.

„Sie sollten doch dafür sorgen, dass die Arbeit auf dem Friedhof vorankommt!", tadelte ich Absalom.

Der schnappte sich feixend eine Handvoll meiner Fritten, um mit einer davon auf mich zu deuten. „Sie haben doch was vor, das sehe ich Ihnen an der Nasenspitze an. Sie wollen ein Auge auf Bad Dog halten, warum würden Sie sonst hier rumsitzen? Haben Sie wenigstens Ihre Voodoopuppe dabei?"

Hatte ich. Ich zog sie aus der Tasche und zeigte sie ihm. Absalom schien zufrieden.

Wäre doch nur alles so einfach. „Bad Dog im Auge zu behalten, bringt mich kein Stück weiter", seufzte ich. Das Essen auf meinem Tablett war schon lange kalt, was Absalom nicht davon abhielt, die restlichen Fritten zu verputzen, während sich Reggie den doppelten Cheeseburger unter den Nagel riss. Jake hatte sich selbst einen Schokomilchshake bestellt, also holte sich Delmar meinen. Da das Essen sowieso nur zur Tarnung dienen und mir den Anschein hatte verleihen sollen, als gehörte ich hierher, und da ich bestimmt nicht vorhatte, so viele leere Kalorien zu mir zu nehmen, hatte ich gegen den Diebstahl nichts einzuwenden. „Bisher konnte ich nichts Ungewöhnliches oder Verdächtiges entdecken."

„Damit hatten Sie echt gerechnet?" Reggie kicherte leise. „Sie glauben, der Typ läuft einfach so rum und gibt zu, dass er Sammi umgelegt hat, als er versuchte, Sie umzubringen. Das glauben Sie ernsthaft?"

Ich hatte meinem Team nicht verraten, warum ich hier war. Ich hatte ihnen auch nicht verraten, wo ich hinging, als ich um die Mittagszeit herum den Friedhof verließ.

„Sammi ist nicht die Einzige, die er umgebracht hat", sagte ich, sehr darauf bedacht, leise zu sprechen. „Ich glaube, er ist auch für einen anderen Mord verantwortlich und für den Tod Direktor Lamars, den seine Verurteilung so mitgenommen hat, dass er gleich in seiner ersten Nacht im Gefängnis an einem Herzinfarkt verstarb.

Absalom wirkte nicht überrascht. „Was wollen wir jetzt unternehmen?"

„Na ja, wir könnten über diese seltsame Sache nachdenken, die Bad Dog jemandem im Gefängnis erzählt hat. Er sagte, er hätte Beweise darüber, wer diesen Mord vor fünfundzwanzig Jahren begangen hat. Er sagte, Bad Dog würde auf den Beweisen sitzen und sich kaputtlachen. Was meint ihr? Was könnte das bedeuten?"

Keiner von ihnen wusste die Antwort.

Ich trommelte noch ein bisschen weiter auf der Tischplatte herum, starrte zum Gebrauchtwagengelände hinüber und dachte noch einmal über alles nach, was Bad Dog mir erzählt hatte. Ich beobachtete das Büro und sah darin ein paar Leute hin- und hergehen, darunter auch Bad Dog persönlich. Fasziniert sah ich zu, wie der geschäftstüchtige Bud einem vorbeigehenden Pärchen auflauerte, wie er sie auf den Platz zog, um ihnen einen Wagen zu zeigen. Ich warf einen Blick auf den mechanischen Hund oben auf dem Pfeiler.

Da fiel es mir wie Schuppen von den Augen.

„Bad Dog sitzt auf den Beweisen und lacht sich kaputt", flüsterte ich erschüttert, ehe ich losschoss, Richtung Tür.

„He! Was haben Sie vor? Wo wollen Sie hin?" Absalom und die anderen mussten sich anstrengen, um mit mir Schritt halten zu können.

„Zurück in die Monroe Street", zwitscherte ich fröhlich und geschäftig. „Wir haben viel vor!" Wahrscheinlich hätte ich die geschäftige Fröhlichkeit auch noch eine Weile durchgehalten, wäre mir nicht ein schrecklicher Gedanke durch den Kopf geschossen.

Ich musste den Hals recken, um zu dem lächelnden, mechanischen Hund hochzusehen.

Es war ziemlich weit bis zur Spitze dieses Pfeilers.

KAPITEL 19

INZWISCHEN HATTE ICH ES AUFGEGEBEN, ohne mein Team irgendwohin gehen zu wollen. Sie würden mir sowieso folgen, ob es mir nun recht war oder nicht. Da schien es einfacher und würde auf jeden Fall weniger Aufsehen erregen, wenn ich mich gleich mit ihnen verabredete. Wir wollten uns um zwei Uhr morgens beim Friedhof treffen. Die Gang kam fast um vor Neugier und wollte unbedingt wissen, was ich vorhatte, aber ich hielt mich äußerst bedeckt und verriet ihnen nichts. Wir trafen uns wie verabredet am Monroe-Street-Friedhof, zwängten uns in mein Auto und waren um viertel nach zwei wieder bei Bad Dogs Big Car Nation.

Zu dieser frühen Morgenstunde steppte in der Gegend nicht gerade der Bär, aber ganz ausgestorben lag sie auch nicht da. McDonald's hatte gerade geschlossen. Wir parkten in einer Seitenstraße, von wo aus wir beobachten konnten, wie die Angestellten saubermachten, die Lichter ausschalteten und sich zu ihren Autos schleppten. Ein paar Jugendliche in tiefer gelegten Autos kurvten vorbei, die plärrenden Radios auf volle Lautstärke gedreht. Wir warteten, bis sie verschwunden waren, ehe wir ausstiegen.

„Sie haben doch nicht vor, da einzubrechen, oder?" Absalom, der neben mir ging, beäugte misstrauisch das dunkle Büro. Auf dem Gelände brannten Sicherheitsleuchten, eine über der Bürotür, eine weitere auf die Doppeltür einer Werkstatt gerichtet. Hoch auf dem Pfeiler beleuchtete ein Scheinwerfer den mechanischen Hund, der immer noch feste am Arbeiten war. Er winkte und winkte. Auch das blaue Neonlicht im Bürofenster war eingeschaltet, aber abgesehen davon war es auf dem Platz so ruhig und dunkel, wie ich gehofft hatte. „Wenn Sie das vorhaben, dann werden Sie geschnappt“, warnte Absalom, „und dann kriegen Sie jede Menge Ärger. Frauen wie Ihnen ergeht es im Knast nicht gut, das dürfen Sie mir glauben. Sie werden ...“

„Glauben Sie mir, ich habe nicht vor, einen Fuß in dies Büro zu setzen.“ Ich versetzte meinem großen Kumpel einen aufmunternden Klaps auf die Schulter, während ich mir gleichzeitig fast den Hals verrenkte, um bis zum lachenden mechanischen Hund oben auf seinem Pfeiler hochzusehen. „Ich will mir die Sache nur mal genauer anschauen.“

„Die da oben?“ Bis auf eine Katze, die irgendwo in der Nähe maunzte, war es ziemlich still. Deswegen konnte ich hören, wie Delmar vernehmlich schluckte. „Das ist ziemlich hoch.“

Inzwischen standen wir am Fuß des Pfeilers. Ich musterte die eisernen Haltegriffe, die ungefähr ein Meter zwanzig über meinem Kopf ansetzten, ich musterte die Turnschuhe, die ich mir vernünftigerweise in dieser Nacht angezogen hatte, ich musterte mein Team. „Wenn einer von euch mal so nett wäre, mir zu helfen?“

„Da hoch?“

Absalom und Reggie stellten die Frage wie aus einem Mund, weswegen ich nicht sicher war, welchem der beiden Männer ich antworten sollte. „Eine andere Möglichkeit sehe ich nicht. Nur so kann ich meine Theorie überprüfen. Laut Dale Morgan behauptet Bad Dog, er hätte Beweise dafür, dass er für den Mord an Vera verantwortlich ist. Na ja, so direkt hat Morgan das nicht gesagt – ich meine, so direkt wollte er das nicht sagen. Aber irgendwie hat er es doch gesagt. Er sagte, Bad Dog hätte gesagt, Bad Dog säße auf den Beweisen und würde sich kaputtlachen.“

Reggie verschränkte die Arme vor der Brust. Seine Brauen kräuselten sich, woraufhin der Pitbull auf seiner Stirn prompt die Stirn kraus zog. „Wenn Sie glauben, da oben gibt es Beweise, dann sollten Sie das den Bullen erzählen, damit die es überprüfen können.“

„Ach, und die Polizei hört auf mich, was?" Niemand antwortete. Nur für den Fall, dass noch einer von ihnen an weiteren Vorbehalten arbeitete, fügte ich hinzu: „Dale Morgan wird nie offen zugeben, was er mir über Bad Dog gesagt hat. Dazu hat er viel zu viel Angst, woraus ich ihm keinen Vorwurf mache. Anscheinend verfügt Bad Dog über ein Netzwerk, das sich bis in die Gefängnisse erstreckt, und wenn sich die Nachricht herumspricht, dass Morgan die Bullen zu diesen Beweisen geführt hat, dann ist er ein toter Mann. Das bedeutet: Von Morgan erfahren die Bullen nichts, und von mir erfahren sie auch nichts über Morgan. Ich bin schon für das, was Sammi zugestoßen ist, verantwortlich. Ich werde nicht zulassen, dass dasselbe mit Morgan passiert. Auch wenn er ein schleimiger Arschkriecher ist."

Das Big-Car-Nation-Schild im Bürofenster ließ Absaloms Gesicht eisblau aufleuchten. „Sie können da nicht hochklettern."

„Da brechen Sie sich den Hals!", mischte Delmar sich ein.

Das war natürlich ein Szenario, das ich mir selbst schon in den grellsten Farben ausgemalt hatte. Ehe ich weiter darüber nachdenken und am Ende noch kneifen konnte (glauben Sie mir, ich war, seitdem ich diesen Plan ausgeheckt hatte, schon oft kurz vor dem Kneifen gewesen), rückte ich näher an den Pfeiler heran. „Kommt schon, jemand muss mir da hoch helfen. Ich möchte nicht auf ein Autodach klettern müssen, um den untersten Handgriff zu erreichen. Aber wenn es nicht anders geht, mache ich es!"

Mit einer Hand schob Absalom mich beiseite. „Ich gehe hoch!"

„Sie sind zu groß, um an dem mechanischen Hund vorbeizulangen und nachzusehen, was im Auto ist."

„Dann mache ich es!" Delmar trat vor.

„Sie brauchen echt nicht noch einen Eintrag in Ihrem Strafregister! Falls Sie erwischt werden. Das gilt für euch alle." Ich rieb mir die Hände, als könnte ich es kaum erwarten, endlich loszulegen. Was teils Show war, teils meiner eigenen Aufmunterung diente: Nein, ich würde keineswegs vom Pfeiler stürzen und tot auf dem Dach des 98er Accord landen, der ganz in der Nähe stand. „Ich klettere da kurz hoch, werfe einen Blick in den Wagen und sehe nach, ob der mechanische Hund auf irgendetwas hockt. Niemand bekommt davon etwas mit – jedenfalls nicht, wenn ihr euch bald mal verkrümelt und aufhört, hier rumzustehen, als würdet ihr das Gelände auschecken!" Ich zog die Voodoopuppe aus der Tasche, die Absalom mir geschenkt hatte. Jetzt galt es zu handeln und zwar rasch, ehe mich der Mut wieder verließ. Inzwischen stand ich direkt am Mast. „Helft mir hoch, ja!"

Sie waren nicht glücklich darüber, aber sie stemmten mich hoch, und ehe ich mir die ganze Sache wieder ausreden konnte, hatte ich einen Fuß auf der untersten Metallstrebe und meine Hände hielten eine weitere Strebe ungefähr einen halben Meter über meinem Kopf umklammert. Rasch sortierte ich Füße und Hände, achtete auf mein Gleichgewicht und schwor mir, ja nicht nach unten zu sehen. Dann fing ich an zu klettern.

Eigentlich war der Mast doch gar nicht so hoch – was waren denn schon sechs Meter? Vielleicht so hoch wie ein Haus? Leider nutzte alles gute Zureden nichts: ich kam mir vor, als wolle ich zum Mond hinaufklettern.

Immer eine Hand über die andere, immer genau darauf achtend, dass der eine Fuß fest stand, ehe ich den nächsten hob, näherte ich mich dem Hund dort oben in seinem Auto. An dieser Stelle muss ich mich loben: nur ein einziges Mal kam ich nicht weiter, weil ich vor Angst erstarrte, und das auch nur, weil unten ein Wagen vorbeifuhr. Er wurde nicht langsamer, der Fahrer hatte mich offenbar nicht entdeckt. Wieso denn auch? Wer erwartet denn schon, mitten in der Nacht eine Frau einen Mast hochklettern zu sehen? Wer machte sich die Mühe, auf so etwas zu achten? Unter mir war alles still, nachdem das Auto vorbeigefahren war. Hoffentlich hatte sich mein Team meine Worte zu Herzen genommen und sich hinter der nächsten Ecke versteckt – nachsehen mochte ich nicht, dazu hätte ich nach unten schauen müssen. Tapfer kletterte ich weiter.

Gern würde ich mir jetzt einreden, ich hätte die Mastbesteigung in Rekordgeschwindigkeit hinter mich gebracht, aber um bei der Wahrheit zu bleiben: es dauerte viel länger, als so ein Aufstieg eigentlich hätte dauern dürfen. Als sich meine Nase endlich auf einer Höhe mit dem Griff der Autotür befand und der Arm des mechanischen Hundes direkt über meinem Kopf vor sich hin winkte, stieß ich einen tiefen Seufzer der Erleichterung aus. Noch ein paar vorsichtige Klimmzüge, und ich konnte mich am Fensterrahmen des Autos festhalten. Vom Boden aus war mir der Hund gar nicht so groß vorgekommen – ich musste aufpassen, nicht von seinem Arm erfasst zu werden. Außerdem musste ich achtgeben, nicht in das Licht des Scheinwerfers zu geraten, der auf den Hund gerichtet war. Ich hob einen Fuß von der Metallstrebe, drehte mich zur Seite und lugte ins Auto.

Der mechanische Hund bestand eigentlich nur aus dem Kopf und dem Arm, der aus dem Autofenster ragte, beides auf einen hölzernen Rahmen montiert. Der Motor, mit dem der Arm betrieben wurde, stand vor dem Beifahrersitz des Wagens. Rein technisch gesehen besaß das Tier also gar keinen Hintern, mit dem es auf irgendetwas sitzen konnte, aber das hinderte mich nicht daran, einen Blick auf den Fahrersitz zu werfen. Leider beleuchtete der Scheinwerfer zwar den Hund, ließ das Wageninnere aber dunkel.

Vorsichtig schob ich mich näher. Der hölzerne Rahmen für die Hundeattrappe schien auf einem festen, schweren Boden festgeschraubt. Wenn ich darunter fassen könnte ...

Ich reckte mich, so weit es ging, reichte aber von meiner Position her nicht an den Boden heran. Also musste ich ins Auto klettern. Ohne den Hund aus den Augen zu lassen, berechnete ich meine nächsten Schritte, und als der winkende Arm am weitesten vom Hundekörper entfernt war, drehte ich mich um, packte den Rahmen des Autos und zwängte mich auf den Vordersitz.

Mein Timing war perfekt.

Kaum hockte ich neben dem Hund und fluchte leise über die Kratzer, die ich mir beim Vorbeidrängen am hölzernen Rahmen geholt hatte, als unten auf dem Platz jedes einzelne Licht anging.

„Pepper, das hat nichts mit dir zu tun!" Tapfere Worte, die ich mir da zuflüsterte – sicherheitshalber warf ich mich gleichzeitig aber doch lieber auf den Boden, wo ich erst einmal verharrte.

„Niemand weiß, dass du hier oben bist!", flüsterte ich mir weiterhin Mut zu. „Niemand kommt auf die Idee, hier nachzusehen. Wieso denn auch? Niemand ist doch so verrückt, den Pfeiler hier hochzuklettern und sich neben den Hund zu setzen!"

Niemand – außer mir.

Wäre doch schade, diese ganze verrückte Sportnummer nun einfach für die Katz sein zu lassen.

Angestrengt lauschte ich auf Geräusche von unten. Als keine zu hören waren, machte ich mich an die Arbeit. Ich tastete mich im Dunkeln bis zur hölzernen Plattform durch, die Kopf und Schultern des Hundes abstützte, und schob die Hand darunter.

„Er sitzt auf Beweisen", rief ich mir leise ins Gedächtnis. „Bad Dog sitzt auf den Beweisen und lacht."

Erst einmal jedoch fand ich nur Beweise dafür, wie lange der mechanische Hund hier oben schon winkte: Die Wagensitze waren feucht und schimmelig. Angeekelt wischte ich mir die Hand an der Jeans ab, ehe ich es noch einmal versuchte, diesmal in der Ritze zwischen Rückenlehne und Sitz. Dort stieß meine Hand auf etwas Knisterndes.

Voll frischen Elans schob ich meine Hand tiefer in die Ritze, bis mein Zeigefinger etwas ertastete, das sich wie die Ecke eines Umschlags anfühlte. Leider gelang es mir nicht, den Umschlag zu packen, so sehr ich mich auch verdrehte und lang machte. Mir bleib nicht anderes übrig, als mich wie eine Brezel zwischen Bad Dog und seinem Motor zusammenzurollen und es von dieser Position aus zu versuchen.

Ich zog die Hand aus dem Spalt, drehte und wand mich, bis ich genau zwischen Motor und Hund kniete, und versuchte es noch einmal.

Auch diesmal spürte ich den Umschlag zwar, konnte ihn aber immer noch nicht greifen.

Frustriert reckte ich mich noch ein wenig mehr, und als auch das nichts nützte, hob ich mich leicht von den Knien, streckte das rechte Bein aus und ... trat gegen den Motor.

Erschrocken erstarrte ich.

Bad Dog ebenfalls: Er blieb mitten im Winken einfach stecken.

Ohne das konstante Summen des Motors war es hier oben schrecklich still. Was ich allerdings nur begrüßen konnte, war doch nun die letzte Ablenkung verschwunden und ich konnte es noch einmal versuchen. So genau kann ich nicht mehr sagen, wie sehr ich mich verbog und wie sehr ich meinen Arm streckte, aber endlich schaffte ich es, das Objekt meiner Begierde zu erwischen und aus dem Versteck zu ziehen.

Es handelte sich um einen von diesen großen, braunen Umschlägen, in Plastikfolie gehüllt, wohl um ihn vor Witterungseinflüssen zu schützen. Ich schob meine Finger unter den Tesafilm, mit dem die Folie verschlossen war, und als das nichts half, nahm ich die Zähne. Was meine Mom zu dem Härtetest sagen würde, dem ich die kiefernorthopädische Arbeit unterzog, die sie damals fünftausend Dollar gekostet hatte, mochte ich mir lieber nicht ausmalen. Für mich zählte nur eins: meine Zähne hielten stand und der Tesafilm riss.

Aufgeregt befreite ich den Umschlag aus seiner Schutzhülle, öffnete ihn und ließ den Inhalt herausgleiten. Viel war es nicht, aber es reichte: Ich hatte gefunden, wonach ich gesucht hatte. Ich verlagerte meine Position so, dass ein wenig Licht auf meinen Fund fiel und sah mir das Polaroidbild in meiner Hand an.

Das Schwarzweißfoto zeigte Veras leblosen Körper auf dem Boden von Zimmer zwölf. Es war lange vor Ankunft der Polizei und des Fotografen der Spurensicherung aufgenommen worden. Woran ich das erkannte? Nun, es gab einige Hinweise: Zum Beispiel trug Vera das Medaillon, das laut Lamar ein Bild ihrer Großmutter enthielt – auf den offiziellen Tatortfotos hatte sie es nicht getragen. Für mich konnte das nur bedeuteten, dass es der Mörder an sich genommen hatte. Und dann war der Spiegel über der Ankleidekommode zwar zersprungen, zeigte aber trotzdem noch das Spiegelbild des Mannes, der das Foto geschossen hatte.

Ich starrte in das Gesicht eines Mörders. Ein Gesicht, das ich sofort wiedererkannte.

Anscheinend beherrschte Bud nicht nur das Verkaufen von gebrauchten Autos. Mack Raphael hatte im Central State eingesessen, als der Mord geschah, er hatte einen Auftragsmörder engagieren müssen. Ganz offenbar arbeiteten die beiden immer noch zusammen. Bud hatte seine Arbeit ja auch gut gemacht: wahrscheinlich hatte er Lamars Waffe gestohlen, war Lamar und Vera zum Lake View Motel gefolgt und hatte dort auf eine passende Gelegenheit gewartet. Das Foto, das Blut, das aus der Wunde in Veras Brust rann, das Medaillon: mehr Beweise brauchte er nicht, um Raphael zu zeigen, dass er den Job erledigt hatte, und dass er ihn gut erledigt hatte.

Bad Dog hatte den Beweis all die Jahre als Trophäe aufbewahrt.

Ich starrte das Bild immer noch an, als zwei Dinge auf einmal passierten: von unten her drang ein Ruf, der wie eine Warnung an mich klang, aber zu spät kam. Denn als nächstes starrte mich durch das Wagenfenster hindurch Mack Raphael an.

Glauben Sie mir: Hätte es dort oben irgendwie Platz zum Weglaufen gegeben, ich wäre losgeschossen wie eine Kanonenkugel.

Losgeschossen? Vielleicht sollte ich mit meiner Wortwahl vorsichtiger sein: Als Bad Dog den Arm bewegte, brach sich das Licht an der Pistole, die er in der Hand hielt und mit der er auf mich zielte.

Nennen Sie es Selbsterhaltungstrieb. Meinetwegen auch Dummheit, angesichts der Tatsache, dass der Platz im Wageninnern nicht besonders groß und ich nicht besonders klein war: mir fiel nichts anderes ein, als mich hastig hinter dem Motor des Hundes zu verkriechen.

„Das Bild her!“, herrschte Mack Raphael mich an. „Dann schieße ich nicht.“

„Das soll ich glauben?“ Mit zitternden Fingern schob ich das Bild zurück in seinen Umschlag. „Ich behalte das Foto doch lieber, bis ich sicher wieder unten auf dem Boden bin. Danach ...“

„Glauben Sie echt, Sie kommen hier lebend vom Platz? Hören Sie nie Nachrichten? Der Generalstaatsanwalt hat sich gerade geweigert, das Verfahren gegen einen Mann zu eröffnen, der einen Einbrecher erschossen hat. Dafür wird man Sie halten, Miss Martin: für eine Einbrecherin. Ich habe Sie gewarnt, ich habe Ihnen raten lassen, Sie sollten Ihre Nase lieber nur in Ihre eigenen Angelegenheiten stecken!“

„Reden Sie von dem Typen, der versucht hat, mich zu überfallen? Lassen Sie mich raten – der hat mich wohl auch auf dem Friedhof beobachtet und mir ständig diese albernen Blumen und billigen Pralinen geschickt?“ Niemand soll sagen dürfen, Pepper Martin habe angesichts eines bösen Buben mit einer Knarre in der Hand ihr Stilgefühl eingebüßt! Ich war die ganze Zeit davon ausgegangen, dass sich für den Mord an Vera, den Überfall auf mich und die mutwillige Zerstörung ein und dieselbe Person verantwortlich zeichnete, und da ich nun wusste, dass es sich bei dieser Person um Bad Dog Raphael handelte, da hatte ich wohl jegliches Recht dazu, die Augen zu verdrehen und munter weiter zu spekulieren.

„Lassen Sie mich weiterraten! Mike Kowalski! Hat der Ihnen erzählt, dass ich mich für Ihre Vergangenheit interessiere? Da liege ich doch richtig, was? Ich wette, ich weiß auch, wie der Mann an seine Geschichten kommt. Sie stecken ihm die Informationen zu. Damit wäre auch erklärt, wieso ihr euch kennt, und ich weiß, dass ihr euch kennt, denn ich habe euch auf unserer Spendenveranstaltung plaudern sehen. Ein Typ wie Kowalski, der kriegt seine Infos und die hübschen Preise nicht durch harte Arbeit. Der Mann ist doch völlig ausgelaugt und alle. Der begibt sich nicht in Gefahr, um an eine große Story zu kommen. Braucht er ja auch nicht: Sie füttern ihn schließlich mit Infos. Wenn Sie einen Rivalen ausschalten wollen, dann geben Sie einfach die passenden Einzelheiten an Kowalski weiter. Der schreibt die entsprechende

Geschichte, sorgt dafür, dass der Konkurrent in den Knast geht und Sie? Was kriegen Sie? Ein noch größeres Stück vom Kuchen?“

„Sie reden zu viel.“ Raphael winkte mit der Knarre, die weiterhin in meine Richtung zielte. „Her mit dem Bild, sonst können Ihre Freunde da unten an der Ecke gleich Ihre Reste aus dem Wagen raus kratzen.“

„Lassen Sie mich runter. Dann kriegen Sie das Bild.“

Raphael war nicht in der Stimmung für lange Verhandlungen. Ich aber auch nicht. Er hatte es satt, zu warten, beugte sich vor, und als er das tat, konterte ich auf die einzige Art, die mir einfallen wollte: Ich warf den Umschlag mit dem Foto darin aus dem Beifahrerfenster und trat zur gleichen Zeit so fest ich konnte gegen den Motor des Hundes. Der sprang mit einem vernehmlichen Rülpser an und Bad Dogs Arm nahm seine Tätigkeit wieder auf. Da ich sonst nichts dabeihatte, womit ich mich hätte verteidigen können, zog ich die Voodoopuppe aus der Tasche und schleuderte sie Raphael ins Gesicht. Damit hatte er nicht gerechnet: er zuckte zurück. Und als der mechanische Hund nun fröhlich winkte, versetzte sein Arm Mack Raphael einen empfindlichen Schlag gegen den Hinterkopf.

Der Gangster stöhnte auf und war eine Sekunde später nicht mehr am Fenster zu sehen.

Eigentlich hatte ich viel zu viel Angst, um nachzuprüfen, was aus ihm geworden war. Aber einfach als lebende Zielscheibe bleiben, wo ich war, mochte ich auch nicht. Vorsichtig richtete ich mich auf, bis ich kniete, und spähte aus dem Fenster. Raphael hing nur noch mit einer Hand am Wagen und zuckte wie ein Wurm an der Angel. Leider hielt er immer noch die Knarre in der freien Hand, weswegen ich rasch wieder untertauchte. Aber eigentlich brauchte ich mir keine Sorgen zu machen.

Denn schon erklang gar nicht mal so weit entfernt die erste Polizeisirene.

Als ich endlich wieder festen Boden unter den Füßen hatte, hockte Mack Raphael bereits auf dem Rücksitz eines zivilen Polizeifahrzeugs. Ob der Mann den Mord an Vera Blaine inszeniert hatte, war den Beamten in diesem Moment ziemlich schnuppe: Als sie auf dem Gebrauchtwagenplatz ankamen, hatte Bad Dog sie mit der Knarre bedroht.

Absalom hatte den Umschlag mit dem wertvollen Foto an sich genommen. „Sie können sich bei Reggie bedanken: Er hat die Bullen gerufen", erklärte er mir. „Eins muss ich noch loswerden: Was Sie da abgezogen haben, war eine der schwachsinnigsten Unternehmungen, die mir je untergekommen sind. Sie hätten tot sein können."

„Bin ich aber nicht." Da meine Knie im Wesentlichen aus Pudding zu bestehen schienen, musste ich mich gegen den Pfeiler lehnen. Dort lehnte ich immer noch, mühsam um Luft und Fassung ringend, als mit quietschenden Reifen ein weiteres Zivilfahrzeug auf den Platz gebraust kam, anhielt, und Quinn ausspuckte.

„Was ist bloß mit dir los!" Schon aus fünf Metern Entfernung schrie er mich an. Meine Leutchen verstanden die Botschaft laut und klar: sie verkrümelten sich.

„Danke, mir geht es gut. Nett, dass du fragst." Rasch stellte ich mich aufrecht hin, denn wenn ich schon mein Wohlbefinden verkündete, dann sollte ich wohl auch halbwegs wohl aussehen. „Hast du wieder euren Funk abgehört? Wusstest du von daher, was hier abgeht?"

„Ich hörte, wie Raphaels Name erwähnt wurde. Das reichte, da wusste ich schon, dass du auch mit drin hängst." Quinn packte mich bei den Schultern und hätte mich wohl kräftig durchgeschüttelt, hätte er hoffen dürfen, damit unangefochten durchzukommen. Seine Augen sprühten grünes Feuer. „Ich kenne noch nicht mal die halbe Geschichte, und trotzdem bin ich mir ziemlich sicher, dass du dich mal wieder fast hättest umbringen lassen!"

„Der Rest der Geschichte wird dir gefallen." Ich grinste. „Ich glaube, den Mordfall Sammi Santiago könnt ihr abschließen, und ich habe das deutliche Gefühl, dass ihr den Fall Jefferson Lamar neu schreiben müsst. Mack Raphael hat den Mord an Vera Blaine arrangiert und ihn Direktor Lamar in die Schuhe geschoben."

„Du ...?"

Natürlich war es unhöflich, jemanden zu unterbrechen, aber ich musste etwas unternehmen, sonst hätte mir Quinn endlos die Leviten gelesen. Dazu war ich nun so gar nicht in Stimmung.

„Mir geht es gut", flötete ich. „Möchtest du nachsehen?"

„Ich möchte dir den Hals umdrehen!"

Ich rückte näher an ihn heran. „Aber das wirst du nicht tun."

Darüber schien er nachdenken zu müssen, jedenfalls antwortete er nicht sofort. Endlich gestand er mit einem leisen Seufzer seine Niederlage ein. „Hör mal, Pepper ... als ich heute Nacht den Notruf reinkommen hörte ... das war, als würde sich die Sache am Lake View Motel wiederholen. Da wusste ich, was los ist."

„Ach ja?" Bestimmt war über Polizeifunk nie von Pepper Martins Umgang mit den Toten die Rede gewesen – worauf wollte Quinn also hinaus? „Meinst du damit ...?"

„Damit will ich sagen: mir fiel es endlich wie Schuppen von den Augen! Als ich glaubte, dir könnte etwas zugestoßen sein ... als ich spürte, wie es in meinem Magen ganz kalt wurde ... als ich glauben musste, du könntest nicht mehr Teil meines Lebens sein, nichts würde wieder so sein, wie es sein soll ... da wusste ich es, Pepper. Da wusste ich, dass ich dich liebe."

„Du ... liebst ..." Ich hatte nie gedacht, dass ich diese Worte je von Quinn hören würde. Jetzt, wo er sie ausgesprochen hatte, vermochte ich sie kaum zu verarbeiten. „Willst du mir sagen ..."

„Damit will ich sagen, dass ich eventuell mein Leben mit dir verbringen möchte. Aber ich möchte es nicht damit verbringen müssen, mir ständig Sorgen um dich zu machen. Ich hasse es, wenn du dein Leben aufs Spiel setzt. Was, wenn beim nächsten Mal ..."

„Ein nächstes Mal wird es nicht geben! Hand aufs Herz und nicht gelogen!" Natürlich mogelte ich mich mit diesem Versprechen schamlos aus der Affäre, aber alles war besser, als diesen perfekten, diesen märchenhaften Augenblick zu ruinieren.

Gut, dass Quinn mich sofort hinter einen Kleinbus zog, wo wir ungestört waren und dass er gleich darauf so damit beschäftigt war, mich zu küssen, dass ihm etwas Wichtiges entging. Als ich mein Versprechen gab, hatte ich die Hand nicht aufs Herz gelegt. Genau genommen war der hocheilige Schwur also gar keiner gewesen.

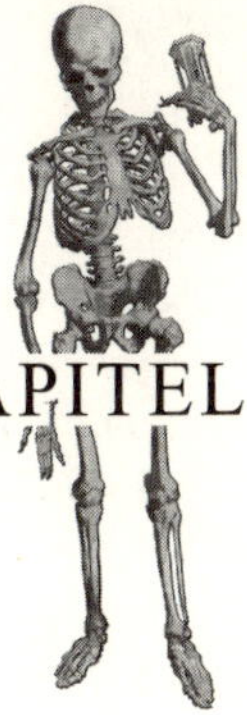

Kapitel 20

Die Abteilung von Team eins war zauberhaft geworden. Die Damen hatten jeden einzelnen Grabstein sorgsam gereinigt, bis sie alle nun im morgendlichen Sommerlicht glänzen und glitzern konnten. Makellose Steinpfade zogen sich zwischen den Gräberreihen hin und ich schwöre, dass die weißen Blumen, mit denen Maes Team zwei riesige Urnen am Eingang ihrer Sektion bepflanzt hatten, direkt vom Titelbild von „Schöner Wohnen" stammten.

Es war beeindruckend.

Ich war völlig geknickt.

„He, Kopf hoch!" Absalom stieß mich an. Wir standen an der Seitenlinie und sahen der Jury zu, die gekommen war, um ihr abschließendes Urteil abzugeben. Die Kamera lief, Absalom musste flüstern. „Die haben das große Geld, aber auf keinen Fall unseren Stil!"

Er wollte mich aufmuntern, also lächelte ich ihm zu, auch wenn mir so gar nicht danach zumute war.

Momentan lagen wir mit den Punkten, die wir bei unserer Versteigerung erbeutet hatten, zehn Punkte hinter Team eins. Sollte deren perfekte, anmutige Landschaftsgestaltung uns nun endgültig auf den zweiten Platz katapultiert haben? Das würden wir bald erfahren.

Als die Leiterin des Kunstmuseums vortrat, hielt ich die Luft an.

„Es ist alles sehr schön“, sagte sie. „Klare, gefällige Linien, die Blumen wirken fröhlich, aber nicht zu fröhlich, nicht respektlos. Die Jury vergibt an Team eins ... zehn Punkte!“

„Zehn?“ Ich stöhnte leise. „Dann liegen wir jetzt zwanzig Punkte im Rückstand. Das holen wir nicht auf. Keine zwanzig Punkte!“

„He, Chefin!“ Reggie schlug mir auf den Rücken. „Sie halten hier doch immer die aufmunternden Reden! Fallen Sie mir jetzt bloß nicht vom Glauben ab!“

Wie denn, wo mir so völlig der Optimismus fehlte?

Auf Greers Befehl hin stapften wir alle hinüber in unsere Abteilung. Die Worte der Dame aus der Jury gingen mir noch im Kopf herum, weswegen ich zum ersten Mal, seit wir unsere Blumen am Eingang gepflanzt hatten, unsere Farbwahl in Frage stellte. Unser Team hatte beschlossen, Sammi mit unserer Bepflanzung zu ehren, wobei wir uns von Virgil hatten beraten lassen, da er unserer Meinung nach ebenso ein Recht darauf hatte, seinen Senf dazuzugeben, wie wir. Virgil war dann auch gleich die perfekte Lösung eingefallen und er hatte sogar das Geld für zwei riesige neue Blumentöpfe beigesteuert. Die standen jetzt am Zugang zu unserer Sektion, dicht bepflanzt mit Sommerblumen in den Farben einer Wonderbread Tüte: rot, gelb, weiß und blau.

Ich nehme mal an, die Jury verstand, worum es uns hier ging, denn als sie sich unserer Sektion näherte, blieben die Mitglieder alle stehen und sahen sich das Arrangement gut an. Der Typ aus dem Kunstinstitut wurde ein wenig bleich.

Nach den Blumen begutachteten sie unseren kleinen Brunnen (wir hatten ein Problem mit der Pumpe nicht in den Griff bekommen, er rülpste eher, als munter zu plätschern) und die Bank, die wir daneben aufgebaut hatten. Leider stand die Bank schief, wir hatten es trotz aller Anstrengungen nicht geschafft, sie gerade hinzustellen. Sie gingen zwischen den Grabsteinen auf uns ab, prüften den einen oder anderen genauer, und machten sich Notizen. Als sie damit fertig waren, steckten sie die Köpfe zusammen und berieten so lange, dass ich vor Aufregung fast geplatzt wäre. Endlich trat die Dame aus dem Museum vor. Absalom stand rechts von mir, Delmar links. Ich packte beide bei den Händen und klammerte mich an ihnen fest.

„Na gut." Die Dame aus dem Kunstmuseum lachte ein wenig verlegen. „Diese Sektion ist sicher nicht so perfekt restauriert wie die von Team eins." Nur mühsam unterdrückte ich einen lauten Fluch. „Aber ..."

Ein einfaches Wort, das mir sofort neue Hoffnung verlieh. Ich klammerte mich noch fester an die Männer neben mir.

„Diese Sektion strahlt etwas aus, das der anderen Sektion fehlt. Ja, Friedhöfe sind Orte, an denen wir unsere Toten ehren. Aber sie sind auch die Orte, an denen wir das Leben derjenigen feiern, die vor uns von dieser Erde gegangen sind. Diesen Aspekt des Feierns findet man in der Sektion von Team zwei deutlich wieder. Von daher verleihen wir Team zwei zwanzig Punkte."

„Zwanzig!" Wir schrien vor Vergnügen.

Bis ich die Rechnung aufgestellt hatte.

„Eine Pattsituation!" Team eins war das auch nicht entgangen, die Damen feuerten tödliche Blick in unsere Richtung ab.

„Die endgültige Punktvergabe findet nach Ankunft der Ehrenamtlichen des Monroe-Street-Friedhofs statt", sagte die Museumsdame. „Dann wird das Geld aus der Spendenaktion übergeben. Das Team, das am meisten Geld aufgebracht hat, wird unser Sieger sein."

„Schnitt!" schrie Greer, und während alle hierhin und dorthin hasteten und sich auf den nächsten Dreh vorbereiteten, klatschten mein Team und ich einander ab.

Oh ja, wir wussten, was gleich passieren würde. Man würde uns zu Siegern der Friedhofscamp-Show erklären.

Diesem Moment galt es gerecht zu werden. Ich trat beiseite, um meinen Lippenstift nachzuziehen und zu prüfen, ob mein Haar anständig saß. Ich hatte mir den Spiegel gerade wieder in die Handtasche gesteckt, als Bianca neben mich trat.

Sie langte in ihre eigene Handtasche und zog eine Visitenkarte heraus. „Ich habe mir die Freiheit herausgenommen, die schon mal anfertigen zu lassen. Ich hoffe, Sie haben nichts dagegen?"

Die Karte war aus schwerem Papier, die Schrift eingestanzt, elegant, aber nicht übertrieben. Unter dem distinktiven La-Mode-Logo stand:

„Pepper Martin, Einkaufsberaterin"

Mir stockte der Atem. „Heißt das ... Sie bitten mich ... Sie wollen, dass ich ... das Angebot gilt noch?"

Sie lachte, ein Laut, so süß und beruhigend, wie es das Plätschern unseres Brunnens es hätte sein sollen. „Natürlich! Das heißt ...", Bianca senkte die Stimme. „Diese Karte und der Job gehören Ihnen, wenn die Dinge sich so entwickeln, wie es sich gehört."

„Dinge? Entwickeln?" Ich war verblüfft. „Welche Dinge denn? Sie meinen doch nicht ...?"

„Natürlich meine ich den Wettbewerb!" Bianca lächelte mich an, wie sie mich so oft vom Titelblatt unzähliger Zeitschriften angelächelt hatte. „Wenn Team eins die entscheidenden fünfundzwanzig Punkte bekommt."

„Aber das geht nicht! Die Punkte werden auf Grundlage der Spenden vergeben, die jedes Team aufgebracht hat, und Sie wissen, dass wir mehr eingespielt haben als Sie. Sie wollen mich doch nicht bitten ..."

„Niemand wird es erfahren." Biancas Lächeln veränderte sich nicht um einen Deut. „Wer wird schon ein paar hundert Dollar vermissen, und wenn es jemand tut ... na ja ... sehen Sie sich doch ihr Team an!" Sie sah dorthin, wo meine Leute standen. Ich tat es ihr nach. Mein Team wartete voller Begeisterung darauf, dass endlich die nächste Szene gedreht wurde. Dies war ihr großer Augenblick und selbst Crazy Jake strahlte vor Stolz. „Niemand würde sich wundern, wenn Geld fehlte!"

Ich wog ihre Worte gegen die wunderschöne Visitenkarte in meiner Hand ab.

„Pepper Martin, Einkaufsberaterin"

Schweigend zerriss ich die Karte, überreichte Bianca beide Hälften und ging.

„Gratuliere!“ Es überraschte mich wenig, dass sich Quinn zur großen Preisverleihung auf dem Friedhof eingefunden hatte. Seit ihm in jener Nacht auf dem Gebrauchtwagengelände die drei kleinen und ach so wunderschönen Worte über die Lippen gekommen waren, waren er und ich so ziemlich unzertrennlich gewesen. Wenn er nicht gerade unterwegs war und böse Buben jagte, meine ich, und ich nicht gerade damit befasst, letzte Hand an Restaurierungsarbeiten zu legen und die Friedhofscamp-Show zu gewinnen.

Gern hätte ich jetzt berichtet, dass sich mein Liebster über unseren Sieg glücklich zeigte, aber um ehrlich zu sein: er wirkte eher nervös. Was ihm gar nicht ähnlich sah und leider sehr ansteckend wirkte. Nicht lange, und das Lächeln war aus meinem Gesicht gewichen. Ich entschuldigte mich bei meinem vergnügt feiernden Team und schlüpfte mit Quinn hinter das heruntergekommene Mausoleum.

„Was ist los?“, fragte ich ihn.

„Gar nichts.“ Er steckte beide Hände in die Hosentaschen.

Quinn steckt nie die Hände in die Hosentaschen.

Ich musterte ihn wachsam. „Und warum siehst du dann aus, als hättest du gerade einen Frosch verschluckt?“

Sein Mund wurde zu einem dünnen Strich. „Ich sehe nicht ...“

„Tust du doch. Du solltest dich für mich freuen.“

„Tue ich doch.“

„Da solltest du vielleicht mal versuchen zu lächeln.“

Das tat er. Es hielt nicht lange vor. „Hör mal ... ich habe nachgedacht. Über alles, was passiert ist. Bad Dog Raphael und Bud, der Auftragskiller und wie eure Ausstellung zerstört worden ist und ...“

„Cool, was?“ Es war cool und ich lachte. „Alles fein säuberlich verschnürt in einem einzigen Paket. Alles erklärt. Glaubst du, ihr kriegt sie verurteilt?“

Wir waren wieder auf festem Boden: nichts liebt ein Bulle mehr als harte Fakten. „Wir fanden Vera Blaines Medaillon in Raphaels Haus. Der irre Schweinehund hatte es als Souvenir behalten.“ Das war mir neu und ich hörte es gern. Ebenso gern wie den Rest der Geschichte.

„Bud sagt nur zu gern gegen Raphael aus“, fuhr Quinn fort. „Raphael quatscht nur zu gern über Kowalski und Kowalski ist bereit, die beiden ans Messer zu liefern, wenn sich die Strafverfolgungsbehörden im Gegenzug ihm gegenüber ein bisschen nachsichtig zeigen.“

„Na dann: Ende gut, alles gut!“ Ich wusste genau, dass alles gut war: bei meiner Ankunft in der Monroe Street an diesem Morgen hatte ich mit ansehen dürfen, wie ein lächelnder Jefferson Lamar seiner Witwe zusah, die einen Blumenstrauß auf sein Grab legte. „Und warum blickst du dann so finster drein?“

„Ich blicke nicht finster, höchstens sauer. Je länger ich mich mit Bud und Bad Dog unterhalte und ...“ Quinn fuhr sich mit allen zehn Fingern durchs Haar. „Je mehr ich von ihnen erfahre, desto mehr gelange ich zu der Überzeugung ...“ Er stieß einen Seufzer von epischen Ausmaßen aus. „Es ist einfach immer wieder dasselbe, Pepper. Du steckst deine Nase in Angelegenheiten, die dich nichts angehen und bringst dich damit in Gefahr. Du hast da oben in dem verdammten Auto gehockt und Raphael hat dich mit einer Pistole bedroht! Ich dachte, zwischen uns liefe es dieser Tage anders!“

„Tut es doch auch! Es ist anders!“

„Na, ja, anders erklärt noch nicht, warum du immer wieder in diese Sachen verwickelt wirst. Im Gegenteil: Es macht alles schlimmer. Ich habe dir gesagt, dass ich dich liebe, und du ...“

„Du weißt, dass ich ebenso empfinde!“ Ich war mir nicht sicher, worauf diese Unterhaltung hinauslief, glaubte aber zu ahnen, dass mir ihr Ende nicht gefallen würde. Besser gesagt: der unausweichliche Knall an ihrem Ende. Schnell rückte ich einen Schritt näher an Quinn heran. „Es tut mir leid, dass du dir immer wieder

Sorgen um mich machst, aber das solltest du nicht. Ich kann mich um mich selbst kümmern, ich passe schon auf mich auf."

„Das stört mich ja noch nicht einmal so sehr. Ich verstehe nicht, was hier abgeht und das Gefühl mag ich nicht. Warum bringst du dich immer wieder in diese Situationen? Wie geschieht das? Ich möchte eine Erklärung, Pepper. Ich brauche eine, und ich glaube, ich habe auch eine verdient."

Er hatte ja recht, und das wusste ich.

Nun, da der Moment für mich gekommen war, zu erklären, was ich ihm nie hatte erklären wollen, wurde mir flau und meine Stimme zitterte. „Ich habe mir im Garden View bei einem Unfall den Kopf angestoßen", sagte ich – eine leicht gekürzte Fassung der Geschichte, so im Stil von Readers Digest. „Danach ... danach ..." Himmel, ich verlor den Mut! Das durfte ich auf keinen Fall zulassen. Ehe ich meine Meinung ändern konnte, platzte ich mit allem heraus.

„Ich sehe Tote", sagte ich hastig. „Sie kommen zu mir, weil sie ohne meine Hilfe nicht auf die andere Seite gelangen können. Das mache ich. Ich helfe ihnen, den Mord an ihnen aufzuklären. Oder ich helfe ihnen, ihren Namen reinzuwaschen, wie im Fall von Jefferson Lamar. Deswegen werde ich in all diese Dinge verwickelt und es ist ja nun nicht so, als wäre das auf meinem eigenen Mist gewachsen und ich würde das freiwillig machen, aber wenn ich nicht helfe, verfolgen sie mich gnadenlos immer weiter. Da kann ich ihnen doch genauso gut beistehen, oder?"

Das war's. Schweigend wartete ich auf seine Antwort. Die ließ nicht lange auf sich warten.

Quinn kam zu mir, legte mir beide Hände auf die Schultern und drückte mir einen raschen Kuss auf die Wange. „Vielleicht sieht man sich ja mal irgendwo", sagte er.

„Vielleicht sieht man sich ja mal irgendwo?" Er war schon ein paar Schritte gegangen. Ich stürzte hinter ihm her. „Ich habe dir gerade das große Geheimnis meines Lebens anvertraut und alles, was du zu sagen hast, ist: Vielleicht sieht man sich mal irgendwo? Was soll das heißen?"

„Das soll heißen: Wenn du mir nicht die Wahrheit sagst, wenn du mir irgendwelche Geschichten über irgendwelche Kontakte zu Toten auftischst ..."

„Aber das ist die Wahrheit! Ich kommuniziere mit Toten!"

„Klar doch. Auf Wiedersehen, Pepper." Quinns Schultern waren kerzengerade und stocksteif, als er aus meinem Leben ging.

Ich weiß nicht, wie lange ich da so stand, hin- und hergerissen zwischen dem Wunsch, ihm nachzulaufen und der Sehnsucht danach, mich ins Loch im Mausoleumsboden zu verkriechen und nie wieder aufzutauchen. Ich weiß nur, dass mein Team mich nach einer Weile suchen kam.

Meine Leutchen hatten mich so schnell eingekreist, dass mir kaum Zeit blieb, mir die Tränen von den Wangen zu wischen.

„Wir haben etwas für Sie!" Absalom überreichte mir ein Bild. Es war eins der Publicityfotos, die kurz nach Beginn des Wettbewerbs aufgenommen worden waren und zeigte mich zusammen mit meinem ganzen Team vor dem Eingang des Monroe-Street-Friedhofs. Unter dem Bild stand in kunstvollen Buchstaben, die starke Ähnlichkeit mit Graffiti aufwiesen, das schlichte Wort „Danke".

„Ich sollte mich bei euch bedanken." Meine Worte waren kaum zu hören, drohten die Tränen doch, mir die Stimme zu ersticken.

„He, nun werden Sie mal nicht gleich sentimental." Absalom klopfte mir auf den Rücken. „Und jetzt kommen Sie wieder rüber zum Brunnen. Ella hat eine Flasche Sekt mitgebracht. Wir wollen feiern!"

Sie eilten fort. Nur Crazy Jake blieb noch zurück. „Ich habe auch ein Geschenk für Sie!" Rasch schob er mir etwas zu, ehe er dem Rest des Teams hinterher eilte.

Die Tränen in den Augen verschleierten mir den Blick, aber ich sah mir das Schwarzweißfoto, das Jake mir gegeben hatte, trotzdem an.

Er hatte das Bild an dem Abend unserer Auktion aufgenommen, bevor sie begann. Es zeigte mich in eindeutigem Verstoß gegen Friedhofsregeln direkt neben der Statue von Präsident Garfield in seiner Gedächtnisstätte.

Aber ich war nicht allein.

Rechts von mir, in der Mitte der Rotunde, stand Präsident Garfields Statue. Dann kam ich. Zu meiner Linken ...

Das Bild war links von mir etwas verschwommen und wahrscheinlich hatte Jake die neblige Gestalt, die dort zu sehen war, für eine Reflektion gehalten.

Ich wusste es besser: Ich erkannte einen imposanten Mann mit dichtem Bart und fragte mich, was Jake wohl sagen würde, erführe er, dass er den Geist James A. Garfields fotografiert hatte.

Es dauerte eine Weile, bis meinem Antrag stattgegeben wurde, und das bedeutete, ich hatte Zeit zu grübeln, mir Sorgen zu machen und mir zu wünschen, ich wäre die ganze Sache nicht angegangen.

Das alles tat ich wie immer ziemlich gründlich.

Aber ich hatte ja kaum etwas anderes, um meinen Kopf zu beschäftigen. Friedhofscamp war abgedreht, ich arbeitete wieder auf dem Garden-View-Friedhof, wo sich bislang weder Präsident Garfield noch irgendein anderer ruheloser Geist hatte sehen lassen, mein Team war nicht mehr um mich, um mir Gesellschaft zu leisten, und ich schlief allein. Womit sollte ich auch sonst meine Zeit verbringen.

Erinnern Sie sich noch an das irgendwo oben erwähnte Sprichwort? Das einem rät, mit dem, was man sich wünscht, vorsichtig zu sein? Na ja, bei mir bewahrheitete sich das wieder einmal. Ich wollte gerade zum Flughafen aufbrechen, als ich vor meiner Wohnungstür einen Blumenstrauß fand. Kann man mir einen Vorwurf daraus machen, dass ich einen einzigen, wilden, hoffnungsvollen Moment dachte, er sei von Quinn?

Aber nein, das Glück war mir nicht beschieden. Keine Spur von Quinn und auch nicht die leiseste Spur einer Unterschrift auf der Karte, die bei den Blumen lag. Was nicht bedeutete, es hätte keine Nachricht für mich gegeben:

„Schade, die Show ist zu Ende. Jetzt muss ich Sie live sehen."

„Gruselig!“ Ich nahm Blumen und Karte mit hinunter zum Müllcontainer hinter dem Haus, und wenn ich nicht wieder einmal gewisse Gedanken hätte verdrängen müssen, die ich nun schon so lange verdrängte, dann hätte ich die ganze Sache vielleicht für einen dummen Zufall gehalten. Aber ich hatte bestimmte Überlegungen aus meinem Kopf verbannt, und so war Platz für andere Grübeleien.

Mein Fall war abgeschlossen. Dank der bohrenden Fragen der Polizei und wohl auch, weil er hoffte, sie würden im Gegenzug für sämtliche freiwillig gelieferte Informationen Milde walten lassen, hatte Bad Dog zugegeben, dass er jemanden auf mich angesetzt und dass dieser Jemand – Bud – mich überfallen hatte, mir zum Lake View Motel gefolgt war und dort Sammi erschossen hatte, wobei eigentlich ich sein Ziel gewesen war.

Aber von Blumen war nicht die Rede gewesen.

Wie in einem Kitschfilm liefen noch einmal die Ereignisse des letzten Sommers vor meinem geistigen Auge ab: die Blumen, der Lippenstift, die billigen Pralinen ...

Wenn das alles gar nichts mit dem Fall zu tun hatte ... kalte Schauer liefen mir den Rücken hinab. Kann man mich feige schimpfen, weil ich einen Blick über die Schulter warf?

Niemand zu sehen. Das hielt mich nicht davon ab, so schnell es ging in mein Auto zu steigen und die Türen, sobald ich darin saß, von innen zu verriegeln.

Mit beiden Händen das Lenkrad umklammernd, schickte ich meine Gedanken auf die logische Reise.

„Wenn die Blumen immer noch kommen, dann hatten sie nichts mit deinem Fall zu tun. Wenn sie nichts mit deinem Fall zu tun hatten, dann schickt sie dir jemand, von dem du nichts weißt, und das bedeutet ...“ Ich schluckte. „Ein Stalker?“

Glauben Sie mir, ich war froh, die Stadt verlassen zu dürfen. Auch wenn ich mich auf das, was mich am Ziel meiner Reise erwartete, wirklich nicht freute.

Als ich endlich ankam und meinen Mietwagen abstellte, war ich weit genug von zu Hause entfernt, um nicht mehr an den Stalker zu denken. Trotzdem schlug mein Herz doppelt so schnell wie gewöhnlich. Das schrieb ich der Höhenluft zu. Alles war besser, als mir einzugestehen, wie nervös ich war.

Sowohl auf dem Flug nach Colorado als auch auf der Fahrt vom Flughafen in Denver hierher hatte sich eine Voodoopuppe mit mir den Sitz geteilt. Jetzt tätschelte ich ihr den Kopf, damit sie mir Glück brächte, stieg aus dem Auto und ging ins Gefängnis, meinen Vater besuchen.

Von der Autorin der TRUE BLOOD-Reihe – Charlaine Harris' Krimis haben auch ohne Vampire Biss!

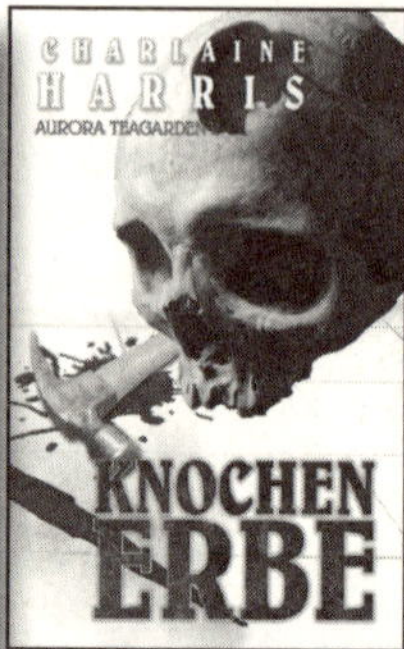

978-3-86762-096-3 978-3-86762-099-4 978-3-86762-117-5

Eine Mordserie nach dem Vorbild berühmter Tötungsdelikte erschüttert die kleine Gemeinde Lawrenceton im US-Bundesstaat Georgia. Die achtundzwanzigjährige Hobbydetektivin Aurora Teagarden gehört zu dem Club „Echte Morde", einer Gruppe von Krimifans, die sich einmal im Monat trifft, um sich mit berühmten oder ungelösten Verbrechen zu befassen. Zu Beginn eines dieser Treffen findet Aurora die Leiche eines Clubmitglieds. Sie erkennt den Modus Operandi als genau den wieder, um den sich das Treffen drehen sollte – und muss plötzlich tatsächlich ermitteln. Der Mörder findet derweil weitere Opfer, jeweils im Stil eines anderen historischen Verbrechens. Aurora wird selbst zur Zielscheibe und findet zudem zwei Verehrer, einen jüngst nach Lawrenceton gezogenen berühmten Krimiautor namens Robin Crusoe und den Kriminalbeamten Arthur Smith, der ebenfalls dem Club angehört. Der Tod scheint ihr dahinsiechendes Sozialleben wiederbelebt zu haben, eine Ironie, die der nachdenklichen Heldin nicht entgeht und das ist erst der Auftakt zu einer Krimiserie von Charlaine Harris, die es wie keine andere schafft, perfekt insziniertes Südstaaten-Kleinstadt-Ambiente aufkommen zu lassen.

Wir veredeln die Wirklichkeit!

www.feder-und-schwert.com

Eigentlich wollte John Taylor nur dem Geheimnis um seine Herkunft auf die Schliche kommen, doch was er herausfindet ist mehr als er je wollte.

Simon R. Green definiert die Grenzen des Urban-Fantasy-Genres und setzt neue Maßstäbe. Knallhart, ideenreich und völlig irrwitzig!
– The Unnatural Inquirer

Geschichten aus der Nightside

Die Nightside – das neonschwarze, geheime Herz Londons, zweieinhalb Quadratkilometer Hölle mitten in der Stadt, wo es immer drei Uhr morgens ist. Wo man mit Mythen spazierengehen und mit Monstern zechen kann. Wo nichts ist, wie es scheint – aber doch alles möglich.

John Taylor ist „Privatdetektiv", nun, eigentlich hat er die Gabe, Dinge zu finden, ob sie gefunden werden wollen oder nicht. Vor langer Zeit ist es ihm gelungen, der Nightside zu entfliehen, und er hat geschworen, niemals zurückzukehren. Doch ein verzwickter Fall lässt ihm eines Tages keine Wahl, und so kehrt er heim und bringt das Gefüge der Welt ins Wanken, im Diesseits wie im Jenseits …

FEDER & SCHWERT

Wir veredeln die Wirklichkeit!
www.feder-und-schwert.com

Die beliebte Urban-Fantasy-Reihe
Die dunklen Fälle des Harry Dresden
ab Band 1 bei Feder&Schwert!

An seiner Tür steht: „Harry Dresden, Magier, keine Auftritte!“, und das ist ernst gemeint. Die Polizei zieht den charismatischen Sohn eines Bühnenmagiers gerne zu Rate, wenn sie wieder einmal nicht weiter weiß. Wenn echte Magie ins Spiel kommt, ist Dresden in seinem Element.

Der smarte Harry Dresden ermittelt im Grenzbereich zwischen Wahn und Mystik auf den Straßen eines fiktiven Chicagos des 21. Jahrhunderts. *Die dunklen Fälle des Harry Dresden* ist düstere Urban Fantasy für alle Freunde mystischer Krimis.

FEDER & SCHWERT

Wir veredeln die Wirklichkeit!

www.feder-und-schwert.com